バリー・ランセット

トーキョー・キル

白石 朗 訳

集英社

トーキョー・キル

目次

裏には裏があるものだ。

——禅の格言

第一日 三合会

1

東京、午後二時三十六分

生命に危険を感じて怯《おび》えた三浦晃《みうらあきら》がわたしたちの事務所のドアを叩《たた》いた時点で、すでに死者は八人を数えていた。

騒ぎが勃発したとき、わたしはロンドンとの国際電話の最中だった。高名な禅僧にして絵師の仙厓《せんがい》義梵《ぎぼん》――代表作は〈○△□《まるさんかくしかく》〉――による水墨画のオリジナルの行方を突きとめようとしていたのだ。噂《うわさ》がイギリスから洩《も》れきこえてきたので、サンフランシスコに住む得意客むけの珠玉の芸術作品かもしれない品を入手するためのルートをさぐっていたのだ。この客は、仙厓作品を入手できるなら殺しも辞さないばかりか、入手できなければわたしを殺しかねないほどだった。

人はもっとちっぽけな理由でも人を殺す。ブローディ・セキュリティ社で仕事をしていれば、日々新たにそれを思い知らされる。ブローディ・セキュリティ社はいまから四十年以上も前にわが父が日本の首都の東京に設立した会社で、私立探偵業務と個人の身辺警護を専門にしている。

このときわたしは東京のオフィスで亡父が遺《のこ》したくたびれたデスクについていたが、もしサンフランシスコのアンティークショップにいたら、たとえ外のオフィスから怒鳴りあいじみた声がきこえても特段に考えをむけることはなかっただろう。しかしここ日本では、人前で大声で騒ぐのは礼儀にいちじるしく反した行為だ。

いや、それ以上の場合もないではない。

川崎真理《かわさきまり》がわたしのオフィスのドアをノックした。「ブローディさん、こちらに来ていただいたほうがいいみたいです」

実年齢は二十三歳だが十六歳にしか見えない真理は、わが社の優秀なテクノロジー担当だ。東京に来たおりには助けられている。わが社は少数精鋭の企業で、スタッフはみなひとりで何役もこなす。

「きょうじゅうに、こちらから改めて電話をかけてもいいかな？」わたしはロンドンの連絡相手にたずねた。「こちらで急を要する事態になったので」

相手は快く受け入れてくれた。わたしは相手のスケジュールを急いでメモに書きとめ、鄭重《ていちょう》な挨拶で電話を切ると、外のメインオフィスに足を踏みだした。

真理はオフィス内のずっと先を指さした。見るとブローディ・セキュリティ社の屈強な三人のスタッフが、もうひとりの男を壁ぎわに追いつめて取り囲んでいた。男は怒りの目つきで三人をにらみつけた。それでも三人がいささかも怯《ひる》まず、あとずさりもしないと見るや、男は三人に立腹のため息をぶつけた——中間管理職と呼ばれる日本のサラリーマンが部下にむけるようなため息だった。

このため息にも効果はなかった。

真理はあきれたように目玉をまわした。「いきなり会社に飛びこんできて、あなたと話をさせろの一点張りです。事情をうかがっても説明を拒まれ、受付でお待ちいただくようにいってもが拒否されました」

招かれざる客人が社内に闖入《ちんにゅう》してきた場合、なによりも優先されるべき対応は封じこめだ。古株の社員たちがいまも語り草にしているが、かつて錯乱した右翼男が抜き身の日本刀をふりかざしてエレベーターから飛びだし、スタッフふたりが入院するという事件もあった。

「落ち着いてください」三人のうちのひとりが相手をなだめようとしていた。「とりあえず受付エリアにおもどりいただければ……」

サラリーマンは激昂《げきこう》していた。「いや、事態は一刻を争う。父は病気だ。そんなこともわからないのか」男はそこでわたしの姿を目にとめ、広い部屋の向こうから日本語で大きく呼びかけてきた。「あなたがジム・ブローディですか？」

アジア人の顔がつくる海のなかで白人の顔はわたしだけなのだから、傑出した推理能力がなくても、だれがジム・ブローディかは簡単にわかったはずだ。予告なき客人は、日本男性ならではの控えめなハンサムというべき顔だちだった。年齢は五十代、定番のビジネススーツに身を包み――この男性の場合には濃紺だ――白いドレスシャツには赤いシルクのネクタイを完璧な結び目であわせていた。手首にはプラチナ製とおぼしきカフリンクが光っていた。挙措には非の打ちどころがなく、まったくの平時なら男になんの脅威も感じなかったはずだ。しかし、男はきわめて緊張した面もちだった――まるで内面から崩れかけているかのように。

「ええ、わたしがブローディです」わたしも日本語で答えた。

男がわたしに近づいてきた。その目がうるみはじめた。「お願いですから、父を迎えいれてはくださいませんか？　あまり体調がよくないのです」

この場の全員が、受付エリアで辛抱づよく待っている男の父親らしき人物に視線をむけた。こちらの人物はふさふさした銀髪を伸ばし、最初の男と同様の控えめながら整った顔だちをしている――彫りあげたような頬骨、しっかりしたあご、そして見つめられた女がうっとり心を奪われそうな暗い鳶《とび》色《いろ》の瞳。

老人は杖《つえ》を敬礼のかたちにふりかざすと、全身をわなわなと震わせながら進みだし、わが社の飾り気ないオフィスでは受付デスクの名前で通っている、いまは職員のついていない小さなカウンターをまわりこんできた。ひたすら一意専心の面もちで老人は進む。両手は小刻みにわなないている。杖はぐらぐら揺れている。一歩足を前へ出すたびに苦しげにあえいでいる。それでもなお、懸命なそのしぐさには高貴なる雰囲気があった。

老人は街へ出てくるのにおめかししていた。着ている茶色のスーツは誂《あつら》えの手縫いだが、おそらく三十年前にはすでに流行遅れだったのではないか。さらに老人が近づいてくると樟脳《しょうのう》の香りが鼻をついた――そこからは、この服がきょうのこの訪問のためだけに埃《ほこり》をかぶった洋服箪笥《だんす》からとりだされたことが察せられた。

一メートルほどのところで老人は足をとめ、一度もまばたきしない目をすうっと細めて、わたしを見あげてきた。「サンフランシスコのジャパンタウンで起こった殺人事件をひとりのガイジンが解決したという話を新聞で読んだが、あんたがその当人かね？」

〝ガイジン〟とは外国人のことだ。ただし文字どおり解釈すれば〝外部の人間〟、すなわち〝よそ者〟である。

「いかにも、そのとおり」

「その前には日本のマフィアと互角に戦った？」

「またしても、そのとおり」

いいかわるいかはともかくも、海外での殺人事件や東京に巣食う悪党とわたしとの邂逅《かいこう》の一件は、いずれも日本の新聞の大見出しになった。

「だとすれば、きみこそわたしが求める人材だ。きみのベルトには倒した相手の数だけ刻み目があるのだろうよ」

わたしはいつの間にか反対側から近づいていた老人の息子に笑みをむけた。息子はわたしにこう耳打ちした。「父は薬の作用であれこれ話しているんですよ。副作用で感情の振り幅が大きくなっています。幻覚を見ることもあります。ここに来る話をしたのも、父の気を落ち着かせるのが目的でした。まさか、本当にお邪魔するとは思ってもいませんでした」

父親は顔を曇らせた。息子の耳打ちの言葉まではききとれなかったようだが、話の中身を察しとる程度の鋭さはあるらしい。「せがれのやつ、わたしが何歳か年をとったものだから、ボケて列車から転がり落ちたと考えているとみえる。たしかにもう九十三歳だが、去年の十二月まではこんな杖なんぞなくても、一日に五キロは歩いていたものだぞ」

「何歳か年をとっただけ？　父さんはもう九十六歳だ。こんなふうに街なかをうろつきまわるのは控えないと」

老人は杖を息子の鼻先に近づけてふり動かした。「これが〝うろつきまわる〟といえるのか？　まあ、青山墓地の墓石でもわたしより速く動けるだろうが、足よりずっと上の頭のなかでは、列車がまっすぐなレールの上をちゃんと走ってる。それに、わたしくらいの年寄りが、若い娘さんたちにちょっといいところを見せたくて何歳かさばを読むこともしなくなったら、それこそ人生おしまいだ」

この男なら好きになれそうだ。

わたしはいった。「よければ、わたしのオフィスへいらっしゃいませんか？　そのほうが静かだ。真理、お客さまをオフィスまで案内してもらえるかい？　わたしもあとからすぐに行くよ」

「どうぞ、こちらへ」真理はふたりにいった。

真理がふたりを部屋に通してドアを閉めてから、わたしは玄関近くに立っている顔色のわるい調査スタッフにむきなおった。「ふたりが約束もないまま姿を見せたこと以外に、なにかわかったことは？」

「苗字《みょうじ》だけですね。三浦だそうです」

「わかった。ありがとう。ところで野田《のだ》はどこに？」

野田国夫《くにお》はわが社トップの調査員であり、ジャパンタウン事件の調査からわたしが無事な姿で帰還できた理由の大部分は野田の功績だ。

「いまは浅草の誘拐事件の調査がらみで外出中ですが、そろそろ帰社の予定です」

「では社にもどったら、すぐわたしの部屋へ顔を出すように伝えてくれ」

「わかりました」

わたしは自分の専用オフィスへ引き返して、新来の客人と名刺を交換し、さらにお辞儀をしての挨拶もかわした。父親のほうの名前は三浦晃、かつては日本有数の貿易会社の副社長職にあったという。高価なネクタイを締めている息子は、コボ・エレクトロニクス社の副部長だった。この会社も父親の勤務先と同様に一流企業だが、副部長という地位は五十代の日本のサラリーマンとしては格別褒められたものでもない。本格的に収入が増えるのは部長職に就いてからであり、息子の三浦耀司《ようじ》にとっては次の昇進後の話だ。となると、この男は収入以上の金をつかっているのか、さもなければ会社以外にもどこからか収入がもたらされていることを意味している。

自分の椅子に腰かけて、わたしはいった。「さてと、本日はどのようなご相談ですか?」

ふたりがまだ答えを口にしないうちに、真理がノックをして入室してきた。手にした盆には、ふたのついた凝った飾りつきの陶器の茶碗《ちゃわん》。中身は緑茶だ。来客用の茶器。日本では礼儀作法がすべてに優先する。

「わたしはあの戦争の体験者でしてね、ミスター・ブローディ」真理が部屋を出ていくと、三浦晃がそう口にした。

日本人が〝あの戦争〟と口にすれば、男女の別なく第二次世界大戦を意味する。現在でも存命なのは、当時いちばんの若手だった兵士たちであり、その人々がいまでは最高齢の元日本兵たちである。

あの第二次世界大戦以来、日本は新たな戦闘行為をおこなっていない。

「なるほど」わたしは答えた。

三浦父の両目がわたしをしっかりとらえた。「失礼ながら、日本の歴史についてはどの程度までご存じかな、ミスター・ブローディ？」

「意外でしょうが、かなりくわしいと自負してます」

日本美術の分野で仕事をしている関係上、この国の歴史と文化、および伝統についての知識をそなえることは必須になっている。

「では、大日本帝国の軍隊では命令には無条件で服従せねばならず、服従しなかった場合は上官の手で頭を銃で撃ちぬかれる羽目になったこともご存じか？」

「ええ」

「だったら話は早い。となると、わが祖国が満州の一部を占領して傀儡《かいらい》国家を樹立したことも知っているわけだ？」

知っていると答えると、三浦晃は満足そうな顔になった。

二十世紀初頭、日本は積極的に中国に進出し、鉄道を敷設したり、開拓団を導きいれたり、自国の大企業の支社を開設したりといった手段で支配を確実にしていった。そして広く知られているように、日本は一九三二年に清朝最後の第十二代皇帝だった溥儀《ふぎ》――〝最後の皇帝《ラスト・エンペラー》〟としてつとに有名――を擁立し、満州国の元首にすえた。

三浦はいった。「わたしは一九四〇年に日本軍の士官として満州の前線へと送られた。わたしと部下たちは多くの戦闘を経験した。やがて新しい命令が届き、われわれの部隊は安立峒《アンリドン》という辺境の前《ぜん》哨地《しょうち》に送られることになった。われわれの任務はその地域の平定であり、わたしは安立《アンリ》と周辺地域一帯の事実上の行政長官になった。

現地人の人口はわれわれ日本軍の二百倍にもなっていたが、当時すでに日本軍が鬼神のごとく戦うという風評が広まっていて、おかげでさしたる難事もないまま、現地の支配を維持することができた。わたしは非暴力を主張し、またじっさいにその方針は守られていたものの、わが前任者は無慈悲な暴君だった。中国人男性が犯罪をおかせば銃殺か、もっと悲惨な刑を受け、その家族の女性たちは〝戦利品〟あつかいを受けた。われわれがきみを必要としているのは、まさにそれが理由だよ」

「というと、七十年以上も前に起こったなんらかの出来事……という意味ですか？」

「きみも、つい最近この東京で起こった二件の家宅侵入事件の話はきいているね？」

「もちろん。六日のあいだに、ふたつの家族が皆殺しにされた事件ですね。犠牲者は八人にのぼっています」

「警察が実行犯として三合会、つまり中国系の秘密結社を疑っているという記事は読んだかね？」

「もちろん」

「警察の見立てどおりだよ」

偃月刀《えんげつとう》をふりかざす中華ギャング団の名前が出たことに、わたしは内心で身をすくめていた。かつてサンフランシスコのミッション地区に住んでいたおりに、三合会と偶然に出くわしたことがある。その結末は大団円とはいいがたかった。

「そこまで断言できるのはなぜでしょう？」

三浦の美しい鳶色の目に恐怖があふれていた。「安立峒《アンリドン》で昔あの連中にいわれたんだ。この先ずっと追いかけてやる、とね。いよいよ連中が迫ってきたんだ」

2

わたしは注意を三浦へむけた。「これだけ歳月が流れたいまでも、三合会があなたを標的にしていると断言できる根拠はあるのですか？」

「ああ、わたしは新聞に出ていないことも知っているからだ」

「というと？」

「突然、かつての部下がふたりまでも殺されたからね」

かつての部下。「その件を警察に知らせましたか？」

「しょせん〝馬の耳に念仏〟だ」三浦は苦々しい思いを隠そうともせず、日本の諺《ことわざ》をそのまま口にした。

つまり、日本の警察は愚鈍だから話を理解してもらえない、といっているのだ。

「しかし、いちおう話をするだけはしたんですね？」

三浦は肩をすくめた。「あの連中は、殺人の動機が〝大昔の歴史〟にあるとはかぎらない、の一点ばりだったよ」

戦時中の日本の警察は、国内で恐怖を煽《あお》りたてる機関だった——そして海外では、日本軍がほぼ同様の役割を果たしていた。敗戦後、警察組織は解体された。空白を埋めたのはやたらに高圧的な官僚たちであり、こんにちにいたるまで警察官僚のあらゆる行動は〝事なかれ主義〟に染まっている——だからこそ、ブローディ・セキュリティ社のような民間の調査会社が活動する余地が大いに残されているのだ。

「あなたの考えは警察とは異なる……その理由は？」

「直感だよ」

三浦の息子が詫《わ》びるような笑みをのぞかせた。

わたしは息子のほうの三浦を無視したが、先の息子の言葉――父親の精神の安定性にまつわる言葉――をあっさり払いのけられなくなっていた。

「わたしの部下がふたりまでも、ほとんど間をおかずに殺されたのが偶然であるものか」

わたしはいった。「仮にあなたの話が真実だと仮定して……ブローディ・セキュリティ社はどんなお力になれるでしょうか？」

「わたしの屋敷を警備してほしい」

息子はわたしに父の三浦をうまくあしらってほしがっている。そこでわたしはこう答えた。「それなら承れます。ただしご自宅の警備はチームを組めるだけの人員が必要になり、費用もそれなりにかかります。よろしいですか？」

「かまわん」

顔をむけて目顔でたずねると、息子はいかにも不承不承うなずいた。

「オーケイ」わたしはいった。「では数日のあいだ、あなたには複数のスタッフを身辺警護につけましょう」

「同時にきみには、わが友人たちをむごたらしく殺した犯人を見つけてほしい」

「あの二件の殺人事件は新聞でも大々的に報じられました。警察でも捜査を最優先課題にしているはずです」

三浦はかぶりをふった。「警察なんぞ馬鹿の集団だ。わたしが関係者を教えてやったのに、そっちを調べるだけの手間も惜しんでいるんだぞ。ふたりはいっしょに軍務についていた――生まれ育った土地がおなじだったからだ。殺されたのもおなじ場所だ。警察はあの町内を標的にしている窃盗団の仕業と考えているようだが、そんなことがあるものか。あれはわたしの当時の部下たちを狙った、安《アン》立峒《リドン》からやってきた三合会の犯行だ」

ドアにノックの音がしたかと思うと、室内のわたしたちの返答も待たずに野田がドアをあけて部屋にはいってきた。わが社の主任調査員である野田はブルドッグを思わせる筋骨たくましい短軀《たんく》の男だ――肩幅が広く、胸板はぶあつく、顔はひらべったく無表情。この男のいちばん目立つ特徴はといえば片眉を縦につらぬいている切り傷の痕だろう――あるヤクザに切りつけられた傷だ。野田の反撃の一閃《いっせん》は、さらに深い傷を相手に与えた。

わたしは三浦親子に野田を紹介し、これまでの話を野田に伝えた。わたしの口から三合会の名前が出るなり、野田はうなり声を洩らした。

「どうした？　三合会がからんでいる可能性もあると考えているのか？」いつも寡黙な主任調査員の口からさらなる明瞭な反応を引きだすべく、わたしはそうたたみかけた。

中国系ギャングは数十年も前から日本国内で活動をつづけている。彼らのルーツは中国の明朝末期にまでさかのぼる。はじまりは当時の中国を侵攻していた満州族に対抗する王朝を補佐するべく結成された政治集団であり、救国の英雄ともてはやされた。長い歳月のあいだにはそんな栄光も薄れた。しかし、ひとたび生まれたけものには餌が必要だった。首脳部は先細りになっている活動資金を確実に獲得するために外部へ目をむけ、たやすく収入を得られる方法を見つけだした――用心棒ビジネスや恐喝、高利貸し、売春、そしてドラッグ。最初は国内だったが、国外に手を広げるのは当然の展開だった。そして東京では彼らが新宿や上野の薄暗い一画をはじめ、各地の居留地に住むようになった。都心から列車で三十分の距離にある横浜の中華街《チャイナタウン》は、主要な活動拠点のひとつである。

野田は肩をすくめた。「そうかもしれん」

「それから？」

「剣呑《けんのん》だな」

いつもながら簡潔すぎて苛立《いらだ》たしい。

三浦が野田からわたしに視線を移した。「では、この依頼を引き受けてもらえるのだね？」

「野田？」

わたしの言葉に野田は肩をすくめた。「ま、それがうちの仕事だ」

これは、ブローディ・セキュリティ社が以前にも三合会がらみの調査仕事をしたことがあるという意味だ。野田への質問の真意はそこにあった。会社の半分を相続したのはつい十一カ月前で、わたしは父がつくった会社のなかではまだまだ新顔である。しかし、依頼人の前でみずからの無知をさらけだすような真似《まね》は禁物だ。

「オーケイ」わたしはいった。「まずはようすを調べてみましょう。父があつめたスタッフはいずれもこの道の第一人者ですよ」

「そうでなくては困る」そう口にするあいだも、三浦は漠然とした賞賛の目つきで野田を見つめつづけていた。

「あなたの部隊のみなさんのうち、いまもご存命なのは何人ですか？」

「終戦の時点で生き残っていたのは二十八人。しかし、大半がすでに世を去った。最後の同窓会の出席者はわずか七人だった。そのあと光本《みつもと》がくも膜下出血で他界した。つづいて柳口《やなぐち》が去年、安立峒《アンリドン》をふたたび訪ねる旅行に出たおり、新型インフルエンザで死んだ。だから、二件の家宅侵入事件が起こる前まで五人の仲間が生き残っていた勘定になる」

《そして、いまでは生き残りはわずか三人か》

「あなた以外のふたりはいまどこに？」

「ひとりは九州にある友人の別荘に滞在するといって旅立った。ただし、それがどこかは教えてもらえなかった。もうひとりは、田舎《いなか》にいる息子さんのところに身を寄せている」

わたしと野田はちらりと視線をかわした。かつての三浦の部隊仲間がともに東京を脱出したという話は——しかも、そのうちひとりは日本列島の主要四島のうちもっとも西の島へ逃げたという話は——この老兵士の主張を裏づけている。

わたしには最後にもうひとつ、たずねたい疑問があった。

「あなたたちが安立峒《アンリドン》を統治するにあたって公平さを重視したというのなら、これだけ長い歳月が流れたあとになってもなお、あなたやお仲間の命を狙おうとする者たちがいるのはなぜでしょう？」

三浦はため息をついた。「忌まわしい秘密があるからだ。われわれのもとにやってくる高官たちは、いい、もてなしを当然のものとして期待していた。彼らは例外なく、わたしたちにふたつの要求をつきつけてきた——ひとつは〝国賊を始末させろ〟であり、もうひとつは〝査問の準備をせよ〟だった。前者がなにかといえば、刑務所から適当にえらびだした村人たちを一列にならべて、射撃演習の標的代わりにすることだった。後者は、地元の美女を内密に尋問することだ。こうした高官たちの命令には、とても逆らえなかった。逆らえば——」

「——頭に銃弾を撃ちこまれてしまう」

三浦は過去の罪悪感に打ちひしがれたのか肩を落とした。「だから、それ以上は考えをめぐらせなかった」

「なるほど」

「最初に高官が訪ねてきたあと、三合会はわたしを脅してきた。だからわたしは、自分の権限は部下にしか及ばず、上官の命令には逆らえないと説明した。しかし、連中は納得しなかった。《上官の軍服をまとっている者は上官に代わって血を流すのが当然だ》とね。ただし、当時の三合会が具体的な行動に出ることはなかった。日本軍の兵士を攻撃すれば、村人がさらに迫害されるとわかっていたからだ。それでも彼らはわたしに、いずれ訪問してやる、といってよこしたよ。

それから何年もたち、中国がようやく日本人観光客を国内に受け入れるようになると、わたしたちのうち数名があの国を訪ね、かつて知っていた家族をさがした。当時は彼らの貧しさがショックだったが、貧しさは変わっていなかった。わたしたちはそれからも何度となく彼らのもとを訪問しては、金や日本製の炊飯器のような家電製品を土産にした。いっしょに食事をし、ともに酒を酌みかわした。かつての償いになることなら、どんなことでもした。しかし、全員を助けるのは無理な相談だ。おそらく、われわれの訪問が昔の恨みを再燃させたんだろうよ。またわれわれは無頓着にも、日本の住所を教えもした。それがまちがいだったのかもしれないな」

野田がぼそりといった。「復讐《ふくしゅう》か」

三浦が肯定のしるしにうなずいた。「将来このわたしを殺すことになる人物は、もう東京にいるんだよ、ブローディさん。肌で感じるんだ」

六人編成のチームが三浦を自宅まで送っていった。

自宅に到着後は、まず二名が周辺の住宅や地元の商店などを調べる予定だ。それ以外のスタッフのうち二名が、三浦の自宅の安全を確保する。窓やドアといった外部に通じている箇所すべてを厳重に封鎖したのち、住居部分とガレージと庭を捜索して、盗聴装置や追尾装置、発火装置などの有無を調べる。最後の二名は三浦とともに安全な行動規定を作成し、同時に緊急時の脱出プランも作成する。そののちこの二名は監視の目を光らせて十二時間滞在したところで、休息をとった現場スタッフ二名と交替する予定だ。

しかし、チーム一行はブローディ・セキュリティ社を出発するのに先立って三浦親子ともども会議室にあつまり、手順の打ちあわせをおこなった。会議の途中、三浦の息子の耀司が会議室を抜けだして、わたしと野田がいるわたしのオフィスへやってきた。

「親父をうまくあしらってくれて、ありがとうございました」息子はいった。「仲間が殺された事件ではたしかに親父も動揺していましたが、率直に申しあげて、このところ認知症の徴候が出はじめていましたし、被害妄想気味でもあったんです」

「これまで正気をうしなったことは？」

「ありません。ただ医者たちからは、認知機能が緩慢に衰えていくだろうといわれています」

野田とわたしは目を見交わした。

「頭に入れておきます」わたしはいった。「それでもわたしたちは、脅威の実在を前提に対応したいと思います――そうではないことが証明されるまでは」

それでも三浦耀司は疑いを拭えない顔つきだった。「あなたがたがいっしょにいてくれれば父の気分も落ち着くはずですから、なんの不都合もありませんね。しかし、ここだけの話、みなさんはベビーシッターの仕事をするだけですよ」

野田が顔を曇らせた。「ふたりも殺害されたら、ベビーシッターの仕事じゃおさまらん」

主任調査員をつとめる野田の声は野太く不気味な響きを帯びていた。耀司はいったんはぎくりとしたものの、すぐに野田の怒りの鋒先《ほこさき》が自分ではないことに気づいたらしい――野田は怒りを外の世界にいるともいないともわからない連中、じっと機をうかがっているかもしれない連中にむけていた。それでもわたしのオフィスを出ていく三浦耀司は、野田から充分な距離をおいていた。野田本人はその一分後、なにもわかっていない子供への文句をつぶやきながら、おなじく部屋を出ていった。

ひとりになったわたしは、椅子の背もたれに体をあずけて天井を見あげた。腹のずっと底のほうで──三浦晃が感じている恐怖の底流に刺戟《しげき》されたのか──なにやら原始的なものが蠢《うごめ》いていた。元兵士のあの老人にはかなりの好意を感じていた。ここへ来るために黴《かび》くさいスーツを引っぱりだしてきた老人。いまもまだ〝若い娘さんたち〟の気を引きたい一心で、三歳さばを読むことを習慣にしている老人。

どうにも気にいらなかったのは、そんな三浦の友人である元兵士のふたりが、身の安全を求めて東京を脱出したことだ。三つの脅威のほうは気にならなかった──家宅侵入、三合会、そして戦時中の残虐行為。その手のものなら、ずいぶん体験してきた。たくさん目にしてもいた。苦い経験も積み、早めに危険の徴候を見つけたら軽視しないことを学んでもきた。

今度の仕事は世界でもトップクラスの無駄骨折りになってもおかしくない反面、これがとことん陰惨な事態の幕開けであってもおかしくはなかった。

3

どういう風の吹きまわしか、トラブルが続発していた。最初はロンドン、次は東京。

「輪をつくって踊ったら、素人《しろうと》さんを起こしちゃった」仙厓作品を入手する件であらためて電話をかけると、イギリスのディーラーであるグレアム・ホイッティングヒルは、子供たちのお遊戯の歌〈リング・アラウンド・ア・ロージー〉の文句をもじった言葉を口にした。「それで、残念なことに口論になってしまってね」

受話器を握る手にひときわ力がこもった。わたしが耳にしたいニュースではなかった。グレアムは、ライバルのディーラー——日本美術の分野では素人——とのあいだで縄ばり争いめいた言葉がかわされた、と話しているのだ。ときには個人的な知人のネットワークのさらに外にまで手を伸ばす必要に迫られる。そしてときには、信頼にあたいすると思われた人物が抜け駆けで美術品の現物を入手して取引の場に割りこみ、そのせいで仲介者への報酬支払いがひとり分増えてしまう場合もある。

「よくあることだ」わたしは答えた。

「心よりお詫びする。やつの態度が曖昧になってね。こっちにたっぷりたわごとを、きかせてきた」

「たわごと……嘘《うそ》っぱちか？」

「ああ、第一級のね」わがイギリスの友人であるグレアムが答えた。「今夜のうちには収拾をこころみるよ」

わたしとグレアムは四年前に共通の知人を介して顔をあわせ、即座に仲よくなった。グレアムは長身瘦軀、くすんだブロンドの髪ときらめきを宿す瞳のもちぬし。わたしの専門は日本美術だが、グレアムの専門は中国美術だ。わたしには信頼できる知恵袋が必要だった。というのも中国美術の世界は、人々の九十五パーセントまでが騙《だま》されるような超一級の偽造品がつくる迷路だからだ。幸運だったのは、こちらがとまどうほど内気なグレアムが残りの五パーセントに含まれていたことだ。

わたしはいった。「記憶をリフレッシュさせてくれ。たしかきみは、日本の水墨画にも通じているんじゃなかったか？」

仙厓を卓越した絵筆の名匠と呼ぶ者はいないだろうが、この禅僧は素朴なものを愛する日本人の心をとらえ、それをすこぶる人間的なレベルに高めることに秀でていた。その作品はユーモラスで遊び心に満ち、最高傑作においては深遠なものになる。仙厓は世の中を笑った。日々の単調な仕事にとらえられて逃げられない大多数の人々に同情を寄せてはいたが、もっと広い視野に立って悪ふざけをしていた——あらゆる存在ははかないものだ、という認識で。悟りをひらいたことで仙厓には自由と喜びがもたらされ、その知を得て、筆は闊達《かったつ》に踊った。

「いや、わたしが知っているのは中国美術だけだよ。例外があるとすれば、日本美術における中国的な主題《モチーフ》の分野かな。これはうれしい偶然の一致だが、たまたまその分野には、仙厓が描いた中国僧侶というテーマも含まれているんだ」

「おやおや。それはどうして？」

「月の裏側から流れてくる旨味《うまみ》たっぷりなゴシップのひと塊。それについては、きみがこの次うちに立ち寄って、いっしょにビールを飲むときの話題にとっておこう。いまはもっと緊急の課題がある」

「それもそうだ。だったら、くだんのはぐれディーラーが取引の一切合財を沈めてしまう前に話をまとめておこう。書類があればすっかり目を通してから、所有者をビデオ会議に出席させる——わたしがオンラインで鑑定できるように」

「了解。それで、今度の取引にトラブルを呼びこんだのはこちらの責任だから、今回にかぎってはわたしの手数料をいつもの半分にするべきだと思う」

「そんなことは考えつかなかった」わたしはいった。

「きみは紳士だな。ま、とにかくこの提案は引っこめずにおくよ」

「それでも、こちらの考えは変わらないぞ」

そのあとの長い沈黙のあいだ、グレアムの感謝の念は手でさわれそうなほどだった。

「ところで――」しばらくののちグレアムは口をひらいた。「話題が出たついでにいっておくが、もし中国の僧侶を描いた仙厓作品にめぐりあったら、すぐに――昼だろうと夜だろうとかまわない、すぐに――連絡がほしい」

「その話を出した理由は？」

「《ニンジンを食い荒らす害虫は一匹いたら三匹いると思え》。コーンウォールの農夫だった祖父からおそわった知恵だよ」

話はそこでおわった――害虫が羽音を立てて飛び、トラブルが沸き立っている状態で。

次なる打撃は粗野で卑劣なものだった――おまけに、このわたしの目の前で起こった。

4

古い友人の家族のところに娘を迎えにいくと、娘はすでに食事も風呂もすませ、さらに遊びつかれた状態だった。自宅に帰りつくと、娘のジェニーは〝おやすみ前のお話〟を読んでほしいとせがんだ。わたしは従ったが、三ページ読んだところでジェニーのスイッチが切れた。東京での〝自宅〟は父が建てた居心地のいい一軒家だ――ここは東京での滞在場所であると同時に、ブローディ・セキュリティ社の所有になっているいま、依頼人のための安全な隠れ家としても利用されていた。

いまこうして東京に旅行に来ているのは、痛ましさに胸の張り裂けるようなジャパンタウン事件のあとの休暇のつもりだった。計画では東京と京都にそれぞれ短期間滞在し、後者ではアンティークシヨップのための商品を多少仕入れたら、ジェニーとふたりで完全休暇モードを楽しむことになっている。そのため三浦の一件は、一両日中に主任調査員の野田に全面的にゆだねるつもりだった。

わたしはサントリーのウィスキーをかたわらにおいて居間のソファに深々と身を沈め、京都旅行の詳細を詰めはじめたが、あまり進められなかった。というのも、おりにふれて浜田準《はまだじゅん》の最後の言葉が思考に割りこんできたからだ。

「最終的な目標は？」ブローディ・セキュリティ社での最後の会合のおり、浜田はそうたずねてきた。

「三浦の仲間たちを殺した犯人をつかまえることだね」わたしはいった。

わが社のスタッフのなかで中国系の反社会勢力の専門家である浜田は迷っているようだった。「いま話している相手が三合会なら、犯人はつかまらないかもしれないね」

「なぜ？」

「連中は蟻《あり》みたいなもんだ。最初はわずかに一匹二匹が見えるだけだが、ひとたび巣をつつけば無数の群れがあふれだす」

「あんまり歓迎できない話だな」

浜田の団子鼻がひくひく動いた。大阪出身で百戦錬磨の元刑事の浜田は、それなりに戦闘を経験してきてもいる。「その言葉はあんたが思っている以上に真実をいいあててるな」

心が千々に乱れた状態だったせいだろう、わたしはずいぶん夜更かししていた。浜田の言葉がいつまでも頭に残っていた。三杯めのウィスキーを飲み干す。長く熟成されたウィスキーはまろやかな飲み口だったが、胃の腑《ふ》でふくれあがりつつある不穏な感情をなだめてはくれなかった。

夜中の十二時ごろ、わたしはやっとそろそろ寝ようと思いはじめた。そのときだった——私用の携帯電話に警視庁の加藤信一《かとうしんいち》警部補から着信があり、それによって浜田は社内の専属予言師へと昇格した。

第二日

戦争の谺《こだま》

5

午前零時十七分

ノックの音がしてオフィスのドアをあけると、星野理恵《ほしのりえ》巡査が立っていた。わたしが東京ではめったに知りあわない女性警官のひとりだ。

「ブローディさんでいらっしゃいますか？」星野は鄭重《ていちょう》な日本語でたずねた。

「いかにも」

「警部補の加藤とお話しになりましたね？」

わたしはうなずいた。「ああ、きみが訪ねてくるときかされたよ。ただ、これほど早く来てもらえるとは思っていなかった」

加藤警部補の腹心の部下は唇にルージュを引き、アイシャドウを入れていた——化粧はどちらも上品で、最小限にとどめられていた。これなら、首都東京の警視庁という圧倒的に男が多いクラブにもすんなり溶けこめるにちがいない。着ている制服はといえば、この職業につきものの濃紺のジャケットとスラックス、水色のシャツ。幅広で先端が尖《とが》ったカラーの下に黒っぽい色のネクタイを締めている。さらに真鍮《しんちゅう》のボタンが——多少のバリエーションというちがいはあれど——星野の同僚である男性警察官たちと呼応しあうイメージをつくりあげている。澄んだ鳶色《とびいろ》の瞳は鋭く突き刺すようであり、顔だちは若々しかった。

「準備はもうおすみですか？」星野は礼儀正しく微笑《ほほえ》みながら、ビジネスライクそのものの口調でたずねた。

「ああ、これ以上はないほど準備できているよ。シッターさんはいっしょかい？」

星野が手招きをすると、年若い顔だちの女性志願者がわたしの視界にはいってきた。星野が紹介した。「川上《かわかみ》です。まだ独身ですが、五人きょうだいのいちばん上のお姉さんなんですよ。お役に立ちますでしょうか？」

川上がお辞儀をした。「ご心配にはおよびませんよ、ブローディさま。娘さんのことはきっちりと面倒を見させていただきます。ところで娘さんのお名前は？」

「ジェニー——でも、由美子《ゆみこ》と呼んでも答えるはずだ。ミドルネームなんだよ。わたしの携帯の番号はテーブルのメモに書いてある。もし娘が目を覚まして、きみでは静かにさせられなかったら連絡をくれ。あの子は……すごく怯《おび》えることがあるから」

母親が死んでいることもあって、わたしが視界からあまりにも遠いところに行くと、ジェニーのレーダーが警戒モードに変わる。ひとり親の状態を見まもっている子供の視点は、ときにそら恐ろしくなるほど鋭い。

川上は先ほどとおなじようにうなずいて、わたしの指示を了解したことを示した。星野が腕時計に目を落とした。「なにも問題がなければ、わたしについてきてください。あまり時間の余裕があまりありませんので」

星野はわたしを待機していたパトカーに導いた。「おそれいりますが、後部座席でお願いします。規則ですので」

住宅街の細い道を抜けると、星野はアクセルを踏みこんだ。ルーフにとりつけられている赤い警告灯のスイッチを入れてから、星野はぽつぽつと走っているスピードの遅い車のあいまを縫うようにパトカーを走らせた。

バックミラーでわたしと目があうと、星野はいった。「うしろの席で問題ありませんか？」

「快適だよ。ところで、その華麗なる運転テクニックはどこで身につけた？」

「父がいくつかコツを教えてくれました――娘のわたしも道路で車を走らせることができるはずだ、とせがんだ結果です」

「娘のわたしも……というと？」

「弟がふたりいます」

「それで、きみはどんな運転を？」

「弟たちよりも速く、しかも巧みに」

それからしばらく黙ったまま車を走らせたのち、わたしは口をひらいた。「どこへむかっているのかな？」

「歌舞伎町です」

わたしの背すじを冷たいものが駆けくだった。歌舞伎町は世間で噂《うわさ》されているほどの無法地帯ではないにしても、決して無害な地域ではない。地域内では周期的に暴力事件が起こり、騒乱が勃発すれば命を落とす者も出かねない。

「こんな夜遅い時間に行くのは、あまりいいことではないのでは」

「警部補は、あなたがご自分の目で確かめることをお望みです」

「では深刻な事態なんだね？」

意志の強さをうかがわせる鳶色の瞳が、ちらりとわたしに視線をむけた――一筋縄でいく相手ではなさそうだ。

わたしは別の角度から攻めることにした。「加藤警部補の下で働くのは楽しいかい？」

次の瞬間、星野はパトカーのタイヤのゴムにわずかな囁《ささや》き声をあげさせただけで猛然と角を曲がりこんでから、バックミラーでわたしと目をあわせて、楽しいと答えた。

「では警察の仕事全般は？」

「わたしは生まれついての警察官です。父も祖父も、それからふたりいる弟もみんな警察官です」

「きみが長女だった？」

「ええ」

「とすると――」

「少々お待ちを」星野はそういって、ごく短くサイレンを鳴らした――その音で、のろのろ走っていた二台のタクシーは、驚かされたゴキブリよろしく大あわてで道ばたへよけていった。

星野はふたたびミラーでわたしと目をあわせた。「なんのお話でしたっけ？」

「きみは去年の秋、加藤の捜査班で働いていたのかい？」

星野は次の角にはいっていき、ふたたび直進にもどると、パトカーを加速させた。「あなたと加藤警部補がいっしょに……その……仕事をしていたときのことですか？　いいえ」

「では、あのときなにがあったかは知らないわけだ」

「知らないとは申しておりません」

つまり知っているということだ。

わたしたちのパトカーは新宿駅北側で線路の下を通るアンダーパスにはいっていき、出たところで左折、つづいて西武新宿線の駅の横をさらに走っていった。

街がにぎやかになってきた。

わたしたちは目的地にたどりついた。

6

わたしたちがいるのは、東京でも最大規模を誇る成人むけ歓楽街のへりにあたるところだった。見あげればウェハースのように薄いビルの上のほうから、漢字が書かれたネオンサインが何層にもなって道路のほうへ突きだしていた。赤と青と緑のライトが、川のようにフロントガラスを洗っていく。やたらに大声でしゃべり、顔を酒で紅潮させた酔客たちが、左右両側の歩道をよろめき歩いていた。

「木曜日にしては人出が多いようだね」わたしはいった。

「ひと足早く週末気分になっているようです」

若干のパチンコ屋と映画館、飲食店やカラオケ店という例外はあるが、昼間のあいだこの地域は眠っている。夜の訪れとともに何千人という人々が、居酒屋が軒を連ねる飲み屋街やラーメン屋、それに魅力的なホステスが同席して、どんな話にもくすくす笑い、それなりの代価で男たちのエゴをくすぐる〝ナイトクラブ〟などがあるこの街を歩きまわる。ちなみに、金を落とす気がある女性客を同様にもてなすのが〝ホストクラブ〟だ。

パトカーがさらに裏道深くにはいっていくにつれて、スピードはのろのろ運転にまで落ちた。このあたりではセックス産業が花盛りだった。商売の顔ぶれにラブホテルとショーパブがくわわった。ストリップ劇場やノーパンクラブの客引きたちの姿も見えてくる。暗がりを街娼《がいしょう》たちがうろついていた。

星野は鮮やかなハンドルさばきでパトカーを細い路地へと滑りこませた。ネオンが翳《かげ》った。建ちならぶビルの裏の壁から黒い影が這《は》いおりてきた。ヘッドライトが前方に駐車している別のパトカーの後部をとらえた。犯罪現場であることを示す黄色いテープが、問答無用の権力を見せて路地に張りわたされていた。

星野がエンジンを切ると、暗闇が忍びこんできた。

「きみがまだ生者の世界にいるとわかってほっとしたよ、ブローディ」加藤警部補はそういいながら手を差し伸べてきた。わたしたちは握手をかわした。

先ほどわたしが車から降りると、加藤は夜の闇からぬっと姿をあらわし、よどみない動作で身をかがめて現場封鎖テープの下をくぐって近づいてきたのだ。

「きみがいまでも警察バッジをとりあげられていないのが、わたしには謎だな」

浅黒い顔に白い歯がのぞいた。「その謎はだれにも解けないさ」

わたしと加藤が顔をあわせたのは、いまから十一カ月前、例の利久《りきゅう》事件のさなかだった。当時わたしは加藤の友人ではなく容疑者だった。加藤は胡桃色《くるみいろ》の肌をもち、目尻と口角に皺《しわ》が寄っている男だ。外から見る姿は乱雑そのもの。一日のはじまりにどれほど身なりをきれいにととのえようとも、勤務時間が半分を過ぎるころには巨大な洗濯乾燥機から体ごと射《う》ちだされたようなありさまになってしまう。着ている服は――ちなみに今夜は黒のトレンチコートとグレイのスーツだ――皺くちゃだし、白髪混じりの髪は風が吹き抜けていった乾草の山そのままだ。しかし外見がどれほど乱れていても、加藤は静謐《せいひつ》そのものの男だ。なにがあろうとも内面のメーターが揺らぐことはない。いまでこそ身なりの乱れた警部補だが、父親のあとを追って警視庁に入庁するまでは仏教の僧侶としての教育を受けていたこともある。

加藤はわたしの服装を読み解こうとして、こんな発言をした。「初期のジェームズ・ディーンを狙ったな」

わたしが急いで身につけてきたのは黒いジーンズと黒いTシャツ、それに黒いレザージャケットだった。わがファッションセンスでは、東京ファッション界の聖なる教祖たちからお呼びがかかったためしはないが、黒を基調とした服が自分のウェーブした黒髪とブルーの瞳に似あうことはずいぶん前から学習ずみだし、いうまでもないことだが、薄暗い路地に足を踏み入れたとき周囲に溶けこむわが才能の助けにもなる。

「いや、洗濯物の数減らしだ」

加藤はうなずいた。「ひとり親家庭ならではだね。こんな時間にきみを娘さんから引き離したことはすまなく思っているよ」

わたしはいった。「そんなことをするからには充分な理由があるんだろうな」

加藤はひたいに皺を寄せた。「まことに遺憾ながら、ああ、そのとおりだ」

7

あとをついてくるようわたしに合図を送りながら、加藤警部補はあとずさった。わたしは犯罪現場封鎖用のテープの下をくぐり、二台めのパトカーと壁のわずかな隙間を通り抜けていき——そこであやうく、真夜中に呼びだされた理由につまずいて転びかけた。

石畳の上に、かつては人間だったが、いまは骨をつめたぐずぐずの頭陀袋《ずだぶくろ》になりはてたものが転がっていた。

被害者の頭部は見わけもつかぬほど叩《たた》き潰されていた——左右の頬骨は叩き割られ、鼻はぺしゃんこに潰され、瞼《まぶた》はまったくひらかないほど腫れあがっていた。上下の唇は熟れすぎた果物のようにぱっくりとひらき、前歯はおそらく衝撃で抜けてしまっていた。衝撃を加えられたり傷になったりしていない無傷の部分は、紫がかった茶色に変わった乾燥した血がつくる殻に分厚く覆われていた。

日本人男性の遺体だ。

スーツを着ている。

わかるのはそこまでで、それ以外にはひと目で人間の遺体だとわかるものはなかった。たとえ母親でも、このありさまでは息子だと見抜けないにちがいない。

わたしはひゅっと息を吸いこんだ。「とてもじゃないが、毎日お目にかかれるものじゃないな」

「ああ、まったく」加藤は同意した。

殴打は情け容赦のないものだったが、暴行はここでおわったわけではなかった。足は両方とも骨がへし折れていた。足だけではなく左腕も。

右腕のほうは消えていた。

わたしは、こんな夜の夜中にわたしをここまで引っぱりだした理由の一端なりとも知りたくて加藤に目顔で問いかけたが、加藤の顔は仏陀《ぶつだ》なみに無表情になってしまっていた。

わたしはうしなわれた右腕はないかと視線をあちこちへ滑らせた。路地の先のほう、警視庁が野次馬をせきとめておくためにバリケードを設置しているあたりに目をむけてから、視線を手前へ移動させ、二台めのパトカーの反対側にある暗がりや間隙に目を凝らした。なにも見つからなかった。

わたしはもっとよく見ようと前へ進んだ。そこで遺体をふりかえって、顔の見えなかった側からガムテープがぶらさがっていたことに初めて気づいた。粘着材に血が染みた靴下がへばりついていた。白いスポーツソックス。ブランド名なし。ストライプなし。デザイン性なし。大量生産品。見るも忌まわしいさるぐつわ。単純このうえなく、使い勝手に不足なし。だれがこんな真似《まね》をしたにせよ、その人物はこの種の手口を心得ている。

犯罪現場の裏側にあつまっている人々の穿鑿《せんさく》の目は、二台のパトカーによってさえぎられていた。しかし、この路地が大通りにつながっている前側では、数名の巡査たちが立っていて、カラーコーンもあり、路地に現場封鎖用のテープが張りわたされてもいたが、わたしの目の前に転がっている哀れな魂を人々の視線という屈辱から守るものはひとつもなかった。

酒に酔った野次馬たちによる饗宴《きょうえん》だ。これもまた娯楽のひとつなのだろう。

ブローディ・セキュリティ社の仕事の関係で、わたしはこれまでにも奇妙な場所に数多く足を運んでいる。行きたいとも思わなかった数々の場所。アンティークのディーラーが決して行かない場所。もっと治安のいい地域に住めるだけの経済力を得るまで、ロサンジェルスのサウスセントラル地区のへりに五年、そのあとでさらに二年をサンフランシスコの危険な地域で過ごしたので、暴力とは無縁ではない。しかし、だからといって暴力を好きになれるわけもなかった。今夜、呼ばれるままここへ来たのは恩義のゆえだ。日本では恩義が深層底流になっている。わたしは加藤警部補に大恩ある身だ。それだけでは不足だというように、加藤はわたしの父のことも知っていた。

「殺害現場はどこだ？」わたしはたずねた。

この種の暴行には時間がかかるし、この路地はあまりにも人目につきやすい。さらに死体の周囲に流れた血液が比較的少ないことから、ここが第二の現場であることは知れる。

「あっちだ」加藤は暗い影に包まれた壁の窪《くぼ》みのような場所にむけて、あごを動かした。「三メートルくらいの奥まった袋小路でね。酒屋の裏手だが、店はもう何時間も前に閉まってる」

「見せてもらえるか？」

警部補はうなずいた。三歩先に進むと、裏口で行き止まりになっている汚い小路が見えた。ここにも血だまりがあったが、腕も歯も見あたらなかった。目を走らせても見えてくるのは、壁ぞいに置いてある二個のでこぼこだらけのゴミ収集容器だけだ。

わたしは遺体のもとに引き返した。「被害者にさるぐつわを嚙《か》ませたあと、犯人たちは好きなだけ時間をかけられたはずだね」

警部補は髪を手で梳《す》きあげただけで、ずっと無言だった。

「腕は見つかった?」

加藤はかぶりをふった。

「歯は?」

やはり、かぶりをふっただけだ。

加藤は口数少なくなっていた。視線は小ゆるぎもしていない。腹心の部下である星野は目立たないように距離をたもち、上司の加藤にも負けないほど真剣にわたしを見つめていたが、わたしがちらりと視線を走らせるなり、すばやく歩道へ目を移した。

どうにもおかしな空気だ。

わたしはいった。「それで、わたしはなにをすればいいのかな?」

加藤の注意力が倍加した。いまや関心を隠そうともせずに、こちらを探っている。「こういった仕事をしていると、ちょくちょくお目にかかる些細《ささい》な事実というだけなんだが」

「というと、具体的には?」

「じつは死んだ男の財布から、きみの名刺が見つかってね」

全身がすっと冷えた。「わたしの名刺が? なにかのまちがいだ。被害者とは知り合いでもなんでもない」

「本当に?」

なるほど、なかなか鋭い質問だ。母親でさえわが息子だとわからないほど変わり果てた姿になっていては、わたしに男の素姓がわかるとは思えない。それにわたしの知っているかぎり、わが名刺はトレーディングカードとちがって交換や売買の対象になってはいない——わが銀行口座と、そこにおさまっているジェニーの大学進学資金用の預金にとっては残念だ。わたしはさらに近づいて、遺体をじっくりと眺めた。ここへ到着したときに一瞬で被害者の素姓に思いあたることはなかったし、いまになって記憶がよみがえることもなかった。

「どうだ?」加藤がたずねた。

「知らない男だと思う」わたしはいった。

「〝思う〟だけではない答えが必要なんだよ」

わたしはしゃがみこみ、さらに綿密に目を走らせた。死体からは排泄物《はいせつぶつ》と腐敗の悪臭がただよっていた。わたしは口で息をしながら、血糊《ちのり》の下にあるものを見さだめようとした。それでも、頭にはなにも浮かんでこなかった。顔の損傷があまりにも激しすぎた。

遺体を見ているあいだにも、視野の周縁部分でなにかが動く気配があった。事件現場の正面側にあつまっている警官たちからひとりの人影が離れて、わたしたちのほうへ近づいてきた。加藤警部補とおなじく私服姿だが、着こなしでは勝っている。それも数段。着ているのは、年配の日本人に好まれているワイドカラーで褐色の〈バーバリー〉のトレンチコートだ。コートの前はひらかれていて、思わず目を引かれる立派な太鼓腹を見せていた。

「その外人《がいじん》から、まだ確認の返事がとれないのか?」〈バーバリー〉男がたずねた。独善的な雰囲気と角ばった大きな頭のもちぬしだ。

またしても外国人がらみの問題だ。よそ者。外人という表現は、おおざっぱに日本以外の国の人間を示す〝外国人〟という日本語の短縮形である。〝外国人〟というのは客観的には妥当な表現で、たとえば〝異人《エイリアン》〟と呼ばれるのに比べれば不快感はずっと少ない。しかしながら、短縮形になるとそこはかとなく差別の意図を感じさせる。この国に長く住んでいる外国人のなかには、この短縮形を耳にすると——それが単純な言葉の省略形で生まれたものであるにせよ——気分を害する者もいる。日本人はこの短縮形が相手の気分を害するとは思っていないし、わたし自身はもう気分を害することもない。次の段階に進んだからだ。それでもある種の口調で発せられた場合、この単語が相手への侮蔑を示すこともある。わたしが〈バーバリー〉男の発言にききとったのは、まさにそれだった。わたしの名前を知っているはずなのに、わざと〝外人〟呼ばわりした。いかにも見くだした調子で。わたしが下等動物ででもあるかのように。

「この男の財布をもっているんだろう？」わたしは加藤にたずねた。

「きみが財布を見ずに、この男の身元を確かめられたほうがいいと思ってね」

夜のそよ風がまた新しい腐臭をわたしの鼻孔へ運んできた。わたしはすっくと背中を伸ばして、肺の中身を一掃するために強く息を吐いた。

「こんな誘いじゃなくて、いっしょにビールを飲むという誘いのほうがありがたかったな」わたしはいった。

加藤は肩をすくめた「三浦。三浦耀司」

胸の奥で心臓をわしづかみにされた気分だった。もしや、これはある種のジョークなのか？　わたしは加藤の顔に視線を走らせた。つづいて、あとから来た男の顔にも。この男たちは、三浦耀司の父親がブローディ・セキュリティ社と業務契約を交わしたばかりだということを知っているのだろうか？ きょうの午後、わたしと三浦父子が顔をあわせたことも？

加藤はきっぱり口を結んでいた。わたしは地面の遺体に目を落とした。きょうの早い時間に初めて顔をあわせた男とは、似ても似つかぬ姿だった。

その瞬間、あの男の姿が目に見えた。

三浦耀司がわたしに躍りかかってきた。ついさっきまでは見えなかった幻影の仲間のように、その姿は瞬時にくっきりと明瞭になった。体格、あごのライン、ひたいの傾斜具合。ワイシャツに赤いシルクのネクタイ。なにもかもがそこに見えていた。わたしの顔がくしゃくしゃになった。

これが本当に三浦耀司だということがあるのか？

わたしは自分の財布からクレジットカードを抜きだして身をかがめ、プラスチックのカードの隅で上着の袖口をめくりあげた。

思ったとおりのものがそこにあった——昨今ではだれもつかっていない、あの忌まわしいプラチナのカフリンクが。

とこしえの悲しみがわたしを押し潰そうとしていた。どうしてこんなことになったのか？ わたしはどうしてこの事態を引き起こしたのか？

加藤は禅を思わせる明鏡止水の表情でわたしを見ていた。

「その顔つきはイエスの返事と理解してもいいんだな？」加藤はいった——穏やかな声の背に、一抹の同情の響きが乗っていた。

わたしはうなずいた。「きょうの午後、初めて会った男性だ。いや、もう日付はきのうに変わったな。

被害者の父親に雇われてね」

「なんとすばらしい」〈バーバリー〉男がいった。「きみの会社の仕事を依頼してから十二時間後には蝿《せみ》の餌になっているとはね。きみはさぞかし、その道では凄腕《すごうで》だと見える」

激しい怒りが胸の裡《うち》にこみあげてきた。赤の他人にここまで悪《あ》しざまにいわれる道理はない。相手がやたら着飾っている男ならなおさらだ。まわりに警官たちがいなかったら、わたしは一秒でこの男の鼻を叩き潰したかもしれない。いや、警官たちがいても、やりかねなかった。

わたしは立ちあがって背を伸ばした。百八十二センチという身長と八十六キロという体重のわたしは、大多数の日本人男性の体格を上まわっている。そして、この鼻もちならない下衆《げす》男の体格も上まわっていた。しかも威嚇するかのように。

〈バーバリー〉男は顔をこわばらせると、「加藤くん、ペットは檻《おり》に入れておくんだな」といい、加藤警部補をにらみながらこの場を離れていった。

「いったいあれは何者だ？」わたしはたずねた。

「なにもなければ、これはあの男の担当事件になっていたはずなんだ——ただし、ほかの二件の家宅侵入事件とならんで、こいつまでがわたしに割りふられたものでね」

「つまり、あの男はほくそ笑んでいるのか？」

加藤はうなずき、押し殺した声でいい添えた。「おまけに目立ちたい一心で、ちょっとだけ顔を見せにきたんだよ。さて、三浦がきみのところへ行った理由は？」

わたしは周囲に目を走らせた。〈バーバリー〉男に。星野巡査に。そのほか、声が届く範囲にいる半ダースほどの警官たちに。ここで話すには耳が多すぎる。

加藤はわたしのためらいを見てとっていた。「ここでは短縮バージョンでいい——全長バージョンはあとでゆっくりきこう」

わたしは眉を寄せた。

「答えを知る必要があるんだよ、ブローディ」

わたしは胃がぎゅっとよじれる気分だった。どうして三浦耀司にも数人の警備スタッフをつけなかったのか？　それはつまり、父親の三浦晃が息子にも危害が及ぶかもしれないという懸念を表明しなかったからであり、その可能性に思いおよんだスタッフがブローディ・セキュリティ社にひとりもいなかったからだ。

そして三浦耀司は死んだ——あってはならないことながら。

しかもわたしの監視下で。

「被害者の父親が、個人的な件の調査をブローディ・セキュリティ社に依頼してきたんだよ」底流になっている自己非難の感情がにじみでた返答だった。

「その個人的な件というのは？」

ここを公聴会にされてはたまらない。わたしは曖昧にぼかして返答した。「父親の軍隊時代の旧友たちの身に不幸な出来事がつづいた件についてだよ」

加藤はいった。「不幸というのは？」

わたしは目を伏せ、視線を依頼人の息子の無残に変わりはてた遺体にむけた。

「これと似たようなことだ」わたしはいった。「おなじように、とりかえしがつかないことなんだ」

いきなり突きあげてきた衝動のままに、わたしは携帯電話に手を伸ばした。いますぐにでも、わが依頼人までもが敵の手にかかったかどうかを確かめずにはいられなかった。

8

しかし電話をかけるよりも先に、加藤がわたしの肩をつかんだ。そのあと星野のパトカー車内にすわって、わたしはわが社の依頼人と二件の家宅侵入事件との関係を――これ以外のあれこれも含め――加藤にすっかり話した。

人数が増えつつある人だかりをフロントガラスごしにながめながら、加藤はわたしの話に考えをめぐらせているようだった。「つまりその連中は報復として息子を殺したわけか」

「そんなところだろうね」

「きみはこれから何本か電話をかける必要があるんじゃないのか？」

「ご明察だ」

それから加藤はわたしの足労に礼の言葉を述べた。わたしはパトカーを降りて大通りのほうへタクシーをさがしながら歩きはじめ、歩きながら自分の携帯をとりだした。

最初の電話では、三浦晃の護衛をしているスタッフの警戒レベルを最高度に引きあげた。二本めの電話では、本来なら次のシフトにはいるはずのスタッフに即座の出動を命じて警備スタッフを倍増した。全員にその理由を話したが、父の三浦晃への説明はわたしに一任するようにとも依頼した。だれもが安堵《あんど》していたようだ。三本めの電話で、ブローディ・セキュリティ社の社員電話連絡網が動きはじめた――本件を担当している管理職とサポートスタッフのうち、三浦の身辺警護をしていない者は全員朝の八時にあつまるように、という連絡をまわすためだった。わたしがかけた最後の電話は、娘の安否確認だった。ジェニーにはなんの影響もなかった。

嵐のなかの一抹の救いだ。

ついでわたしは、三浦の警護担当にふたたび電話をかけた。

「三浦氏を起こしてコーヒーを飲ませておいてくれ」わたしはいった。「わたしはこれからそっちへ行く」

というのも、警察に先んじて三浦から話をきいておきたかったからだ。


こんなはずではなかった。

そもそもわたしは、ブローディ・セキュリティ社で自分が専用のデスクにつくとは夢にも思っていなかった。この会社は、いわば父の秘蔵っ子だ。父は東京周辺のあちこちにあったアメリカ軍の基地内の警察組織だったMPを率いて活躍したのち、おおよそ四十年前にこの会社を一から創業した。

軍を除隊した父はロサンジェルス市警察にくわわったが、上下関係に恐れをなして退職、自身の会社を設立することにした。最初はロサンジェルス――ただしこの会社は各方面とのコネが欠如していたために倒産した。そのつぎは東京で会社をつくった。さいわい東京では軍隊当時の各方面とのつながりのおかげで事業は好調だった。

その当時、将来わたしの母になる女性は美術学芸員の資格をもち、やはりロサンジェルスからのボランティア・スタッフの一員としてアメリカ赤十字の東京支部で働いていた。父と母が出会って結婚、わたしが生まれた。わたしは人生最初の十七年間を東京で過ごし、たったひとりの白人生徒として地元の公立学校に通い、日本語やこの国の文化をはじめとして多くを学んだ。

十二歳のころには、午後をブローディ・セキュリティ社で過ごすことがわたしの日課に組みこまれていた。それだけではなく、ますます広がる父の業務協力者リストから選んだ東京でも最上の武道の達人二名に師事し、それぞれに週二回のレッスンを受けるようになってもいた。

五年の歳月のあいだ、わたしは担当事件を仔細《しさい》に検討している父の部下たちの会話を耳にしていた。そういった会話は露骨で生々しく、かぎりない魅力に満ちていた――ヤクザによる恐喝、女遊びにうつつをぬかす百万長者たち、ハンコを盗みだして被害者の銀行口座を空っぽにする頭の切れる窃盗犯たち（ちなみにハンコというのは文字を彫りこまれた印章で、日本では署名の代用につかわれる）。実例はまだまだあげられる。

道場でわたしは空手キックと、柔道の強力な投げ技を学んだ。思春期の少年が、これ以上なにを望めるのか？　そしてある日、母に連れられて東京国立博物館の展示室の奥深くを訪ねたわたしは、きらびやかに輝く日本の至宝の数々を初めて目にした。それこそ十六世紀の侍たちが身につけた甲冑《かっちゅう》から、深遠でありながらも自由闊達《かったつ》な禅画にいたる至宝だ。禅画とは、たとえば仙厓のような悟りをひらいた禅僧たちの筆による美術作品で、白地に黒い墨でさらさらと描いてあるのが特徴だ。

その日目にしたものが、わたしの裡なるなにかを覚醒させ、わたしを静謐なる世界へとむかわせた。

そしてジェットコースターが発進したのも、そんなときだった。

わずか一カ月のあいだに、両親の結婚生活が爆発して吹き飛んだ。母とわたしは、母の生まれ故郷であるロサンジェルスにほうりだされた。ほうりだされて着地したのはサウスセントラルに接している治安のわるい住宅街だったが、しつこく探りを入れてくる地元の不良連中に対抗したわたしが、敵の泣きどころに的確な攻撃を繰りだすことが二日で三度におよぶと、連中もわたしから距離をとるようになった。

それから十年で、わたしは地元のカレッジに進学し、訓練を欠かさずに武道を上達させ、腸の癌《がん》で他界した母を見送り、サンフランシスコに引っ越した。引っ越してからは自動車の整備工として他人の車の下にもぐりこんで働き、思いもかけず地元の美術品ディーラーの見習い助手にしてもらえた。

そして東京出身の黒田美恵子《くろだみえこ》、のちの美恵子ブローディとめぐりあって結婚、それはそれは美しい女の子を授かり、またとうとう自前のアンティークショップを開店させた。そしてある日、実家の両親を訪ねていた妻の美恵子が、真夜中の火事で死亡したという知らせで叩き起こされた。当時、娘のジェニーは二歳だった。それから四年後——すなわち昨年——父が他界した。両親の離婚以降、父とわたしは疎遠になっていたが、それでも父はブローディ・セキュリティ社の半分をわたしに投げてよこした。

こんなはずではなかった。

ジェットコースターが減速するころには、わたしはふたつの職業に引き裂かれた男になっていた。いや、三つといってもいい——シングル・ペアレントでもあったからだ。サンフランシスコにいるときは、まだ幼い娘とロンバード・ストリートにある経営状態の苦しいアンティークショップとを往復していた。東京にいるときには、ジャグリングのように出張旅行をこなしては店の売り物になる美術品をさがし、同時に基本の身分である二代めの私立探偵としての仕事もしていた。

つまり三十二歳にして、わたしは二種類の異なる仕事についていたわけだ。ただし頭の奥のほうでは、美術の仕事と探偵の仕事がひとつに融合しかけていた。前者の仕事では、わたしは人々に芸術作品を紹介している——それもわたし自身がずいぶん昔に、母に連れられて東京の広大な国立博物館の薄暗い地階フロアに行ったおりに見出《みいだ》した静謐さの感覚とおなじもので、人々の生活をより豊かにできる作品を。後者の仕事では、大混乱に巻きこまれたり蹂躙《じゅうりん》されたりして人生にしがみつく力をうしないかけた人々の力になっている。両親はどちらもすでに他界したが、ふたりの亡霊はいまも近くを漂い、ことあるごとにわたしをふたつの異なる方向へ引っぱろうとしていた。

ただし、はっきり目立つ相違点がひとつある。

片方は、その目的達成のための努力で命を落としかねないのである。

9

わたしはタクシーに飛び乗って、高円寺《こうえんじ》にある三浦晃の自宅へ急いだ。高円寺はJR中央線で新宿から西に四駅、若者が多くあつまる街だ。駅周辺の住宅街には、カレッジの学生やアーティストやミュージシャンが多く住んでいる。さらに駅から離れた住宅街には、旧家の邸宅がちらほら見うけられる。そういった邸宅の敷地は、おおむね先の大戦よりもずっと前に購入されたものだ。

三浦邸の扉をそっとノックする。扉をあけたのは、今夜この家の警備を担当している針金のように細く引き締まった体のブローディ・セキュリティ社スタッフだった。

「耀司氏の妻が、義理の父親の三浦氏に電話で話をすでに伝えたということはあるかな?」わたしはたずねた。

「いいえ」

「本当に? では、三浦氏はまだなにも知らない?」

「ええ。ただ、いぶかしがってはいます」

わたしは敷居をまたいで玄関にはいると、戸外用の靴から屋内用の履物に履きかえた。三浦がわたしに来訪を歓迎する挨拶をしたが、笑みの裏から不安がのぞいていた。三浦の邸宅は日本の中流階級としては標準的な白壁のあるつくりで、天井の低い小づくりの部屋がいくつもあった。

三浦と夫人がともに、目の粗いウールの織物がかかった茶色のソファにゆったりと腰を落ち着けた。

わたしはできるかぎり穏やかな口調で悲報を伝えた。三浦は衝撃に目を大きく見ひらいた。さすが老いたる兵士だけあって、三浦は雄々しく戦いながら、「耀司……耀司」と息子の名前をつぶやいては、くりかえし何度も頭を左右にふり動かしていた。夫人は立ちあがり、気づかうようすで夫に寄り添っていたかと思うと、いつ息子がこの場にあらわれても不思議はないと思っているかのように、視線をすばやく部屋にめぐらせていた。夫人は――日本ではことさら珍しいとりあわせでもないが――夫の三浦よりもたっぷり十五歳は年下であり、体も夫ほどは衰えていなかったが、それでも頑健とはいえない状態だった。

感情を抑えこんだように思えた三浦だったが、おもむろに顔を両手に埋《うず》め、声を立てずに体を激しく震わせて嗚咽《おえつ》しはじめた。妻は飲み物かなにかを見つくろってくるという意味の言葉を口にして、ふらふらと出ていった。

台所は、それとは反対方向だ。

わたしは調理スペースへ行ってキャビネットをひらき、やがてこの家の隠し財産を見つけた。コーヒーカップにニッカの十五年ものシングル・モルト〈宮城峡〉をダブルの分量で注ぐと、三浦がすわりこんだままの客間に引き返し、ウィスキーを飲むようにすすめた。

三浦は涙に濡《ぬ》れた手のひらから顔をあげると、陶器のカップに手を伸ばし、うわの空のまま口をつけた。その頬を、涙のしずくがなににも妨げられずにつたい落ちていた。

「さあ、一気に飲み干してください」わたしはいった。「ちびちび舐《な》めるのではなく」

三浦はマグカップの中身を一気に空けた。そこへわたしがまたウィスキーを注ぐと、今度はわたしがなにもいわなくても二杯めを飲み干した。噎《む》せて咳《せ》きこみ、息をととのえてから、疲れもあらわにまたソファにへたりこんだ。このときもまだ、頬を涙がはらはらと流れ落ちていた。

悲しみを感じていたにせよ、そのすべては怒りに抑えこまれていた。歌舞伎町を歩いて離れたとき、わたしは烈火のごとく怒っていた。三浦耀司の死があまりにも衝撃的で、どこから手をつければいいのかもわからなかった。ここまでタクシーで来るあいだに、その怒りもおさまってはいたが、依頼人の三浦が泣き崩れるのを目のあたりにしたことで、怒りの炎はふたたび煽《あお》り立てられていた。

わたしは怒り狂っていた。

当初の三浦からの訴えをにべもなく拒絶した警察に怒っていた。ぎこちなく、いかにも小心な態度だったうえに殺されてしまったことで、三浦耀司への怒りも湧いた。しかし、いちばん腹が立っていたのはわたし自身に対してだった——依頼人の三浦の息子が殺されるような事態の発生を許したのはわたしだからだ。

草の根わけても真犯人をさがしだしてやる。

三浦晃が落ち着くのを待ちながら、わたしはその息子の三浦耀司の遺体が不隠な状態だった点に考えをめぐらせていた。

サウスセントラル地区の近くに住んでいた五年のあいだには、それこそ数えきれないほど多くの過激な暴力による被害者を目にした経験がある。満身創痍《そうい》になりながらも一命をとりとめた者たち。凌辱《りょうじょく》された遺体。拷問のあげくに殺された地元民。そんなわけだから、暴行についてはそれなりの知識もある。

そして今回の暴行殺害について、すでにわかったことが四点あった。その四点のすべてが警報ベルのスイッチを入れていた。

まず第一に、殴打が徹底的に、かつ順序だてておこなわれていたことだ——街角での見境ない殴りあいとはちがう。三合会は耀司の口からなにかを引きだしたかったのだ。

第二に殴打の回数は、被害者が痛みに対してきわめて高い耐性をそなえていたことを裏づけている――デスクワーカーとしては桁はずれの耐性だ。わたしはその理由を突きとめずにいられなかった。

第三点は、三浦耀司が頑強に抵抗しつづけ、そのために手足の骨を折られていたことだ。殺害の実行犯たちは、自分たちが必要とする情報を最後の一滴まで搾りとろうとして、苦痛のレベルをあげていった。これに耐えられるのは最高にタフな人間だけだ。

第四の、そしてもっとも不穏な点はといえば、三合会の連中が拷問のしめくくりに、トレードマークでもある四肢の切断をおこなったことだ。これは耀司の仲間ばかりか、耀司と同じ道筋をたどりかねない協力者への警告、近づいてはならないという見誤りようのない警告の手だてだ。

すなわち彼ら三合会のメッセージは、わたしにむけられているのだ。

10

三浦が人心地つくまでには三十分ほどもかかった。

わたしは辛抱強く三浦の隣にすわっていた。保護対象の三浦に見られていない隙に、わたしは警備スタッフの視線をとらえて、あごを家の裏手のほうへ動かした。ブローディ・セキュリティ社のスタッフは三浦の妻をさがしに部屋を出たが、すぐ引き返してくると、頭を左右にふって、さらにジェスチャーで睡眠中だと示した。

「ひどい死に方だったのかね？」三浦は平板な声でたずねた。

「耀司さんは、わたしなどが考えるよりもずっと勇敢でした」

ついで三浦は息子の生涯最後の瞬間にまつわる断片的な情報を、父親としての誇りを感じながらきいっていた。「剣道で鍛錬していればこそだ。あいつは週二回、稽古に通っていたよ」

それをきいて、暴行の激しさにも合点がいった。日本の歴史で長期にわたる平和な時期には、侍たちの戦闘テクニックも劣化していったが、剣道はそののち十八世紀になって復興した苛烈なスポーツだ。ほぼ全身を守る防具をつけているとはいえ、稽古は決して激しい痛みとは無縁ではない。それゆえ剣道家は、稽古にもちいる硬い竹刀《しない》での打擲《ちょうちゃく》にも耐えられるだけの痛みへの耐性を身につける。

「耀司さんにも、わが社のスタッフをつけておくべきでした」わたしはいった。

三浦の目はうるんでいたが、しっかりと焦点をあわせていた。「これは戦争なんだよ、ブローディさん。すべてを想定するのは不可能だ」

老兵士が復活していた。あきらめきって哲学的になってはいるが、兵士が復活していた。

「きみたちなら、こんなことをした犯人を突き止めてくれるんだろうね」三浦はそう言葉をつづけた。

「そのつもりです。耀司さんがなにをご存じだったのかを教えてください」

「どういう意味かな?」

「耀司さんを殺した犯人たちは情報を欲しがっていました。それでわたしは耀司さんが当時の中国にまつわることで、なにかを知っていたのではないかと考えています」

「せがれはその手のことをなにひとつ知らなかったぞ」

「もしかしたら、三浦さん、あなたがずいぶん前に口にした話かもしれません」

父親は譲らなかった。「せがれに昔話をきかせたことなどない。それどころか、わたし自身が必死に昔を忘れようとしていたくらいだ」

わたしは深々と息を吸った。加藤警部補とパトカー車内でかわした短時間の会話によれば、耀司への暴行は二件の家宅侵入事件での暴行を模倣しているらしい。耀司はなにかを隠していた。問題は、依頼人たちが真実の一部をわざと隠していながら、隠していない真実を見つけるためにわたしたちを雇うところにある。

「たとえば、あなたが最後の旅行で見つけたなにかにまつわる話かもしれません。あるいは、あなたがうっかり洩《も》らした秘密なのかも……」

「きみは諜報《ちょうほう》活動や軍の秘密作戦のことを話しているんだろう、ブローディさん？　わたしは士官として国に奉仕し、そののち戦場で自分がしたことや見たことへの慚愧《ざんき》の念という重荷をかかえて帰国してきた。われわれ日本人はいったんは征服者としての権力に酔いしれ、次の瞬間にはその権力を濫用したんだ」

わたしは目の前の男を見つめた。三浦が感じている罪悪感は、いまやはっきりと見えるほど重くのしかかっていた。

わたしは静かにいった。「なんでも話してください」

「話すことはなにもない」

「些細なことかもしれません。目立たないことかもしれませんね」

「戦争の谺《こだま》、しょせんはそういうことだ。そして中国はふたたび国民を外へ送りだし、三合会は復讐《ふくしゅう》を求めている。しょうがない、しょうがない」

〝しょうがない〟という日本語は、避けようとしても詮ないことだ、という意味だ。

わたしはもどかしい思いを抑えこみながら視線をそらせた。三十年前のスーツで精いっぱいめかしこみ、おぼつかない足どりでブローディ・セキュリティ社にやってきたときの、あの生き生きとした目の輝きは消えていた。しかし、わたしにはあっさりと引き下がる気はなかった。三浦耀司を殺害した犯人に罰を与えずにすませるつもりは毛頭なかった。

「犯人たちを見つけてみせます」わたしはいった。

三浦は弱々しく微笑んだ。わたしはそこに、かつての才気のきらめきを見てとった。「ああ、きみなら見つけられるはずだな。なにせ実績がある」

さて、三浦耀司はなにを隠していたのだろうか？

11

わたしは三浦邸の前にとめてあった二台のブローディ・セキュリティ社の社用車の一台を徴用し、入り組んだ細い道を猛然と走りぬけつつ、都心から北西に約三十キロの所沢《ところざわ》の住宅街を目指した。この地域では七世紀前にふたつの戦い――〈小手指原《こてさしがはら》の戦い〉と〈久米川《くめがわ》の戦い〉――があり、それをきっかけとして日本最初の武家政権である鎌倉幕府が滅亡した。現代の所沢は平和なベッドタウンであり、もっぱらプロ野球チームの西武ライオンズの本拠地として広く知られている。

途中でわたしは、電話で娘のようすを確かめた。加藤警部補から、ベビーシッター役の巡査を朝まで残しておくという申し出があった。その川上巡査からは、ジェニーがぐっすり眠っているという報告を受けた。

カーナビの案内で車をとめたのは、静かな住宅街にある白い羽目板づくりの二階建ての民家前だった。緑の芝生がある猫のひたいほどの狭い庭は、赤い彼岸花の植わった煉瓦《れんが》づくりの花壇で縁どられていた。家の片側にもうけられているガレージにはレクサスがとめてある。

典型的といえば典型的、予想どおりといえば予想どおり。

そして家のなかで、わたしは予想もしていなかった事態にめった打ちにされた。


玄関の扉があくと、わたしは先ほど殺人の現場へ案内してくれた女性警官とむかいあっていた。その警官、星野理恵は制服ではなく私服姿だった。

「こんばんは」星野はちらりと笑みをのぞかせていった。「加藤警部補は、あなたがここに来るかもしれないと考えていました」

制服姿ではない星野は、飾り気のない地味な警視庁の公式の制服姿の星野をあっさり上まわっていた。いま着ているのは地味な濃紺のブラウスとスカート——どちらも黒に近い色あいだが、フォーマルな喪服の黒とは趣味のよさを思わせるへだたりがある。着ている服が変わったことで星野の挙措も変わっていた。無表情な目つきがなくなっていた。内側にカールした短めの黒髪の下にのぞく、魅力的なココアブラウンの目は以前よりもいくぶん輝きを増し、小さめの丸い鼻はわずかに愛らしさを増し、二十代もおわろうとしている成熟した日本人女性らしい丸顔には、わずかに温《ぬく》もりを増した表情がたたえられていた。

「家の前にはパトカーが見あたらなかったね」わたしはいった。

「三ブロック先にとめてあります——公共駐車場に」

「警視庁関係者だと見られたくない？」

「そうあってほしいと思ってます」

ついで星野が一歩わきへ退いてわたしを通したとき、第二の驚きがわたしを見舞った。子供用の車椅子が折り畳まれ、フックつきのゴムロープでしっかり固定されて、ドアの裏に立てかけてあったのだ。玄関の三和土《たたき》――靴を脱ぐスペース――には幼い男の子の靴が何足も散らばっていた。靴には小児科医の処方とおぼしき分厚い靴底が貼りつけられていた。

わたしは眉を寄せた。「子供は何人？」

「ひとり。七歳の男の子」

「それは胸が痛むな」

星野の目つきがやわらいだ。「生まれつき体の一部が麻痺《まひ》で動きません。先天性の遺伝子疾患群もあります。お父さんのことが大好きだそうです」

この事件は一時間ごとに、ますます悲惨になる。「被害者の奥さんは知らせをどう受けとめた？」

星野のひたいに皺が寄った。「ひどく取り乱してました。慰めようもないほど」

「なにか有用な情報はききだせた？」

星野は頭を左右にふった。「いえ、奥さまがショック状態だったので。よければ、ご自分でお話をなさってください」

わたしがうなずくと、星野はほっとした顔をのぞかせ、わたしに手ぶりであとをついてくるように指示した。わたしは石畳の三和土に靴を脱ぐと、ソックスだけの足で明るい色あいの木材でつくられた床を踏んで歩いていった。

たっぷりとクッションを置かれた鮮やかな赤い色のソファに、青ざめてはいるが魅力的な日本人女性がすわっていた。寝ているところを叩き起こされたせいだろう、ジーンズと皺だらけのブラウスしか着ておらず、顔に化粧っ気はいっさいなかった。とはいえ、生まれついての美貌はことさらに化粧を必要としてはいなかった。その膝にちょこんとすわっていたのは角張ったあごをそなえた角張った顔の幼い男の子で、人を引きつける力をもった笑みを見せていた。少年は頭を母親の胸にあずけ、発育を阻害された四肢を不自然な角度で伸ばしていた。母親――三浦耀司の妻は、息子の体を静かに揺すっていた。少年の両足は障害で内側にむけて曲がってしまっていた。

情況はひたすら悪化していくばかり。

「三浦さん」星野が夫人に呼びかけた。「こちらはミスター・ジム・ブローディです。なにか参考になるかもしれませんので、よろしければこの方の質問に答えていただけますか」

耀司の妻は片手で息子の頭を撫《な》でながら、反対の手でおなじような赤い椅子の一脚をさし示した。

「このようなことになって心から残念です」わたしはいった。「ご主人とご主人のお父さまとは、ついきのう会ったばかりでした。おふたりはお父さまが直面していたトラブルのことで、わたしたちの会社に仕事を依頼してきたのです」

三浦夫人は体をこわばらせた。「この家で、あの男の名前を口にしないで」

男の子が親指をするりと口のなかに滑りこませた。

「すみませんでした」わたしは謝った。事情が見えはじめていた。夫人と義理の父親は不仲で、そのため知らせをきいても連絡をとれずにいたのだ。

わたしは周囲を見まわし、夫人が気持ちを落ち着けるのをしばし待った。居心地のいい居住スペースだった。日本人がＬＤＫ――居間《リビング》と食堂《ダイニング》およびキッチン――と呼ぶスペースだ。キッチンは奥の壁ぞいにあり、カウンターで仕切ってある。手前ではそのカウンターとむかいあわせに小さなダイニングテーブルが置いてあり、それ以外の居間スペースを占めていたのは、派手な赤いソファと対《つい》になった二脚の肘掛け椅子、およびワイドスクリーンテレビだった。

「主人と義父はどうしてあなたの会社に仕事を依頼したのでしょう？」三浦夫人が平板な声でたずね

た。

「おふたりは、義理のお父さまに命の危険があるのではないかと心配していました」

「いかにもありそうな話。どうせ、主人の身の安全を守るという話はひとことも出なかったんでしょうね」

「たしかに話は出ませんでしたが――」

「わかってる。ほんとにあの男らしい話だこと。自分のことしか考えない。ついでだからいうけど、あの男はわたしたちの結婚にも内心反対だった。うちの家系に鼻をつっこんできて、くんくん嗅ぎまわってた。耀司の最初の奥さんが先立ったあと、父親は自分の古い友人の娘と耀司をお見合いさせようとしてた。でも、耀司はわたしを選んだ。わたしと耀司のあいだに健《けん》ちゃんが生まれると、あの男は自分の孫との縁も切った。いうにこと欠いて、健は母親のわたしが穢《けが》れていた証拠だとまでいってたし」

お見合いというのは、周囲の他人が結婚させようという男女を引きあわせることで、いまなお日本では驚くほどありふれた習慣でありつづけている。こうした縁結びの過程においては、家の歴史を掘りかえして〝筋目がよくない〟とされる物事の有無が確かめられる。この〝筋目がよくない〟という形容は、一族のなかの厄介者だったり評判のよくない親族だったり、そのほか〝わたしたちとはちがう〟ことのすべてにあてはめられる。

「残念なお話ですね」わたしは落ち着かない気分ですわりなおしながらいい、同時に息子は話をどこまで理解しているのだろうかと考えていた。

当の息子は唇をぷるぷる震わせ、これまで以上の速いペースで親指をちゅぱちゅぱしゃぶっていた。その目はわたしの背後の一点にむけられていた。顔に笑みはもうなかった。ひょっとしたら息子は、母親が思っている以上にいろいろ理解しているのかもしれない。いや、母親がどんどん気をたかぶらせているのを感じとっているだけか。

「いいですか」わたしはいった。「この手の話は息子さんの前では控えたほうがいいかもしれません。この家に、どなたか息子さんを見てもらえる人はいますか？　いや、星野巡査さえよければ息子さんを託して、数分ほど裏の部屋であやしていてもらってもいいんですが」

「いいえ、お気づかいなく。この子には鎮静剤を飲ませてあるので、もうすぐにも眠るはず。本当のことをいうと、健ちゃんの前で話したくないのはわたしもおなじ。この子はとっても感性が鋭いから」

わたしが見ているうちにも、息子は体をぴくんとさせ、瞼を閉じはじめた。どうやら目を覚ましていたいらしく、母親の体にしがみついている。わたしたちといっしょにいたいのだろう。なぜいきなり眠気に襲われたのかも理解できぬまま、睡魔の引っぱる力に果敢に抵抗をつづけていたが、やがて両方の瞼が落ちて、母親の胸に頭を力なくゆだねた。

わたしはいきなり自分を不浄の存在に感じていた——なにやら、見てはならぬものをうっかり見てしまったかのように。

三浦夫人が立ちあがった。「目を覚ましているときの健ちゃんは、とかく自分に注目してもらいたがるの。わが子ながら、かなり疲れるわ」

夫人が部屋を出ていくと、星野がわたしにむきなおった。両目にみなぎる不安の色がますます濃くなっていた。「あなたが来てくださって、ほんとうによかったです。たとえ息子さんがここからいなくなったとしても、話をするのはひと苦労になったはずですから」

わたしは夫をうしなったばかりの女性が座を外したこの機に乗じて、周囲をさらにつぶさに観察した。写真が何枚もあったほか、驚いたことに絵画も飾ってあった。耀司のサインがある素人画家の油絵二枚が、反対側の壁を飾っていたのだ。地元の神社を描いた絵と、山間《やまあい》の滝を描いた風景画だった。

そして奥の壁に第三の驚きが待っていた。背の高いキャビネットのさらに先に見えたのは、なんと仙厓の水墨画だった——法衣姿の中国の僧侶が描かれていた。《もし中国の僧侶を描いた仙厓作品にめぐりあったら、すぐに——昼だろうと夜だろうとかまわない、すぐに——連絡がほしい》

思わず背すじが伸びていた。

「どうしました？」星野がたずねた。

わたしはその言葉をふり払い、必死に頭を回転させた。

ロンドン、そして今度はここ。美術の世界では、二カ所でおなじ品が目に飛びこんでくることは珍しくない。美術品の隠し場所が新しく見つかったときなどは、一年から一年半の間隔をあけて、地球の反対側に位置する画廊におなじ作品が出てくることもある。アフリカ大陸において騒乱が聖なる部族の土地にまで広がれば、その地域でつくられる彫像や楯《たて》や仮面といった民芸品がパリからサンフランシスコにいたる美術商のショールームにあふれかえりもする。おなじように、珍しい日本の美術品が二カ所で別々に出てくることも、一般の人が想像するよりもずっとありふれている。三浦耀司は美術を好んでいた。だから仙厓作品を欲しがっていたとしても不思議はない。しかし、ほとんど間をおかずに仙厓作品が二点出てきたとなれば、出所が同一であることが強く示唆される。

三浦夫人が部屋にもどってくると、きっちりとした姿勢でソファに腰かけた。「おわかりでしょうけど、息子には特別な世話が必要なの。耀司はわたしたちに楽をさせようとしてた。わたしたちを、こうしたあれこれから引き離そうとしてくれてたし」

わたしは急いで、近くのコーヒーテーブルに視線を走らせた。テーブルには光沢紙を表紙につかった女性雑誌や旅行パンフレットが置いてあった。女性雑誌は料理や子育てをあつかっていた。旅行パンフレットは南の海のリゾート地のもの。セイシェル諸島。タヒチ。セントマーティン島。笑顔のカップルたちが澄みきった青い海のそばで浮かれ騒いでいたり、ごみひとつ落ちていない白い砂のビーチを散策したりしていた。

三浦夫人はわたしの視線の先を追った。「おわかりでしょうけど、わたしたち、ちょっとした家族旅行を計画していたの。それで、わたしにどのようなご用件かしら、ミスター・ブローディ？　見てのとおり、いまわたしはとにかく手いっぱいで」その声とともに、冷ややかな堅苦しさが降りてきた。

「よろしければ家のなかをあちこち見てまわらせていただきたい。また、もしあれば耀司さんのデスクも調べたいのですが」

「あちこち見る？　ねえ、ゆうべはどこにいたの？　あなたたちは、あの男の身辺しか目を光らせていなかった。耀司のことはほったらかし！　わたしたちのことはほったらかし！　いかにもありそうな話！　自分で自分が恥ずかしくならない？」

「これでも、ずっと自分を責めていますし――」

「あなたに家のなかをあちこち見てもらえば、それがわたしたちの食費になる？　息子の健ちゃんの薬代や保育料の足しになる？　耀司はとってもよく気のつく人だった。でも、これからはだれがわたしたちの面倒を見てくれるの？　いったいだれが？」

わたしは質問のギアを入れ替え、この訪問から少しでも収穫を得ようと試みた。「だったら、せめてあの仙厓の絵をどちらで入手されたのかを教えてください」

「頭がおかしいんじゃない？　中国から来た耀司のくだらない水墨画にどんな関係があるの？　帰って。わたしの家から出ていって、二度と敷居をまたがないで！」

三浦夫人はすわったまま体をひねると、両腕で自分を抱きしめて、わたしたちをシャットアウトした。そうやって奥の壁をひたすら見つめているたたずまいは、まるで周囲の世界が頭上に崩壊してきたかのようであり、崩壊の責任はわたしたちにあるかのようでもあった。

三浦家を辞去するにあたって、わたしは玄関に飾ってある何枚もの写真をながめた。見せてもらえるのはここの写真だけのようだった。

家族三人が桜の木の下にあるピクニックテーブルを囲んでいる写真があった。剣道の防具姿で、頭部を保護する面を小脇にかかえた二十数人の男女といっしょに、耀司が写っている写真もあった――チームのキャプテンとおぼしき男が巨大なトロフィーを抱きかかえていた。この集団の頭上に、日本語で《**中村剣道倶楽部**》とある横断幕がかかげてあった。また、どこかの親水公園で遊んでいる健と耀司の写真もあった――健は楽しげに水しぶきをあげていて、耀司は親らしい注意ぶかさをたたえた目で息子を見守っていた。プールのへりには無人の車椅子。

どの写真でも息子の健ちゃんはこの先天性疾患の子供たちには珍しくない笑み、あの心から楽しそうな愛らしい笑みを見せていた。幸せな子供そのもの。健の両親がともににこにこと楽しげな笑顔を見せている写真も、一枚ならず見うけられた――まるで息子が両親からその笑顔を引きだしたかのようだった。

そう思うと、耀司の妻の思いは正しいのかもしれない。一家の世界のすべてが崩壊したのかもしれない。

ついでわたしは、剣道の防具姿の耀司にいま一度目をむけて、こう思った。《暴力のあるところへ進め》と。

12

三浦夫人はつづく発言で星野巡査も家の外へほうりだした。わたしと星野は玄関の軒下にたたずんでいた。

「もっと巧《うま》く進められたはずなんだが」わたしは日本語でいった。

「あの人はヒステリックになっていました。お子さんを育てなくてはならないのに、ご主人が亡くなったのですから」

「これから苦労するだろうね」わたしたちはしばし、三浦一家の苦境に思いをはせた。ついで、わたしはいった。「コーヒーを飲む時間はあるかい？」

星野は腕時計に目を落とした。「勤務開始時間が二時間遅くなりました——それなら少しは眠れるだろうとね。でも、いまとなっては寝ている時間はありませんから、ええ、おつきあいします」

「とびきり濃いのを飲むか？」

「仕事をやり遂げるにはジェット燃料が必要ですね。加藤警部補からあなたあてのメッセージを預かっていますが、とりあえずはコーヒーを飲みましょう」

「それがいい」わたしはいった。「ところで、さっきふと思ったんだが、三浦家は金銭面で困ったことになっていたようだね」

「どうしてそんなことを？」

「耀司は贅沢《ぜいたく》好みだった。プラチナのカフリンク、シルクのネクタイ、それに高価な車。ガレージにとめてあったのは、レクサスの最高級モデルだったぞ」

「ビーチリゾートへの休暇旅行もお忘れなく」

「ローンの支払いがあり、特別なケアが必要な息子がいて、給与はまずまず……そこにいろいろな高価なおもちゃと旅行が追加されたら、きみにはなにが見えてくる？」

「金銭面でのトラブル？」

わたしはうなずいた。「当たれば五ドル、外れなら十ドルのレートで賭けてもいいが、三浦耀司はかなりの金を浪費したあげく、どっさり借金をしていただろうね」

「つまり、合法的な民間のサラ金に金を借りていた？」

「あるいは、もっと性質《たち》のわるいところから」


わたしはカプチーノのカップに口をつけた。「それでメッセージとは？」

わたしたちは目を覚ましつつある所沢の商店街にあった〈ドトール〉のコーヒーショップが出すチェーンストア系のカフェインで手を打った。この商店街は駅の北に延びている細い道で、さまざまな店舗が左右にならんでいた。昔は畳屋や布団店といった伝統的な商店が多かったが、いまではゲームセンターや携帯電話の販売店などが増えている。

「加藤警部補からは、二件の家宅侵入事件の捜査に役立ちそうな情報はどんなものでも自分に伝えてほしい、という要請を預ってきています」

「お安い御用だ。もちろん情報は双方向だね？」

星野は自分のラテのカップに口をつけた。「非公式的には、ええ、イエスです。話はわたしを通してもらうことになります。警部補から捜査担当に割りあてられたので」

「夢がかなったわけだ」

星野はこのコメントを無視した。「さらに警部補はこうも話していました。『両方向の道路は通行無料ではない』と」

「警部補はその言葉の意味を説明した？」

「いいえ」

わたしはうなずいた――警部補の言葉が、この道を先へ進めば危険が待っている可能性があるという警告だということはわかった。

星野のひたいに皺が寄った。「そうだ、警部補からは警部のあなたへのふるまいについて謝っておいてほしい、ともいわれています」

あの太りすぎの〈バーバリー〉男のことだ。

「謝罪はありがたく受けとめた」

こうして話しているあいだも、公務の外にまで足を踏みだすことの利点と欠点の双方を星野が頭のなかで天秤《てんびん》にかけていることが見てとれた。かりに星野が外側へ踏みださずとも、わたしはすでにこの女性警官について多くのことを見抜いていた。星野は闘士《ファイター》だ――けれども、日本で頭角をあらわしつつある才能ゆたかな働く女性たちの例に洩れず、闘士という本質をソフトな外見で巧みに隠している。また押すべきときと退《ひ》くべきときの見きわめがつくが、これは女性固有の才能というよりは、上昇指向をそなえた日本女性にとって必須の才能というべきだろう。経験不足を女らしく強固な不《ふ》撓《とう》不《ふ》屈《くつ》の精神で補っているが、こちらの性質もまた充分に隠している。星野が粘り強い性格であることは、わたしにはすぐに察しとれた。星野は不撓不屈教の信奉者だが、この性格は大昔にブローディ一族の遺伝子プールにも焼印で捺《お》されていたからだ。

「わたしから警部補に伝えておきます」星野はいった。「警部補からは、あなたがカリフォルニアにお住まいだときいていますが、それ以上の話はほとんどきいていません」

「サンフランシスコにね。向こうでは日本の古い美術品を売る仕事をしているんだ」

「どうして日本の美術品を？」

「好きなんだよ。心底から。洗練されているし、すぐれた職人技も発揮されている。最上の作品には静謐さの精髄《エッセンス》がこめられていて、そういった性質にわたしはおよそ飽きることがないんだ」

「カリフォルニアには以前に行ったことがあります。ロサンジェルス市警のもとで三週間の実地研修をおこないました」

「では、英語を話せるんだね？」

「いいえ。ですから一日中ようすを観察し、話をきき、あとは〝ありがとう《サンキュー》〟だけを口にしていました。アメリカの警官が犯罪現場にどう対処するかを見て学びました。路上強盗。銃撃事件も二件ほど。それから、まさに進行中のコンビニ強盗も」

「どうして向こうへ行くことになった？　海外研修となれば、その部署のなかでは最高クラスのボーナスだったはずだ」

星野は答えをためらっていた。

わたしはいった。「どうした？」

「わたしは警察のために選ばれた三人の〝ポスター・ガール〟のひとりでした。そんな発想そのものがいやでしたが、より好みできる立場ではなくて」

「警察は男女平等の実現に、どの程度まで力を注いでいるのかな？」

星野は肩をすくめた。「以前よりも女性職員を多く雇い入れるようになっても、変化のスピードは氷河なみ。たしかにわたしを含めて三人が少しは昇進しましたが、上層部の助けがあろうとなかろうと、わたしはそれなりの地位に昇るつもりですから」

「しかし、気にくわないのなら、どうして自分で台から降りようとしない？」

「なぜなら、わたしたちはつかめるチャンスはすべて手につかまなくてはならず、男たちの二倍は努力し、二倍は長く働かなくてはならないからです。おまけに当然のことですが、考え方でも男たちを出し抜かなくてはなりません」

「その作戦でうまくいっているのかな？」

「そう思ってました。ところが数カ月前、上司がわたしを結婚させようとしてきたんです」

わたしは片眉を吊《つ》りあげた。「それはまたどうして？」

「その前に、わたしは捜査が難航していた某事件で重要な手がかりを発見したんです。それで上司から部屋へ呼びだされたときには、褒め言葉のひとつもかけてもらえるものと思っていました。上司はわたしの尽力を褒めてから、わたしの仲人《なこうど》役をつとめさせてもらえないか、といってきました」

〝仲人〟とは〝お見合い〟にあたり、男女を仲介する役のことだ。そしてお見合いとは、夫に先立たれた三浦夫人が先ほど非難していたような、周囲がお膳立てした結婚のための儀式である。通例、該当する男女の相性を確かめるため、複数回の会合がひらかれることになっている。

とうてい信じがたい話だった。「きみはその上司が指揮をとっていた事件の捜査に突破口をひらいた。それなのに上司は、きみを結婚させることで体《てい》よく退職させようとしたわけか？　いったい、きみはだれのエゴを傷つけた？」

星野は新たな賞賛の念とともにわたしを見つめた。「男の同僚全員です。捜査陣はだれひとり、重要な情報を手に入れられなかった。でも目撃証人のひとりがどうにも落ち着かないようすだったので、その男性の勤務がおわるのを待ってから、証人をコーヒーに誘ったのです」

「それが二倍の努力かな？」

星野はうなずいた。「わたしは証人を上司たちから引き離し、もっと気がねなく話せるようにしました。それから多少の圧力を証人にかけたうえで、あなたを連座させることはぜったいにない、と約束しました」

「冴《さ》えた作戦だな」

「捜査担当の刑事たちは大袈裟《おおげさ》なほど喜んで、わたしを高級な天麩羅《てんぷら》店の夕食でもてなしてくれました。上司は仲人をつとめたいという自分からの申し出を、まさかわたしが断わるとは思ってもいなかったようです。このときにはもうわたしの〝将来の義父〟に、わたしがどれほど結婚相手にふさわしい女かとか、自分の監督のもとでわたしがどこまで〝ちゃんとした人間〟になれたかを吹聴《ふいちょう》していたんです――ちなみに〝将来の義父〟は警察庁の高級官僚でした。ですからわたしの縁談をまとめることが、上司の出世につながるわけです。しかし、わたしが仲人の申し出を拒否したことで関係者の面目は丸つぶれになり、わたしは加藤警部補のもとに異動になりました」

「別名、警視庁のシベリアと呼ばれる部局に」

加藤の才能は、警察官たちにも民間調査会社の探偵たちにも知れわたっているが、上司たちからはめったに認められなかった。加藤は落ち着いた語り口の二世刑事で、あまりにも多くの事件を解決してきた実績が、かえってほかの刑事たちの顔をつぶすことになった。策に富む警察官僚たちは加藤という突きでた釘《くぎ》を叩いて引っこませるために、当時警部補だった加藤を横滑りに異動させて専用部局の長に任命し、さらにほかの職員たちをこの犬小屋に投げこんだ。やがて部署内での処罰は、加藤の部局への一時的な配置換えになった。それでも禅僧志願の加藤はそのすべてをさらりと受け流し、それでまた名声はいよいよ高まるばかりだった。

「加藤警部補は天才です。あの人からはとても多くのことを学びました」

その言葉に返事をするよりも先に、わたしの携帯が鳴った。画面に目を走らせてから、星野に説明する。「失礼。この電話には出ないと。きみも会話をきいたほうがいいかもしれないな」

わたしは携帯をスピーカーモードに切り替えてから話しかけた。

「やあ、グレアム」

イギリスの美術品ディーラー、グレアム・ホイッティングヒルには、先ほど三浦耀司の家の玄関先から電話をかけていた。しかし、そのときグレアムは電話に出なかった。

グレアムはたちまち声に苛立ちをあらわにした。「たしかに週に七日、一日二十四時間いつでも電話をかけていいとはいったが、〝まっとうな時間帯〟というのが暗黙の条件だったはずだぞ」

「そのときぎみが話していた一パイントのビールの件は覚えてるな？　いよいよ、そのときがやってきたぞ」

「冗談も休み休みいえって」

「二点めの仙厓作品を目にしたんだよ——まだ一時間もたってない」

「中国の僧侶を描いた本物？」

「ああ、あの有名な法衣姿の僧侶だ」

グレアムは長いあいだ黙りこんでいた。「例の噂はてっきりでたらめだと思っていたよ」

「おや、わたしはなにを見つけてしまった？」

「いまはすわってるかい？」

「ああ」

「だったら、しっかりしがみついていろ。山下奉文《やましたともゆき》が隠したとされる黄金だの、そのほか日本軍がアジア諸国から戦争中に掠奪《りゃくだつ》した財宝の話はきいたことがあるだろう？」

「ああ、だれもが知っている話だ」

伝説によれば、中国や十あまりものアジア諸国から奪われた美術作品や宝石類やそのほか貴重品の数々は、総額で数十億ドル単位にもなるという。話によれば日本軍の特殊部隊が勝手気ままに掠奪をおこなったとされており、そういった部隊のなかには華族の者や皇室につらなる血筋の者が率いていた部隊もあったという。噂によれば何十億ドルもの財宝は船で日本に送られ、さらに何十億ドルもの財宝がのちのち回収できる日のため、いくつもの場所に分散されて隠された、ということだ。この秘密を確実に守るため、徴用された日本人の土木技術者や、それ以外のもっと地位の低い面々は、予想もしていないタイミングで消された――頭部に銃弾を撃ちこまれたり、財宝ともども洞窟に生き埋めにされたり、あるいは出航後に船縁《ふなべり》から海に投げこまれたりしたのだ。

「そしてこの話は、溥儀《ふぎ》のもとにもどされた貴重品にまつわる話なんだ。なぜもどされたかといえば、溥儀には皇帝らしく堂々としていてほしかったからだな」

またしても最後の皇帝《ラスト・エンペラー》がらみの話だ。「うしなわれた財宝の話か?」

「いかにも」

「どこからどうやって、この話を仕入れた?」

「五年前、商品買いつけのために香港まで行ったおり、溥儀のコレクションを売りこもうとしている人がいた――しかもその人物は、あまり値のつかない品を名刺代わりに置いていった。それが仙厓の作品や茶碗《ちゃわん》だった。わたしは詐欺じゃないかと思った。いまでもそう思う気持ちがある。しかしこの話が真実なら、きみがそちらで仙厓を見つけたという話をきいて、ロンドンのわれわれが見つけた品も――中国の僧侶こそ描かれていないが――やはりそうした品ではないかと考えたわけだ」

「見つかったタイミングからはそう思えるね。で、いま話題にしている財宝とはどのようなものかな?」

「清王朝が一九一一年に滅びはじめるまでの約三百年間で、王朝の支配者とその一族がためこんでいた財宝から選ばれた品々だ。あの戦乱の時代に、財宝をおさめた数千ものトランクが清国全土に散らばっていった。国民党の一派は財宝をおさめた三千以上もの木箱とともに台湾に逃れたが、それも全体から見れば——問題にならないわずかな量とまではいわずとも——それほど多いともいえなかった、という話だ」

「具体的な中身については？」

「清の皇帝一家のコレクションについては、まず一部がラスト・エンペラーの金庫へ還流していった。中国側からの品々のなかには、インペリアルジェードと呼ばれる最高級の琅玕《ろうかん》翡翠《ひすい》、陶磁器、それに紫禁城《しきんじょう》内からもちだされた掛け軸などがあった。さらに、溥儀自身が満州に逃亡したとき持参していた品々があった。また日本側からは、天皇裕仁《ひろひと》をはじめ、溥儀の贔屓《ひいき》筋になっていた日本人の面々からの贈答品もある。皇后むけの宝石、金杯、宝飾品、そして最上級の伝統的な製法でつくられた日本刀や、皇居内のコレクションにあった掛け軸などがその一部だね」

「驚いたな」

「ああ、思わずうなるようなリストだよ」

「だれか、値段をつけた者はいるのか？」

「業界筋の口コミでは四千万ドルから八千万ドルになるだろう、とのことだ」

心搏数《しんぱくすう》がいきなり跳ねあがったのが感じとれた。美術品商売の世界では、おりおりに黄金の壺《つぼ》の香りがふっと鼻をつくことがある。それも決まって壺はあと少しで手がとどきそうな場所にあり、これ以上はないほど突拍子もない噂のあとから出てくると決まっている。そして、噂はそこで息絶えるものとも相場が決まっている。

しかし、今回の途方もない噂話は、二枚の仙厓の絵で裏づけられていた——さらに、おそらく三浦耀司の死にも。しかし、なぜこの件に禅僧の作品がからんでくるのだろう？

　グレアムはわたしの内心を読みとっていた。「記録のためにいっておけば、仙厓の作品は美術愛好家でもあった日本のトップ外交官からの贈答品だ——絵の主題が溥儀の気にいるのではないかと考えたらしい」

「なにもかもすっきり説明がつく話だ」わたしはいった。

「しかし、この話には歓迎できない面もあると警告しておくよ。〝試し斬り〟が関係しているらしいんだ。この日本語の発音は正しかったかな？」

「ああ」わたしはそう答えつつ、星野の顔が血の気をなくしていくのを目にとめ、なにかがのどをぎゅっとつかんでくるのを感じていた。

　グレアムがため息をついた。「〝試し斬り〟というのは、日本の刀剣の具合を試すのに人間を練習台にすることだったね？　ときには、生きた人間をつかったのでは？」

　〝試し斬り〟という言葉自体には、畳表《たたみおもて》を丸めて縛った物など、ただの物体を練習台にもちいる場合もふくまれている。しかし、いまロンドン在住の友人が話そうとしているのは、そんな行為ではない。わたしはグレアムの質問に、かろうじて唇からこぼれたような一音節だけの肯定の返事をした。不気味な話になっていた。

「わたしは怖くて仕方がないよ」グレアムはいった。「天皇裕仁は親愛のあかしとして、溥儀に最高級の日本刀を贈った。日本軍はあくまでも献上品という建前をつらぬきつつ、ラスト・エンペラーに自分たちの軍事力が優勢であると見せつけたわけだね。そしてもちろん、豪勢な邸宅住まいだったとはいえ、溥儀は囚人でしかなかった」

星野はさらに深く椅子に身を沈めていた。わたしは口をひらいた。「そんな話を、だれがどうやってつかんだのです？」

「コレクションを買おうとしていた人々は、財宝とともにいわゆる譲渡儀式の記録書面をわたすように要求していた。図表、注釈、それに写真。斬首された人もいたらしい」

震えが走って全身ががくがく揺さぶられた。わたしは絶句していたが、その空隙をグレアムの言葉が立派に埋めてくれた。

「これこそ、すべてをつなぎとめている蝶番《ちょうつがい》なんだよ、ブローディ。きみが東京で目にした仙厓作品だが、中国からわたってきた品か？　それとも日本国内にあったもの？」

《頭がおかしいんじゃない？　中国から来た耀司のくだらない水墨画にどんな関係があるの？　帰って。わたしの家から出ていって、二度と敷居をまたがないで！》

「中国だ」

「だったら、きみは鯨を見つけたことになる。本物のすばらしい鯨をね」

13

渋谷（ブローディ・セキュリティ社）、午前八時二十分

膝に乗せた息子の体をやさしく揺すっている、悲嘆に暮れた三浦耀司の妻の姿が、頭にこびりついて離れなかった。たとえ、その当人から家を追いだされたとしても。いや、家を追いだされたからこ

そ、姿が忘れられないのかもしれない。

時間がたっても、わたしの怒りはいや増すばかりだった。わたしはへまをした自分に腹を立てつづけ、耀司とその一家を破滅に追いこんだ正体不明の襲撃犯に怒りを燃やしていた。

そこでブローディ・セキュリティ社での会議の冒頭、わたしは本件の担当スタッフを二倍に増員するという案を提出した——とはいえ、多少の臨時出費分の経費を上乗せできても、それ以上の金額を三浦に請求することは正当化できない。たちまち激しい論戦が巻き起こり、わたしの提案はスタッフの猛烈な反対であえなく撃沈させられた。

わたしが会社の半分を所有している事実も関係はなかった。この会社は従業員たちの生計の途だ。社員は総体として、次のふたつのことに関心をもっている。ひとつは、わたしを生かしつづけることと——ブローディ・セキュリティ社はアメリカ人社長を置いていることで海外事情に詳しいと示すことができて、他社と一線を画せるからだ。もうひとつは、会社を動かしつづけることである。最初の関心が浮上したのは、三浦耀司がどことなく危険をもたらすような空気をまとってわが社の玄関先にあらわれ、社員たちが耀司を包囲したときだ。

第二の関心が大きく燃えあがったのは、わたしがこの三浦案件に投入する人員を増やそうと提案したときだった。そんなことをすればブローディ・セキュリティ社の財政面の基盤を崩しかねない——そもそもその基盤は、いちばんいい時期でも、せいぜい脆弱《ぜいじゃく》というしかなかった。

わたしは歌舞伎町の殺人事件について、詳細に述べ立てることで反撃した——遺体の状態のあれこれを極端なまでに詳しく語ってきかせるうち、わたしの顔は紅潮し、言葉は熱っぽくなってきた。

野田がカウンターパンチで割ってはいってきた。「きみがこの件の仕事をすればいい」

これに先立ってわたしは、三浦の一件についてのファイルを手わたす考えを野田にむけて投げていた。そしていま野田は、その考えを投げかえしてきたのだ。

浜田が口をはさんだ。「追加の人員が五人も六人も必要だとは思えないな。追加でひとり増やせば、仕事量に見あうんじゃないか」

そんなふうに意見を述べながら、浜田はにこにこしていた。他人を苛立たせる一匹狼の野田とは異なり、浜田は人づきあいに長《た》けた男だ。元警官だが、料理を作ることと食べることが生きがいで、ふくよかな体はそれとわかるほどのペースでさらに膨らみつつある。それに丸い団子鼻。社員のほとんどは浜田の自宅に招かれて屋上でバーベキューをし、奥さんとティーンエイジャーの双子の息子さんに会ったことがある。ちなみにふたりの息子は父親に似て、いつもすぐに笑顔で応じてくれる。

「追加するなら、生きている人間にしてくれ」ずっとうしろから、だれかのそんな声があがった。

一同がどっと笑って緊張がほぐれ、わたしも——自分自身の疑心暗鬼にとらわれつつ——流れにあわせて笑った。

わたしはいった。「調査をはじめて一日もたっていないことは承知しているが、なにかわかったことはあるかな？　浜田、三合会関係でなにかニュースは？」

「探りをいれてはいるが、いまはまだなにも」

野田がわたしに好奇の表情をむけた。

「警察方面からはなにか？」わたしはたずねた。

「きょうの午後三時にミーティングがあります」別の調査スタッフが発言した。

「オーケイ。つかめる情報はつかんでほしいが、ごり押しの必要はないぞ。加藤警部補が、わたしを内輪に引き止めておくつもりだからね」

スタッフがうなずいたのを見て、わたしはわがワイルドカードにむきなおった。「野田、きみはいまどこにいる？」

「あちこちへりをつついて調べてるところだ」

へり。いつも謎めかしてばかりのこの調査員が、本件の調査にかぎって習慣を変える理由があるだろうか？

わたしはふたたび浜田に顔をむけ、三合会からの最後の合図にはどんな意味があると考えられるのかとたずねた。

「片腕を切り落としたことか？《近づくな》か。《二度とやるな》《口を閉じていろ》あるいは《われわれは見ているぞ》かな。どれでも好きなのを選ぶといい」

「その四つ全部かも」野田がいった。

「そうかもしれないな」浜田が同意した。

「さて、推測はいくつも積まれたが、確たる事実はひとつもないわけだ」わたしはいった。「さあ、わかった。わたしからは以上。ほかになにか意見のある者は？」

部屋は静まりかえっていた。

「では、会議はおわりだ」わたしはいった。「わたしがなにか見逃していたら、すぐ教えてくれ。遠慮はいらない。わたしが新米なのは、この場の全員が知っているしね」

浜田が頭をふった。「この案件はかなり単純明快だよ。きみはもう土台はすべてカバーしているんじゃないか」

「土台のほぼすべて、というべきだ」野田がぼそりとつぶやき、わたしに横目で視線を滑らせてきた。

スタッフたちは退出したが、野田だけは部屋に残っていた。

わたしとしては、この主任調査員が会議の席で最後に口にしたコメントの真意を説明してほしかったが、その前に片づけておくべき件があった。「きみにひとつ質問したい。わたしは三浦の息子の身柄も守るべきだったのだろうか？」

三浦耀司の死に感じる罪悪感は、刻一刻と膨れあがるばかりだった。

野田は肩をすくめた。「あの男は父親を頭がいかれていると断じていたな」

「ああ――それで？」

「つまり、息子は自分が連中に狙われるとは露ほども思っていなかったわけだ」

「三浦耀司には先天性疾患のある七歳の息子がいた――おそらくその医療費は、月に届くほど高額だったんだろうね」

「五十五歳で？」

「二度めの結婚だったんだ。さて、この件の調査を一気に前進させる方法はあるか？」

野田はまた例の目つきでわたしを見つめた。

「どうした？」

「まあ、そっちには気にくわない話だろうな」

「いや、調査の役に立つなら、そうは思わないはずだ」

「それでも、気にくわないだろうよ」

「いいから話してしまえ」

野田は肩をすくめた。「おれの知りあいで三合会と仕事をしている連中は、みんなこの話をしたがらない。あいつらは怯えてる。でも、あんたなら話してくれる人を知ってるはずだ」

苛立ちが膨らんできた。ブローディ・セキュリティ社の主任調査官である野田が口数多くなるときには――いっておけば、この男が三センテンスしゃべったら、議会の議事妨害でわざと長々と演説するフィリバスターも同然だ――そこに鋭い言葉がはさまれている。しかし、今回はひとつも見つけられなかった。野田の考えちがいだ。

「いや、そうは思えないな、野田」わたしはいった。

ついで野田は平板な声で、わたしが忘れようとしていた人物のニックネームを口にした。「〈東京の鉄拳〉」

体内の血が一瞬で凍りついた。野田の見立てちがいならどんなにいいことか。裏世界の住人たちをはじめ、好ましからざる面々とわたしとのつながりでいえば、ここ東京よりロサンジェルスやサンフランシスコのほうが強い。といっても自分で選んだ結果ではなく、かつてカリフォルニアで治安がいいとは決していえない地域に七年も住むことを余儀なくされたことの結果だ。しかし、太平洋のこちら側の土地で出会ったさまざまな出来事で、新しい人間関係が築かれもした。そのひとつが、いま野田が口にした人物である。

ただし、問題がひとつあった――〈東京の鉄拳〉は冷酷無慈悲な殺し屋なのだ。

14

〈東京の鉄拳〉――略してＴＮＴ。この呼び名を初めて耳にしたら、人は有名ボクサーかＫ１ファイターにたてまつられた大袈裟なニックネームだと思うだろう。目をみはるようなキャリア、あるいはお話にならないようなキャリアをもち、リングから一歩出れば人畜無害になるような選手。

しかし、そうした考えは一から十まで見当はずれだ。

これは、複数の警察署に専用ファイルキャビネットがあるほど有名なヤクザの殺し屋にたてまつられた通称だ。いうまでもないとは思うが、ヤクザとは日本版マフィアだ。十一カ月前、わたしはこの殺し屋の左右の拳とまっこうからぶつかり、翌日の夜明けが見られなくなりそうな目にあわされた。しかし、奇跡的に生き延びることができたばかりか、つづく現実とは思えない事態の展開で、TNTはわたしにとっての負債になった。わたしとあの男のあいだに、不穏な相互理解ができあがった。

わたしは〈東京の鉄拳〉の名刺をさがしだした。白い無地の長方形のカード。中央に十一桁の数字が印刷されている以外、名前も住所も所属先もロゴもない。電話番号だけ。わたしはその番号を打ちこんで待った。

相手の電話が着信音を三回鳴らし、さらに三回鳴らした。そして七回めで、忘れもしない無愛想な声が出てきた。わたしの全身が勝手に緊張した。

「はい？」

「こちらがだれかはわかっているね？」わたしは日本語でいった。

これまでにもわたしは、相手が声でわたしを識別するのに充分なほどの会話をかわしている。だから、おたがい名乗りあう必要はなかった。それに、だれが聞き耳をたてているか知れたものではない。

一拍の沈黙ののち相手はいった。「ああ」

「ひさしぶり」

「そうだな」

「会いたい」

「いつまでに？」

「早急に」

〈東京の鉄拳〉は送話口を手で覆った。反対側から、くぐもった不明瞭な声での会話がきこえてきた。

やがて電話口にもどってくると、「あしたの夜、十一時ごろ。迎えの車を出す」

「今夜は無理か？」

「いまは九州でね。朝いちばんの便で帰る」

わたしは目を剝《む》いた。おそらく東京へ帰着したらひと眠りしたいのだろう。ヤクザは夜行性の動物だ。たいていの日は午後の三時か四時にならないと起きだしてこない。

わたしはいった。「じゃ、東京のあちら側……上野のバーか？」

「いや、おれはあちこち移動するんでね。なるべく早く会うとなると、あんたに来てもらうほかない。迎えの車をそっちへやる。自宅、それとも会社か？」

「いや、その必要はない。わたしなら――」

「自宅か、それとも会社か？」

相手は今回の会合を最初から掌握したがっていて、わたしはそうなるのを避けたかった。しかし、会合の要請はこちらが出した以上、わたしに選択の余地はなかった。

「では自宅で」わたしはいった。「家は明治通りぞいで、近くに――」

〈東京の鉄拳〉は、荒々しいうなり声めいた笑い声をあげ、「おまえはなにひとつ学んでいないらしい。自宅だな、わかった」といって電話を切った。

ヤクザの殺し屋が味方についているのは安心材料だ。

それに、どうやら相手はわたしの住所を知っているらしい。

15

わたしは完璧なタイミングで到着した。

それでも道場に足を踏み入れるなり、なにやら妙な雰囲気を肌に感じた。

剣道を学ぶ者たちが、いずれも防具をフルに身につけて試合にそなえていた。十組ほどの剣士が竹刀をそれぞれかたわらに置き、片方の目で中村師範《なかむら》を、もう一方の目でおのれの対戦相手を見ている。そのうち、数人がわたしのほうへ顔をむけてきた。

一時間前、わたしは中村剣道倶楽部と道をはさんで反対側にあるコーヒーショップに陣取って監視をつづけていた。わたしが見ているうちにも、午後七時前後から生徒たちがひっきりなしに道場へはいっていった——八時から特別セッションとして、もっとも優秀な門弟たちによる半年に一回の特別試合が予定されていたからだ。

八時二十分すぎに正面玄関をくぐると、玄関ホールは無人だった。わたしはそのまま男性更衣室に足を踏み入れた。いちばん奥の片隅では、遅刻したのだろうか、いまも着替え中の者がいた。腰に帯をしっかり巻きつけている——帯には腰から太腿《ふともも》のなかばまでを守るための五枚の垂《たれ》がさがっていた。帯の下に穿《は》いているのが剣道着のひとつである袴《はかま》だ。さらに生徒は、法被《はっぴ》とおなじようなつくりの稽古着と呼ばれるシャツの上に胸部を守る漆塗りの防具——胴を着けた。このあと道場での仕上げで面《めん》をかぶる——面の左右にとりつけられた面布団《めんぶとん》がそれぞれの肩の上に浮かび、あごの部分にはのどを守る突《つ》き垂《だれ》がさがっている。

わたしの存在に気づいたのか、男はわたしのほうに顔をめぐらせた。しかしわたしは、男に姿を見とがめられる前に、ならんだロッカーの陰に身を滑りこませていた。

「だれかいるのか？」

わたしは物音を立てずに列の終端までいくと、棚の側面と壁のあいだの隙間に身をひそめた。

「おおい！」

一瞬ののち、男は着替えをすませて更衣室から出ていった。

ふたたびひとりになると、わたしは更衣室を見てまわった。それぞれのロッカーの扉の上に細い真鍮のフレームがあり、名前を記したカードが挿しいれてあった。三浦耀司の専用ロッカーは奥から二列めにあった。ハンドル部分に数字ダイヤルがひとつだけの南京錠が通してある。わたしはロッカーの位置を記憶すると、手近な窓のクレセント錠を上へまわして解錠し、置いてあった消臭スプレーを移動させて、錠があいている状態なのを隠した。

こうしてやるべき仕事をすませると、わたしは道場へむかった。突きあたりの壁の中央あたりに、中村師範が立っていた。小柄だが、瘦せた顔と銀髪をそなえた威風あたりを払うかのごとき姿だった。面こそ着けていないものの、それ以外の防具をすっかり着けたその体からは、何十年ものあいだ剣の道の修行をつづけてきた者ならではの、静かなる内面の力が放射されていた。

次の瞬間、中村師範が大声で号令をかけると、試合の参加者たちがいっせいに体をまわし、師範へむけて腰を三十度に折る礼をした。つづいて参加者たちは体を元の向きにもどし、それぞれの対戦相手に——先ほどよりは浅い角度での——礼をしあった。だれもが相手の目から視線をそらさず警戒を絶やしていない。

ついで門弟たちは竹刀をもちあげ、先端で対戦相手ののどを狙うかまえをとった。

師範が二度めの号令をかけるなり、試合がはじまった。

竹と竹が打ちあう鋭い衝撃音が道場に響きわたった。刀身が刀身を打つ。剣士たちは小刻みな動きで相手の出方をうかがいつつ、弱点をさがし、ごくわずかでも優位に立とうとしつづける。そしてライバルのかまえに隙を見つけると、血も凍るような気合いの声をあげて一気に間合いをつめて相手の竹刀を竹刀で払い、目標とする四カ所のうちひとつを狙う——頭頂部、胴体、手首、そしてのど。

ひとりの剣道家が、たちまち存在感をあらわにしていた。滑るように床の上を移動する——液体が流れるような、亡霊を思わせる動きだった。そして電光石火の身ごなしで突進し、試合相手の頭部に竹刀の強烈無比な一撃を見舞った。竹刀を受けた側はぐらりとよろめき、そのまま倒れた。

審判が白い旗をさっとふりあげ、攻撃側への加点を示した。

勝者がにやりと笑って一礼し、敗者に背をむけた。

倒れた選手は起きあがらなかった。

心配している人々が、ぴくりとも動かない選手にむかってじりじりと近づいていたそのとき、いきなり耳もとで声がきこえた。「あの男は、別の道場からやってきた〝道場破り〟です。あの男が今夜学んだことがあるとすれば、中村道場への手出しは禁物だ、ということですね」

声の主が近づいてきたことには、まったく気づかなかった。

16

ふりかえると、防具を身につけた剣士が視界の盲点に立っていた。

「あなたはミスター・ブローディですね?」面を小わきにかかえた剣士が、そう日本語でたずねてきた。

試合に負けた剣士は身じろぎひとつしていなかった。不安の輪が広がってきた。中村師範その人が気絶している男のそばに近づいた。

「そうです」わたしは答え、目の前で展開されている光景から渋々ながら視線を引き剝がした。わたしは道場に事前に電話をかけ、今回の特別試合の見学許可をもらっていた。できればだれからも声をかけられずにすませたかったが、日本人の礼儀作法が介入してくる事態は想定してもいた。

「ごらんのとおり、師範はいま手が離せません。ですから、わたしがお席にまで案内します」

「ありがとうございます」

試合に出場しない弟子たちは道場の端にならび、規則にのっとって正座し、かたわらに竹刀を置いていた。弟子たちは道場の二辺に沿ってすわっていた。三つめの壁に沿ってすわっていたのは私服姿の見学者たちだ。おそらく今回のトーナメント観戦に招待された友人や家族だろう。案内役の男はわたしを、剣道の正式な装束をまとったふたりの男にはさまれた席に案内した。

「こちらは七段の田中《たなか》さん、当道場でもいちばん献身的な剣道家のひとりです。さらにこちらは木山《きやま》さん、五段です。われらが中村師範は三年前に八段を取得されました」

「さすがです」わたしはいった。

今日では八段が剣道の最高段位と定められている――この八段でも人間離れした偉業といえた。いまは廃止されている十段は史上五人を数えるのみで、そのうちのひとりである持田盛二《もちだもりじ》は七十代になっても、数十歳も若い挑戦者たちの防備を不可解なほどあっさり貫いて勝利したという。

田中も木山も、ほかの面々とおなじく正座ですわっていた。ふたりとも体をわずかにわたしのほうへむけ、そろえた膝の前の床に両手のひらをつき、礼儀正しい挨拶をよこした。剣道の場での作法は心もとなかったので、わたしは立ったままお辞儀をしてから、指示された位置――ふたりにはさまれたところ――に腰をおろした。

案内役が離れていき、田中が話しかけてきた。「ご質問があれば、わたしたちがお答えします」

「ありがとうございます」わたしはまた礼を述べた。

「そういえば、あなたはアメリカで日本の美術品関係の商売をなさっているとききました。本当ですか？」

道場に受け入れてもらうために、わたしは美術品と武道の心得があることを事前に伝えておいた――とりわけ後者の武道が、ここへ入場するためのパスポートになるのではないかと考えて。日本の警察では警察官の訓練段階で――両方ではないにしろ――柔道か剣道を教えるし、柔道と剣道は親しい、いいとこのような関係といえるからだ。しかし、田中は関心を美術のほうへ絞りこんできた。

「ええ。もっぱら日本の美術品を売っていますが、そのほか量はわずかながらヨーロッパや日本以外のアジア諸国の美術品もあつかいます。掛け軸、陶磁器、それに浮世絵。そういった品々です」

「日本刀をあつかっていますか？」

そのひとことが唇から放たれるときには、田中は目を輝かせていた。そこにわたしは、掘り出し物を虎視眈々《こしたんたん》と狙うコレクターの熱い気持ちを見てとった。

「あいにく、うちの店に在庫があるのは鍔《つば》だけです」

鍔とは、中央の穴に刀身を通して柄《つか》と刀身のあいだに固定することで手を防護する武具であり、装飾をほどこされた品もある。

そこでわたしは、珍しく日本刀のリクエストがあったときに顧客に紹介する三人の業者の名前を口にした。田中はその三人のことも既に知っていた。それればかりか、仲間の木山の目にも三業者を知っている光がちらりとかすめていったのを、わたしは見逃さなかった。

しかし、これは意外ではなかった。日本刀のコレクターはみな熱心であり、彼らの情熱の対象は、人間がつくった刀剣のなかで最強の品だ。刀剣愛好家は数えきれないほど多い。外国の日本刀愛好家のなかには実業家や投資家、ハリウッドの大物、格闘家、軍事マニア、日本マニア、アニメファン、武器コレクター、警察官、兵士、ナイフ愛好家、それにゲーマー、IT業界のプロなどをはじめ、さまざまな人々がいる。しかし、そうした愛好家の大多数は、きらきら輝く金属の標識灯《ビーコン》よりも先の領域にある美術作品には興味をまったく示さない。これが、わたしが日本刀を扱わない理由だ。

　田中が自分の刀剣コレクションの数品を話題にし、わたしはそれぞれの希少度についてコメントした。

「では、日本刀のこともくわしいのですね？」田中はたずねた。

「ええ、トラブルに巻きこまれる程度には知っています」

　田中はききとれる程度の笑い声を洩らした。「謙遜が上手なお方だ。気に入りました。うっかりおたずねするのを忘れていましたが、三浦耀司とはどのようないきさつで知りあったのです？」

　そう質問している田中は背が高くて肌の色が濃い日本人で、両目はともに細く、鼻はかなり低いため遠目では存在に気づかないかもしれなかった。木山の肌はアーモンド色、顔は長く、のっぺりとしている。

「ビジネスです」わたしは曖昧にぼかした。

　田中はうなずいた。それ以上追求する気はないようだ。「わたしたちふたりと三浦とのつきあいは、ずいぶん昔にまでさかのぼります。三人とも、おなじ大学の剣道部に所属していました。三浦はわたしとおなじ学年で、段位はわたしのひとつ下。ここにいる木山くんは三歳年下ですが、段位はまだふたつ下の五段で苦闘中です」

木山はそれとわかるほど顔を赤らめた。一方田中のほうは、弟分の木山が昇段できないことにも、それほど残念そうな顔は見せていなかった。

わたしはいった。「それではもう三十年も剣道を？　三浦さんもいっしょに？」

「ええ、三人いっしょでした。三浦は多忙な男でした。おまえは忙しすぎるぞ、と、いつもいっていたものです。しかし多忙な仕事というハンディキャップはありながらも、三浦は六段への昇段を果たしました」

田中の視線がまた一瞬だけ木山にむけられた――ごく目立たない、当てこすりめいた視線だった。救急隊員たちが道場の扉を急いで通り抜け、ストレッチャーを運びこんできた。隊員たちは気絶している剣士の状態を手早く調べてから、よく慣れた手つきで救急搬送用ストレッチャーに乗せ、すぐに運びさっていった。

田中も木山も、運ばれていく剣士には一顧だにしなかった。


田中は会話を、これまでとは別の角度から再開した。

「刀のことを話題にしてもさしつかえないでしょうか？」

控えめな声だったので、会話の内容は三人以外の耳には届きそうになかった。

「ええ、まったく」

木山は微笑んだが無言のままであり、段位でも年齢でも先輩にあたる田中にしゃべる役をゆだねて不満はなさそうだった。〝壁の花〟の剣道家バージョンだ。

「あなたもアメリカで、おりおりに日本刀に出会っているのではないですか？　ほら……戦後のＧＨＱによる刀剣接収の関係で。当時はずいぶん多くのアメリカ軍兵士が、日本刀を土産としてもち帰りましたから」

「たしかに、うちの店にそうした刀をもちこんでくる人はいますね」

田中の目がぎらりと輝いた。「やはり思ったとおりだ。いや、もう正宗《まさむね》や村正《むらまさ》のつくった古刀《ことう》を見つけようという夢はあきらめましたが、それ以外の新刀《しんとう》や新々刀《しんしんとう》、軍刀《ぐんとう》、それに現代刀《げんだいとう》は、それぞれコレクションに加えることができました。ただし、新々刀のコレクションにかぎっては、まだまだ充実させる余地があります」

田中はいま、古くは平安時代末期から新しくは明治時代まで、つくられた時期によって分類されている日本刀の種類をすべて口にしたことになる。田中がさがしているのは、日本の歴史上もっとも有名なふたりの刀工、相州《そうしゅう》正宗と千子《せんご》村正の手になる古い時代の日本刀である。

「そうですね、しばらくお待ちいただくとは思いますが、いずれはもっと新しい時代の日本刀のひとつふたつなら見つけて、コレクションの穴を埋めてさしあげることもできそうですが」

「もしや、たまたま裏の倉庫に正宗や村正の古刀をこっそりしまっているということはないでしょうね？」

木山とわたしは声をそろえて笑った。田中のいまの質問は、いってみれば日本刀コレクターにとっての聖杯の有無をたずねたようなものだからだ。

「いや、まったく。その手の品が手もとにあればどんなにいいかと思いますね」

武士が支配していた日本で一六〇〇年代初頭に天下統一の平和がもたらされると、古刀は新刀にその地位をゆずった。新刀のなにが〝新しい〟かといえば、その形状だ――それ以前とくらべるとさらに優美になり、実用性はいささか減少した。日本刀がだんだんと儀礼用の品になってきたからだ。しかしながらもの、、を切る刃物としては、変わらず人の命を奪いかねないほど鋭利でありつづけたうえ、その数十年後、減衰した軍事力を立てなおす目的で将軍が剣道を復興させると、ふたたび日本刀が実用品になった。新刀は新々刀にとってかわられた。この時代の高名な刀工の多くは、技術面でも精神面でも古刀を鍛《う》った先達たちに強い影響を受けていた。

「では、そういった古刀がたまたまあなたの店にやってくる可能性は、ほんの少しもないんでしょうか？」

「ええ、ありません」わたしは答えた。「入荷があったとしても、それを買うだけの財力があなたにありますかな？」

刀工の銘がはいった古刀となれば、作成した刀鍛冶《かたなかじ》や希少性、状態、品質などにも左右されるが、おおむね四千ドルから三十万ドルのあいだになる。それほど質のよくない並の品なら手が届く範囲だが、大切に所蔵されてきた由来のある品は、コレクターが手を伸ばしたとたん価格が五万ドルから十万ドル、さらにはそれ以上にまで跳ねあがる。先ほど名前が出たふたりの名匠の作品ともなれば――万が一市場に出ればの話だが――価格は天井知らずだ。ということで、話をまとめればこうなる――西暦一六〇〇年よりも前に鍛造された古い日本刀は、ほかのどんな刀よりも珍重される。

「そんな金はとても出せっこないな」田中はそう応じ、わたしたちは声をあわせて笑った。「ただ、この次だれかが価値ある品を手にしてあなたの店に来たら、ぜひともご一報をお願いしたいものです」

刀剣の商売はわたしが足を踏み入れたい分野ではないが、それでも餌はテーブルに用意しておく必要があった。

「ええ、承知しました」わたしは答えた。

試合参加者たちが道場へもどってきて、第二試合にそなえて、それぞれの位置についた。

田中がふたりの剣士のことを話題にした。「荒戸《あらと》と本吉《もとよし》から目を離さないことです。この道場きっての剣士ですよ、ふたりとも。本吉は動きが俊敏ですが、人斬りの本能のもちあわせがない。荒戸はコブラなみの反射神経をもっています」田中はそういうと、にやりと笑ってわたしに顔を近づけた。「くわえて、邪悪なとどめの一撃が特徴です」

わたしはうなずいた。荒戸は、先ほど他道場からやってきた剣士を倒した男だ。

田中は声をさらに一段階落とし、「試合の話が出たついでですがね、わたしの手もとには試斬《しざん》をした旨の銘が彫りこまれた日本刀がふた振りあります」といいながら、事情を心得ている者の笑みをのぞかせた。

呼気がのどの途中につかえた。言外の意味を思うと心穏やかではいられなかった。刀の切れ具合を試すためにおこなわれるのが試斬だ。つまり、試し斬りの別名――グレアムがラスト・エンペラーと日本軍にからんだ話をしたときに気の進まぬようすをありありと見せながら口にした、人間の体をばっさり斬るのとおなじテクニックだ。

試斬には人間の死体か、死罪を申しつけられた罪人がつかわれた。有力者とのつながりがある武士であれば、刑場で幕府の役人に新たに入手した刀の斬れ具合を試させることもできた。それ以外の侍たちは夜遅くこっそり町へ出て、疑うことも知らない農民や酒を飲みに出歩いている町人で刀を試していた。公儀による試し斬りがおこなわれた場合には、その結果が――たとえば〝死体を胴にて両断〟などと――柄に彫りこまれた。試斬をおこなった者の名前も添えられた。有名な剣術師範であることもあれば、公的な死刑執行人がその役を果たしていることもあった。

「その試し斬りについての銘が本物であって、偽造でないことは確かなんですか？」

「もちろん。どうかな、これまでそうした品にめぐりあったことは？」

内心、身のすくむ思いだった。生きている人間の骨は柔らかく、修錬を積んだ剣のつかい手であれば刀にほとんど――あるいはまったく――ダメージを与えることなく、やすやすと断ち切ることができる。その事実が広く知られているからだろう、真偽のほどは定かではないが――確かめるのはむずかしそうだ――ひとりの泥棒が自分の死刑執行人にむかって、刀でばっさり斬られて処刑されるとわかっていれば、あらかじめ小石を胃に入れておいて刃こぼれのひとつもさせてやりたかったな、と話したという逸話もある。

「いえ、あいにくそういったことはありません」わたしは嘘《うそ》をついた。

本当のことをいえば、そうした品が店に来たことはあった。しかし、試し斬りをした旨の記載のある刀は鄭重にお返しするのが、わたしの商売上のポリシーだった。

「残念です。手もとには二体と三体の試し斬りをおこなったとの証《あか》しがある刀こそあれ、四体を斬ったという刀も欲しいものです。もしあれば大枚をはたいてもいい」

「あなたも試し斬りに興味があるんですか？」わたしは木山にたずねた。

木山はかぶりをふって否定した。《よかった。まっとうな心根の人もいるところにはいるんだ》わたしは思った。

道場では、二回めの試合がはじまっていた。剣道家が弾《はじ》かれたように動きはじめた。荒戸と本吉は鋭い音をたてて竹刀を打ちあわせ、いずれ劣らぬ動きで前進と後退をくりかえしていた。本吉は頭部へのフェイント攻撃を受け流し、荒戸が新しく繰りだした攻撃をもかわすなり反撃に転じたが、これはむなしくおわった。金属の面金《めんがね》の奥で、両者の瞳が一意専心にめらめらと燃えていた。

それから五分間は、双方の攻撃が繰りだされたり、逆に利用されたりがくりかえされ、やがて本吉のかまえから力が弱まってきたのが感じとれた。スタミナが尽きかけているのだ。荒戸も同時にそのことを見てとったらしい。すかさず蛇なみの敏捷《びんしょう》な身ごなしで突進、強烈な刀さばきで本吉の竹刀を横へ払い、すかさず竹刀をふりおろして頭頂部への一打を決めた。審判が点を与えた。

田中がいった。「今年見たなかでは最上の試合だな！」

道場でなにやら騒ぎが起こった。木山が身を乗りだした。

「なにがあったんです？」わたしはたずねた。

田中が眉を寄せた。「審判たちがあつまっていますね」

剣道には哲学がある。戦いのテクニックを完璧にまで磨きあげたければ、同時に自分自身をも完璧にするよう努めなくてはならない。日々、着実に向上し、自身の欠点をとりのぞき、謙譲の精神や礼儀作法の涵養《かんよう》にこれ努め、意識を向上させ、ひらかれた精神を養わなくてはならない。

くわえて試合の勝敗が、長い試合のあいだに観察した結果で判断されることも珍しくない。プレッシャーがかかったときにも落ち着きを保てていたか？　意識をつねに高く、また集中させ、品位をうしなわずにいられたか？　往時の剣豪にとって理想的な戦いの心がまえというのは――理屈のうえでは――無の境地とそれに見あう剣術の技の混合だったという。剣士の心の姿勢に欠陥があれば、その戦士はいずれ戦いで斬り倒されることになると、そう信じている者は多かった。

審判は赤い旗をかかげた――これは荒戸の反則を認め、本吉の判定勝ちを宣言するものだ。

田中は憤然としていた。「いまのを見ましたか！　審判たちは荒戸が〝よこしまな心根〟でもって攻撃したと示しています。安直な点数稼ぎの誘惑に屈してしまった、とね。しかし、あなたにもわかりますね？　これが真剣勝負の場だったら、荒戸の刀が頭をまっぷたつに叩き割り、それで相手は死んでいたはずです」

《中村道場への手出しは禁物だ、ということですね》

あいにくわたしがこれから実行を企《たくら》んでいるのは、その手出しそのものだった。

17

道をはさんで反対側にあった〝赤提灯《あかちょうちん》〟の窓ぎわの席にすわり、道場の正面玄関を見張っていたそのとき、携帯電話に着信があった。

電話をかけてきたのは、ブローディ・セキュリティ社きってのコンピューターの天才、川崎真理だった。「わたしに見つけられるものはすべて見つけました」

日本の古くからある照明器具の提灯にちなんで〝赤提灯〟と呼ばれている日本スタイルのパブ兼食堂は、会社帰りのサラリーマンたちがリラックスできる場所である。メニューには焼鳥や焼魚をはじめとするつまみ類がならび、さまざまな種類のアルコール飲料がふんだんにとりそろえてある。

「息子の誕生日はわかったかい？」わたしは携帯電話の送話口を手のひらで覆って、会話が近くの客の邪魔にならないようにした。

「全員の誕生日。全員で五人です。誕生日以外の記念日の日付、自宅と会社の住所、携帯電話と固定電話、国民健康保険の被保険者番号、クレジットカード、パスポート、車、運転免許証」

「それだけの番号をひととおり試すにはひと晩じゅうかかりそうだ」

「このなかに正解があることを祈ります」

注文の品がテーブルに運ばれてきた。焼鳥、太平洋産の秋刀魚《さんま》の塩焼き、そしてビール。「ありがとう、真理。なにか覚えやすい数字はあったかい？」

「いえ、どれもランダムです」

「なんで、ここまで運に恵まれてるんだろうね？　きみはどれだと思う？」

「だれかの誕生日ではないかと思います。あるいは当人の結婚記念日」

「よし、最初にそのあたりを試そう」

真理は少しためらったのち、こう口にした。「くれぐれも気をつけてくださいね。いいですね？」

電話を切った数秒後、真理からのメッセージが届いた。これで三浦耀司の生活を構成する数字のなかで、ロッカーの南京錠の暗証番号に流用されているかもしれない数字が手もとの携帯のなかにそろったことになる。真理のリストに正しい暗証番号がなければ、わたしはあのロッカーの中身に手を出せない。

そしてわたしは、なんとしてもロッカーの中身を確かめたかった。

ロッカーは、ふだん人目につかない個人的なスペースだ。貧しい男にとっての貸金庫のような存在。だから、他人の目に触れさせたくない品をしまっておく人も珍しくない。配偶者、子供、あるいは同僚たちが、たまたま偶然に学校なりジムなりのロッカーにしまってあった秘密を見つけてしまうようなことはまずない。

わたしは魚の塩焼きをつつき、ビールを飲んだ。またしても携帯が着信音を鳴らした。電話に出ると、相手方からイギリス英語のアクセントをもつ声がきこえた。「都合がわるかったか？」

「すこしなら大丈夫だ。で、なにがあった？」

「声を殺してしゃべってるな。ということは、いまきみはベッドで、隣にはきれいどころが横になっていて……で、きみは彼女を起こしたくないわけだな」

「あいにく外れだ、グレアム」わたしはいった。「がっかりさせてすまない」

「とすれば、もうひとつのほうの事情だな。そうだろう？」

「もうひとつ？」

「きみの特技がまた発揮されたのかと思って。ほら、きみには好ましくない人物を引き寄せる驚くべき能力があるからね。きみの冒険を、ぼくはわがことのように体験させてもらっているよ」

わがイギリスの美術商仲間は、また悪名高い無口な〝壁の花〟だった。先ほど会ったばかりの物静かな剣道家の木山と似ている。木山はわたしが道場にいたあいだ、ひとことも言葉を発しなかった。グレアム・ホイッティングヒルも同様の悩みを抱えていた。こちらの息が苦しくなるほどに控えめで自己卑下の傾向があり、人見知りだ。美術関係のあつまりでこそ必要な仕事はきちんとこなすものの、仕事から離れたときには会話の機会を決まって見送ってしまう。そんなグレアムでも妻を見つけられたのは驚きというほかない。

「そっちの技を磨くと約束する。で、なにがあった？」

「ショックだよ。仙厓が盗まれていた」

「な、なんだって？」

思わず出た大声に店内の何人かの客があたりを見まわし、わたしはへこへこと頭をさげて謝罪の意を示してから声を低くした。「例の財宝がらみの話なのか？」

「だろうな。ただ、はっきりしたことはわからない」

「いま話題になっているのは、あいかわらず、きみが前に話題にしていた一匹狼《おおかみ》のディーラーなんだね？」

グレアムは嘆息した。「やつは礼儀知らずの野暮男だよ、われらがジェイミー・ケンドリックスは」

「残念だな。その作品を見ておきたかったのに」

「まあ、前に所有者から電子メールで写真を送ってもらってる。この電話を切ったら、すぐそっちの携帯にメールで送るよ」

「頼む」わたしはいった。

道場の屋内の明かりが消えた。

「おっと、そろそろ行かないと」

「わかった。ともあれ進行中のいかれた事態については陳謝したい」

わたしたちは電話を切った。一拍置いて携帯がハム音をたてて、先方から写真が送信されてきた。

仙厓の絵はまさしく逸品だった。

一流の絵描きが自分で描きたいと願い、ディーラーなら自分が発見したいと願い、コレクターなら所有したいと願うような作品。わたしがこれ以上を望むことのできない作品であり、遊び心にあふれたあの禅僧の絵でこれほどの逸品は、もう何年も市場に一枚も出ていない。

それもまた、失われた財宝の仮説を補強するものだ。日本の外交官が満州国皇帝に献上するとなったら、よりすぐりの最高の品以外であったはずはない。たとえその相手が、金で買って玉座に据えた傀儡《かいらい》皇帝でも。

その作品は不幸にも風に吹きさらわれ、地平線の方角では、今後さらなる波瀾が起こることが示されている。

しかしどこで？　そしてなにがあるのか？

午後十一時十分すぎに剣道の師範が道場から出てきた。すぐあとに師範代がつづいた。どちらも私服姿だった。師範は師範代が戸締まりをすませるのを待ってから、ふたりでお辞儀をかわしあったのち、それぞれ反対の方向へ去っていった。田中と木山のふたりは二十分前にすでに帰途についていた。

わたしは勘定をすませて赤提灯をあとにすると、ゆっくり歩いて道路をわたり、道場と隣の布団屋のあいだにある細い路地に身を滑りこませた。建物の隙間は幅五十センチ程度しかなかったうえに、パイプや壁掛け式のエアコン室外機などがあったので、蟹《かに》歩きでじりじり進むしかなかった。例の窓は解錠されたままだった。背伸びをして窓をもちあげ、物音をほとんどたてずに室内に侵入する。ついで通常の懐中電灯の四倍の光量をそなえたLEDライトを点灯し、三浦耀司のロッカーにむかった。

わたしは真理が作成したリストを携帯画面に表示させ、細いLEDライトを口にくわえて、南京錠の数字ダイヤルをまわしはじめた。最初に試した息子の誕生日ははずれだった。

耀司はロマンティストだったのだろうか？　妻の誕生日を試す。これも失敗。つぎは結婚記念日。これも空《から》ぶり。両親思いの息子だったのか？　そこで両親それぞれの誕生日や結婚記念日など、耀司が知っていたはずのあらゆる数字を試してみた。それでも南京錠はあかなかった。そこでわたしは、あまりにもあからさますぎる数字を試してみた。耀司自身の誕生日だ。すると、固定されていたU字形の掛け金《シャックル》がかちりとはずれた。

驚いたな、耀司――きみはここまで単細胞になれたのか。あるいはここまで世間知らずに。それともきみは、ネクタイや高級な装身具からうかがえる範囲以上に自己陶酔のはなはだしい男だったのか？

道場のロッカーは竹刀を立てて収納できるよう、縦に長くつくられていた。下足収納用の棚の上にもうけられた段に、耀司の剣道着が几帳面《きちょうめん》に折り畳まれて置いてあり、その上に面が重ねてあった。下着類は見あたらなかったが、洗濯のために自宅へもち帰ったのだろう。

隅に三本の竹刀が立てかけてあった。うち二本はずいぶんつかいこまれており、残る一本は最近購入したものらしく、先革《さきがわ》や柄革《つかがわ》はまだ輝くような白さだった。さらに奥には、折れた竹刀があった――長年の使用で傷だらけになり、竹も飴色《あめいろ》に変色していた。しかも残っているのは、柄と竹の刀身の一部だけだ。感傷的な理由があって保管していたのだろう。大激戦の思い出の品とか。柄には神社仏閣のお守りがいくつも吊り下げられていた。

ロッカーの内壁にはスナップショットが何枚も貼ってあった。妻と息子の写真。両親の写真。魅力的な女性は、姉か妹、あるいはいいとこか。奥の壁のちょうど中央にあたるところには、剣道大会のトロフィーを誇らしげに抱きかかえている耀司自身の写真が貼ってあった。

わたしは写真を残らず剝がしてシャツのポケットにしまい、フラップをボタンでとめた。お守りはスラックスのポケットにしまう。そのとき、折れて残った刀身の内側で、なにかが〝からから〟と音をたてた。ロッカーから取りだして、ふり動かしてみる。〝からから〟という音はさらに大きくなった。へし折れて竹が裂けている刀身の端にはめこまれたリング状のゴムの鍔をはずすと、手のひらに一本の鍵が転がりでてきた。鍵をポケットにおさめてから、積み重ねてある衣類のあいだも調べたが、興味をもてる品はもう見つからなかった。

ロッカーの扉を閉めて南京錠を掛けなおす。次の瞬間、〝かちり〟という音とともに天井の照明がともった。通路の先に目をむけると、剣道の面をかぶり、さらにその下にナイロンマスクを着けて完全に顔を隠した男が、鍵のあいた窓に通じるわたしの逃げ道をふさいで立っていた。男は竹刀をかまえ、その先端がわたしの頭を狙っていた。

「さあ、こっちへ来い、プリティボーイ」背後から声がきこえた。

反対に目を向けると、そちら側にもおなじ装束の男がふたり立っていた。

声の主はわからなかった。

しかし、男たちの竹刀がどれほどのダメージをもたらすものかはわかっていた。

18

《暴力のあるところへ進め》

耀司の生活に立ち入って探りはじめたとたん、こんなことになった。幸先《さいさき》がいいとはいえない。

「捜し物は見つかったのか？」三人のうち、いちばん大柄な男がいった。

「いいや」

ひと目見れば、田中の低い鼻や木山の長く伸びたような顔が見あたらないことがわかった。そういった特徴なら、剣道の面をつけていても見てとれたはずだ。ここにいるのは、わたしの知らない男たちだ。

「われわれがきちんともてなしたにもかかわらず、そのあとで親切を踏みにじるようなことをしでかした男には、敬意を払うすべを教えこんでやらないとな」先ほどの男がいった。

残る二人がうなずいた。

「申しわけなかった」わたしはいった。「いますぐ、ここから出ていくよ」

「中村師範のおまえのあつかいは無礼だったか？」

「いや、そんなことはない」

「わが道場のだれかが、おまえに不埒《ふらち》なことをしたとでも？」

「わたしはただ、三浦を殺した犯人を捜しているだけなんだ」

「三浦とこの道場とのつながりは、おまえが穿鑿する話じゃない」

「三浦は人々から好かれていたのか？」

「おまえには関係ない」

「敵は？」

「中村師範が親切に接した恩を、おまえは仇《あだ》で返すつもりか？　この神聖な道場を冒瀆《ぼうとく》し、さらにはわれわれのビジネスを穿鑿するとはね」

われわれのビジネス。「もしわたしが三浦のロッカーの中身を見せてくれと頼んだら、中村師範は許可してくれたと思うか？」

「三浦夫人の許可がなければ、そんなことを許すはずがない」

「そして夫人は拒否したに決まっている」わたしは自分でもなにを話しているかを意識しないまま、そう答えた。

話をしている男は、通路の反対側にひとりで立っているリーダーとおぼしき男に目をむけた。

「その点では、われわれの意見は一致したようだな」リーダー格の男がいった。「夫を亡くして嘆き悲しんでいる奥さまを慰めるべきだと、そうわたしも考えていたよ」

一瞬も揺らがない深みのある男の声には、ききまちがえようもない決定的な響きがあった。それにつづいて不気味な静寂があたりを支配した。謝罪の言葉とともにここを脱出できる望みは、いっさい絶たれていた。

すり足の音が耳をついたと思うと、気合いの雄叫《おたけ》びとともにいちばん大柄な男が突進してきた。男の竹刀がいったんもちあげられたのち、下向きに弧を描いてふりおろされてきた。ロッカーのあいだの狭い通路にはさまれて攻撃をかわすこともできないわたしは、なんとか片腕をもちあげ、骨がいちばん太い肘近くで強烈な痛みをともなう一打を受けたことがある。

《防具を着けない状態で竹刀の打撃を受けた場合、内出血や小さな骨の骨折の危険があるほか、気絶する場合もないではない》と、昔だれかにきいたことがある。

わたしを竹刀で打った男は、そのままわたしの横を駆け抜けていった——技をおえたあとも油断しない〝残心《ざんしん》〟の教えを忠実に守っている。今夜早くに剣道の試合で、それこそ二百回はその実践を目にしたとおりに。剣士は通路の端に行き着くと身をひるがえし、リーダーの半歩後方の位置についた。リーダーはそっけなくうなずき、先ほどのすばやい攻撃を賞賛した。

この男たちはこれを試合だと考えているのだ。これまで無慮数百時間をついやした修錬で型《かた》と技を磨きあげ、狙いあやまたず悪魔のごときスピードで、面や、籠手《こて》や胴を、そしてのどを打つテクニックを身につけた男たちは。

腕がずきずきと痛んだ。竹刀が当たった箇所に目をむける。早くも腫れはじめていた。

わたしは敵たちに目をむけた。

三人がこれを早々と切りあげてくれる気配はいっさいなかった。

19

リーダーが最初の剣士に〝進め〟の合図でうなずき、手下はふたたびわたしに打ちかかるかまえをとった。つづいてリーダーは、わたしの背後の剣士に合図した。

挟み撃ちだ。

ロッカーがつくる壁に閉じこめられたままなので、わたしは精いっぱい備える姿勢をとった。足をひらき、さらに右足を若干うしろへ引いて体のバランスをとれるようにする。最初の剣士が気合いの声をあげて突きかかってきた。竹刀がさっとふりあげられる。ついで背後の剣士が、二度めの高デシベルな声をあげて突進してきた。
わたしが剣道家連中よりもまさっている点はたったひとつ、ストリートでの実戦経験だ。彼らはインドアでの対戦者であり、たまさか実地に腕試しをしようと思い立ったわけだ。現実世界での喧嘩《けんか》沙汰なら、わたしのほうが場数を踏んでいる。ただし、それ以外の面では、からきし旗色がわるい——まず連中は数でわたしにまさり、おまけに竹刀のおかげで一メートル二十センチもリーチが伸びている。

最初の男が猛然と突き進んできた——床の上で足をなめらかに滑らせ、催眠術をかけるときのように竹刀の先端を小さく左右に揺らして。男がわたしに迫るルートに進みはじめるなり、わたしはフェイントで男と反対へ動くふりをした。しかし、男は騙《だま》されなかった。わたしは全身が震えるほどの衝撃をともなう一撃を食らった。今回もわたしは竹刀を前腕で受けた。男が抜け目なくも先ほどとおなじ箇所を狙ったことに気づいたが、あとの祭りだった。言語に絶する激痛だった。あと一回でもおなじところを打たれたら、腕をあげられなくなりそうだ。

そして男は前とおなじく、わたしの横を通りすぎようとした。

わたしはすかさず、男に肩から体当たりを食らわせた。男の体がロッカーに叩きつけられた。ロッカー全体ががたがたと音をたてて揺れた。男が驚きに口をひらいた瞬間、わたしは靴で男の足の甲を思いきり踏みつけた。道場での練習は裸足《はだし》でおこなう。現実世界で裸足を実践すれば、それなりのしっぺ返しがあるものだ。

男は遠吠《とおぼ》えのような声をあげ、竹刀を落としてばったりと倒れた。

ふたりめの男が、骨も砕けそうなほど威力のある竹刀の一撃を背後からわたしの右肩に食らわせた。

強烈な痛みが全身を転がるように駆け抜けていき、わたしはがくりと床に膝をついて、片手で鎖骨を押さえつつ、反対の手で倒れた剣士の手から竹刀をもぎとっていた。

わたしがよろよろと立ちあがると、最初に攻撃してきた男は這って離れていった。わたしの手がとどかぬ場所にまで行くと、男は体を引きあげて起きあがった。両足で体重を支えるのが無理なのだろう、男はよろめきながら突きあたりの壁にたどりつくと、そのまま壁によりかかった。この男はこれで戦力外になった。《ひとりは倒したぞ》わたしは思った。あいにく、この男は三人のなかでいちばん弱かった。

わたしは、残る二人の剣士にむきなおった。

ふたりめの男はすっと目を細くしてわたしの出方をうかがったのち、わたしに立ち直りの時間も与えないまま突き進んできた。左右の金属製のロッカーがつくる谷間で、わたしは奪いとった竹刀を前へ押しだして横向きにした。この策をとれば通路をふさぐことができ、結果として前方から迫る攻撃を阻止できると踏んだのだ。

見立ては当たった――そして次の瞬間には、痛ましい見立てちがいになった。

男が突き進んできた。わたしは前方の男に駆け寄ることで最初の一撃をかわした。ふたりの竹刀が打ちあったままたがいに滑り、鍔《つば》迫《ぜ》り合《あ》いの体勢になった。《よし、いいぞ》と思ったのもつかのま、敵手はがっちり組みあった鍔の近くですばやく手首をひねり、竹刀の刀身にあたる部分をわたしの頭頂部に叩きつけてきた。がんがん響く打撃音があがった。

《このクソ野郎》痛みをこらえながら片膝を突きあげて男の腹部に蹴りを入れる。男が体をふたつ折りにした。すかさず面をかぶっている男の頭部をつかんでロッカーに叩きつけ、掌底で男のみぞおちを一打してやる。男はぜいぜいと喘《あえ》ぎながらくずおれた。

これでナンバー2はしばらく立ちあがれまい。

わたしは三人めの男にむきなおった。「竹刀を四回も受けたよ。おかげで痛いのなんの。そっちの言いたいことは身にしみてわかった。だから、今夜はもうこのへんでおひらきにしないか?」

男はいちいち返事をせず、手にした竹刀をかまえただけだった。

20

リーダーがいちばん手ごわい敵手になりそうだった。

「ほら、下衆《げす》野郎、かかってこい」わたしは腕に覚えがあって思いあがっている雰囲気を出しながら、そう日本語でいった。相手の静かな自信の雰囲気に穴をあけたかったからだ。いままでに何度となく効を奏してきた策略だった。

敵はちらりと笑みをのぞかせた。そこにプライドは見えなかった。うぬぼれも狂熱もなかった。勝ち誇った思いも優越感もなかった。わたしの策をあるがままの策として受けとめているだけだった。

ついで男が前へ進んできた。わたしはすかさず竹刀をふりあげた。最後の対戦相手はわたしの胴体を狙うと見せかけるフェイントを仕掛け、わたしが反撃すると、すっくと体を伸ばして鮮やかにわたしの竹刀を払いのけるなり側頭部へ鋭い一撃をくわえ、すぐさま跳びすさってわたしの攻撃レンジから逃れた。こちらは、わたしの後方をめざして横を走り抜けようとする男に体当たりをする気がまえだった。しかし男はこれまでのふたりがたどった運命を目にしていて、あっさりと罠《わな》をかわしたのだった。

男の繰りだした竹刀はわたしの右耳のすぐ上をとらえていた。おかげで頭ががんがん鳴り、目がまわった。男のほうに目をむける。男は中段のかまえで、竹刀の先端をわたしの両目のあいだにぴたりと据えていた。黒い面の奥で男の唇が左右に広がって、笑いの形になった。なんと傲慢な。しかし、この男には傲慢になる根拠がある。

わたしはいつでも打ってかかれるように竹刀をかかげ、彼我の距離をさぐりながら前に進んだ。男がわたしの竹刀を軽く打った。この作戦はきょう昼間、道場での試合で目にしていた。小手試しだ。わたしは打ちかえした。男の笑みが広がり、つづいて手首に力がこめられた。わたしは身がまえた。男はさらに二回つづけてわたしの竹刀を軽く叩いたのち、強烈な力のこもった打撃を竹刀に見舞ってきた。衝撃で両手首がひねられ、それにつられて竹刀も横向きになった。たちまち男がふところに飛びこんできたかと思うと、わたしの右肩に肌が裂けるかと思うほど激しい一打を見舞って、またもや瞬時にあとずさった。

肩が燃えるように痛んだが、わたしは歯を食いしばり、敵の後退というチャンスを利用するためにすかさず前へ踏みこんで相手を脅すように竹刀を高々とふりあげた。しかし二度までも打撃を受けた肩の筋肉が抗《あらが》ったせいで、竹刀を充分高くふりかざせなかった。しくじった。相手にむかって突っこむ。敵の竹刀が描く円弧の内側にはいれば、またしてもこっぴどく打たれるかもしれない。しかし内側にはいりこんだその瞬間、両手で敵にダメージを与えられるかもしれなかった。

しかし敵は一枚うわ手だった。このときも男はすばやく後退した。それから通路の端まで行くと流れるような動作で身をひるがえし、ロッカーがつくる別の通路を駆けくだりはじめた。男の竹刀はずっと頭上にあり、いつでもふりおろせるようになっていた。

わたしは男を追った。ほんの数歩しか離れていなかった。走るスピードがあがると自信も芽生えてきた。男は目でわたしの動きを追っていた。いきなり男の竹刀が目にもとまらぬ動きでふりおろされ、わたしののどにぴたりと狙いをつけた。わたしは瞬時に動きをとめた。竹刀の先端と十五センチしか離れていなかった。《なんてこと……》その気になれば竹刀をぐっと突きだすこともできたが、男はそうしなかった——それよりは、足をとめるのが間に合わなかった場合、わたしが自分から切っ先に突っこむことを望んでいたのだろう。あのままぶつかっていれば、わたしはのどをぐしゃぐしゃに潰され、数秒以内に窒息死していたはずだ。

この男はとことん桁はずれの技倆《ぎりょう》を秘めている。

新しい策が必要だった。しかし、策を思いつく間もなく男が動きはじめた。竹刀がさっとふりあげられ、ひねる動きで俊敏に半円を描いた。わたしは応戦のために手にした竹刀を動かした。この動きに肩が抗議したかと思うと、男の竹刀が反対の肩を襲った。わたしは痛みにうめきながら一、二メートルほどあとずさった。肩が左右ともにずきずき激しく痛み、竹刀をもちあげられなかった。男が一気に襲いかかってきた——電光石火の早業でわたしの竹刀を横へ払いのけ、手加減のいっさいない一撃をあばらに見舞ってきた。痛みに思わず顔をしかめる。目玉の奥に白い光が見えた。自分の苦しげな息の音が耳をついた。手にした竹の棒がとんでもなく重く感じられた。竹刀が手から落ちるにまかせた。男があらためて突進してきたときには、身をひるがえして腰をひねり、接近してくる男に鋭いサイドキックを食らわそうとした——はたして足が届くだろうかと思いながら。

その疑問には結局答えが出なかった。

男は竹刀を頭上にかざしたまま、つい目と鼻の先にまで接近してきた。わたしの足がその場に出現せずにおわった標的めがけて、むなしく空《くう》を鋭く蹴りつけると同時に、男はわたしが精いっぱい伸ばした足に竹刀を渾身《こんしん》の力でふりおろし、打ちつけざま竹刀を横にひねって上へむけ、つづけざまに今度は頭蓋骨が揺さぶられる強烈な一打を頭頂部に見舞ってきた。

両膝から力が抜けた。ひたいがつんとロッカーに強くぶつかり、わたしはそのまま床に倒れ伏した。

意識をうしなう寸前、最初に倒した男のこんな言葉がきこえた。「こいつにメッセージが伝わったと思いますか？」

リーダーの返事には嘲弄の響きがあった。「伝わったどころじゃない。この次は、われわれがこんなに寛大に接しないこともわかったはずさ」

21

意識がもどったかと思えば遠のいていき、そのあいださまざまな印象の断片ばかりが頭のなかをふわふわ漂っていた。何人かの手がわたしを引き立たせ、半ブロック先まで引きずっていったあげく、無造作にわたしを路地裏に投げ捨てていった——きのうの食べ残しの鮨《すし》のように。

あるいは……三浦耀司のように。

わたしは耀司を殺した犯人たちと出くわしたのか？　わたしの命もまもなく断ち切られるのか？

そんな疑問の答えをただ待っている気はなかった。わたしは上体を起こして腹這いで数メートル進んだが、そこですべてが闇に吸いこまれた。

それからしばらくして、まず聴覚がもどってきた。つづいて視覚。立ちあがれなかったので、腹ばいでじりじり進んだ。

身を隠す場所が見つかるかもしれない。建物にはさまれた隙間。あるいは灌木《かんぼく》の根元。

わたしの進み具合はセンチで測れる程度だった。

サイレンがきこえた。パトカーがタイヤをきしらせながら、前方の角を曲がって出現した。ヘッドライトがわたしを照らした。急ブレーキの耳をつんざく音。心配そうな話し声が近づいてきた。

頭上から警官が話しかけてきた。若い感じの声だ。「外人の不法侵入だという通報を受けたときには、てっきり通報者が幻覚を見ているんだと思ったけど、本当にいたんですね」

まるでわたしが人間ではなく、野山から迷いでてきた野生の熊のような言いぐさだ。

わたしは力を抜いた。無知な助けでも、助けがまったく来ないよりはましだ。

「おそれおおくも中村師範のところへ土足で踏みこんだんだ」ふたりめの警官の声。こちらのほうが年かさだ。言葉の隙間から生まじめさがのぞく。「わたしはね、警察学校で中村師範に教わったのだよ」

細くした目で自分がやってきた方向を見やると、影のなかでこちらを見ている三人の頭がかろうじて見えた。

「頼みがある――」しゃがれ声でそこまで話したところで、声が出なくなった。

「いってみろよ、このクソが。どんな頼みもきいてやるぞ」年長の警官がそういって、ブーツでわたしの胃のあたりを蹴りつけた。

パートナーの警官があわてて周囲を見まわしたが、なにもいわなかった。

「――加藤信一に電話をかけてくれ」

若いほうの警官がパートナーの顔をのぞきこんだ。「ききました?」

「いや。ききたくもないね」そういって、警官はふたたびわたしを蹴った。

若い警官がわたしにむけて頭を動かした。「ひょっとして、いまのは警部補の名前――」

「いや、七福神を全員呼んでほしかったのかもしれないじゃないか。あいにく今夜、こいつはあらゆる福に見放されてるけどな」

「ずいぶんこっぴどく殴られたみたいですね」

「そりゃそうだ。こそ泥に侵入されたら、道場の連中は徹底的に痛めつけるだろうよ。おれだって制服を着てなけりゃ、おなじことをしてやりたい気分だ」

またもや蹴りを入れられた。わたしは体を丸くした。

「そのへんにしておきましょうよ、近藤《こんどう》さん」

「おい、おれの名前を口にするな、馬鹿」近藤と呼ばれた警官はそういいながら、一語ごとにわたしへの蹴りで単語を強調した。

「もう気絶してますよ」

「いいや、まだ気絶はしてないね」

ブーツによる攻撃がさらにつづくうちに、わたしの意識はまたもや闇に溶けこんでいった。

次にやってきたのはヤクザだった。

第三日
手錠をかけられて

22

「恐れ入りますが面会はできません」

「いいから邪魔をするな」しわがれた声が険悪になると、担当のナースは小さな悲鳴をあげ、そそくさと去っていった。

耳に覚えのある声が、薬品で導かれた眠りからわたしを引っぱりだした。わたしのほうへ椅子が引きずられる物音につづき、巨体が椅子に腰かける物音がした。音から察するに体重がかなりある人物らしく、その重みを受けた椅子が苦しげなうめき声をあげた。

わたしは薬剤がつくった忘却の蜘蛛《くも》の巣を頭のなかから払いのけた。それから目をあけようとしたが、無理だった。

「忌ま忌ましい薬のせいだ」わたしは不明瞭につぶやいた。

サイドテーブルにあったグラスが引き寄せられる音がした。次の瞬間、中身の水がわたしの顔に浴びせられた。

「役に立ったか？」そうたずねる声がした。

奇妙にも水が役に立った。蜘蛛の巣が溶けて、瞼《まぶた》を押さえつけていた重みが消えた。そしてわたしは、冷たい鳶色《とびいろ》の瞳をもつ石のようないかつい男の顔を見あげていた。ひと目見たら忘れられない顔。荒くれ者。海千山千。そんな顔をたばねているのは角張った幅のあるあごだ。あごから下に目を移すと、逞《たくま》しい腕が逞しい胸の前で腕組みをしていた。

「久しぶりだね」わたしはいった。

椅子にすわっていたのは、ヤクザの殺し屋〈東京の鉄拳〉その人だった。巨体の身長は百九十センチ、体重は百十キロ近い。アメリカ人でも大柄、日本人から見たらちょっとした巨人だ。そんな男がわたしの顔に水を浴びせたのだ。しかも、この男はわたしの味方だった。
とりあえず、いまのところは。

この剛力男のあらゆる部分が、ひと目見たら忘れられなかった。胴まわり、渋面、そして両の拳。

〈東京の鉄拳〉はベッドの柵につないである手錠に目を落とし、そこから鎖を視線でたどって左右ペアの手錠のもうひとつ、わたしの手首にかかっている側に目をむけた。「あいかわらず人気者のようだな」

わたしは顔から水を拭った。「誤解の産物だよ」

「われらがクラブにようこそ、だ」そういうと、わたしの傷にむけてあごを動かす。「だれにやられた？」

わたしは頭を左右にふった。「はっきりとはわからない」

「見当はついている？」

「見当だけなら、いつだってつけてるさ」

「相手は何人いた？」

「それなりの人数」

〈東京の鉄拳〉はわたしの頭と胸に巻かれた繃帯《ほうたい》を見つめた。つづいて、腕に刺された点滴を。

「最低三人というところか」

「そう、三人だ」

ＴＮＴこと〈東京の鉄拳〉はわたしが着せられている入院患者用ガウンの襟に指をひっかけ、うすっぺらい生地をもちあげた。鎖骨部分の大半を内出血でどす黒く変色させている大きな打撲痕があらわになった。

「相手はなにをつかった？」

「竹刀だ」

〈東京の鉄拳〉の両目に興味の光が宿った。「剣道でつかうあれか？　おもちゃみたいな竹の棒のくせに、打ちどころがわるければ骨も折れるぞ」

「医者の話だと、あばら骨のどこかにひびがはいっているらしい——ま、その程度ですんで不幸中のなんとかだ」

「相手の連中の顔は見たのか？」

わたしは頭を左右に振った——おずおずと振り幅を増やしながら。それ以上大きく動かすと痛むことがわかっていたからだ。「剣道の面の下にナイロンのマスクを着けていたよ。顔は見えず、名前もわからなかった」

「なに、じきにわかる。住所を教えろ」

「手出しは無用だ」

「いいのか、それで？」

この男はわたしに大きな借りがある。しかしこんな申し出が出てきた裏には、それと同等にこの男の生まれ育ちが理由になっていることも確かだ。〈東京の鉄拳〉は、わたしが知っている人々のなかでも数少ない、戦うために生まれてきた男だ。すべての軛《くびき》から解放されたとき、この男は殺戮《さつりく》機械になる。もっと若いころの〈東京の鉄拳〉は、ボクシングのアジア・ヘヴィウェイト級で前途を有望視されていたボクサーだった。しかし、デビューまもなく酔っ払ったヤクザにからまれて喧嘩沙汰を起こしてしまい、そのせいでボクサーとしてのキャリアを早々に絶たれてしまった。この男をあの道場で好きに行動させたら、わたしの襲撃犯たちの正体をつかむまで、次々と門弟たちの頭をかち割りつづけるだろう。しかし、三浦耀司の殺害実行犯には生きていてほしかった。

「ああ、それでいい」わたしは答えた。

〈東京の鉄拳〉の目の光が薄れた。「ここのスタッフはおれたちが話しているのを見ているから、時間のことも多少は大目に見てくれる。それでも警備スタッフはじきに交替になる。だから、ききたいことがあればきくといい」

「三合会について知りたい。きみがわたしに話せる範囲で」

「その範囲だけでも、話すべきことはどっさりあるぞ」

「ただしこっちはいざ話をきくまで、なにが必要な情報かもわからない」

〈東京の鉄拳〉は頭を左右にふった。ちなみに頭は巨大で角張っており、左右の耳はともにカリフラワー化していた。「とてもじゃないが、そんなのは無理だ」

「オーケイ。では二件の家宅侵入事件に限定しよう」

〈東京の鉄拳〉はわたしをじっと見つめた。ふたりのあいだの沈黙が長引いた。両目の瞳が冷ややかな黒い点になっていた。瞳の奥には闇がある――先を見とおせないばかりか、あまりじっくり見つめていたくはない闇が。この目こそ、両手の拳の次にこの男の穏やかならぬ属性だ。

「三合会についておまえが知っておくべきなのは、〝近づくべからず〟に尽きる」

わたしは肩をすくめた。「ところがそうはいかない。いまわたしは、連中がからんでいるかもしれない殺人事件の調査中でね」

「どの事件だ?」

「発生は二日前。被害者は三浦というサラリーマンだ」

「歌舞伎町の殺しか。その男とどんな関係が?」

「父親がうちの事務所の依頼人なんだよ」

「息子も依頼人だった？」

「いいや」

「だったら手を引け」

「無理だ」

ヤクザの殺し屋はわたしを見つめた。「おまえもお人よしだな、ブローディ。いつかそれが命取りになるぞ」

わたしはなにもいわなかった。

巨体の殺し屋はさらにわたしをひとしきりにらんでから、こういった。「ボスのＯＫがなければ、おまえにビジネスの詳細を明かせないな」

「詳細だったり個人情報がらみだったりする必要はないぞ」

「それはよかった。そんな情報をおまえが手に入れる見込みはないからね」

わたしはいった。「一件の家宅侵入事件、および歌舞伎町殺人事件の実行犯である三合会のメンバーについての情報が欲しい」

〈東京の鉄拳〉は一回だけまばたきをした。「あいにく力にはなれないな」

「なぜ？」

「中国系ギャングは、こっちで全員がつながっているからだ。それは、おれたちも同様だがな」

「どういう意味だ？」

「日本人一家を皆殺しにするのは賢明なビジネスではない、という意味だ。おれたちはそういう事態をきらっている。連中もそんな真似《まね》はしない」

「中国系のギャングは前にもおなじことをしてるぞ」

「当時の話だ。三合会のメンバーには痛い目にあわされた者もいる。だからおわった話だ」

過去三十年で、三合会はジャパニーズ・マフィアの諸団体との関係をしだいに深めていた。中国系ギャングのお気に入りの武器は、もはや昔ながらの長刀ではない。もっと長く、ぎらぎら輝く切断の道具が好まれるようになった。山刀《マチェーテ》、肉切り包丁、大ぶりのナイフ。しかし、選《よ》り好みがうるさいわけでもない。鋼なら、どんな形状でも歓迎されている。大方の人々は鋭く研ぎあげられた刃物に嫌悪感をいだく——そして同時に恐怖感をも。

「つまり、あれは三合会の仕業ではない？」

〈東京の鉄拳〉は苦い顔つきになった。「おれたちの知っている連中じゃない。ほかのどこかのギャング団のしたことでもないかもしれない」

わたしは唇を引き結んだ。「頼む、きみから話をきいたことはぜったいに口外しない」

「おまえはいま、見当ちがいのクソの穴に頭を突っこんでるんだよ」

「きみは歌舞伎町の現場を見てないからな」

〈東京の鉄拳〉は鼻で笑った。「なに、警察よりよっぽどくわしく知ってるさ」

「あれが三合会の仕業ではないと、そこまで断言できる根拠は？」

「あれが三合会の仕業なら、連中は自分たちの犯行だとおまえにも知らせようとするはずだ」

「わたしに？」

〈東京の鉄拳〉はわたしに苛立《いらだ》ちの目をむけた。「おいおい、頭をよっぽど強く打たれたみたいだな、ブローディ。おまえだけじゃない。連中が知らせたがる相手全員だよ。たとえば、そのひとりがおまえの依頼人だ」

この意見には一理ある。

「問題は、それだとこちらの手がかりがひとつなくなることだな」

「現場で見たことを話してくれ」

わたしは暴行について話した。耀司の顔。両足と片腕の骨が折れていたこと。もう一本の腕は切り落とされていたこと。さるぐつわ。とにかくすべてを。

〈東京の鉄拳〉は指の関節を鳴らした。「連中の目当てはわかったのか?」

「いや」

〈東京の鉄拳〉は渋面をつくった。「切り傷はいくつあった?」

「正確にはわからない。五つか六つ、あるいは十あったか。とにかく多かった」

これをきいて、〈東京の鉄拳〉は顔をしかめた。いったん目をそらして考えこむ。それから、またわたしに目をもどす。「オーケイ。もしかしたら、こいつは三合会かもしれない。かもしれない、だぞ。三合会が殺しのために送りこむのは、脳味噌の代わりに餅が詰まってるような連中だ。だれかを殺すとなれば、あっさり殺すことはない。被害者の体を切り刻むにしたって、手つきはぞんざいだ。いつも決まって血がどっさり流れる。ひとつには恐怖を叩きこむのが狙いさ。もうひとつは、連中には庭のなめくじなみの頭しかないからだ」

「だったら、わたしのために情報をつかんでくれるか?」

大男は不愉快な顔になった。「心あたりにたずねちゃみるが、それで連中の犯行だと決まったわけじゃないぞ」

「念のため、あらゆる側面を調べておいて損はないさ」

〈東京の鉄拳〉の両目が切れこみのように細くなった。「まだわかっていないようだな、ブローディ。

おまえはいま三合会のビジネスに鼻を突っこんでる。だから、三合会にその鼻をばっさり切り落とされるかもしれないんだ。練習台として」

第四日
包囲

23

わたしが眠っているあいだに、斧《おの》が落ちるような事態が起こっていた。

ナースがふたたびわたしを眠りにつかせようとした。わたしはしじゅう寝返りを打ってはいたが、翌日はすっかり体を休めた状態で目を覚ました。柱に縛りつけられて鞭《むち》打ち刑にあっているような気分は、いくぶん薄らいでいた。

昼食後に星野理恵が見舞いにきてくれた。〈東京の鉄拳〉の来訪前もあとも、野田や浜田をふくむ大勢の人が病室に来ていた。ちなみに浜田は、三合会についてのわれらが知恵袋だ。ふたりが残していったメモには、わたしが意識をとりもどしたころを見はからって改めて見舞いにくるが、それまで調査活動を進めているとあった――直感のお告げには反しているが、わたしたちの小世界ではこれが正しい行動だ。二日前、わたしが軽率にも剣道の道場へむかったおり、娘のジェニーを預けた一家の友人も来てくれていた。

今回、星野は制服姿だった。警視庁が職員である星野に求めるプロに徹した姿勢に、不安の表情が戦いを挑んでいた。戦いに勝ったのは職務だった。

「もう大丈夫ですか？」そうたずねた星野の口調は、わたしの好みからすると若干堅苦しかった。

「こてんぱんに叩《たた》きのめされて全身あざだらけだけどね、かねてから体力自慢の人間ならではのスピードで恢復《かいふく》中だよ」

この軽口をきいて、星野は非難の雰囲気をにじませて頭を左右にふった。「一昨夜の出来事ですね？道場主はあなたが道場に不法侵入したとして告訴状を提出しました」

中村師範だ。はたしてあの男はわたしへの襲撃にさいして、みずから陣頭指揮をとったのか、それとも離れたところから指令を出したのか。だれかがわたしの侵入を見とがめたあとで、道場に剣士たちを呼びもどしたのか？

「こちらは三人の竹刀をもった男たちに攻撃されたんだ」

「三人？」表むきの顔にひびが出来はじめた。

「そのうちふたりは、自分の行動を後悔しているだろうな。ただし三人めは、どこかでほくそ笑んでいるはずだ」

それからわたしは、一昨夜の対決のひと幕を要約バージョンで語りきかせた。話がおわると、星野はいった。「驚いた。防具もつけずに手加減なく竹刀で叩かれて、それで命を落とした人もいるのに」

「まあ、ひとりの死人も出なかったけどね」

星野が最初の爆弾を落としたのはこのときだった。「でも、その連中は結果を見こしていたのでしょうか？　犯人たちの刑事訴追手続は、もっか棚上げにされてます」

「まさか、冗談をいってるのか？　あいつらは、わたしが意識をなくすほどの暴行をしていたんだぞ」

星野は警官という職業につきものの疑いのまなざしでわたしをじっと見た。「まず、あなたは不法侵入をした。ふたつめ、あなたは現場に到着した警官を殴った」

「制服警官を殴るようなことはしていない。そもそもわたしはどことも知れない路地で血を流していて、そのあいだもほとんど意識がなかったんだ。覚えているのは、警官たちが到着したあとで蹴り飛ばされたことだけさ」

「本当に？」

「本当だ」

「わたしを相手に駆け引きはやめてください、ブローディさん。わたしは簡単には騙《だま》されないし、あなたが加藤警部補の友人だとしても、そんなことは気にかけません」

「それこそあるべき態度だね。オフレコで発言すれば、わたしは鍵がかかっていなかった窓から、三浦耀司のロッカーの中身を調べる目的で道場に侵入したんだ」

「窓の鍵はどうしてかかっていなかったのですか？」

これでオフレコ話ではなく公式の聴取になった――そして、星野は簡単に丸めこめる人物ではない。

「あらかじめ、わたしが解錠しておいた」

わたしが一部始終を話すあいだ、星野はずっとメモをとっていた、いま星野は、そこにまた一行を書き添えた。

わたしは苦々しい思いで星野のノートに目をむけた。「きみがそうやってスコアを記録しているから話すんだが、わたしにドロップキックを食らわせて意識をうしなわせた警官の苗字《みょうじ》は近藤だぞ。中村のもとで剣道修行したといっていた」

星野は最後の一行を書きおえるとノートをぴしゃりと閉じた。なんだか万年しかめ面《つら》になったかのような顔に、皺《しわ》の寄ったひたいが仲間いりした。「ブローディさん、あなたは不法侵入の件で窮地に立たされています」

「だったら、こちらも内密の話として打ち明ける。きみ以外の人間になにか質問されても、憲法修正第五条の黙秘権を行使するさ」

「ところがここはアメリカではありませんし、その答えはまちがってます」

わたしは黙りこんだ。

星野の表情が一段階やわらいだ。「加藤警部補は、事件報告書に書かれていないことがあるとにらんでます」

「それをきいて安心したよ。三浦耀司は何年も道場に通っていた。そこで敵をつくったのかもしれない。もしかしたら、家宅侵入事件がらみで父親が〝妄想〟をいだいているという愚痴をどこかでこぼし、その情報を何者かが耳にし、三合会の仕業に見せかけて耀司を殺す好機とばかりに悪用したのかもしれない」

星野はわたしの話に考えをめぐらせていた。「あるいは本当に三合会だったのかも」

「かもしれない」

「あるいは仙厓と財宝に関係していて、耀司を取引から排除しようという企《たくら》みだったのかも」

「それも考えられる」

「つまり動機の候補はどんどん増える、容疑者も増える。それなのに答えは減る――ということですね」

「水門はもう開けはなたれたんだよ」

星野は小さなスチールの鍵を取りだして、わたしの手首を金属の拘束具から解き放った。

わたしはすりむけた皮膚をさすった。「次に手錠をかけた人物を引き立てるときには、くれぐれもお手柔らかにな」

星野はかぶりをふった。「わたしはあなたの供述をきく必要があったから来ただけです。それに、あなたにとっては問題がひとつ。パスポートの没収に応じてください。加藤警部補が、道場での不幸な出来事が解決するまでという線で妥協した結果、そういう条件になりました」

「よしてくれ。このあとの京都旅行がおわれば、ジェニーはサンフランシスコで新学期を迎えるんだから」

「それはもう無理になりました」

「とんだ妥協もあったものだな」

星野はわたしの顔の前に手錠をぶらさげた。「でも、拘置所での療養を強いられるよりはましですよ。ついでにいっておけば、いまもあなたは拘置所に入れられてもおかしくないんです。いますぐにでも」

わたしはこらえきれぬ苛立《いらだ》ちに大きなため息をついた。「この事件についての警視庁の見立ては完全にまちがってる。わたしはだれかの逆鱗《げきりん》にふれた。次の段階は、その件の謎を解くことなんだよ」

同席していた医師からは強く反対されたが、わたしは独断で退院することに決め、自宅まで車で送るという星野の申し出をありがたく受けた。車内での星野は礼儀正しかったものの、打ち解けることはなかった。

わたしはすわったまま、ぎこちなく体の向きを変えた。「きみは化粧道具を持ち歩いているかい？」

「ええ、もちろん。ただし仕事中はメイクを控えめにしてます」

最初に顔をあわせたときの星野の化粧は控えめではあったが、腕前は一流だった。星野は自分の女性らしさを武器にして、他人をたらしこもうとは少しも思っていない。しかし、だからといって男になろうと努めているわけでもなかった。

「いや、化粧をするのはきみじゃない」わたしはいった。「わたしがシャワーのあとでメーキャップをする必要があるんだよ」

「あなたの大事な〝謎を解くこと〟はどうするんですか？」

わたしは微笑《ほほえ》んだ。「当たって砕ける前に、まず美を追求するのさ」

24

待望のシャワーにはいって熱い湯を頭から浴びていると、体の痛みがぶりかえしてきたが、わたしは歯を食いしばり、水流が痛みをほぐすマッサージをしていくにまかせた。竹刀で打たれたところには、一面みみずばれや青あざだらけだった。不幸中のさいわいだったのは、関節などの可動部分が残らずちゃんと動いたことだ。

シャワーを出たときには生まれ変わった気分だった。体の水気をタオルで拭いてから、処方された薬のいくつかを飲み、ガーゼつきの絆創膏《ばんそうこう》をあちこちに貼った。歯ブラシでこびりついた歯の汚れを掻《か》き落としているときに、携帯が着信音を鳴らした。わたしは急いで口をゆすいで電話に出ると、歪《ゆが》んだ声でハローと挨拶した。

「おまえが病院から出たときいてね」電話の声は野田だった。「いったい一昨日《おととい》の夜はなにがあった?」

わたしはここでも一部始終を物語ったが、声の届く範囲に星野がいないのをいいことに、わが収穫品についても語った――鍵、寺社のお守り、そして写真。野田がいちばん関心を示したのは鍵だった。

「どんな鍵だ?」

「ごく一般的な住宅用の鍵だな」

野田がふんと鼻を鳴らして不興をあらわにした。「そんなものがあるか。とにかく現物をもってこい」

そういって電話を切る。

わたしは清潔なジーンズを穿《は》いて黒いTシャツを着ると、階下へおりていった。星野が居間のソファに腰を落ち着けていた。

星野が顔をあげた。「ご気分はよくなりました?」

「ああ、ずいぶんね」

「それはよかった。娘さんを迎えにいったら、すぐこちらにもどって、お医者さまのアドバイスどおりゆっくり体を休めてください」

「いや、それは無理だ。わたしが仰向《あおむ》けで寝ている日が一日増えれば、三浦耀司を殺した犯人がのうのうと逃げおおせる確率がぐんと増えることにつながるからね」

「ご自分のスタミナを買いかぶってますね」

「まだわたしのスタミナも知らないくせに」

警視庁きっての優秀な警官のひとりである星野は、それとわかるほど顔を赤らめた。

沈黙へむけて、わたしは言葉をつづけた。「こちらは、きみが魔法を演じてくれたら、すぐにでも出発できるぞ」

星野は片手を差しだした。「その前にまずパスポートを」

「さっきわたしは気分がよくなったと話したな？　訂正、その発言は撤回だ」

星野は顔を曇らせた。「個人的にはあなたのパスポートを没収したくはありません。でも、わたしにはどうしようもない。ですから、これ以上ことをややこしくしないでください」

このほとんど欠点のない議論を前にして、わたしはいま問題になっている旅行関係の書類をとりだしてきた。

「ありがとうございます」星野はそういって、青い表紙のパスポートをハンドバッグに滑りこませた。つづいて今度は小さなコンパクトをとりだし、二度にわたる頭部への攻撃の副産物というべきひたいのあざを化粧で隠してくれた。この作業のできばえを調べながら、星野はあらさがしをするように片眉をぴくりと吊《つ》りあげた。「ま、だれもかれも騙せるわけじゃないけれど、あなたが傷痕を隠したい相手には通用しそうです」

「それで安心したよ」わたしはいった。「怪我《けが》をしたと知られたら面倒なことになる」

星野は笑った。「さあ、出発の時間です」

星野はジェニーを迎えにいくわたしを車で送ると申しでてくれた。目的地まであと一分というところで、星野の携帯が鳴った。

画面にちらりと目をやった星野は、眉を寄せていった。「すいません、どうしても出る必要がある電話なので」

星野はスピーカーフォン機能を使わずに車を道端に寄せてとめ、電話をフックからはずして手にした。わたしは助手席の窓から外へ顔をむけて、プライバシーが保たれているという幻想を星野に与えてやった。

星野は相手の話に耳をかたむけていた——そしてガラスに映りこんだ顔でもはっきりわかるほど蒼《あお》ざめていた。

「わかりました。ええ、その人物は同行しません」

星野はわたしへ意味深な視線をむけながら、そうくりかえした。そのあともしばし携帯を耳にあてがってから通話を切り、ふたつめの爆弾を投下してきた。

「また殺人事件がありました。被害者は土居《どい》という人物です。やはり、三浦とおなじ部隊に所属していた戦友です」

25

広々としたキッチンに足を踏み入れるなり、ジェニーが駆け寄ってきて、わたしの腹に顔を埋《うず》めた。ひと息ついた娘は、やがて楽しげにお泊まりの話をしはじめた。食べたお菓子、プレゼントしてもらったアニメのフィギュア、いっしょに遊んだ近所に住む女の子たち。話をおえたジェニーは、来週からサンフランシスコではじまる学校のサッカークラブに参加する件で、わたしをせっつきはじめた。

「まだあの紙にサインをしてないの、父さん？　コーチのナンシーさんから、ボールを蹴るには、まずあの紙を出してもらわなくちゃだめだっていわれてるんだけど」

ジェニーは淡い小麦色の肌とまっすぐな黒髪のもちぬしで、笑うと歯のあいだの隙間があらわになる。いま六歳のジェニーは乳歯の前歯が抜け落ちて、まだ新しい歯が生えてこない成長の端境期にあるが、わたしにはこれが心もとろけそうなほど魅力たっぷりな笑顔に思えてならなかった。

「ごめんよ、なかなか書類に目を通す時間がとれなくてね」わたしはいった。「でも、忘れずに読むようにする」

ジェニーを学校のサッカーチームへ参加させるための手続は簡単ではなかった。学校側は四ページの〝ルールブック〟と二ページの承諾書をよこした。それによると子供をクラブに参加させるには、試合のたびに適切な装備とドリンク類、およびスナックを用意することが義務づけられていたほか、シーズンを通じてさまざまなボランティア活動への保護者の参加も義務とされていた。ふたつの仕事を掛けもちしていても暮らしはかつかつ、自由時間もほとんどないわたしからすれば、サッカー・ママたちへの尊敬はいや増すばかりだ。

「もうじきシーズンがはじまっちゃうんだよ」娘のジェニーはいった。

「わかってる、わかってるよ」

わたしにはいかんともしがたかった。

家族ぐるみの友人で、いまはベビーシッターもつとめている真理子《まりこ》が挨拶のために近づいてきた。いま七十一歳の真理子は地元の裕福な家の専属料理人だ――そしてこの家はわが亡父と古いつきあいで、わたしと真理子が出会ったのもその関係だった。真理子は雇い主が住んでいるお屋敷と、裏手のコテージのあいだを自由に往来していた――家の執事でもある夫とふたり、コテージで暮らしているのだ。わたしの顔をひと目見るなり、真理子の顔から笑みが薄れた。そのまま顔をそむけて、キッチンのいちばん奥の隅でなにやら手仕事をしはじめる。しかしその前に、真理子の顔を憂慮の色が一瞬だけかすめ過ぎていった。

ジェニーがわたしの腕を引いた。「ね、いつになったら約束どおり、いっしょに書類を書いてもらえるの?」

「あしたにはね」わたしは急いでそう答え……この言葉を、このあと長いあいだ悔やむことになった。


第三の爆弾に見舞われたのは、三浦邸に行ったときだった。三浦の指揮下にあった者のなかでただひとりの生き残りが、三浦邸にいたのだ。

「きのう、あなたが……その……仕事ができない状態だったときの出来事です」ブローディ・セキュリティ社の警備担当は、わたしだけにきこえるように押し殺した声でいった。「あなたのデスクにメモが置いてあります。土居さんと猪木《いのき》さんのふたりがここに来ました」

「ふたりとも?」わたしはたずねた。

警備担当はうなずいた。「三浦さんはひとりでいたくなかったんでしょう――関係者みんなとひとつ屋根の下で過ごすのも名案に思えた、と。そのあと夜になってから、土居さんが着替えをとってくるついでに金魚に餌をやりたいので、夜の闇にまぎれて自宅にこっそり帰るといいだした。説得しても心変わりをさせられませんでした。わたしが代わりにだれかを自宅にやるといっても話をききいれない。そもそも土居さんはうちの依頼人ではないので、アドバイスをするのが精いっぱいでした」

　わたしは悲しい気分でかぶりをふった。こういった〝うっかり状態〟は前にも見たことがある。その種の状態をあらわす医学用語もあるのかもしれない。なければ正式に用語をつくるべきだ。単純にまとめれば、潜伏状態がつづくと人が愚かになる現象だ。潜伏は人の思考能力を減衰させる。迫りくる脅威のもとでしばらく身を潜めて暮らしていると、やがて——いきなり——危険が危険とは思えなくなる。この程度の危険なら独力で対処できると思うようになる。あるいは、現状を自分なりに分析して、当初思っていたほど危険な情勢ではないと結論づけたりもする。あるいは、限りある命しかない自分の体がひよわなものだという理解が薄れ、その結果——自分が無敵とまでは思いこまずとも——他人に傷つけられることはないと信じこんだりする。

　その状態がさらに進めば、ひとつところに長期にわたって幽閉されたことで精神に変調をきたす、いわゆる〝閉所熱《キャビン・フィーヴァー》〟に煽《あお》られるかたちで、また新しい現実が彼らの頭に根づくようになる。その結果、彼らは夜の闇にまぎれて、以前よく足を運んだ場所をめざす——友人や恋人の家、なじみのレストラン、行きつけの飲み屋、さらには、よりにもよってそれぞれの自宅などだ。狩る者《ハンター》はそこを狙って襲いかかる。一巻のおわりだ。

「わたしもやめさせようと説得しましたよ」ブローディ・セキュリティ社の現場スタッフはそう話していた。「しかし、言いだしたら頑として話をきかない老いぼれでしたからね。ずっと金魚のことばかりまくしたてていました」

わたしは土居と顔をあわせたことはなかったが、陸軍時代の戦友たちは慰めようもない状態であり、自分たちが標的となっているという事実をあらためて眼前につきつけられ、身も世もあらぬほどの怯《おび》えぶりだったのだろう。

「きみと土居が会話の機会をもつとは思ってもいなかったよ」

「ふたりといっしょにすわっていましたからね。ふたりとも干からびた泉同然でした」

となりの部屋では、三浦と猪木のふたりがテレビのクイズ番組を見ていた。わたしは訪問の挨拶をしてから、友人を亡くしたふたりに弔意を示した。ふたりは感謝のしるしに頭を上下に動かしたきり、ふたたびテレビ画面へ頭をふりむけた。

礼儀正しい会話はこれでもう無理になった。

やがて三浦が口をひらいた。「猪木がこの家から帰らなくてよかった。もし必要であるのなら、追加料金を払わせてもらうよ」

わたしは警備スタッフに視線をむけた。スタッフは頭を横にふった。わたしはいった。「おふたりがこの家にとどまっているかぎり、追加料金が発生することはありません」

猪木は涙にうるんだ目を友人の三浦へむけた。「わたしをこの家に招いてくれて本当にありがたい。ほかに行くあてがひとつもないんだ。息子の家は手狭で、嫁が文句をいっていてね。韓国の昔のこと、わざそのままだよ。三日もすれば魚も客もにおいはじめる、だ」

八十代の猪木は、三浦たちのグループのなかでは、まだまだひよっ子だったにちがいない。針金のように細く引き締まった体にはエネルギーが満ちていた。話すときには両腕や肘がめまぐるしく動いた。激しやすい永遠の少年。

三浦は友人の肩を叩いた。「好きなだけ泊まっていくがいい。部屋はいくらでもある」

「恩に着るよ」

「今回の件の背後には、どういう人たちがいるとお考えですか？」わたしは猪木にたずねた。

猪木の顔がくしゃくしゃになり、皺だらけの苦悶《くもん》をぎゅっと寄せ集めたかのような表情になった。「われわれがあの村を再訪したことが原因でなかったら、なにが原因だというんだ？」

ふたりはともにうなずき、たちまち諦観が支配する奥地へと引っこんでしまった——それは、回避がもっとも安全なルートだと思えたときに日本人が逃げこむ場所だ。

わたしはふたりを呼びもどした。「おふたりの命が危険にさらされているんです。なにか情報をもらえますか？」

ふたりはそろってわたしに寒々しい表情をむけただけで、なにも答えなかった。

「では、そういうことなのですね？」わたしはいった。

猪木が肩を落とした。「昔のことを知っている者はみな死んだ。われわれの調べで浮かびあがったのは呉《ウー》ひとりだ。呉《ウー》ならば、なにか知っているかもしれない。なぜなら中国人だからだ。いや、中国人だったからだ」

「呉《ウー》というのは何者ですか？」わたしはたずねた。

三浦はこちらを見くだすような調子で答えた。「中国の近くの村にいた旅まわりの医者だ。安立峒《アンリドン》ではないよ、すぐ近くの村だ。ひところ噂《うわさ》が流れていてね……戦後、呉《ウー》は日本にわたって数年ほど暮らしたのちに中国へ帰ったという噂だ。そうではなく、ずっと日本にいたという噂もあった。いまから四、五年前に死んだという話も耳にはさんだ。だから、この件はもう忘れていい」

わたしはかぶりをふった。「忘れてしまえればいいのですが。あいにく、あなたがたを狙っている連中が存在する。これから死ぬまでずっと隠れ住んでいるのならともかく、いまは呉《ウー》のような人物がたったひとつの頼みの綱です。悪党たちには、引きさがる気がまったくないようですからね」

26

ブローディ・セキュリティ社にもどったわたしは椅子にどさりとへたりこみ、もどかしい気持ちのまま髪の毛を指で梳《す》きあげた。

人々がつぎつぎに殺されているのに、わたしたちにはなんの材料もなかった。いや、ないも同然というべきか。

道場に不法侵入したときからこっち、考えをまとめる時間の余裕がなかった。その直後から発生したあれこれの余波――わたしが暴行され、翌々日まで入院を強制されたこと、〈東京の鉄拳〉の来訪、迫りくる刑事告発の脅威、そして土居が殺害された事件――が時間をすっかり食いつくしていた。しかも、娘のジェニーを三日連続で真理子のもとに預けっぱなしだった。

では、いまのわたしの立ち位置は？　中村道場を訪問したことで、なにが引きだされただろう？

道場の連中は、わたしがあそこに足を踏み入れたときから目を光らせていた。目の動きを隠して監視し、座席には目付役が控え、そのあげくロッカールームでわたしの歓迎レセプションがおこなわれた――そのすべてが示唆しているのは、わたしが何者かの逆鱗に触れたということだ。

しかし、具体的にはどういう逆鱗だ？

川崎真理が湯気のたつ緑茶のはいった茶碗《ちゃわん》を運んできた。

「ありがとう」そういって顔をあげると、懸念一色に塗りつぶされた真理の顔が目にはいってきた。

「大丈夫なんですか、ブローディさん?」真理はたずねた。

真理の背後でドアの前につめかけている五、六人のスタッフの顔にも、真理と同様の憂慮の色が見てとれた。

「わたしなら大丈夫だ」わたしはいった。「それもきみたちなら、わたしがもっとひどい目にあったこともあると知っているじゃないか」

このしめくくりのコメントが、淡い笑みやわずかなうなずきを引きだした。その場の全員が——すっかり納得したわけではないにしても、とりあえずは安堵《あんど》して——それぞれのデスクに引き返していった。みんな、過去にこの事務所があつかったジャパンタウンと曾我《そが》にまつわる事件を思い返していたのだろう。

野田と浜田がオフィスへはいってきて、ドアを閉めた。ふたりともわたしをながめていたが、どちらも無言だった。

「つかまったよ」わたしはいった。

浜田はくすくす笑った。「この仕事にはつきものだ」

野田が口をひらいた。「きみは〝月見会〟に行ったわけじゃないからな。で、例の鍵はもってきたか?」

わたしは戦利品をデスクにぶちまけた——鍵、寺社のお守り、それに写真。わたしの襲撃者たちは、三浦耀司がしまっていた記念の品のあれこれをわたしが盗みだしたとは考えていなかったらしい。いや、そもそもそんなことには関心がなかったのか。

すかさず野田が鍵をつかみあげた。浜田はお守りを手にとる。

わたしは野田に鋭い視線をむけた。「周辺調査はどんな具合だ?」

「じわじわと」

ブローディ・セキュリティ社きっての雄弁きわまる意思伝達の達人。いまこの主任調査員は目を細くして、鍵のヘッド部分に刻印されたシリアルナンバーを見つめていた。

わたしは浜田にむきなおった。「三合会関係で、なにか情報は？」

浜田は何本もの紐《ひも》をまとめてつかんで数個のお守りをもちあげ、中空でゆったりと回転するにまかせた。「この男はおよそあらゆる種類のお守りを買ってるな。立身出世、長寿、家内安全、交通安全。それに邪霊を追い払う護符。怪我よけのお守りもある。ずいぶん迷信深かったんだな。ま、これだけお守りがあっても救われなかったわけだが」

「これだけのお守りを買ったのは、三浦耀司がなにか危険なことに取り組んでいたからではないのかな？」わたしはいった。「お守りを売っている寺の僧侶から話をきいたらどうだろう？」

浜田はお守りの束をぽんとデスクにもどした。「人がお守りを買うのは宝くじを買うようなものだ。そうはいっても、内心の悩みごとを信頼できる寺の坊主に打ち明ける人間もいる。ひととおり当たってみても損にはなるまい」

野田がいった。「加藤警部補からはどんな話を？」

「いま話そうとしていたところだ」

野田は顔をしかめた。「話が早ければ早いほど助かるんだが」

「少しはブローディを休ませてやれよ。かなり手ひどく殴られたんだから」

野田はふんと鼻を鳴らした。「化粧じゃろくに隠せてないな」

くそっ。化粧であざを隠したのはジェニーに見られないようにするためだった。そのあといろいろ立てこんで、化粧を落とすのをすっかり忘れていた。わたしはクリネックスを数枚つかみだして顔をこすりはじめた。スタッフがそろいもそろって気づかわしげな顔をしていたのも無理はない。

野田が一瞬の間もおかずに言葉をはさんできた。「きみのお化粧遊びがおわったら、一刻も早く今回の事態の掌握をはかる必要があるぞ。なにせ老兵たちでまだ生き延びているのは、たったふたりなんだから」

第五日

追跡

27

警察がなにをつかんだかを知りたい気持ちは抑えがたく、わたしはゆうべ遅くにブローディ・セキュリティ社から星野理恵に電話をかけた。午後はジェニーを迎えにいく約束があったので、わたしと星野は朝いちばんに〈茶亭羽當《ちゃていはとう》〉で待ちあわせることに決めた――渋谷の大通りから折れた細い道の奥にひっそりたたずむ、ヨーロッパスタイルの優雅なコーヒーハウスである。

「ここはわたしの隠れ家なんです」星野がわたしにそう打ち明けたのは、ヨーロッパ製のそびえるような高級キャビネットが油断ない目で見おろす木のテーブルに、ふたりして腰を落ち着けたあとだった。「駅からたった二ブロックなのに遠く離れているも同然で、同僚たちがふらりとやってくることがぜったいにないからです。それに店主は、お湯を注ぐテクニックにかけては王者です」

星野が教えてくれたところによれば、店主はバリスタの範疇《はんちゅう》を超えて〝コーヒーの匠《たくみ》〟の域に達しているという。細部まで妥協しない店主の鋭い目は、水質やコーヒー豆の焙煎《ばいせん》具合、焙煎後の熟成《エイジング》期間から、コーン式コーヒーメーカーの形状と材質にまでおよんでいる。

「もちろん店主は、注文ごとにコーヒーを淹《い》れます」星野は、はしばしに敬意がうかがえる小声でそう教えてくれた。「所要時間は五分。ときにはそれ以上かかります」

わたしは店のおすすめだというカプチーノを、星野はベネチアンコーヒーを注文した。それからわたしは、歌舞伎町殺人事件の捜査の進捗情況をたずねた。

「あなたも捜査にかかればいいのでは？」警視庁きってのコーヒー通である星野はいった。きょうは、ふたたび私服姿だった。ベージュのブラウスに白のスラックス。先日の私服姿の星野にも感じたことだが、きょうも浮き立つような快活な雰囲気がある。目がきらきら輝いていた。

「もちろんかかる。いまは多くの角度から調べを進めているんだが、手がかりが非常に少なくてね。三浦耀司の父親はまったく助けにならない。新たに土居が殺されてもなお、こちらになにも提供しようとしないんだ。ただ、いま野田が複数の側面から調べているところだよ――調査対象には、わたしの不法侵入での〝収穫〟も含まれている。浜田はゆうべ三合会にコネのある人物と会っていて、おっつけ報告に来るはずだ。そちらは？」

星野はひととき時間をとって、わたしの報告を頭で咀嚼《そしゃく》していた。「つまり、結果は出ていないということですか？」

「例の道場については、これまでとは別ルートで調べているし、わたしにはほかの情報提供者もいる。しかし……ああ、そのとおり、確たることはなにもわかってない」

ほかの情報提供者とは〈東京の鉄拳〉だ。あの男とのやりとりについては、いまはまだ星野に伏せておこうと考えていた。〈東京の鉄拳〉とかかわりがあるという話は、自分が関心をもっている女性の気を引こうという目的で、うかつに吹聴《ふいちょう》していい話ではない。相手の女性が警察関係者ならなおさらだ。

星野の次のコメントによって、わたしの本能に予言能力があることが立証された。「あなたの〝収穫〟なるものについて、わたしが質問しなかったことにはもうお気づきですね？」

「気がついていたよ」

「では、その状態のままにしておきましょう」

「わかった」

「感謝します。こちらの進捗ですが、被害者の歯形が三浦耀司の歯科カルテと一致したほか、三浦夫人が来訪して遺体を夫の耀司氏だと確認しました。こちらの関係者が遺体をきれいにととのえたものの、しょせん専門の納棺師ではありません。ですので、対面なさった夫人はまたヒステリックになってしまいました。これから家族の面倒はだれが見るのかと、そればかりたずねていました。最終的には心のケアの専門家をつけて、ご自宅へお送りしました」

わたしはうなずいた。「胸が痛むよ。ほかに、なにか予想外のことは？」

「刑事たちの調べで、現場近くでふたりの中国人を目撃したという証人候補者が見つかりました」

わたしはわずかに背を伸ばした。「近いというのは、どのくらい？」

「事件のあった時間の前後に、例の路地の現場とは反対の側から〝早足〟で出てくるふたりを目撃したそうです。ただしこの証人候補者は当日の夜、バーを二、三軒はしごしていて、記憶がぼやけています。証人が覚えているのは、よく中国で見受けられるようなお粗末なヘアカットと安物の衣類だけです。手配写真類も見てもらいましたが、結果はとうてい確定的といえるものではありませんでした」

「残念だったな。その目撃者は、見かけたふたりのことを三合会だと思ったのか？」

星野がすぼめた唇を突きだした。「目撃者は中国ギャングの見た目なんて知りません。それどころか、たいていの人は知りませんよ」

わたしは失望が顔に出ないように飲みこんだ。「それだけか？」

「まだあります。犯人たちは片腕を切り落とすのに肉切り包丁をつかっていました。鑑識があつめた切断痕から推定するに、刃渡りは約二十センチ、幅は十センチ、重さはおおむね九百グラム程度の包丁だということです。精肉店や中華レストランの厨房《ちゅうぼう》などで見られる刃物ですね。現在鑑識で、日本と中国とドイツの調理器具メーカーの製品との比較対照を進め、二件の家宅侵入事件で採取された切断痕とのクロスチェックも進めているところです」

わたしはおそるおそる次の質問を口にした。「三浦耀司は……その……まだ生きていたのだろうか……？」

あくまでもプロ捜査官としての冷徹さをたもとうと誓っていたにもかかわらず、星野の顔から血の気が引いた。「監察医の見解ですが、片腕を切断された時点で三浦耀司はまだ生きていたし……それどころか意識もあっただろうということです。腕の切り落とし方から、そう推測される、と」

目の前が真紅に染まり、わたしは頭《こうべ》を垂れた。

「さらに監察医は、犯行にもちいられていた刃物が〝例を見ないほどなまくらだった〟とも述べています」星野は体を震わせながらいい添えた。

つまりわざと必要以上の時間をかけて切断することで、被害者に想像をも絶する苦痛を味わわせた、ということだ。


わたしたちがふたたび口をひらくまでには、若干の時間が必要だった。

最初に沈黙を破ったのは星野だった。「おたずねしてもよろしいでしょうか？」

「もちろん」

「加藤警部補のことをどう思われますか？」

予想外の質問だった。犯行手口のあまりの残虐さに星野も動揺させられたのだろうか。あるいは捜査が進まないことで、上司へ寄せる信頼が土台から揺らいできたのか？

「警察なら精いっぱいやっていると思うよ。きみがそんなふうに考えていればいいんだが」

「ええ、考えてます」

「だったら、どうしてそんな質問を？」

星野は目を伏せて、頬を朱に染めた——その慎《つつ》ましやかなしぐさに、わたしは瞬時に心を奪われた。

「わたしも本庁で流れている噂《うわさ》なら知ってます。しかしわたしにはわたしなりの推測があり、外部の情報源からその確認をとりたかったのです」

「加藤のそばにできるだけ長く身を置くんだ」わたしはいった。「いずれはきみも異動になるかもしれないからね」

星野はうなずき、つづく発言でわたしを驚かせた。「これからふたりでいっしょに調べを進めるのなら、よければわたしのことは理恵と呼んでください。ファーストネームをつかうアメリカの習慣が好きなんです」

「お安いご用だ」

「でも、ほかの人たちがいるところでは、これまでどおり星野と呼んでください」

「もちろん」

知りあいの日本人ビジネスマンのなかには数十年にわたっておなじオフィスで働き、数えきれないほど何度もいっしょに酒を酌みかわしてきた仲でありながら、あいかわらずたがいを苗字《みょうじ》で呼びあっている者もいる。その習慣にどっぷりと身をひたしているため、同僚からファーストネームで呼んでくれと頼まれても、日本のビジネスマンはうっかり忘れてしまいがちだ。

「では、あなたはどう呼べば？」

「ジムでけっこう」

星野の目が輝いた。「すてきな名前。どっしりした感じがあるけれど、最初はやさしい音ではじまるから」

「ありがとう。わたしもそう思うよ」

「でも、あなたにはブロ、ー、デ、ィ、という苗字のほうが似あいます。こちらのほうが力強さがある。すっきり無駄がなくて、大胆不敵な雰囲気があります」

「どちらで呼ばれても答えるとも」

「あとひとつ、質問してもいいでしょうか？」

「なんなりと」

「奥さまが亡くなられてから、特別な人がいたことはあります？」

わたしは虚をつかれた。「小口径の銃で撃たれるかと思っていたら、きみから迫撃砲をぶっぱなされた気分だよ」

星野は……いや、理恵は笑い声をあげた。ごく自然で感染力のある笑い声だった。そして少女というよりは女らしい笑い声でもあった。「あなただって一人前の男です。このくらいの質問には対処できるはず。そういう人はいましたか？」

わたしは肩をすくめた。「カジュアルなデートをした相手ならね。真剣な交際になってもおかしくなかったのに、そうはならなかった女性がふたりいる」

「どちらも日本人ですか？」

この粘り腰には舌を巻くほかなかった。曖昧な答えで満足するつもりはないのだ。いま理恵は、わたしがアジア人女性ばかりに固執するたぐいの男なのかどうかを疑問に思っているのだ。

「ひとりはボストン出身のアメリカ人弁護士。もうひとりはブローディ・セキュリティ社で出会った日本人女性だ」

「それでどうなったんです？」

「弁護士はあまりにも自己中心的でね、娘をどこかの寄宿制の学校に入れろといってきたんだ」

理恵がこの新しい情報を嚙《か》みしめているあいだに、ふたりのコーヒーが運ばれてきた。

わたしは自分のカプチーノを飲んだ。理恵はベネチアンコーヒーをちびちび飲んでいる。理恵のふるまいはいかにも女性らしく、自信に満ちていて、あざとく媚《こ》びるようなところはまったくなかった。

《ここにはなにか大事なことが隠されてるぞ……》わたしは思った。

やがて理恵がこんな話をはじめた。「ごめんなさい。質問をするのが仕事の一部なもので、すっかり習《なら》い性《しょう》になっているみたいです。それで、あなたは……その……とりたてて日本の女性のほうが好きだ……というわけではない？」

この食い下がりぶりに、わたしは笑みを誘われた――あきらめず食い下がるのも、理恵の仕事の一部だ。「わたしはデートについても機会均等をモットーにしているよ。わたしが心を引かれる女性は――あれこれの事情が問題なしとなった場合の話だが――娘のよきお手本になってくれるような女性だ。わたしがもし結婚というルートをふたたびたどるならね。さてと、こうしてこの手の話題に率直になったのもいい機会だから質問しよう。きみはどんな男とつきあっている？」

「そうですね……まず最初にいっておけば、おなじ職場の男とはぜったいにつきあいません」

「それはそうだろうな。職業面での自殺願望があるのでないかぎりは」

「ええ、そのとおり」

「ファーストネームで呼びあう仲になった男性とは？」

「ときにはそういうことも」

壁にかかっているアンティークの時計が三十分を告げるチャイムを鳴らした。思ったよりも時間を食っていた。

「楽しかったよ。でも、そろそろ行かなくては」わたしはいった。

「わたしもそろそろ出勤しなくては」

「帰る前にひとつ質問させてほしい――例のロンドンの美術品ディーラーにまつわるメッセージを、加藤にちゃんと伝えてくれたかな」

「仙厓の作品を盗んだかもしれない男の件ですか？　ええ、伝えました。警部補はジェイミー・ケンドリックスの名前を出入国管理局に伝えていました」

「よかった。いまは時間がないが、またこうやって話をしよう。そうだな、次は夕食がてらでもいいか。きみがきょう出勤でなかったら、つきあってくれと誘うところなんだが」

「きょうは休暇です」

「しかし、ついさっきは――」わたしはそこまでいい、自分で自分を叱るようなしぐさでひたいをぴしゃりと叩《たた》いた。「うっかり自分がどこの国にいるかを忘れてた。ここは日本、だからきみが休暇の日に仕事に出てもおかしくない。ただ、わたしが考えていたのは仕事ばかりじゃなくて――」

「デート？」

「正解」

「わたしたちはいま大事件のさなかにいるんですよ。わたしにとっては最大の事件です」

「だったら気持ちの切り替えのこつを身につけるんだね」

理恵はかぶりをふった。「仕事がすべてに優先です。それにわたしの好みからすると、仕事以外の娯楽は一度にひとつずつにしたいの」

「おや、わたしは娯楽の対象だと？」

「娯楽対象の候補ですね」

これは前途を約束する言葉ではないか。

28

星野理恵は来るのか、それとも来ないのか？

先ほど理恵は警察署で緊急の用事があるが、いざ行けば数分たらずで片づくはずだといい、わたしを宙ぶらりんのまま残していった。ほかに注意をふりむけるべき用事がなければ、理恵はわたしたち親子の待つ入場券売場の窓口にあらわれるはずだ。

しかし、潮の流れとせっかちな娘はだれのことも待ってくれない。わたしの乗ったタクシーが真理子の家の前にとまるなり、ジェニーは玄関からロケットの勢いで飛びだし、背負っている大きなデイパックの重みに四苦八苦しながら駆け寄ってきた。

「あのね、あのね」ジェニーはそういいながらタクシー車内に身を躍りこませ、這《は》い進んでわたしの膝を乗り越え、反対側の窓にたどりついた。「おばあさんに上野の動物園に連れてってもらったの。中国から来たパンダも見たし、アフリカのちびちっちゃなカバも見たの」

「それはコビトカバのことかな？」

「うん、それそれ」

「よかったね」

話に出た〝おばあさん〟当人の真理子が、数多い着物の一着である薄緑色のふだん着姿で、タクシーのドアにすり足で近づいてきた。

わたしはいった。「きょうも娘の面倒を見ていただいて、ありがとうございました。なにか厄介なことはありましたか？」

「ないに決まってるでしょう？」真理子は訛《なまり》のある英語でいった。「それに、いちいちお礼なんて水ください。もっと小さなあなたを世話していたように、いまはジェニーの世話をしているだけよ」

「わざわざ思い出させてくれなくてもけっこうです」

真理子は微笑《ほほえ》んだ。「船の上で食べられるようにお弁当をこしらえたのよ」

「感謝します」

「ねえ、もう行こうよ、父さん」ジェニーが窓から顔を出して、そう声をあげた。

真理子は預かったジェニーに情愛のこもった視線を投げた。「あの子はあなたをずっと待っていたのよ。たったひとりの娘さんと遊んで、あの子にとって最高の一日にしてあげてね」

わたしはそうすると約束して手をふり、タクシーは出発した。当初は節約のために電車で行くつもりだったが、言葉には出さないジェニーの熱意に負けてタクシーをつかうことにしたのだった。タクシーが東京の街なみを走り抜けていくあいだ、ジェニーは窓にはりついて体をさかんに跳ねさせながら、びゅんびゅん後方へ飛びすさっていく景色へのコメントを話しつづけ、ついで窓から顔を離すと、わたしにむかってサッカー・クラブの入会書類はどうしたのかとたずねてきた。わたしとしては、そちらの面での保護者としての義務を果たしていないことを認めるほかはなかった。

「父さん、ほんとにすぐ書いてよね？　学校はもうじきはじまっちゃうんだから」

「わかってる、わかってるよ。今夜にはすませる」

しかし、ひょっとしたらアメリカに行けなくなるかもしれないとジェニーに告げる勇気はなかった。

「それにサッカーのあとはプーリングよ。その両方にお医者さんの書類がいるんだから」

「正しくはスイミングだな」わたしはいった。

ジェニーはいちばんの親友といっしょに、四歳のときから地元の公営プールでのレッスンに通っていた。通いはじめてからの二年間で、ふたりはクラスのトップに昇りつめて、何本ものトロフィーを獲得してきた。これまで娘が外の世界へ興味を広げることを一貫して奨励してきたし、サッカーをはじめるのもいい考えに思えたが、付添いなどの保護者の義務となると話は別だ。子供が新しいスポーツをはじめれば、親の心配ごとはひとつ減る——とはいえ、そもそも親としての心配はいわば底なしのバスケットの中身のようなものだ。

理恵はわたしたちを乗せたタクシーがとまるのを見て、降りたわたしたちを笑顔とちょっとしたお菓子類で出迎えた。東京で生まれ育った鬼神めいたドライバーの理恵なら、東京横断レースでもわたしたちに余裕で勝てるということだ。

わたしたちは東京の代表的な川のひとつ、隅田川のクルーズを計画していた。わたしたちが乗った遊覧船がゆっくりと船着き場を離れ、のんびりした速度で東京湾へむかいはじめると、アサヒビールの本社ビルや東京スカイツリーがなににもさえぎられずに見えてきた。

ジェニーは目をまんまるにして両方の建物を見つめていた。理恵が、アサヒビールの建物の屋上にある珍妙なオブジェは横向きに噴きだされた炎をかたどった彫刻で、フィリップ・スタルクというフランス人が設計したものだ、と説明した。さらに針のような東京スカイツリーは高さ六百三十四メートル、日本でいちばん高い建造物で、展望台からは地球のカーブが見えるくらいだ、と話す。

わたしの携帯が鳴った。画面をスクロールしていくメッセージの文字が、電話をかけてきたのが野田だと表示していた。わたしは理恵とジェニーに話をきかれないように、遊覧船の船首のほうへ歩いていった。

「あの女に中国とどんな関係があるのかを質問するんだ」ブローディ・セキュリティ社の主任調査員はいきなりそういった。

挨拶なし。世間話もなし。

「あの女？」

「女警官だ。そこにいるんだろう？」

「この世の中に、あんたが知らないことがあるのかな？」

「あるとも。女警官のコネが有力なのかどうかは知らないね」

「答えをどうやって見つける？」

「周辺をくまなく突っついてやるさ」

周辺のうちでも有望そうなところは見つかったのかどうか、情報をアップデートしてくれと頼もうとした矢先、携帯からはもう通話が切れた音が耳に響いてくるだけだった。

ジェニーが駆け寄ってきて、わたしの腕を引いた。「父さん、きょうはお仕事はしないっていってたくせに」

船内放送からツアーガイドの案内が流れはじめた。《みなさま、ただいまより当遊覧船は、ここから最初の停船地であります浜離宮までの隅田川にかかっている十五の橋のうち、最初の橋をくぐります。浜離宮は、いまでは庭園として一般公開されていますが、かつては将軍家の別荘として――》

「そうだね。でも、ほかの人たちは仕事中だし、その人たちが父さんと話したくなったときのために、いつでも連絡できるようにしておかなくてはならないんだ。当然のことだろう？」

ジェニーは唇を突きだしたふくれ面《つら》でわたしからの質問に考えをめぐらせ、理恵にむきなおった。「お姉さんもおんなじことをする？」

わたしたちは展望デッキになっている船首部分に立っていた。ついで船内にもどって階段をおり、座席エリアに足を踏み入れた。ゆったりすわれる革ばりのボックス席と広々とした木のテーブルがそなわり、きらめく真鍮《しんちゅう》のフレームにおさまった大きな窓からは、隅田川とその向こうの大都会のすばらしい光景が一望できる、いわば優雅な雰囲気の船内ピクニックコーナーだ。

「ええ、おんなじよ。たとえお休みの日でも、万一のため、いつでも呼出しに応じられるようにしてるの」理恵がそう答え、わたしたち三人はボックス席のクッションがついたベンチシートに腰をおろした。

「万一ってどういうこと？」

おっと。ジェニーをむやみに怖がらせたくないのだろう、理恵が大きくひらいた目でちらりとわたしに視線を送ってきた。

「理恵さんが上司《ボス》から必要とされた場合のこと」わたしはいった。「警察のお仕事でね」

ジェニーはうなずいた。「うん、わかった。きっと、世界ってそんなふうに回ってるのね」

理恵が瞳に疑問をたたえてわたしの顔に目をむけた。すかさずジェニーが息を切らせて、いまの言葉は自分たち親子が考えている世界の動き方を表現したものだ、と説明した。生きていれば、うれしいことも悲しいことも起こっては去っていくけれど、人は自分の人生を精いっぱい生きていくだけで、どっちの出来事もあるがまま受けとめるしかない。うれしいことがあったら楽しめばいいけれど、しがみついてはいけないし、おなじように悲しい出来事に引きずられて落ちこむのもよくない。だって、自分でも気がつかないうちに、またすぐ楽しいことがめぐってくるのだから。

「とっても理にかなった哲学ね」理恵がジェニーにいった。「気にいったわ」

「ありがとう。父さんとわたしでつくったの」

ジェニーは誇らしげに笑顔を見せ、理恵も笑みを返した。ついで一拍の間さえおかずに、ジェニーがアイスクリーム代をねだってきた。わたしは数枚の紙幣をわたした。きょう、ここに来る前にマナーについてレクチャーしたのだが、ジェニーはそれを忘れていないらしく、なんのアイスが好きかをまず理恵に、それからわたしにたずねてから、いっさんに走りだしていった。

「ものすごいエネルギーね」理恵はフードカウンター目がけてまっしぐらに走るジェニーの背を見ながらいった。

「もてあますこともあるくらいさ。ところで、ひとつ質問させてほしい――きみには、中国人との太いパイプがあったりしないだろうか？」

理恵は驚いた顔を見せた。「ええ、たしかにパイプはある。でもどうしてそれを知ってるの？」

「野田だよ。それ以上はたずねないほうが無難だ」

理恵は肩をすくめた。「わたし、高校三年生のときホームステイで香港に滞在していたのよ」

「それだけだったら、たいして役に立つとも思えないな」

「ホームステイ先はとても有名な一家だった。父親は五つ星レストランにくわえて、スーパーマーケットのチェーンを所有していたのね。一家はみんなお鮨《すし》が大好きで、ありとあらゆる魚の名前を日本語で教えてくれといってきたっけ。いまでも一家の人たちとは親交がある。息子さんはわたしの同年代。国際金融の世界に足を踏み入れて、いまは東京に来ているの。ここでめきめき頭角をあらわしている逸材よ」

「ふむふむ」それにしても野田はどうやってこのちょっとした情報を掘りだしてきたのか？

理恵はにっこりとした。「息子さんに連絡をとってほしい？」

わたしはイエスと答え、こちらの望みを伝えた。ジェニーがもうすぐもどってきても不思議ではないので、早口になっていた。話しおえたわたしは、理恵自身がその情報源に接触していなかったことが驚きだと打ち明けた。

理恵はきっぱりと答えた。「友人をこの仕事に巻きこむのは気が引けるから。厄介なことになりかねないもの。でも警察組織ではなくあなたを通じて調査を進めるのなら、わたしに異論はないわ」

「もっともな話だね。あとひとつ。呉《ウー》という医者に心当たりはないかと、その人にたずねてほしい」

「フルネームはわかる？」

「あいにくわからない。三浦とおなじころ満州にいたことはわかってる。いまも健在なら、事件の背景を知る手がかりを教えてくれるかもしれない」

理恵は眉を曇らせた。「あまりにも漠然としすぎてる」

「とにかく、いまわかっているのはこれだけだ。しかし三合会の件は最優先なんでね」

ジェニーはボール紙の箱をもって引き返してきた。箱にはアイスクリームのコーンを立てるための穴があいている。ジェニーは箱をテーブルにおろすなり手を伸ばしてダブルチョコレート・タワーをつかみ、猛然と舐《な》めはじめた。

わたしはいった。「おいおい、何年もアイスクリームにありついていなかったみたいに見えるぞ」

理恵が笑い、ジェニーはこう答えた。「ずぅーっと食べてなかったもん。二日も前からね！」見ると、舌が焦茶色に染まっていた。「さっきみたいに船の先頭へ行かない？　あそこから見る景色がすてきだったんだもん」

「ああ、いいとも」

わたしは理恵にアイスクリームのコーンを手わたし、ジェニーとふたりで船首へむかった。クッションつきベンチシートのならぶところよりも上にある船首部分は広々としていた。風がわたしたちの顔に強く打ちつけ、肌に心地よかった。

ジェニーは、川で目にするあらゆるものに大喜びしていた。干してある漁網を日ざしに輝かせながら帰っていく釣り船の動きをずっと目で追っていた。船内放送で橋の名前が告げられるたびに、自分でもくりかえしていた。橋はいずれも特徴的な色を帯びていたため、ジェニーはその色名を覚え、新しく橋が見えるたびにそれまで見た橋色を順番に述べもした。両国《りょうごく》地区にある相撲の殿堂、国技館が見えたときには、わたしはいつかジェニーを相撲見物に連れていくという約束をさせられていた。

わたしと理恵は世間話をしていた。携帯が二度めに着信音を鳴らし、わたしは詫《わ》びの言葉を口にしてポケットから携帯を抜きだした。野田が添付ファイルつきのメールをよこしていた。内心の反応が顔に出ていたのだろう、理恵が低い声でたずねてきた。「どうしたの?」

「わからない」

添付ファイルはまだひらいていなかったが、メール件名はわたしを驚かせた——《安全な場所へ、いますぐに!》とあったからだ、わたしは画面をタップして添付ファイルをひらいた。

スマートフォンの長方形の画面に見えてきたのは、血にまみれた浜田の顔の写真だった。日ごろの明るく陽気な雰囲気は影もかたちもなかった。目は焦点があっていないばかりか生気がなかった。団子鼻が緑がかった淡い青色に変わっていた。

画像を拡大したわたしは、あやうく電話を落としかけた。

浜田のひたいには、わたしのパスポートサイズの写真が長さ二十センチ近いアイスピックで刺し留められていた。

しかも浜田の頭部は、もはやどこにもつながっていなかった。

29

連中は総勢で三人。三人はすばやく姿をあらわしてきた。

彼らは船尾から乗りこんできた。おそらくこの遊覧船の死角にあたる場所に高速モーターボートを寄せ、携帯型の船舶用の梯子《はしご》をこちらの船体にとりつけたのだろう。

最初にわたしに警戒サインを送ってきたのは、落ち着いた顔で、しかし足早に船尾方向へむかっていく乗組員の姿だった。そのときにはふたりめの侵入者がデッキに姿をあらわしていた。口論がはじまっていた。

船室にいる乗客はだれも気づいていなかった。船尾近くのベンチにすわっていた乗客は、口論がどんどん激していくさまを目のあたりにしていた。ついさっきまで彼らは川岸の光景を楽しんでいた。しかし次の瞬間には闖入者《ちんにゅうしゃ》があらわれ、目の前で大騒動が起こりつつあった。

ここにいたってもなお、船室内の乗客はなにも気づいていなかった。気づいていたのは接客スタッフだけだった。

ついで華々しいファンファーレが響きわたることもないまま、ふたりの侵入者は口論相手の乗組員をいきなり船外へ投げ飛ばした。同時に三人めの男の頭部が手すりのところに見えてきた。

最初の男が船室内に視線を走らせた。その目がわたしの目をしっかりとらえ、それっきり視線が動かなくなった。男は口の端だけを動かして、残るふたりの連れになにか話しかけていた。

遠くから見たときには三人は日本人に見えたが、そうではなさそうだった。三人が前進してくる。わずかに近づくと三人は中国人に見えたが、そうではなさそうだった。わたしの視覚は暗号化処理がなされているように思えたが、それよりも先に生存本能がこれまで以上の解像度でいきなり息を吹きかえした。

上流と下流のいずれの方向にも目を走らせてから、わたしは大急ぎで理恵にたずねた。「泳げるか？」

「ええ。でもどうして？」

理恵は敵の姿をまだ見ていない。そして理恵には、このままジェニーに付き添っていてほしかった。

「無理は承知だ。どうか娘のことをよろしく頼む」

理恵の顔に困惑の表情のきざしがあらわれるよりも先に、わたしは五十キロほどの理恵の体をもちあげると、手すりの外に押しだして手を放した。

理恵は両腕をふりまわしてまっさかさまに落ちていき、うつぶせの姿勢で着水した。

次にジェニーをかかえあげながら、わたしはいった。「世界がぐるぐる回ってるんだよ、ジェン。さあ、水泳タイムだ。大きく息を吸って」それに応じてジェニーが空気を吸いこむ一拍の間だけ待ってから──「いいぞ。川岸を目指して泳げ」

ジェニーが返事をする前に、わたしは足を下へむけた姿勢のジェニーを船のへりから落とした。そのとたん、心臓をわしづかみにされるようなあの感覚が襲ってきた──この感覚に最初に襲われたのは、まだ幼くてなにも理解できないころのジェニーがはじめて医者にワクチンの予防接種をされ、痛みに大声で悲鳴をあげたときだった。

それでも、あのときとおなじように、やるべきことをやるだけだ。

水泳で獲得した数々のトロフィーから、わたしがジェニーが魚のような少女だと信じるようになっていた──そしてその予想どおり、ジェニーは川面《かわも》にむかって魚のように落ちていった。飛び込み台での練習を思い出したのだろう、落下中にすばやく両腕を伸ばして体のバランスをとり、同時に爪先をまっすぐ下へむけていた。

見ている前で愛娘《まなむすめ》は足から先に着水した。

これで、とりあえず娘は安全だ。

わたしは走った。

30

行動を起こす直前の一秒間で、わたしはふたつの異なるシナリオに思いをめぐらせた。理恵とわたしが船上に残って戦うというシナリオ。もうひとつは三人とも船から川に飛びこむというシナリオだ。

しかし、どちらも成功の見こみはなかった。

最初の策ではジェニーを危険にさらすことになる——理恵のスキルが未知数なのだからなおさらだ。

第二の策は、わたしたち三人が川で攻撃される可能性をつくりだすことに通じる。三人の男たちは船上から——おそらく——わたしたちを追うことができる。しかも連中はボートも所有している。となれば、四人めのメンバーがいるのだろう。そのうちひとりでも川のなかのジェニーに追いつけば、水中に引きずりこんで溺死させるのは一瞬でこと足りる。あるいはボートに合図して、水中のジェニーを轢《ひ》かせるのもたやすい。娘がいくら泳ぎが巧みでも、なんの意味もない。

だから、選択肢はひとつだけだった。すなわちひとりで船に残って戦うという道のみ。

理恵が残っていれば後方を掩護《えんご》してもらえたかもしれない。いや、無理だったかもしれない。確かめている時間の余裕はなかった。掩護できるかできないかはともかく、わたしがたずねれば掩護できると答えたに決まっているし、そうでなくても警察バッジをふりまわそうとしたかもしれない。例の浜田の写真について説明している時間はなかった。船に姿をあらわした連中が、すなわち浜田の首を切り落とした犯人と見ていい――そして浜田がかつて大阪の警察官だったことを思えば、理恵がみずから警察の身分証を見せびらかしても、ナイフで切られるか銃で撃たれるかでおわるのがおちだ。

さらに理恵には新参者たちの出現に対して心の準備がなかった――そこからは理恵の実地経験がまだ少なく、能力も警察での訓練の枠を大きく超えるものではないことが察しとれた。だからわたしは理恵を川に投げこんで、娘の身を守らせたのだ。

あとでとんでもなく高い代償を払うことになるだろう。先ほど船べりから外に投げだしたとき、理恵の目に浮かんでいた激怒をわたしははっきり見ていた――怒りとショックの色、傷ついて苦い失望を味わった者の目つきを。後悔がわが良心を引っぱっていた。

しかし、それはまだましなほうだ。

ふたりのあいだに芽吹きつつあったものが、あの一瞬で萎《しお》れて枯れてしまったのだ。

わたしが見ている前で、不埒者《ふらちもの》たちは船首のほうへ進んできた。

いまは十五メートル弱……着々とその距離を縮めつつある。人々が好奇の目をむけはじめていた。三人の男たちはいずれも無言で、一糸乱れずにすばやく移動していた。V字形の隊形を組んでいる。ひとりが前方、ふたりが後方。三人はわたし目がけて進んでいた。人々のざわめきがあがった。下部デッキでアルバイトのウェイターたちが右往左往していた。しかしこの情況では、最低賃金のアルバイトたちはなんの助けにもならない。侵入者たちがひとりの老婦人を押しのけた。老婦人は悲鳴をあげた。

ナイフが出現した。

船首側デッキには、乗客たちのために横に長いクッションつきのベンチがあった。ベンチは船首の左右両側に沿っていて、中央で両側から出会う形になっていた。輝く真鍮の手すりをいただいた低い壁が背もたれの役目をになっている。手すりの先は幅三十センチほどの舷縁《げんえん》になっていて、遊覧船のまわりを一周する狭い通路になっていた。

わたしがとるべき道は舷縁しかなかった。わたしは手すりを躍り越えて、遊覧船の右舷側へまわりこんだ。

三人の侵入者は舷縁を移動するわたしにキャビンのなかほどで追いつき、手近な窓に駆け寄って進路をはばもうとした。わたしにとって幸運だったのは、大きな四角い強化ガラスが何本もの真鍮製の飾りつきボルトでしっかり固定されていたことだ。

ひととき安全が確保できたので、わたしは足を止めて追跡者たちの出方をうかがった。三人は強化ガラスを叩《たた》いていたが、いっこうに効果はあがらなかった。そのあと窓枠に沿って手を滑らせていたのは、窓を一気に開けるラッチをさがしていたのだろう。しかし、そんなものは見つからなかった。三人は短時間だけ話しあって、すぐに散解した。ひとりが船首方向へむかう。残りふたりは船尾方向だ。

これでは、まもなく進退を封じられてしまう。

そこでわたしは上を目指した――せいぜい時間稼ぎの意味しかない策だ。

川に飛びこんで理恵とジェニーのふたりと合流するという考えは捨てた。遊覧船は動きをとめずに東京湾へ着実にむかっていたが、ペースはのんびりしていた。三人の男の目当てはこのわたしだ。だからいまは三人と、わたしに力ずくで川の漂流者にさせられたふたりとのあいだの距離を少しでも広げるに越したことはなかった。

わたしは屋根によじのぼった。白くて細長い屋根には、中心線に沿って天窓が一列にならんでいた。天窓から下をのぞくと、困惑顔で天井を見あげている乗客たちと目があった。わたしはじりじりと船首側へむかっていった——そちら側からあらわれる襲撃者はひとりだと予測したからだ。

はたして襲撃者の頭部が屋根のへりからあらわれた。男と目があった。男はにやりと笑って、屋根にあがろうとしはじめた。わたしは距離を目測しながら突き進んだ。男の胸が、つづいて腰が見えてきた。わたしは前進をつづけた。男がわたしの動きに目をとめて、このままでは間にあうように屋根によじのぼれないと判断したのだろう、梯子段を逆に降りはじめた。

しかし、もう遅すぎた。

わたしは体がぶつかりあう寸前で進む方向を変えた——屋根のへりから足を踏み外して、まっさかさまに川に落ちないためだった。ついでわたしは腰と片足を船首方向に突きだす姿勢で男にまわし蹴りを食らわせた。

右足の外側が男の胸の中央をとらえた。男の胸郭がひしゃげて凹《へこ》み、手から握力が抜けた。男は後方へ突き飛ばされ、両手両足を大きく広げた〝人間ひとで〟とでもいえそうな姿勢になった。わたしの蹴りにこもっていた力に押されて、男の体は上方へ浮きながら船から離れ、そこで勢いをうしなって重力につかまり、うしろむきで隅田川に落ちていった。

船尾方向から、残るふたりの男たちの大声がきこえた。最初の男はすでに屋根によじのぼり、ふたりめもそのすぐあとにつづいている。

しかも、ふたりとも刃物をふりまわしていた——片方はナイフ、片方は肉切り包丁。

姿の見えない案内人のアナウンスがきこえてきた。《前方に見えてまいりましたのが清洲橋《きよすばし》でございます。一九二三年、すなわち大正十二年の関東大震災で、この付近一帯は大火で焼きつくされ——》

影がわたしの体を包んだ。橋がぐんぐん迫ってきた。首をうしろへめぐらせて視線を投げると、I形梁《はり》を工業用大型ボルトで連結してつくられている橋の支持構造物が見えていた。その気になればボルトの数をかぞえることもできたくらいだ。そのくらい橋に近かった。

そしてわたしが気づくよりも早く、わたしは橋の下にはいりこんでいた――橋本体まではわずか四十五センチ。わたしはジャンプして、I形梁をつかんだ。

これで左右の靴は、ともに遊覧船の天井の上に浮いた。この先の計画に必要なのは、単純な器械体操の動きだけだ――両足を鋼鉄の梁に巻きつけたら、橋の裏にへばりついたまま急いで逃げ、橋の側面をよじのぼるというものだ。橋の鉄骨構造は、この軽業をこなすのに充分なほどだった。しかし襲撃者をちらりと見たところ、ふたりはかなり近くまで迫っていた。先の計画に固執すれば、背中に刃物の一撃を食らうのはまちがいない。

十メートル弱といちばん近くまで迫っていた男は、肉切り包丁を頭上にふりかざしながら突進してきた。わたしは体をふって、いったん両膝を胸もとにまで引きあげてから足を一気に伸ばした。遊覧船の動きもわたしの味方をしてくれた――男がスチールの包丁をふりおろす寸前に、わたしの両足は男の胸に強く叩きこまれていた。

男はうしろむきにのけぞって倒れ、天井に激しく頭部を打ちつけていた。男を蹴った反動で、わたしの体はいきなり後方へと移動させられ、そのあいだに男の仲間が倒れた男の体をよけて突き進んできた。わたしの体が前方へと動いていた。三人めの男はナイフで狙いをつけようとした。しかし船のスピードとわたしの前方への動きが、男のタイミングを狂わせた――男は攻撃のナイフが描くはずだった円弧を描きおおせないまま、わたしの横を通りすぎていった。きわどいタイミングだった。

しかし、これで最後まで残っていた敵は背後に去ったことになる。

わたしは両手をすばやく動かすことで体を逆向きにしていった。右手でI形梁を左からつかみ、左手で梁を右からつかむ要領だ。

男はすかさず身をひるがえし、ふたたびわたしに突進しようとしていた。わたしたちはにらみあった。ついで男がわたしの背後に視線をむけた。天才でなくても、遊覧船の天井の終端がぐんぐんと近づきつつあることはわかった。男は刃物を鞘《さや》におさめると、助走をつけてジャンプし、宙に躍りあがった。船の天井の端が滑るように動いて遠ざかると同時に、男がわたしの腰に組みついてきた。

わたしたちふたりは川面の上にぶらさがっていた。

男の両手がわたしの体にまわされていた。男は肉切り包丁をおさめた鞘にもの欲しげな視線をむけていたが、包丁を手にとろうとすれば、しがみついている手を離さなくてはならない。そこでこの卑《ひ》怯《きょう》な下《げ》衆《す》男《おとこ》は顔を横にむけ、わたしに噛みついた。わたしは痛みに顔を歪《ゆが》め、体を一気にひねって離れると、腰骨を逆むきに振り動かして男の鼻に叩きつけた。即興の頭突きとでも呼ぶがいい。体の別のパーツをつかいはしたが、考え方はおなじだ。

ただし、この体の動きには、それほど大きな力をこめられなかった。冴えた一撃だったが、百戦錬磨の戦闘員の士気をくじくには充分ではなかった。そこでわたしは腰をふたたびひねって引き離すと、男の股間に膝蹴りを入れた。男は反射的に両手で股間をかばい、同時に約十メートル下方の川へとまっすぐに落下していった。

それからわたしは両足のかかとをI形梁の下部の突縁《とつえん》にひっかけてぶらさがったまま、じりじりと橋の裏側を進んでいった。端にまでたどりつくと、わたしは橋側面の鉄骨構造をさぐって手をかけられる箇所をさがしながら、苦労して上によじのぼっていった。一分後、わたしは橋の欄干を越えて歩道部分に転がり落ち、手をつないで散歩していた若いカップルを驚かせた。カップルは跳びすさった。ほかにもじろじろ見てくる人がいた。

わたしはその全員を無視した。体がこわばり、痛み、さらには想定外のエクササイズまでしたおかげか、道場で打たれた箇所の痛みがずきずきと甦《よみがえ》ってきたのが感じとれた。遊覧船の屋根でのちょっとした戦闘の代償も払わせられることだろう。しかし、いまのところ追っ手はすべてふりきった――ありがたいことに、頭が体につながったままで。

まずはジェニーを見つけなくては。娘は川岸にたどりつけただろうか?

31

「あなたのせいで、わたしのキャリアが台なし」星野理恵はいった。

この開口一番の言葉に、わたしは絶句させられた。無理やり川に投げこまれた理恵の逆襲の言葉は十あまりも思いついたが、この言葉は完全に予想外だった。

いま理恵は激しい怒りと失望に体を震わせていた。「ほんの一瞬、なんの考えも気づかいもしないあの一瞬で、あなたはこれまでのわたしの努力の成果を踏みにじった。これでもう、警察一家の三世代めにはなれなくなった。これでもう〝最初の女性〟にはなれなくなった。これでもう刑事の記章をもらえることはなくなった」

理恵とジェニーは、わたしに川へ投げこまれてから二分後には川岸にたどりついていた。安全はわずか四十メートル弱のところに存在していたのだ。川岸にあがった理恵はすぐにタクシーをとめ、川の側道づたいに車を走らせて遊覧船に追いついたのだった。

ふたりの姿を目でさがしながら清洲橋の西端めざして走っていたそのとき、ふたりがいきなりタクシーから跳びだしてきて、わたしを驚かせた。まずジェニーがわたしの腕に飛びこみ、つづいて理恵が怒りの言葉をならべだした。わたしが謝罪を口にするよりも先に。あとでジェニーから話をきかされたが、理恵はいざ橋の上でわたしと再会したら文句を口にするはずだ、といってジェニーに前もって謝っていたという。わたしと理恵がいい争っているあいだ、ジェニーがいつになく静かだったのはそれが理由だったのだ。

わたしはいった。「わたしのおかげで命が助かったのかもしれないぞ。そのことを考えてくれたのか？」

「思いあがりもいいところ、男尊女卑もいいところ。わたしなら自分の身は自分で守れる。訓練も受けている。あなたこそ、そのことを考えてくれた？」

「ああ、考えたとも。しかしいくら剣道の心得があっても、ナイフや肉切り包丁をもった男たちと素手で戦うときにはなんの役にも立たないぞ。三浦耀司がどんな目にあったかを考えろ」

「剣道のほかに柔道も習ったし」

手ごわさが二倍になった。

「柔道の話はきいてないぞ」

「自分のことを残らずあなたに話すべしなんていう法律はどこにもない。だいたい、わたしは警察官よ」

「だいたい、わたしが柔道のことを知っていたはずがあるか？」わたしは理恵の言葉の〝警察官〟の部分をわざと無視していった。警察官の身分は浜田を救わなかった。

「これが他人の目にどう見えると思ってるの？」

「きみがジェニーを助けたように見えるんじゃないか」わたしは弱々しくいった。

理恵の瞳に炎が燃え立った。「どうせ、敵に襲われた場合でも、わたしでは市民の助けになれっこないと噂になるだけ。いい物笑いの種ね。おぞましいニックネームをつけられそう。〈飛びこみ星野〉とか〈ずぶ濡《ぬ》れ青二才の星野〉とか。いつまでもその名がついてまわりそう」

「わたしは敵の攻撃を自分に引き寄せたんだ」

「それだって、わたしを信頼してなかったからよ」

わたしはもどかしい思いに天を仰いだ。問題は、この一件が招く余波についての理恵の言葉が正しかったことにある。しかしわたしはわたしで、わずか数秒のもち時間のあいだにもっとも安全と思われる策を実行したまでだ。その意味ではふたりとも正しいのだが、どちらも強情という点では、ふたりともまちがっていた。

「そういうことじゃない」わたしはいった。「わたしはあの子の親だ。あの子のことがすべてに優先する。わたしよりも、そしてきみよりも。申しわけなく思うが、そういうものだと思ってもらうよりほかにない。あれは現場でのとっさの判断だ。あの場面からきみたちふたりの危険を最小限に抑えて逃れるには、あれが最上の策に思えたんだよ」

「ほら、やっぱりあなたはわたしを役立たずだと思ってる。わたしが力を貸せば、ふたりで敵を遠ざけておけるとは思わなかった？　ひとりで連中に立ちむかうよりも、ふたりで立ちむかうほうがよかったんじゃない？」

《これでは紛糾するばかりだな》

「そのとおり。さっきから、そのことを話してるんだよ。でも、ふたりで連中に立ちむかう策では、わたしの臨機応変な行動が制限される。敵は三人だった。わたしときみとで立ちむかっても、ひとり余る――そのひとりがジェニーをつかまえて人質に利用するかもしれなかった。わたしとしては、娘をそんな危険に晒《さら》すわけにはいかなかった。たとえそれで、きみのエゴを傷つけることになってもね」

理恵は肩を落とした。「あなたがつぶしたのはわたしのエゴじゃない。わたしの人生そのものよ。でも、もうどうでもいい。いずれにしてもキャリアはおわったわけだし」

理恵はジェニーに、つづいてわたしを見つめてから、肩をすくめた。理恵本人は人の親ではないが、それでも子をもつ親の反応は避けがたいものであることがわかったのだろう。

「でも、どうして？」ジェニーがたずねた。「理恵さんはわたしを川から助けてくれたのに」

理恵は自制心をとりもどしていた。「それはちがうわ、ジェニーちゃん。あなたは自分の力で助かったの。なにが問題かは、説明がむずかしいな。そうね、学校でほかの子供たちにからかわれるのと似ているかも。現場に最初に駆けつけてきた警官に、わたしも警察関係者だと知られたら、その瞬間にわたしは死んだも同然になる。あしたには、話があちこちに広がっているでしょうね」

それから理恵は、先ほどわたしをふたたび見つけたあとで事件をみずから通報したいきさつを説明した。だから、もういまにも警察がここへ到着してもおかしくない――彼らといっしょに理恵の破滅もやってくる。

ふと、あることに思いいたった。「すぐここから立ち去れ」

「なんですって？」

「立ち去るんだ」

「そんなの無理。わたしには責任が――」

「ああ、責任がある。第一にきみ自身への責任だ。第二は家族。それから勤め先の警視庁。その順番でね。だから、わたしたち親子から離れろ」

「だから無理――」

「無理じゃないし、すぐ離れるべきだ。いますぐ。まだ少しの時間があるうちに」

わたしは周囲に目を走らせた。二台のパトカーが八百メートルばかり先にあらわれて、緊急灯を明滅させてサイレンを鳴らしながら、川の側道をこちらに近づきつつあった。さらにその先の隅田川上では、警察の巡視船がやはり近づきつつあった。あいにく敵が乗ってきたスピードボートはとうの昔に姿をくらましていた。

「でも、わたしがあなたの知人だというのは、だれでも知ってるけど」

「東京の反対側がいい――渋谷や新宿。とにかくここから離れろ」

「でも、もしわたしたちが関係していると知られたら――」

「――その心配はそのときすればいい」

理恵は迷っていた――義務感と自己保身のあいだで引き裂かれているのだろう。「わたしからあれこれ説明をしなくては――」

「いや、きみはしなくていい。警察のあしらいは、わたしも心得ている」

「でも、あなたが警官にわたしのことを質問されたら――」

「――きみのことはなにも知らない。きみは休日にたまたま観光か買い物で外出していた、だから警察に通報もした。身なりをととのえてから、帰ってきたくなったら帰ってくればいい。しかしきみは非番だったのだから、警察ではあとで証人としてきみを必要とするだけだ。まちがったことをいっているかな?」

「なんともいえない。でも――」

「――わたしのほうは、自分たち親子に同行していた女性がいたが、その女性は立ち去った、と述べる。その女性はアメリカのパスポートをもった日系アメリカ人で、事件にかかわりあいになるのを避けたがっていた、と話そう。警察にはわかりっこない。万一わたしが教えた偽名を警察が調べようとしたところで、きみが割りだされることはない。女性の本名を教えろと警察に迫られても、本人が関与を避けたがっているという口実で回答を拒否する。話はこれでおわりだ」

ジェニーが口をひらいて、なにか話そうとした。わたしはすばやく視線を送って、〝これはいつも親子で話しあっているような嘘《うそ》とは種類がちがう、くわしくはあとで話すよ〟と伝えた。

「でも――」理恵はいいつのった。

「行け。急いで。ほかに方法はないんだ」

理恵は口をひらいてなにか話しかけ、すぐに黙りこんで口を閉じると、陰気な顔でうなずいた。それから「わたしを信頼するべきだったのよ、ブローディ」とそれだけを口にしてから、わたしたちに背中をむけ、歩いてその場を離れていった。橋をわたりきったところで、その姿が人混みに溶けこんだ。そして二十五分後、体をすっかり乾かして髪もきれいにととのえ、新しいブラウスとスラックスを身につけた姿でもどってきた――服は数ブロック先に建ちならぶ多くの店のどこかで買ってきた品だろう。

そのあいだに警察が現場に到着していた。六台のパトカーと十五人の警察官があつまっていた――警察官の大半は、東京での一般的な習慣どおり自転車を走らせて駆けつけてきていた。人数は観察力に長《た》けた娘に教えてもらった。

理恵はその場で身分を明かした。現場指揮をとる捜査責任者は理恵の氏名と警察官番号を書類に書きとめただけで、理恵の対応を部下のひとりにゆだねた。部下は、あからさまに関心をどんどん薄れさせながら、理恵の口頭報告をきいていた。ふたりの警官はお義理の感謝の言葉をつぶやいて聴取をしめくくり、追加でたずねたいことが出た場合には、あらためて連絡をとる、というお決まりの言葉とともに理恵を解放した。

わたしの計画は成功するだろうか？　おそらくは。

清洲橋上に短時間だけ姿をあらわしたこのとき、理恵は一度だけジェニーに笑顔をむけていた。わたしとは目もあわせなかった。

そしてこの日二度めに歩いてわたしから離れていくときにも、一度としてふりかえらなかった。

《わたしを信頼するべきだったのよ、ブローディ》

第六日

〈黒い風〉

32

ジェニーとわたしは自宅へは帰れなかった。

わたしたちにとって安全な場所は、東京にはひとつしかなかった。かくしてわたしとジェニーは、ブローディ・セキュリティ社の裏の部屋にあったふた組の布団で眠った。わたしたちが身を横たえた簡易寝台と社の正面玄関のあいだにあるオフィススペースでは、さらに五人のスタッフがベッドで横になっていた。

ジェニーのレーダーが動いていた。ジェニーが、ひとり残っている親であるわたしの身を案じていることが見てとれた。いまわが娘は神経質になり、混乱していた。遊覧船に乗りこんできた悪党どもの姿をジェニーは見ていなかった。また、遊覧船の屋根にあがったわたしの姿をタクシーの車内から見てはいたが、沿道の建物や街路樹に視界をさえぎられ、連鎖反応的に起こった出来事のすべてをはっきりと把握してはいなかった。わたしと理恵との仲たがいが目前で起こったため、ジェニーはもっぱら橋の上での口論に注意をふりむけていた――これは不幸中のさいわいだった。警察によるわたしへの事情聴取はジェニーに声がきこえない場所でおこなわれたので、わたしは会社に泊まるにいたった事情や理恵との短いやりとりなどにまつわる罪のない嘘をきかせることで、不安でさかだったジェニーの羽毛を撫《な》でて、なだめてやることができた。

「理恵さん、ほんとにわたしたちのことを怒ってる?」ジェニーは眠気に負けて瞼《まぶた》を閉じそうになりながら、そうたずねてきた。

「あの人は父さんに怒っているだけさ」

「またあしたになれば、理恵さんと遊べる?」

「いい質問だね。正直に答えると、父さんにもわからない——でも、また遊べればいいと思うよ」

「わたしはいまも父さんを愛してる」

「父さんもおまえを愛してるぞ。きょうはいろんなことがあったけど、どうだ、おまえは大丈夫か？」

「うん、大丈夫。理由はあとまわしにしてもいい？　わたしもう眠くって」

昔からジェニーはこういう子だった。これからベッドにはいると宣言することもあれば、なにもいわずに足を引きずって部屋に姿を消していくこともあった。

わたしは〝あとまわし〟でもいいと答えつつ、〝あと〟でどんな話が出てくることかと思いをめぐらせていた。娘は次の瞬間にはもう寝入っていた。あとは、理恵がこんなふうにあっけなく気持ちを切り替えてくれればいいのだが。


午前七時四分、わたしとジェニーは空港を目指していた。

わたしが仕事で東京を離れられない一方で、ジェニーを学校に間にあうように帰国させなくてはならないという口実のもと、わたしは娘を羽田空港を朝いちばんで離陸する飛行機に乗せることにした。一刻も早くジェニーを日本から出国させたかったのだ。飛行機はシンガポールへ飛び、そこで二時間の待ち時間ののち、ジェニーはサンフランシスコ行きのフライトに搭乗する。そのあとはブローディ・セキュリティ社の調査スタッフ二名が、サンフランシスコ警察の警部補で、わが友人のフランク・レンナのもとまで娘を送り届ける手はずになっていた。ジェニーはこちらの事態が落ち着くまで、レンナとその家族のもとで暮らす予定だ。

レンナとわたしは二カ月前にも、ジャパンタウンの事件でおなじプロセスを経験していた。同様のシナリオがふたたびここで実現されているとは、簡単には信じられない。

空港の保安チェック場に行くまで、ジェニーは隅田川でのスイミング実地試験のことと、まもなくはじまるサッカーでの冒険のことを交互にしゃべりどおしだった。ジェニーは明るくはしゃいでいたが——理由のひとつは、娘のサッカー関係の書類にわたしがサインしたことだった——これまでの出来事を娘が無傷で通り抜けたとは断言できなかったので、レンナとその妻には娘の不安の徴候に目をくばってくれと頼んだ。

空港をあとにしながら、わたしは三浦の事件が日本列島の内側に閉じこめられた国内だけの問題におわることを祈っていた。

こうしてジェニーを安全に送りだすと、わたしは当面の課題に頭をふりむけた。

午前九時八分、わたしはブローディ・セキュリティ社の正面玄関をふたたびくぐった。

午前九時十二分、三浦案件にかかわっている社員の全員が会議室に集合した。

午前九時二十一分までには次の行動プランが完成し、社内ダメージコントロールのために全員を招集した——このプランには、わたしが行動を進めるにあたっての安全策も含まれていた。

わたしたちが会議をおえて数分後、理恵が電話でニュースを伝えてきた。

「あなたに電話をかけるなんて本意じゃない」理恵はそう切りだした。「きのうあなたにされたのは、とうてい許せることじゃないから」

喫茶店で待ちあわせしたときや遊覧船に最初に乗ったときにあった親しげな雰囲気はすっかり冷えきって、ぎこちなく堅苦しい口調になっていた。理恵は、ふたりの隙間を躍り越えようとしたわたしに口をはさむ隙もあたえずにいった。

「あの遊覧船での出来事については、これ以上話をしたくない。それでも、きのうああした襲撃事件が発生したことで、これまでになかった新しい情報が重要性をもってきたのは事実。それで、あなたの要請に従って仕事を進めた――そのための第一歩が加藤警部補の承認を得ることだった。あなたの捜査への関与は認めるが、あなたの立場はあくまでも非公式的な範囲にとどまる。あなたはこの条件に従うこと――疑問はいっさい認めないし、条件の変更にも応じない」

《まいったな。こうまで徹底してきらわれるとは》

「ちゃんときいてる、ブローディ？」

わたしはイエスと答えた。

「条件には同意する？」

重ねてイエスと答えた。

「よかった。わたしがホームステイ先で知りあった友人から連絡があった。わたしたちは横浜の中華街へ行く必要がある」

わたしは内心で舌を巻いた。ブローディ・セキュリティ社でも調査を進めているが、いまのところは行きづまってばかりだ。浜田のデスクからは有用なメモ一枚見つからず、殺人課の刑事たちも、六時間後に某建設現場で見つかった浜田の遺体からは手がかりひとつ見つけられなかった。野田は打ちひしがれ、力ない足どりで自分のオフィスに引きこもった。

そんなわけで、中華街経由の手がかりは大歓迎だった。中華街は、部外者が内部にはいりこめない地区として名高いのだから、なおさらである。

「それで？」わたしはたずねた。

「わたしの友人が〝氏族会《ファミリー・アソシエイション》〟を通じて、ある情報を入手したの。氏族会がなにかは知ってる？」

「ああ、知ってる」

これは非公式的な家族のあつまりで、この地に住んでいる中国人とこれからやってくる中国人にとって錨《いかり》の役目をしている組織だ。ゆるやかな絆《きずな》で結ばれた会のメンバーは、新しくこの国にわたってきた仲間たちに住居や働き口を提供し、独自に商売をはじめたいという者がいれば低金利で融資をおこない、さらには葬儀の手配すら引き受けている。氏族会はいずれもありふれた苗字《みょうじ》を中心軸として活動し、あらゆる社会階層を横断している。銀行家でもレストランの皿洗い係でも、苗字さえ同一ならおなじ氏族会に所属する。それればかりか、高利貸しもギャングもいる。油断すれば、なんの邪気もない問いあわせをひとつしただけでも、三合会や中国系秘密結社の手の者が玄関先に姿をあらわしかねない。今回の場合、そんなことになればすべての破滅だ。

「確約の言葉をもらったのか？」

「もちろん」

「三合会がかかわっている可能性について、先方は知っているのか？」

「わたしをどこのだれだと思ってるの？」

たしかに。わたしは実務面の質問に引き下がった。「で、次はどう動く？」

「友人の名前はダニー・チャン。ダニーからは、大陸出身の高齢の中国人活動家がいるから、その人とぜひ話をするべきだといわれてる」

横浜の中華街は過去に何人もの——かなり有名な者も含めて——中国の反政府活動家に隠れ家を提供してきたが、こんにちではそれを知る者はほとんどいない。中国国民党の主席で、そののち亡命先の台湾の総統となった蔣介石《しょうかいせき》は、一時期横浜を活動拠点にしていた。蔣介石の師匠格にあたる孫逸《そんいっ》仙《せん》こと孫文《そんぶん》もまたしかり。アジアの歴史は、渉猟すればそれだけ多くの収穫があるとはいえ、理恵がもたらした手がかりが望み薄であることに変わりはなかった。

わたしはいった。「その人はなぜ、高齢の反政府活動家が役に立つと思ったのかな？」

「なぜなら、その人が張《チャン》一族の氏族会ではもっとも敬愛されている人物だから」

「それできみは、友人のその言葉を信じるんだね？」

「ええ。でも、この先は慎重に動くこと。相手が中国人だと、決まって第三者が裏にいる。わたしがなにも知らない人たちがね」


理恵から教えてもらった番号を電話に打ちこんだわたしを迎えたのは、変化する発信音だった。その音からは、通話信号が携帯の電波塔のあいだを飛んでいるのではなく、昔ながらの固定電話用の電線を伝っているような印象があった――そうだとすれば、信号の伝達経路はかなり把握しにくくなる。数えていると、発信音は五回変化していた。

「もしもし。なんの用だ？」ようやく出てきた人間の声はたどたどしい口調でそういった。

「ダニー・チャンの紹介で電話をかけているんだが」

「とすると、あんたの名前はブローディ？」

「そのとおり」

「家宅侵入事件についてたずねたいんだね？」

「それ以外にもいくつか。そう、そのとおり」

「なぜそんなことを知りたがる？」

「被害者がわたしの依頼人の友人たちだからだ。二件の一家殺害事件は歌舞伎町での殺人に関連があるとにらんでる――ただし、どんな関連かは、まだわかっていない。彼がどうしてそんなことをしているのか、動機の面もわからなければ、彼らの正体もまだわかっていないんだ」

「どういう関係の友人なんだ？」

「それはいえない」

「さよなら、ミスター・ブローディさん」

「待った。そっちはなにがききたい？」

「どういう関係の友人なんだ？」

なるほど。ここでも、依頼人の秘密を守るわが義務について考えをめぐらさざるをえなかった。今回、天秤《てんびん》の反対側に載せていたのは、わたしたちの調査に進展がないという事実だった。はたして、この先になにかがあるのか？　それればかりはわからない。あいかわらず見込みのない賭けに思える部分もあったが、その反面これは中国系の世界に通じるコネクションでもあった。

「昔の戦友だ」わたしは答えた。「第二次世界大戦当時の」

「切らずに待ってろ」

電話の相手が手で送話口を覆った。それから日本語とは異なる歯切れのいいリズムで、矢継ぎ早の質疑応答がくりかえされた。

それから声が電話にもどってきた。「殺しのこと、なんで知った？」

なんと視野の狭い男か。待っていたわたしに礼ひとついうでもなく、待たせた詫《わ》びのひとつもいわず、ただ機関銃のように質問を繰りだすだけだ。

「きいてるか？　殺しのこと、なんで知った？」

「歌舞伎町の現場に足を運んだとき、類似点があることに気づいてね。そしてきのう、わたしの友人のひとりが殺された。友人の切り落とされた生首は、わたしのオフィスにメッセンジャーが届けてきた――ひたいにわたしの写真が打ちつけてあった。その数分後には、肉切り包丁をもった男たちが遊覧船上でわたしに襲いかかってきた」

そしてここでも、電話の反対側で送話口をふさいでの話しあいがおこなわれた。「オーケイ。わたしたちが助けになれるかもしれない。おまえをおじに紹介する」

「ありがたい」

「理恵も来る。おまえも来る。でもそれだけ。ほかの人間は来ない。あとをつけるとか、見張っているとか、そういう者もなし。おまえたち以外のだれかが来たら、おれたちがその者を殺し、おまえたちも殺す」

「だったら、理恵は残っていたほうがいいかもしれないね」

「いや、殺すのはおまえだけにする。理恵はわれらの友人だ」

「わたしの友人でもあるぞ」

「もしかすると理恵は、いつも賢明に友人を選んでいるともかぎらないのかも」

ようやく理恵が同意にうなずきそうな言葉が出てきた。いま電話で話をしている連中の前で理恵が同意したら、わたしはなぶり殺しの目にあうだろう。

わたしは答えた。「ダニー・チャンを選んだのは理恵だぞ」

「笑いごとじゃない。尾行者はなしだぞ。いたら殺す」

「オーケイ。では場所を教えてくれ」

「中華街には詳しいのか？」

「そうでもない」

「オーケイ。まず桜木町《さくらぎちょう》駅で電車を降りてタクシーに乗れ。乗ったら、〈銀龍菜館〉まで行くよう運転手にいうんだ。善隣門《グッド・ネイバー・ゲート》を通るように指示しろ。いつも道が混んでいるところだから、運転手は門を通りたがらないかもしれない。そのときはチップをはずめ。おれたちは見張ってる」

「わかった。それから？」

「三時になったらレストランに行け。おまえは店の者に〝樋口穂積《ひぐちほずみ》〟と名乗る。それから〈幸運の龍のフルコース〉を注文しろ。茶が運ばれてきたら、三回口をつける。おまえたちふたりとも。おまえは茶をこぼし、〝ああ、ズボンが濡《ぬ》れてしまった〟と声に出していえ。それが仕上げの合図だ。そのあとは静かに待ってろ。いまの指示からはずれたことはひとつもしてはならない。しゃらくさい真似《まね》は禁物だ。わかったな？」

「ズボンに茶をこぼす？　安物を着ていこう。ブランドものじゃなく」

「笑いごとじゃないといったはずだ。われわれは殺しも辞さない。殺すのは笑いごとを口にするのとおなじくらい簡単。わかったな？」

「わかった」

電話が切れた。

いま追っている連中のことはもとよりきらいだったが、この中華街の連中のことも――いくら理恵がまっとうな人物だと請けあっていても――ほぼ即座にきらいになった。

それからわたしは機略に富む警官である理恵にみずから電話をかけ、いましがたわたしを殺すという脅迫の言葉を四度くりかえした男とわたしたちとでデートをする必要がある、と告げた。理恵は昂《こう》奮《ふん》をおさえきれないようすだった。

野田はわたし以上に、この待ちあわせの取決めが気にくわない顔だった。

「中華街について、なにを知ってる?」わたしはたずねた。

「旧勢力、新勢力」

「どっちがどっちなんだ?」

「旧勢力は賭博と売春、ゆすり、犯罪行為、ドラッグ、〈グッチ〉の偽造品、それに山刀《マチェーテ》をつかっての縄ばり争い」

わたしが知っているものもあった。新たな移民の波が押し寄せて自分たちの領分を確保しようとするたびに、中華街では抗争が勃発する。新たな血が古い血と争い、地域と地域が戦う。上海や福建、北京や香港や台湾、さらには中国本土の奥深くにあって、わたしたちがその名をきいたこともないような土地から到来したギャングたちが死体や血なまぐさい見出しの数々を定期的に社会へと送りだしている。

「新勢力は?」

「ハッキング、クレジットカード、ID窃盗、海賊版ソフトウェア」

「銃器は?」

「一般の顧客むけには扱ってない。なにせ警察は撃たれるのがきらいだからね」

日本にはイギリスと同様に厳しい銃器禁止法があり、その法律を厳格に適用している。野田が話していたのは、仮に銃弾で蜂の巣のようになった死体があまりに多く出てきたら、警察が中華街を煉瓦《れんが》の一個一個にいたるまでばらばらに分解し、合法的であると非合法的であるとを問わず、あらゆる民間の活動をストップさせてしまうだろう、ということだ。そうなれば、だれもが困る。

「つまり、その氏族会にはまっとうな人々以外にも、当局のレーダーにひっかからないように低いところを飛んでいる連中がいるということだ。わたしが話をした男たちはみな警戒していたよ。われわれが見てきたものの半分でも見ていれば、そうやって慎重になるのも当然だ。だから今度の待ちあわせだって、決して見込みがないともいえないかもしれない」

「それでも気にくわないな。中国人には裏切られることもある」

「といっても打つ手の用意がそれほど多いわけじゃないぞ」

野田は顔をしかめた。「まあ、九十八歳の処女のほうがまだしも選択の余地があるといえるな」

野田はわたしたちを桜木町の駅まで車で送ってくれた――運転しながら、この男はずっとぶつぶつ文句をいいどおしだった。

加藤警部補のはからいで、わたしたちは渋谷警察署に立ち寄って理恵をピックアップしたのち、首都高三号線に乗り、さらに都心環状線にはいった。そのあと昔は海岸近くの湿地だった芝浦《しばうら》にさしかかったところで、首都高一号線との分岐を通りすぎ、湾岸線を一路横浜へとむかった。

理恵は後部座席のわたしの隣に腰かけていた。その肩越しに目をむけると、東京湾の波がきらきらと光っていた。前方に目を移せば、川崎の化学工場群の煙突が黄色がかった灰色の煙をもくもくと噴きあげていた。

顔をあわせたときに挨拶こそ口にしたが、そのあと理恵はずっと黙っていた。

わたしはいった。「最後に話をしてから、なにか新情報はあったか？」

「なし」

「きのうの件について、職場でなにかいわれたのか?」

「いいえ」

「笑いものにされたとか、からかわれたということは?」

「この話はもうやめてもいいんじゃない?」

野田の右肩の筋肉がぴくぴくと震えていた。

わたしはうなずき、それから横浜までは三人ともずっとおし黙ったままだった。それが最善の対応だった。

このあとに控えている会合のために、わたしは自身の精神を安定させておく必要があった。理恵とのチャンスはうしなってしまったかもしれない。しかし、自分の命までうしないたくはなかった。

34

車から外に降り立つなり、複数の視線が肌を這《は》い回るのを感じた。わたしは野田がすわっている運転席側にまわって、ひらいた窓の枠によりかかった。

「連中がいるな」わたしはいった。

「ああ」

理恵が口をひらいた。「どうしてわかるの?」

野田がちらりと視線を理恵に投げた。「感じる」

「へえ……」

「どこにいる？」わたしはいった。「こっちは車線の端を見てる。青のマツダかグレイのスバルのどっちかだ。両方かも」

野田はうなずいた。「スバルとマツダ。加えてタクシーも一、二台か」

「そんなにたくさん？」

「それどころか、パレードなみに車が列をなしてむかっているかも」

「そうなっても不思議じゃないな。どうやらわたしたちは、信頼できる人々の手にゆだねられているらしい」そういって、わたしは理恵をちらりと見やった。

「あの人たちはわたしの友人よ」理恵はいった。

野田は渋い顔になった。「それでも気にくわん」

「そればかりはどうしようもないな」わたしはいった。「さあ、行くぞ、理恵。いっしょに、きみの友人ダニー・チャンに会ってこよう」

「気をつけろよ」野田がいった。

わたしはうなずいてから、理恵とふたりでタクシー待ちの行列のほうへむかった。

野田は事前の打ちあわせどおり、これ見よがしに手をふって車で離れていった。わたしと理恵が先頭のタクシーに乗りこむと、運転手がたずねてきた。「どちらまで？」

「中華街の〈銀龍菜館〉まで。善隣門経由で行ってくれ」

「お客さん、この時間だとあの門は渋滞ポイント《ボトルネック》になってますよ」

渋滞ポイント。そういうことか。車がのろのろ運転を強いられれば、わたしたちを監視している者たちにとっては尾行の有無を確認するための時間がそれだけ増える。

「チップに千円払うといったら？」

「わかりました」

横浜は首都圏一帯のなかでは、一族における鬼っ子的な存在の街だ。ある意味では日本らしさが薄いところでもあり、日本らしさが濃いところでもある。

江戸時代末期の一八五〇年代以前、横浜は東京湾の砂浜に面した貧しい漁村にすぎなかった。村では六十ほどの家族が米をつくり、なまこを採取して暮らしていた——なまこはかなりの高値で中国に輸出できたのである。

そして、アメリカの黒船が襲来した。

アメリカの艦隊がそなえていた圧倒的な火力の前に、当時の日本を統治していた武家政権は交易のために開国せざるをえなくなった。西欧列強国の進歩した武器は、武道としての剣道や、武士の実践的な戦闘テクニックとしての剣術の復興を目指していた幕府の努力を無意味にしてしまった。

そして腕をねじりあげられた徳川家の将軍は、のどかな田舎《いなか》の漁村だった横浜を柵で囲った居留地につくりかえた。

幕府は意図して横浜を等閑視していたが、この田舎の居留地は繁栄した。ヨーロッパやアメリカ、中国からやってきた貿易会社はいずれも利益をあげたばかりか、巨大な体をもった蛮族に接触する勇気があった日本の商人たちも繁栄を謳歌《おうか》した。こうして横浜はハイブリッドな港町へと進化していき、そこでは冒険心に富む日本人たちが——生まれて初めて——アイスクリームやビールや肉やパンを口にしていた。

そして、この舞台に中国人がひっそりと登場してきた。中国人たちは、香港やその近くの広州に拠点を置く西欧の大きな貿易会社とともにやってきて横浜に錨をおろし、召使いや大工、港湾の荷揚げ労務者、さらには〝買弁《ばいべん》〟――長い黒髪にたっぷり油をつけて弁髪に結い、文字が似通っているため日本語をいち早く習得した外国商館勤務の伝説的な職長たち――として働くようになった。

月日が流れるにつれ、中国人たちは最初に働きはじめた外国商館が衰えるのにあわせてその職を辞し、かわって次第に西欧の流儀に慣れはじめてきた日本人たちに雇われるようになった。

近年、近くの東京からはほとんど顧みられることのなかった横浜は、その結果として都心部の高級住宅地には金銭的な理由から手が届かなかった東京人が利用する、郊外ベッドタウンとしての役割を果たしている。

タクシーの運転手が口をひらいた。「このまっすぐ先が中華街です。いま見えているのが、その門ですよ」

「ああ、わかる」

「ここからなら、まだ横道へ抜けられます。門のところが車が数珠つなぎの渋滞になってます」

「頼む、門をくぐってくれ」

運転手は肩をすくめ、わたしたちを乗せたタクシーは這うような速度にまで減速して、車の列の最後尾についた。北京や上海からやってきた裕福な中国人たちが歩道をそぞろ歩きながら、値踏みをするような目を店先の商品にむけていた。最新流行のデザイナーズファッションを着こなした若い女性たちが気取った足どりで歩いていく。一方では人混みを縫うようにして、汚れた下着姿の大陸出身の日雇い労働者たちが麻袋を肩にかついで歩いていた。

タクシーは門の下を抜けた――門は左右に立つ二本の朱色の柱の上に二重の屋根をいただく造りだった。歩道を歩く人の数はますます増えてきた。周囲では北京官話と広東語のさざめきが、おしゃべり好きの小鳥の群れのように空へむけて舞いあがっていた。中華料理のレストランやベーカリーから流れでる甘いケーキの香りや海老《えび》の香り、それに炒《いた》めものの香りなどが街路を満たしていた。

そこから二ブロック進んだところで運転手は右折し、新鮮な鹿の角を削った薬を宣伝している漢方薬店のウィンドウの前で車をとめ、道の反対側を指さした。「〈銀龍菜館〉はあちらです」

わたしが運賃を支払い、理恵は運転手に礼の言葉をかけた。

金をわたしながら、さりげなく周囲のようすをうかがってみた。なんの気配もなかった。何人もの人間に見張られている感覚はもう消えていた。

しかし、これにはあまり意味がない。

わたしたちは敵陣深く踏みこんでいるのだから。

35

わたしたちは、きらきら光っているガラス扉を押しあけた。外から見たレストランは、黒い大理石のファサードと赤い柱が光をはなって、門柱上の大きなオリーブグリーンの飾り花瓶に桃の木の盆栽が置かれたたたずまいだった。一歩店内に足を踏み入れれば、床と壁にはここでも黒い大理石がもちいられ、テーブルトップはオリーブグリーンだった。

これぞチャイニーズ・シック。

わたしは、エメラルドグリーンのシルクのワンピース――ハイネックタイプで、黄土色の刺繡《ししゅう》がほどこされている――を着た若い女性店員に、樋口穂積の名前を告げた。いぶかしげに眉が吊《つ》りあげられることも、暗がりから山刀《マチェーテ》をふりかざしたギャングの一団が怒りの声をあげて飛びだしてくることもなかった。

女性店員は予約簿を確かめてから先に立って階段を一階分あがり、わたしたちを個室に通した。個室の三方の壁では最上部の欄間に沿って龍が身をくねらせ、残る一方の壁は床から天井までの大きな鏡になっていた。十二人分の席がある宴席用の大テーブルに、やはり大きなサイズの回転盆が載っていた。

「お連れさまはまもなくご到着あそばされますか?」案内役の女性は、いささか格式ばってはいるが、文法的には問題のない日本語でたずねてきた。

「いや、これで全員だ」わたしは答えた。

女性店員は頭を丸テーブルのほうへかしげた。「おふたりさまですか?」

わたしはうなずいた。「ふたりともかなりの大食いでね」

女性店員は手にした予約簿にチェックをいれ、肩をすくめたきりで部屋を出ていった。

個室にふたりきりになった直後、今度は個室奥のドアがあいて、メニューとふたつの茶碗《ちゃわん》を載せた漆塗りの盆をもった年かさの女性店員が姿をあらわした。店員はわたしたちそれぞれの前に茶碗を置いて部屋を出ていった。

わたしはメニューを広げた。「きょうは体調がすこぶるよくてね。大奮発して、〈幸運の龍のフルコース〉を注文してもいいかな? わたしのおごりだ」

電話の向こう側にいた氏名不詳の人物が指定した〈幸運の龍のフルコース〉は、品数の多い順に並べられたコース料理コーナーの下の方に掲載されていた。珍しくもないかき玉スープと牛肉料理、それにデザートという構成だ。銀のコースや金のコース、さらにはプラチナのコースは掲載されているのもコーナーの上のほうで、品数もぐっと豊富だった——一番手はふかひれのスープ、北京ダックがそれにつづき、さらにあわびや伊勢海老、干しなまこといった珍味佳肴《かこう》のパレードがつづいていた。

理恵がメニューを検分しながらいった。「そのコースを選んだのには理由があるんでしょう？」

「ある。車で話しておこうと思ったが、きみから黙っていろといわれたのでね」

理恵は険悪に細めた目をわたしにむけた。「仕事に関係のない話はするなという意味だったのに」

「へえ」わたしはいった。「まず、ふたりで〈幸運の龍のフルコース〉を注文し、それぞれの茶碗に三回口をつけたら、わたしがズボンを汚すという手はずだ。これできみの知識もわたしと同等になったぞ」

「ありがとう」

「どうも」

きらわれたものだ。

糊《のり》のきいたワイシャツにオリーブグリーンのベストをあわせたウェイターがやってきたので、わたしは指示どおりに安価なコースを注文し、不愉快そうな渋面に迎えられた。

どうやらこの店のだれひとり、わたしたちが特別に招待されていることを露知らないようだ。「実はね」わたしはいった。「前回来たときに〈プラチナ・コース〉を注文したら、北京ダックが品切れだといわれたんだ」

「それは申しわけございませんでした」

「たいしたことじゃない、忘れてくれ」

「かしこまりました」

笑いごとじゃない。ウェイターはメニューを回収して個室から出ていった。

わたしと理恵は茶碗を手にとって茶を飲んだ。わたしは数滴の茶をスラックスにこぼすと、こういった。「とっておきのリーバイスがこれで台なしだ」

それをきっかけに姿を見せぬわれらが招待者たちが、数あるうちの最初の驚きを繰りだしてきた。

36

床から天井まで届く大きな鏡の一枚が壁から一気にひらき、ひとりの中国人の男が個室に身を躍りこませた。男の左耳の下にはうっすらとナイフの傷痕が残り、片方の瞼が反対側よりも低く垂れ落ちているさまは、傷ついた昆虫の翅《はね》を思わせた。

「わたしの名前はレスター・チャン。ダニー・チャンとおなじ苗字だ。早い到着だったね、ミスター。そちらもだ、ミス。おしゃべりはなし」

わたしと理恵は男のあとから鏡の隠し扉を抜け、壁の無加工のベニヤ板が剝がれかけている暗い廊下を通って狭い階段を降りた。あたりの空気には長年のあいだの炒め物料理のにおいがこもっていた。階段を降りきったところで、油汚れだらけのエプロンをかけ、くわえタバコから五センチばかりもある灰をぶらさげたコックが厨房《ちゅうぼう》から出てきて、湯気のたつ茶碗をわたしたちの案内役に手わたした。コックが中国語でなにか話しかけると、レスター・チャンは話をききながら眉を曇らせた。

理恵がレスターに視線をむけた。「その人はなんといってるの?」

「この男は、ブローディの仲間は尾行していない、尾行している者はひとりもいない、と話してる」

理恵の背すじを電気ショックが流れくだったかのように見えた。「そんなの、当たり前でしょう」

「それでも念には念を入れずにいられないのでね」レスターはそういって、わたしの手に陶器の茶碗を押しつけた。「さあ、これを飲め」

「中身は？」

「薬」

「なんの薬だ？」

「飲まなければ死ぬ薬だ。おまえはすでに別の薬を飲んでいる」

理恵が口をひらいた。「でも、ダニー・チャンの話だと――」

「ダニーは、すべて問題なければ、おまえたちの身は安全だと話してる。すべて問題なければ。そしてこちらの紳士が薬を飲めば、問題はもっとなくなる。この茶にはとびきり高価な薬用人参もはいってる。でも、お代は頂戴しないよ――へへへ」レスターは笑いながら理恵にウィンクした。

薬用人参は万能の強壮剤として服用されている――血行や肝機能を向上させるばかりか、遠まわしに〝男性のスタミナ〟と称されているものにも効果があるという。そんなことを思って口角が吊りあがりかけたが、同時に胸の底から怒りがこんこんと湧きあがってくるのも感じられた。先ほど、ひとつのティーポットから茶を注ぐのではなく、ふたりぶんの茶碗が最初から用意されていたことには気づいていたくせに、深く考えることはしなかった。つくづく愚かだった。わたしの茶だけに一服盛ってあったのだ。実に悪辣《あくらつ》な連中だ。

わたしは茶碗の中身を飲んだ。

新しく友人になったばかりの中国人がわたしにこういった。「両手を上にあげるんだ」

わたしがその言葉に従うと、男は頭のてっぺんから爪先までわたしの体を調べ、シャツを荒っぽくジーンズから引き抜いたり、あちこちをまさぐって武器やレコーダーの有無を確かめたりしていた。

「オーケイ。よからぬものを隠しもってはいないな」男はわたしにそういうと、理恵にむかって深々とお辞儀をした。「ミス、あんたにもおなじことをさせてもらう。しかし、心配は無用だ」

理恵はうなずいた。男の指先が触れるか触れないかの加減で、理恵の体のふくらんだ部分やくびれた部分を滑って動いた――慎みを忘れない軽いタッチの指先で、なにかを隠せそうな場所をうやうやしく残らず確かめていくさまは、みずからの仕事を心得ている練達のテクニシャンそのものだった。手がどこかにとどまることはなかった。これはいいことだった。そうでなければ、男は毒物以上の心配事を背負わされたはずだ。

「次は靴を調べるよ、ミス」男はそういって理恵の靴を手にとって調べ、すぐに返した。「あんたの靴もだ、ミスター」

わたしは黒一色のリーボックを脱いだ。案内役の男は靴の内側に手を入れて探りまわし、靴底も入念に検分していた。それから渋面のまま、手ぶりでわたしに靴を履きなおすよう告げた。靴を履くわたしを険悪に細めた目で見張りながら、男は仏頂面でひとりぶつぶつつぶやいていた。

わたしたちを調べてもなにも見つからなかったことに、すこぶる不機嫌になっているのだ。決して幸先《さいさき》がいいとはいえなかった。

37

わたしたちはレストランの裏口からこっそり薄暗い路地へ踏みだし、足早に西へむかった。われらが案内役の男は不安げなそぶりでしじゅう前方や後方を確かめ、建物と建物のあいだの隙間をいちいちのぞきこんでいた。

路地には、ひらいたままの裏口の扉がならんでいた。その先はどれもレストランの厨房で、ずらりとならんだフリスビー大のガスコンロから三十センチ以上もの炎が立ち昇り、そのかたわらでは帽子をかぶっていない料理人が大きな中華鍋をつかって——ときには左右の手で同時にふたつの鍋をあやつって——調理中だった。肉切り包丁が落葉のようにいたるところに置かれていた。大きな俎《まないた》の上に。カウンターに。ほかの調理用具ともども、壁にかけられた包丁もある。そのどれもが、たやすく手にとれる場所にあった。

「壁にぶつからないようにしろ」案内役の男が、厨房の換気孔から垂れ落ちたまま固まっている何本もの油の筋を指さしながらいった。「あの汚い黄色の油がくっつくと、二度と落ちなくなる。まるで中国の幽霊だ」

路地から枝分かれした細い道があり、地元民のための食品雑貨店や狭苦しい中華食堂などが軒をつらねていた。レスター・チャンはわたしたちふたりを薄暗がりへと手でさし招いた。ついで最後の十メートル弱をひとりで進み、こぶしを口に押し当てて咳《せき》をした。

理恵がわたしに耳打ちした。「足はまだ地面を踏んでいるけれど、わたしたちはもう日本を出ているみたいね」

「それについては異議なしだ」

道の反対側にがたがたしそうなテーブルを置いて竹の蒸籠《せいろ》を売っている男が、気だるげに羽根ばたきを左右に動かして商品の埃《ほこり》を払いはじめ、同時に退屈したような目を左右に走らせていた——客になってくれそうな通行人をさがしているような目だ。

この露店商が片耳を指で掻《か》くと、チャンが「オーケイ。先へ進もう」といった。わたしたち三人は急いで道を横切り、この最初の有人チェックポイントを抜け、また次の路地にはいっていった。さらに二回、そのたびに細くなっていく横丁に曲がった末にたどりついたのは、一軒の骨董屋《こっとう》の裏手だった。

チャンのすぐうしろから建物にはいったところで、わたしたちはいったん足をとめ、目が暗さに適応するのを待った。店のどこの棚からも、昔の横浜を記念する品々があふれそうになっていた——オーストリアの革かばん、ロシアのサモワール、オランダのデルフト焼きの陶器、そして中国の薬品戸棚。

チャンは店主になにやら文句をいっていた。店主は八十代の女性で、形がはっきりしない灰色のワンピース姿で古めかしいレジを前にすわっていた——レジの部品は真鍮《しんちゅう》製で、正面には大理石のプレートが貼ってあった。

わたしたちが横を通りすぎるあいだ、店主はあさっての方向に顔をそむけていた。生き延びるための本能だ。

レスターはわたしたちを横手の小部屋に導くと、キャスターつきのフランス製の戸棚を横にずらした——腰高の隠し扉があらわになった。

レスターは扉を横に引いてあけ、ノックを二回した。十数センチ離れた隣の建物の外壁にもおなじような扉があり、そこがさっとひらいた。わたしたちは中腰に身をかがめて通り抜け、鮮魚店の厨房に設置されているステンレススチールの大型シンクの横を早足で通りすぎた——あたりは強烈に魚くさかった。鮮魚店の正面側にまで出ると、わたしたちはそのまま店をあとにして、待機していた配達用ヴァンに乗りこんだ。

ヴァンの床に物流用の木のパレットが敷いてあった。足もとにはぬらぬら光る魚の鱗《うろこ》を浮かべた水がたまっていて、わたしたちが乗りこむと振動でさざなみが立った。野菜用の木箱が三つ、上下さかさまにして置いてあり、上に汚れたふきんがかけてあった——これが椅子の代わりらしい。わたしと理恵は運転席のうしろで横ならびにすわり、レスターはわたしたちとむかいあう側の木箱に腰かけた。

あいかわらずの渋面だった。

こちらからは見えないだれかの手がドアを一気に閉めると同時に、ヴァンは急発進した。ヴァンの窓はどれも黒く塗られ、外から車内が見えないようになっていた。車内のわたしたちには外が見えなかった。ヴァンはわざと遠まわりのルートをとっているようで、でこぼこの道を走ることもよくあった。木のパレットの下で水が揺れ動いていた。薄暗い車内灯の光を受けて、魚の鱗がウィンクをしていた。

走っているあいだ、運転手はあちこちの地点でヘッドライトを明滅させていた。チェックポイントだった。五回めのこうした合図のやりとりの二分後、ヴァンは薄暗い敷地のなかにはいっていった。ヴァンがとまった。運転手が自分の側の窓をおろした。声を殺した中国語でのやりとりがつづいた。

ヴァンのドアが軋《きし》りながらひらいた。その音が、照明のない倉庫の闇のなかに反響した。わたしたちがコンクリートの床に降り立つと靴音が響いた。その音がまた反響した。頭上を見あげると、洞穴を思わせる闇のなかに骸骨めいた鉄骨のネットワークが浮かんでいるのが見えていた。どの壁の前にも見張りの男がひとり立っていた——男たちは銃を手にしてはいたが、その手を横に垂らしていた。

なるほど。一戦まじえることなしには、見張りをすり抜けて外へ出るのは不可能だった。

運転手は、ふたをあけた魚の木箱をふたつヴァンに積みこんでいた——帰りのドライブの口実づくりだろう。レスターはひとことも発しないまま、暗いドアを通り抜けた。わたしたちはレスターのあとを追い、まっ暗な階段を地下室にまで降りていった。レスターが地下室の床のスチールプレートをもちあげ、わたしたちは金属製の梯子《はしご》をつかって下水渠《げすいきょ》まで降りていった。

いまわたしたちがいるのは、直径二メートル半ほどの冷え冷えとしたコンクリートのパイプの内部だった。わたしたちはパイプ最下部を流れている下水をまたいだまま、両足の足首を鎖でつながれているかのようなすり足で先へ進んだ。また別の梯子に行きあたると、わたしたちはそこから上へのぼって別の倉庫に出た。ここにも銃を携行した男たちが控えていた。この男たちは銃をベルトに突っこんでいた。ドアの近くで、一台のタクシーがアイドリングしていた。いまの時間、横浜の街にはおなじようなタクシーが数百台は走っているだろう。

レスターが床で曲がりくねっているホースを指さした。「われわれ、まず靴を洗う。それからタクシーに乗る」

理恵とわたしはそれぞれの靴をホースの水で洗ってから、待っているタクシーに身を滑りこませた。われらが案内役氏がつづいて乗車した。自動ドアがばたんと閉まり、タクシーは外の通りを走りはじめた。

「用心深い連中だね」わたしは理恵にいった。

レスターが不愉快そうな目をむけてきた。「おまえ、もっと大きな声で話せ。いまいったことを、もういちど、おれにもきこえるように話せ」

わたしは命令に従った。

レスターは眉を寄せた。「おじは張《チャン》一族の〝ディーザンワン〟だ」

「……というのは？」

「〝地蔵王《ディーザンワン》〟は〝地蔵王《ディーザンワン》〟。その名をもつ菩薩《ぼさつ》のごとく、みずからの物をすべて失ったがゆえに妙策を心得ている者のことだ」

「理恵？」

「わたしは知らない。でも聖なる存在のようね」

レスターはにやりと歯を見せて笑った。「そう、そのとおり。聖なる〝地蔵王《ディーザンワン》〟。われらが氏族の聖なる〝地蔵王《ディーザンワン》〟を守るためなら、われわれはあらゆる手段をつかう」

わたしは相手をじっと見つめた。「あらゆる……どんな手段を？」

レスターは汚れた指を右の耳に突っこんで、ぼりぼり掻いた。「もうずいぶん昔のこと、われわれはおまえのように話す男たちと会った。男たちは家々にはいりこみ、いくつもの家族を殺した。とても強い戦士たち。最初のとき、あいつらはわれらの番人を四人と、おまえのような連絡役を殺した。二回め、われらは十人で迎え撃った。相手は男ふたり。ふたりで四人殺した。こちらはひとりを仕留めた」

「で、連絡役は？」

「死んだ。敵の最初の標的だった。それで学んだ、戦うよりも姿を消すほうがずっといいと。彼らは戦いがとても上手」

わたしはうなずいた。不吉な思いが胸にこみあげてきた。

レスターはにやりとした。「しかしわれわれ、姿を消すのがとても上手」

タクシーはブルーカラー労働者たちが住む地区でとまった。あたりの家々は、どれも壁から化粧漆喰《しっくい》が盛大に剝がれ落ちている。屋根は波形トタン板で補修されていた。

レスター・チャンは、周囲が錆《さ》びついている円形の目立たない標識を指さした。「ダニー・チャンはあそこにいる」

標識がさし示しているのは、横浜の中国人墓地への入口だった。

38

薄暗い小道を歩いていくと、丘の麓にある墓地の門にダニー・チャンがよりかかって立っていた。白い夏のスラックスに黒いTシャツをあわせ、その上からベージュの麻のジャケットを羽織っていた。

ダニーは〈ダンヒル・ライト〉の箱からタバコを一本抜きだした。

「やあ、理恵」唇にはさんだタバコのバランスをとりながら、ダニー・チャンはいった。

「こんにちは、ダニー。会う時間をつくってもらって感謝してるわ」

「人のためになるのは、いつだって喜びだよ」

門を抜けた先は、岩がちな丘へと登っていく崩れかけた石段になっていた。丘の麓には、核家族むけの一軒家や安アパート群がごちゃごちゃと建てこんでいた。牙を剝《む》きだした獅子《しし》の石像が門の左右を固めていた。伝説によれば、この獅子は聖なる地を守っている仏教徒の守護者だという。

ダニーの目は高慢な光をたたえていたが、近寄りがたい雰囲気ではなかった。「きみがブローディだね。ここまでの道のりではご苦労をおかけして恐縮だ。ただ、われわれの組織も多くの犠牲を出しているのでね。われらが氏族会に忠実だが戦士ではなかった男たちをね」

わたしは口をひらいた。「その話もきいているよ。きみはなかなか興味ぶかい集団を率いているようだ」

ダニーはなにも話そうとはせずに肩をすくめただけだった。

わたしはつづけた。「案内役から妙な話をいろいろきいたぞ」

ダニーが片眉を吊り上げた。「たとえば？」

「きみのおじさんを守るためなら、氏族会はどんな手段にも訴えるとか」

「そのとおり」

「案内役はおじさんのことを、張《チャン》一族の〝地蔵王《ディーザンワン》〟だと話してた」

ダニーの目のまわりに皺《しわ》が寄った――百もの世代によって培われたドライなユーモアがつくる皺だった。「私見では、じつにふさわしい称号だね」

「おじさんは何者なんだ？　僧侶か？」

「ちがう。〝地蔵王《ディーザンワン》〟は子供たちの、そして悩める魂たちの守護者。また〝地蔵王《ディーザンワン》〟は、声をもたぬ者たちの代弁者でもある」

わたしはいった。「宗教的なリーダー？　巡礼者？」

「きみがいってるような意味でのリーダーではないね。人生の巡礼者とはいえるかも。生き仏というべきか。〝地蔵王《ディーザンワン》〟は無であり、すべてでもあり、そして聖なる存在だ」

「なるほど」

ダニーの肌にまた皺が寄った。「わかってくれたようだね」

理恵が肩をいからせた。「ダニー、あなたの仲間がわたしたちに毒を盛ったのよ」

「ブローディに盛っただけさ」ダニーはそういうとタバコの吸殻をくさむらへ投げ捨てて、両手をスラックスのポケットに突っこんだ。「多くの危険ぶくみだったからね」

理恵の表情は険しかった。「あなたの仲間には……その……怪しげな人もいるみたい」

「氏族会の者はみんなで協力しあう。しかし、理恵、人間の才能は人それぞれだ。ぼくたちは仕事をまかせるにあたって、その仕事のやり方を心得ている者にまかせるんだよ。うっかり油断すれば、張《チャン》一族は夫に先立たれた女を得るだけになりかねない」

「でも、毒っていったい……？」

「おじと話をすれば、ぼくたちがこれほど用心深くなっている理由もわかってもらえるはずだ。もちろん、ここにいるきみの友だちが妙な真似をしていたら、いまごろは死んでいたはずだよ」

「ダニー！」

「すまないね、理恵。でも、それがおじ周辺に立ち入る場合の掟《おきて》だ。長い歳月のあいだには、おじを狙う者が何人もいたんだよ。ちょっとした軍隊に匹敵する人数を送りこんできた者もいるくらいでね」

わたしはいった。「で、あの解毒剤にはなにがはいっていた？　わたしがあの茶を飲んだとき、案内役の男はあからさまに不愉快な顔を見せていたぞ」

ダニーがにやりと笑った。「レスターが？　ああ、想像できるな」

理恵がいった。「どうしてあんな真似を？」

「ぼくたちがミスター・ブローディを知らなかったからね。知っているのはきみだけだ」

「それで、レスター・チャンの役割は？」

ダニーはきつく握ったこぶしを口にあてがって咳をひとつした。「事態が思わしくない方向へむかった場合に、レスターには対抗措置としてかなり危険な後始末の仕事をしてもらう――それと引き換えに、レスターには利権が与えられている」

「どのような利権が？」

「いや、たいしたものじゃない」

理恵がいった。「あなたがわたしの質問にきちんと答えないかぎり、わたしたちはここから一歩も動かないから」

ダニーは次のダンヒルに火をつけて深々と煙を吸いこみ、理恵を見つめて煙を吐きだした。「レスターはふくれ面《つら》をしていたんだろう？　万事順調に運べば運んだで、あの男はいつだってそんな顔をするんだよ」ここでまたたっぷり時間をかけて煙を吸いこむ。「裏切り者の死体を処分することと引き換えに、レスターは収穫権を与えられるんだ」

「というと？」

「死体の臓器だよ」

「ダニー！」

ダニーはまた肩をすくめた。「大きな闇市場があってね。臓器移植のため、あるいは不老不死の霊薬のため、そして通人むけの珍味にするため。ぼくになにがいえるというんだい、理恵？　妥協が必要な場合もあるじゃないか」

「多少はわたしたちを信じるところから話しあいをはじめる道もあったはずでしょう？」

「これは昔からの決まりなんだよ。由緒ある中国の伝統だ」

「なにが伝統よ」理恵はいかにも警官らしい非難の意をこめた口調でいった。

ダニーはにやりと笑った。「無駄にすることなかれ、求めることなかれ」

「そうやって好きに笑っていればいい。でも、あなたの仲間のレスター・チャンは自分の手で問題を片づけたがっている顔つきだったわ」

理恵の両目から、視線がナイフになって放たれていた。ひょっとして、わたしへの怒りの一部をダニーにぶつけていたのではないだろうか。

ダニーの顔から笑みが消え、おそろしいほど真面目《まじめ》な顔になった。「張《チャン》一族の氏族会は約束を守ることをなによりの名誉と考えている。さあ、手順についてあれこれ議論するのはもう切りあげて、おじに会いにいこう。おじが待ちくたびれてしまうぞ」

39

「われらはあの者たちを〈黒い風〉と呼んでいた。あの者たちと会いながら生き長らえた者はおらぬ。ただわたしだけを例外として」

「その連中の話はまったくの初耳です」

張おじ《アンクル・チャン》は世に倦《う》んだような茶色の目をわたしのほうへむけた。頭にたっぷりと銀髪をたくわえ、四角い顔のなかでは目の下に黒い隈《くま》があった。「きみは何者かに襲われたと話していたね？」

「ええ」

「どんな攻撃だった？」

わたしは浜田の生首にわたしの写真が打ちつけてあった件をアンクル・チャンに話し、遊覧船上の襲撃についても教えた。そこから時間をさかのぼって、二件の家宅侵入事件と三浦耀司の殺害事件について話した。ただし、三浦晃の戦友で、三人めに殺された土居の事件については、手もとに情報がないこともあって伏せておいた。最後に話したのは、警察筋の最新情報によれば、浜田の頭部を切り離すのにつかわれた肉切り包丁がどうやら三浦耀司の腕を切り落とすのにつかわれた品とおなじらしい、ということだった。これは、ここへ来るまでの車内で、理恵が好意から――ひどくそっけない報告口調で――わたしにもたらした情報だった。

老いたるアンクル・チャンはまったくの無表情のまま、わたしの報告をひたすら吸収していた――そのあいだ、実年齢よりもなお古い流儀で周囲を視線でさぐりつづけながら。

そもそもの最初から、アンクル・チャンの目は謎めいていた。

ダニーはわたしたちの先に立って崩れかけたような階段をあがり、中国流の墓石がぎっしりと立ちならぶ丘の頂上に出た。

朱色の扉をそなえた煉瓦づくりの地蔵王廟《じぞうおうびょう》があり、その裏に安骨堂が建っていた――後者には〝忍耐づよい死者たち〟が眠っている。大昔は、横浜で死んだ中国人たちの亡骸《なきがら》は柩《ひつぎ》におさめられて故国へと送還されていた。しかしその習慣も、毛沢東《もうたくとう》が中国の扉を閉ざしたことでおわった。望郷の思いをいだきながら異国で斃《たお》れた者たちの柩がここに積み重ねられた。死者たちは、いまもまだ待っているのだろうか。

「紹介しよう、アンクル・チャンだ」ダニーはそういった。

わたしたちがここまで来た目的である謎めいた人物は、墓地内のベンチに腰かけていた。グレイのニットシャツに縫い目が擦り切れかけている紺のブレザーをあわせ、横のポケットに丸めた中国語の新聞を突っこんでいた。そして開口一番、いきなり〈黒い風〉の話をむけてきたのだ。

そしていま、アンクル・チャンはこんな質問をした。「殺し屋たちは夜のあいだにやってきた？」

「ええ、遊覧船での襲撃だけが例外です」

「いずれも凶器は刃物だった？」

「ええ、だいたいは」

アンクル・チャンは両目を閉じて、手を膝に置いた。呼吸のペースがのろくなる。わたしはダニーに目顔で問いかけたが、ダニーはひたすら一族の〝地蔵王《ディーザンワン》〟と呼ばれるこの人物に視線を集中させていた。

そのまま一分が経過した。つづいてもう一分。アンクル・チャンは目をあけると、ベンチに腰かけた足のすぐ横に置いてある広東製のタバコの箱を手にとり、一本に火をつけた。

「ブローディさん、きみの考えは？」アンクル・チャンはブルーグレイの煙ともども、その質問の言葉を口から吐いた。

「だれもが、あの連中は三合会だと考えています」

「きみはどう思う？」

《遠くから見たときには三人は日本人に見えたが、そうではなさそうだった。……わずかに近づくと三人は中国人に見えたが、そうではなさそうだった》

「できれば敵は三合会だと信じたい気持ちです――そうなれば標的がはっきりするわけですから。しかし、確信はありません。また、わたしの情報源のひとりは、三合会の犯行ではないと強く主張しています」

アンクル・チャンはわが意を得たりとばかりにうなずいた。「物知りの情報源がいるようだな」

「では、連中がだれなのかもわかりますか？」

「わたしにわかるのは、だれではないかということだけだ」アンクル・チャンはそういうと、石段をあがってきて、しだいに最上段の上に姿をあらわしつつある中年の中国人夫婦へと視線を投げた。

ふたりはアンクル・チャンに会釈をしてから、墓地のほうへ歩いていった。夫はくたびれた黄色いウィンドブレーカーとだらりと垂れた下着のシャツという服装で、じょうろを手にしていた。女性のほうは新聞紙でくるまれた花束を手にもっている。淡いブルーのサマードレスが痩せた体にひっかかっているかのように見えていた。

「この丘の上に骨を葬った友人が大勢いるのだよ」アンクル・チャンはわたしにいった。

わたしはうなずいた。

「わたしたちがこの国に住んでいるのは、安全に暮らすためだ」アンクル・チャンはつづけた。「しかし、だからといって故国を忘れることはぜったいにない。いうなれば中国は、ろくでなし男を次々情夫にしてしまい、子供たちを見る時間をなくした母親だね。わたしたちが母なる中国のもとへ帰れるのは、ある程度の歳月が過ぎたあと、いちばん新しい情夫がいなくなったあとだけだ。明朝、清朝、国民党、大日本帝国軍、共産党、毛沢東の文化大革命、資本主義的共産主義者――いずれも、ろくでなしの情夫だよ。われら中国人は祖国を愛してはいるが、おりおりの政府については運にまったく恵まれん」

「わかります」

アンクル・チャンの目は、墓石のあいだを抜けて進んでいく先ほどの夫婦を追いかけていた。「ここはわたしが友人たちを訪ねるのに格好の場所だ。そうは思わんか？」

「ええ」わたしはおそるおそる答えた。「心地よいところですね」

アンクル・チャンは煙を細く吐きだした。「けっこう。きみはまっとうな男だ。その耳は話をきくためにひらかれている。ならば、わたしもきみにひとつ話をきかせよう」

「恐れいります」

「心地よい話ではないぞ」

「この数日で、わたしもそれなりに心地よくないものを見てきました」

「それならわたしは、その経験がきみに心がまえをつけさせたことを祈るとしようか」

40

「わたしが生まれ育ったのはあまりにも小さな村で、地図製作にたずさわる人々でさえ顔をそむけてしまうような土地だった。

わたしは父とおなじ道に進み、漢方医になった。わが一族で四代めだ。わたしと父は、中国の土地を耕して中国の豚や羊や牛を放牧している中国の農民たちがどっさり暮らす田舎を旅してまわった。わたしたちには荷車を牽《ひ》く馬がいた。これはとびっきりの幸運だったのだよ。ほかの人たちにはせいぜい驢馬《ろば》しかなかったんだから。いや、大多数の人には自前の家畜なんぞいなかった。畑を耕す段になれば、彼ら自身が驢馬になっていたな。

父とわたしは満州北部一帯の病人たちをたずねてまわっていた。代金を硬貨でもらうこともあったが、たいていは鶏や山羊《やぎ》、米や高粱《コーリヤン》で受けとっていたっけ。なかには金も食べ物ももっていない人もいて、わたしたちが荷車から鶏や山羊や穀物をそんな人たちに頒《わ》け与えることさえあった。父は正直者で、温情あふれる男だった。わたしたちが慎《つつ》ましい家に住み、父が妾《めかけ》をひとりも囲っていなかったといえば、そのこともわかってもらえるだろうね。おまけに父は頭の切れる男だった。切れ者であるがゆえに命が助かったのだね。

ほかの医者たちは家のなかを飾りたてていたが、うちはそんなこともなかった。西欧の家具もなければ、ビロードのカーテンも、大都会で売っているような中国製の高級絨緞《じゅうたん》もなかった。父はいっていたよ、『他者《ひと》を羨んではいけない』と。父は現金をしまっていた――裏庭に大きな灰色の岩があって、その下にスチールの箱を埋めていたんだ。

『大きな福があれば、そのあと大きな禍《わざわい》がやってくる』父はそういっていた。『いちばん大事なのは安全、贅沢《ぜいたく》はそのあと――でも、ほんの小さな贅沢にかぎる』とね。わたしは父の言葉に真剣に耳をかたむけた。十七歳になって、わたしは結婚した。十五歳の花嫁は、自分の美しさが感じられるようなドレスを自分で選んだよ。花嫁が選んだのは幸運の龍の鱗模様が描かれた緑色のドレスでね、それを着たあの子はいかにもはかなげで、美しかった。わたしたち夫婦はお金を〝お庭銀行《ガーデンバンク》〟に埋めた。わたしたちは幸せで、賢明な神々が願いをかなえてくれた。そしてある日、いみじくも父が話していたとおり、われらの村に禍が降りかかった。禍を押しとどめることは不可能だった。

わたしは〝お庭銀行〟の金をもって、日本へ逃げた。そしていまは横浜にある小さな中国に暮らしているわけだ」

この会話が意味のある方向へむかっていると確信できぬまま、わたしはいった。「では、二件の家宅侵入事件を起こしたかもしれない人々と、中国か日本で顔をあわせたということですか？」

アンクル・チャンはタバコの煙を空へむけて吹きあげた。「わたしはね、長い歳月にわたって自分を攻撃していた連中の手口にも通じているんだよ――だから、どこへ行けば答えが見つかるかを教えてやれる」

「もっともな話です。ところで中国にいらした当時、なにかの縁で三浦晃という男と知りあいになったことはありませんか？」わたしは三浦の自宅にあった写真を手にとって、三浦本人を指さした。

アンクル・チャンは目を細めて写真を見つめた。「どうも、隣の大きな都会にやってきた軍隊を率いていた男に似ているね」

「この男を知っているのなら、呉《ウー》という男もご存じでは？　あなたとおなじ医者ですが」

アンクル・チャンは静かになった。ダニーは蒼《あお》ざめていた。次の瞬間、安骨堂の裏からふたりの武装した男が飛びだしてきた――どちらも拳銃をまっすぐ前にかまえている。

理恵がわたしにすばやく恐怖の視線を送ってきた。

拳銃の男たちがじりじり近づいてきた。

「なんの真似、ダニー？」理恵はささやいた。

アンクル・チャンがいった。「きみがさがしている医者はわたしだよ。わたしが呉《ウー》なんだ」

41

ひとつでも多すぎる偶然をきかされて、わたしは直感だけを頼りに突き進んだ。
三、四メートル先にふたりの悪党が立っていた。わたしの体にあっさり風穴をあけられるほどの近さで、わたしが飛びかかっていけない程度には距離がある。わたしはここへひとりで来ると約束した。一方、呉《ウー》の配下連中はなにも約束していない。
結局、渋い顔を見せているわれらが案内役レスターは――この男も呉《ウー》一族のひとりにちがいない――それぞれの願いを叶《かな》えるのかもしれなかった。

わたしが制止するよりも先に、理恵が爆発した。「わたしに話してくれたことのなかに、ひとつでも真実があったの、ダニー？」

「理恵」ダニーはいった。「ぜひともわかってほしい。ぼくは――」

アンクル・チャンことアンクル・ウーがすかさず口をはさんだ。「どれも真実だ。名前を偽ったのはあくまでも安全のためだとも」

理恵は、新しく呉《ウー》という名前をもった男へと怒りをむけた。「ほかにどれだけ、あくまでも安全のためという名目で話した〝真実〟があるの？」

拳銃つかいの片方が銃器を理恵にむけた。

呉《ウー》は気色ばんだ。「張《チャン》一族の氏族会は、すなわち呉《ウー》一族の氏族会だ。安全のためについた嘘《うそ》はこれだけだ」

理恵はあきれたように目をまわした。「じゃ、あなたはどうなの、ダニー・チャン？　わたしの友人というふれこみの人。もしこれが本当は呉《ウー》一族の氏族会なら、あなたはここでなにをしているわけ？」

ダニーは不安そうな目をふたりの拳銃男にむけた。「大きな声を出すんじゃない。あのふたりには日本語はわからないが、ひとたびきみを脅威だと見なせば……」

理恵の目に炎が宿った。「どうするの？　まさかわたしを撃つとでも？」

「理恵、頼むよ。あの男たちは――」

「――何者なの？　でも、どうだっていい。とにかく追い払って」

「それができるのはレスターだけだ」

「わたしだって自分があなたに助けを求めたことはわかってる。でも、あなたはどうしてこんなところまで来るのを許されてるの？」理恵はダニーにたずねた。

香港に住む理恵の長年の友人であるダニーは、唇を引き結んだ。それから――「ぼくの母が――ええと……昔つかっていた苗字が呉《ウー》なんだよ」

理恵は目を閉じた。その顔が赤くなった。最初はわたし、その次にダニーが理恵のプロとしてのプライドをへこませたのだ。

「話を最後まできいてくれ」ダニーはいった。「おじの身のまわりでは危険がつきものでね。おじは何年ものあいだ、故郷に帰る同胞たちを助けていた。生活必需品を送ってもいる。文献を送ってもいる。声をもたぬ者たちに代わって声をあげている。そして、党はそれを快く思っていない。党は男たちを送りこんでくる。そのなかには殺し屋もいる」

わたしは理恵を安心させようとして、腕に手をかけた。「用心深い態度をとっているからといって、きみが彼らを責めることはできないぞ。この人たちが警戒しているのはブローディ・セキュリティ社であって、きみのことじゃない」

「そのとおりさ」ダニーはいった。

「そう、そういうことね」理恵はいった——プロとしての冷静な態度をとりもどしつつある。「こっちには質問したいことがある。ええ、山ほどの質問がね」

「それも理解できる。ちょっと手短におじと相談させてくれ」せわしない中国語でのやりとりののち、ダニーはまたわたしたちに話しかけてきた。「おじは昔気質《むかしかたぎ》の人間でね。自分なりの流儀で説明したがっている。承諾してもらえるね？」

わたしたちは同意した。といっても、こっちはより好みのできる立場ではなかった。

ダニーは携帯電話でどこかへ電話をかけ、ふたたび機関銃のような早口の中国語での会話をすませたのちに通話をおえた。ふたりのガンマンのうちリーダー格の男の腰のあたりで携帯が鳴った。男はわたしにちらりと警戒の顔をむけてから、携帯のテキストメッセージに目を通した。ついで、わたしの胸に狙いをつけていた銃を、腰のベルトの背中側に突っこんだ。ふたりの男はふたたび安骨堂の裏に身を隠した。

呉《ウー》は視線を安骨堂からわたしたちのほうへ滑らせた。

いつしか、そのひたいが暗く翳《かげ》っていた。

42

「楊《ヤン》一家の人たちがどうして目覚めずに死んだのか、いまでもだれにもわかっていないのだよ」呉《ウー》一族の族長であるアンクル・ウーは押し殺した声でしゃべりはじめた。「しかし、そのことで村全体が恐怖に包まれてね」

わたしは即座に、家宅侵入事件のことを連想した。

「それはもう、とんでもなく大きな禍だった。楊《ヤン》一家の長老は長く村長《むらおさ》をつとめていてね。そして日本軍は、楊《ヤン》一家は疫病が原因で死亡したので、すべてを焼きつくす必要があるといった。村人全員があつまって見まもる前で橙色《だいだいいろ》の火柱が立ちのぼり、何世代にもわたる楊《ヤン》一家の人々は炎にむさぼられていった。

しかし、死はその前からわれらが村にあらわれていた。村には月に一度、旅まわりの行商たちがやってきて市が立った。夏の木綿の服や高級な絹は黄色や緑や赤といった色あい。有名な寺院の幸運のお守りが、朝の光にきらきら光っていたものだ。竹を編んだ籠には丸々と太った家鴨《あひる》や兎《うさぎ》がいた。亀の卵も、干したくらげも、採りたての茸《きのこ》も買えた。山岳民族の黒いターバンを頭に巻いた霊媒師たちは、すでにこの世を去った愛する者たちの霊と会話をかわした。

そしてやはり市が立ったある日、日本軍の部隊が村に進軍してきて、最初に出会ったふたりの村人を殺した。〈無帽の于《ハットレス・ユー》〉……荷車の修繕をしたり灌漑《かんがい》の用水路を掘ったりしていた男は五発の銃弾を食らった。軍人は〈お菓子のげんこつ劉のひい祖母ちゃん《グレート・グランドマザー・スイート・フィスト・リュウ》〉を銃剣でめった刺しにした。このお祖母《ばあ》さんはね、ふっくらした手を握ってまん丸いげんこつをつくるんだ……それで左右のげんこつをいっぺんにひらくと、いつも決まって村の子供たちはそこにお菓子を見つけたものだよ。

このふたりを殺害したことで、日本軍はうちの村をおとなしくさせた。村は満州北部に通じている街道近くにあった。畑は肥えていたので、米や高粱や野菜がふんだんに収穫できた。日本軍はそのすべてを自軍の兵隊のために根こそぎ奪っていった。軍はあらゆるところに魔手を伸ばした。穀物も家畜も、商店の在庫も、なにもかも消えた。兵隊たちは民家に押し入り、小さな金塊をはじめ、およそ値打ちある品をなにもかも奪っていった。かくして、われらが村は一夜にして貧乏になってしまった。

兵隊はみな小男で目つきがわるかった。よその中国人たちが日本兵を〝倭狗《ウォーゴウ》〟とならず者呼ばわりしているのを小耳にはさんだことがあったが、その理由がわかってきた。いや、現実の彼らは、そんな綽名《あだな》よりもなお悪質だった。彼らはわれわれの村役場を奪った。農業政策局の事務所を奪った。警察署も奪った。われわれの学校に日本人の教師たちがはいりこんできた。彼らは中国人教師たちに両手両膝をついて床の拭き掃除をしろと命じ、中国人生徒たちの目の前で教師たちを蹴り飛ばした——中国の教育には価値などないと教えこむために。

村長の楊《ヤン》が不幸に見舞われて目覚めることなく死ぬ前、村のナンバー2だったのは沈新英《シェンシンイン》だった。沈《シェン》には子供がひとりしかいなかった。ひとりきりの女の子は、その丸顔とレモンの形の目でわれらの住む一帯では評判になるほどだった。〝千の月にたったひとつの宝〟、それが沈《シェン》の娘だった。沈《シェン》は娘に、新しい教科書に載っている日本語の最上級の敬語を学ばせた。そして村に〝倭狗《ウォーゴウ》〟のお偉方がやってきたときには、歓迎式典で娘に日本語の歌を歌わせた。二カ月後、遠くの大都会から昔ながらの結婚仲介人がやってきた。さらにその一カ月後、盛大な婚礼の儀がとりおこなわれた。日本人たちは沈《シェン》の娘を、村から大都会にある日本人花婿の家へと連れていった。有名な音楽家たちがやってきて、さらに最上級の緋色《ひいろ》の絹が張られた婚礼用の椅子駕籠《かご》がつかわれ、まさに村の歴史に残る最上の儀式となっていた。二カ月後、楊《ヤン》一家の人たちが目覚めることなく死去すると、ナンバー2だった沈《シェン》はナンバー1の沈《シェン》になった。

われらが小さな村はこの婚礼に大喜びしていた。この婚礼がさらなる大きな福をもたらすにちがいないと、そうだれもが信じていた。しかし、これは勘ちがいだった。〝倭狗《ウォーゴウ》〟はわれらからさらに多くを奪い、やがて村人は薄い粥《かゆ》を食べるのが精いっぱいになってしまった。味つけと栄養補給のため、われらは茹《ゆ》でた草の葉をちぎって粥に添えた。われわれはどんどん痩せ細り、わが両親はたくさんの病気にかかってしまった。わたしは昼も夜もなく忙しく働いた。そんななかで、新しく村長になった沈《シェン》だけが肥え太っていた。沈《シェン》はふたりの妾を囲い、高い塀とたくさんの果樹がある大きな屋敷を建てた。

大いなる禍がわれらのもとを訪れたのだ。そして四回めの収穫のとき、〈黒い風〉がわたしのもとにやってきた」

43

「〈黒い風〉の面々はひそやかに、しのびやかに歩いた。彼らには〝倭狗《ウォーゴウ》〟の言葉を話せる中国人の協力者が同行していた。

〈黒い風〉の面々は村にいる日本人の長《おさ》に挨拶をしたあと、会釈も礼儀もないまま、わたしの家に踏りこんできた。わたしが旅まわりの医師だと知ると、〈黒い風〉はわたしにいくつもの村の名前が書かれたリストを見せ、この村々へ案内しろといってよこした。〈黒い風〉の面々の顔に不穏な気配が見てとれたので、一度はいま診《み》ている患者だけで手いっぱいだという口実で断わった。ここにも患者がひとりいるし、と。リーダー役の男はわたしの患者を撃ち殺し、ほかの患者も紹介しろといってきた。わたしの妻や子供も紹介しろと。わたしは旅の案内をすることに同意した。

　われわれは藁《わら》でつくった蓑《みの》を身にまとい、中国の貧しい農夫がかぶる大きな帽子をかぶって、夜のあいだ旅をつづけた。昼間は森や野山で眠った。〈黒い風〉のメンバーが語る話に耳をかたむけた。何年も旅まわりをつづけていた関係で、わたしの耳は言葉を吸収するすべを学んでいた——中国には方言がどっさりあるからね。〈黒い風〉が村に来る二年も前に、わたしはもう〝倭狗《ウォーゴウ》〟の言葉も会得していたよ。

　そんな事情だったから、日本兵がわれわれにむけている感情には侮蔑しかないこともよくわかった。日本兵にとって、われわれは犬だった。憎しみや妬みをむけるまでもない相手だ。犬相手に妬んだりするかね？　犬が彼らの言葉を話したりするか？　あいつらは中国人の裏切り者をふたりも通訳として同行させていながら、われわれが日本語を理解するとはてんから信じようとしなかった。しかし、わたしは〝倭狗《ウォーゴウ》〟に一度も〝倭狗《ウォーゴウ》〟の言葉で話しかけなかった。あまりにも危険だからね。わたしをとらえた者たちはわたしには簡単な中国語で話しかけ、わたしは日本人でもわかる簡単な中国語で返事をしていた。裏切り者の中国人たちは決してわたしに話しかけてこなかった。〝倭狗《ウォーゴウ》〟にとってわたしは犬だったが、裏切り者にとってはしらみだったね。

　わたしをとらえていた者は全部で九人。七人が〝倭狗《ウォーゴウ》〟で、残るふたりは中国人だった。どいつもこいつも人でなしだった。やつらは特殊な毒薬をもち運んでいてね。ひとつは味がなくて遅効性の毒薬だった。やつらは朝の水くみがはじまる前に、その毒を村の共同井戸に流しこんだ。真夜中前後に、おそろしい悲鳴があがりはじめた。男も女も金切り声をあげ、うめき声を洩《も》らしていた。男のなかでも体力のある者たちは外の通りに走りでてきて、血があふれるまで爪でのどを掻きむしっていた。それから男たちはきんきんした悲鳴をあげながらぶっ倒れ、村の泥だらけの道で手足をばたつかせ、狩られたけだもののように死んでいった。わたしは医者だ。駆け寄って助けてあげたかった。しかし、わたしはいつも木に縛りつけられていた。あいつらは木立に隠れて、笑い声をあげて見物していたよ。

　われわれはそんなふうにして、週にひとつかふたつの村をたずねてまわった。夜になると、やつらはわたしを木に縛りつけ、人が死んでいくさまを大喜びで見物していた。村が小さかった場合、わたしをとらえていた者たちは手で住民を殺していた。そんなことのできる日が近づくと、いつも察しとれたものだ——あいつらの目が喜びにきらめいていたからだ。そして帰ってきたときには、連中の顔には眠たげな満足の表情がのぞいていたものだ。

　木に縛りつけられていたわたしには、月明かりのなかで連中の影が家から家へと移動していくようすが見えていた。あいつらはまず村を一巡して飼い犬を殺しておき、そのあとで泥煉瓦と藁でつくられた小屋に押し入っては、そこに住む家族を皆殺しにしたんだ。

〈黒い風〉の戦士は、五十世代つづいていてもおかしくない一家全員の命も二分ばかりで奪い去った。十分なら五家族だ。十五分あれば、この九人の男たちは眠れる村の村人全員を殺すことができた。

　ある朝、彼らが素手での殺戮《さつりく》をすませたあと、わたしは〝倭狗《ウォーゴウ》〟が故国から持参してきた梅の漬物を添えた米の粥を用意していた。そこでいきなり、村の鐘がいかれたように大きな音でがんがん鳴りはじめた。

〈黒い風〉のひとりが、『ひとりだけ見逃したな』といい、全員が笑った。

　鐘はさらに二回鳴り、そこへひとりの老人が未舗装路を走って近づき、われらが身を潜めている隠れ場所のすぐ前を走り抜けていった。老人ははだしだった。走りながら、天へむかって叫んでいた。わたしをとらえている者たちが木立のへりにまで出ていった。老人はなおも天へ届けとばかり叫びながら走って遠ざかっていった。

『魔物が目覚めた！　魔物が目覚めた！　みんな死んでしまった！』

わたしは、わたしをとらえた者たちひとりひとりに綽名をつけていた――〈蛇の眼《め》〉や〈いかれ指〉とか〈静かな刃物〉とかね。そんななかに、〈若造〉という綽名をつけていた童顔の男がいた。その男が、『あれでよかったじゃないか』といい、全員が笑い声をあげて、そこから奇妙な会話がはじまった。

『ずさんな仕事をした者がいるんだな』

『その男は処罰するべきだな』

『ああ、厳しくね』

『訓練を徹底する必要があるぞ』

『処罰が必要だ』

『いや、それはちがう』そういったのは連中のリーダーの〈蛇の眼〉だ。『必要なのは報償だ。われらが守護者は、新たにすばらしい教訓をさずけてくれた。あしたからは、村人をひとりだけ生かしておくとしよう』

『しかし、それはどうして？』〈若造〉がたずねた。

『この新たな方法が、われわれの仕事の役に立つからだよ。味方の兵士たちが、このあたりの地域から出てくる反乱軍のゲリラ集団の犠牲になっているんだ。ゲリラは夜陰に乗じて兵士を狙撃し、近隣の野山や村に身を隠す。こちらの仕事は、強い力をそなえた伝言をあいつらに伝えることだ――おまえたちがこちらの兵士を殺すなら、こちらはおまえたちの家族を殺す、と。そしてわれらの守護者は、メッセージを広めるためのもっと効果的な方法を教えてくれたわけだ』

そして連中は〈蛇の眼〉の号令のもと、この作戦を実行した——あの男の悪魔の知恵は効果抜群だったよ。ほどなく中国の人々は、怒れる神々が寄越《よこ》した〈黒い風〉に乗って日本の魔物がやってきた、と信じるようになった。彼らはなにも見ていなかった。なんの音もきいていなかった。それなのに朝になると、人々はみな目覚めずに死んでいたんだ。

　真実を知っている中国人はわたしだけだった。そしてある日、わたしはさらに大きな真実に目をひらかれた。楊《ヤン》一家の人たちの命を奪ったのは〈黒い風〉だ。疫病ではなかった。あの事件は沈《シェン》の娘が〝倭狗《ウォーゴウ》〟の大物と結婚したあとのことだった。つづいてわたしは、もっともっと大きな真実に気づいてしまった。秘密を守るため、〈黒い風〉はわたしを殺すにちがいない、と。

　五週間後、われら一行は大河に行きあたった。灰色の風船のように膨らんだ死体が川に浮かんで流れていた。男、女、子供、それに長老たちまでも。〝倭狗《ウォーゴウ》〟の兵士たちは中国人の召使いに命じて、死体を川に捨てさせていた。中国人の死体を地面に埋めるにはずいぶんと手間がかさんだ。川に投げこむほうが簡単だったよ。

　その日、わたしは連中を最後の村まで案内した。その夜の連中の話し声は、ずっと小さくなっていた。なにを話しているのかもききとれなかった。翌朝、わたしは洗濯をしてこいといわれて川へ行かされた。

　〈若造〉がわたしに近づいてきた——明らかにびくびくしているようすだった。それまでわたしに笑顔ひとつ見せたことがなかったのに、やけににたにた笑っていてね。ほかの男たちはもっと年上で、内心を隠すのももっと巧《うま》かった。連中から見たわたしはしょせん犬っころだったが、それでもわたしにお世辞をいったり、いい食べ物や甘い菓子をくれたりした。〈若造〉ひとりが中国人への侮蔑を隠そうともしなかった。それがこの日の朝にかぎっては大口あけて笑い、長いこと日ざしにあてられた古い荷馬車の車輪なみに歪《ゆが》んだ笑みをわたしにむけていたんだ。

　うなじの毛がちりちりして、〈若造〉が近づいてきた魂胆を教えてくれた。わたしは笑顔を見せて、洗濯にもどった。そのあいだも目の隅で〈若造〉のようすをうかがっていた。やつが拳銃をとりだして狙いを定めたのを見てとるや、わたしは川に飛びこんだ。〈若造〉は三発撃ったが、わたしに当たったのは一発だけだった。死体が流れてきて、わたしはその上に乗った。死体はぬるぬるして冷たく、腐敗ガスで膨れていた。わたしの体が反対側にずるりと落ちていった。死体には川に棲《す》むミズヘビが肉を食いちぎったV字の歯形が残っていた。川の流れは速く、水は血で薄紅色になっていた。一部はわたしの血だった。死体から筋になって剝がれた灰色の肉がひらひらただよっていた。千のどぶをひとつにしたような強烈な悪臭に、胃の中身をそっくり吐いてしまった——反吐《へど》はつぶつぶが残っていて、苦い味がした。それでも、わたしは動かずじっとしていた。死体の悪臭とわが胃の臭気が、まわりでひとつに溶けあっていた。〈若造〉がくすくす笑っていた。笑い声はすぐ近くに迫っていた。

　わたしは浮かんだ死体に下からしがみついていた。目はおおむね閉じたまま、呼吸の気配を隠していた。腹部がぷっくりと膨れて丸くなった死体が、周囲のいたるところに浮いていたし、岸に打ちあげられたり、葦《あし》に引っかかったりしていた。砂洲《さす》に十代の男の子の死体が転がっていた。蟹《かに》どもが死体に群がっていた。食い意地の張ったちっこい蟹どもがはさみをふりたてて、若い肉をちぎりとっていた。わたしの新しい血がミズヘビを招きかねないことはわかっていたので、すぐにも陸《おか》へあがる必要があった。

〈若造〉が片言の中国語で話しかけてきた。『呉《ウー》、おれがわるかった。わかるだろ？　おれは遊び好きだ。これはお粗末な遊びだ。ひどいまちがいをしてしまったよ。もどってこい。おまえに小豆《あずき》でおはぎをつくってやるぞ』

その声は近くからきこえていた。わたしが無言で押しとおしていると、〈若造〉が、また発砲し、〈千のどぶの死体〉を弾丸が貫通したのが感じられた。わたしは自分の体をびくんと跳ねさせた。〈若造〉がまた発砲し、わたしはまた体をびくんと跳ねさせた。〈若造〉の笑い声がきこえた。『よし、これでほんとにくたばったな、呉《ウー》。雑種の犬が一匹減ったぞ』」

ここで呉《ウー》はいきなりタバコの箱に手を伸ばした。手が震えていた。一本抜きだすだけでも、ずいぶん時間がかかった。

「ああ、なんてかわいそうな目にあってきたのかしら」理恵がいった。

呉《ウー》は深々とため息をつきながら煙を吐きだした。「こんな老いぼれに同情するとは、あなたは心のやさしい人だ、ミス理恵。こうして物語るのは過去をあらためて体験するようなものでね」

「あなたは本当に、本当に恐ろしいものを見てきたのですね」

呉《ウー》は目をしばたたいた。「いかにも、これはひどく大きな禍だった。しかし、このあとの出来事のほうが、よほど肝の冷える思いを味わわせてくれたよ」

44

「安全が確認できると――」呉《ウー》はいった。「わたしは川を離れた。岸辺にたどりつくなり、ばったり倒れて、気がつくと見知った農村のひとつだった。意識がもどっているあいだに、わたしは救助してくれた人たちに繃帯《ほうたい》を傷に巻く方法を教え、腰に命中した弾丸を押しだしたが、すぐ暗闇にまた落ちていった。

それから十日のあいだ、わたしは高熱でずっと寝込んでいた。妻と子供の夢を見たよ。妻子はにこやかに笑いながら、わたしに帰ってきてくれと頼んでいた。わたしは、もうすぐだ、すぐに帰るとふたりに話した。家に帰れたら、そのときはせがれのすべすべの頬っぺたを手で撫でて、福を招く龍のドレスをまとったわが妻と楽しもう。みんなで家鴨の卵を食べて、家族の再会を祝うつもりだった。

やがて熱がさがって体力がもどってくると、わたしは自分の村を目指しはじめた。二週間の旅ののち、わたしは故郷の村に帰りついた。それまで夜ごと妻子を夢に見たし、毎朝わたしは笑顔で目覚めていたものだ。

こうして脱走できたことがひとつめの奇跡だった。家族との再会がふたつめの奇跡になるはずだった。ひとりの人生として、これだけ奇跡があればもう充分。家に帰りついたなら、そのあとはひっそりとまっとうな暮らしを送るとしようと、わたしは誓った。

わたしが村の入口に姿を見せると、子供たちが悲鳴をあげながら走って逃げていった。市場に行っても、だれひとり、わたしを見ようともしなかった。

なにがなんだか、さっぱりわからなかった。最初は生き延びていると思ったのがまちがいで、じっさいには自分が亡霊になったのではないかと思った。しかし、ためしに腕をつねると、生きているあかしの痛みを感じた。次に、敵に協力したというわたしの裏切りが知られたのかと思った。しかし、〈黒い風〉の秘密を外の者が知ることは不可能だ。それで、〈蛇の眼〉の手下連中がわたしにまつわる嘘を広めているのかと考えた。しかし連中はわたしを殺すつもりだったのだから、わざわざそんなことをするわけがない。

ついでわたしを避けている村人たちの目つきから、わたしはとびきり恐ろしい真実をいきなり読み取ってしまった。わたしは走った。

しかし、いうまでもなくすでに手おくれだった。わが家はもう灰しか残っていなかった。燃え滓《かす》からは早くもたんぽぽが生えでていた。隣人が教えてくれたが、わたしが旅立った翌日、わが妻子は目覚めることなく死んでいたという話だった。

わが胸の痛みには底がなかった。頭のなかでは壮絶な嵐が吹き荒れていた。もう二度と息子のなめらかな頬の感触を確かめることもできず、龍のドレスを着た妻の姿を見ることもできない。そう思うと胸が張り裂けそうだった」

《そのとおりだろうな》わたしは、またしても心の安らぎを求めてタバコに手を伸ばす呉《ウー》を見ながら思った。二十世紀の大半を含むここ数百年のあいだ、中国はおわりの見えない政治的混乱と内戦によって揺さぶられてきた。呉《ウー》は日本人に突き転がされたが、相争う中国国内の勢力間でくりひろげられた熾烈《しれつ》な政争や大規模な虐殺などを含む、呉《ウー》と同胞の男女によって語りつがれた悲劇的な逸話の数の多さには、いまにいたるも驚嘆を禁じえない。

「それでもあなたは家に帰りついた。それで、少なくとも身の安全を実感したのではないですか？」

理恵がたずねた。

「たしかに、わたしがささやかな福に恵まれたことは確かだね」

呉《ウー》の声の底流にまで耳をすませたわたしには、いまの発言は理恵に礼を失しないためのお義理の言葉にすぎないことがわかっていた。

わたしたちはこの先も、さらに暗い道へむかっていった。

「頭のなかの大嵐は、わたしに不気味な幻想を見せてきた。深い谷間のなか、何列にもならんでいる人々が見えた。だれもが顔に白粉《おしろい》を塗り、死者を悼む白い喪服を着ていた。だれもが口を大きく〝O《オー》〟の字の形にあけては閉じていて、一万尾もの腹ぺこな金魚がいるかのようだった。彼らは怒りの言葉を発していたが、わたしにはききとれなかった。子供たちがいて、その親たちがいて、〈老いたる賢人たち〉がいた。その多くがわたしのかつての患者たちだった。わたしは悲鳴をあげながら、夢から目を覚ました。

わたしがいたのは、体のまわりのいたるところで蠟燭《ろうそく》がともっている暗い部屋だった。〈緑の歯の孟《メン》〉がわたしの横に飛んできて、「ようやくようやく熱がさがった」といっていた。はじめて意識をとりもどした日だったが、頭のなかの大嵐がはじまってから六日めの夜だった。わたしは自分の村にもどっていたが、亡霊たちがわたしを故郷まで追ってきていた。

夜明けの最初の光とともに、〈緑の歯の孟《メン》〉の息子がわたしを驢馬が牽く荷車に乗せて村の寺院まで運んでくれた。体が衰弱していて、とても歩けなかったからだ。わたしは夢に出てきた亡霊に捧《ささ》げようと、死者のために焚《た》く紙の冥銭《めいせん》を燃やして線香に火をつけた。それでも目を閉じるなり、亡霊が立ちあらわれてきた。わたしは倍の冥銭を燃やし、観音さまに祈った。

しかし、わたしがなにをしても、彼らは夜ごと決まって口をぱくぱくさせながら夢にあらわれてきた。いつもおなじ白塗りの顔、いつもおなじ白い衣。わたしはもっと祈った。山積みできるほどの冥銭を燃やした。それでも彼らはやってきた。

そんなふうに夢を見た五日めの夜、亡霊たちは怒りの顔を見せなくなった。六日めには、わたしを手招きした。わたしが近づいていくと、彼らの体がつくる白い海が中央からふたつに割れていった――だれもが金魚のように口をあけたり閉めたり、あけたり閉めたりしていた。彼らは穏やかで、わたしが感じた胸の張り裂ける思いと同等の感情をいだいていることが察せられた。近くで見ると、彼らがまとっている白い衣が喪服ではなく、農夫や主婦や精肉店の店員や行商人が日々着ている服だということがわかった。彼らは生と死のはざまにとらわれていた。亡霊の父親と亡霊の母親と亡霊の子供たちの姿があり、だれもが疑問に目を大きく見ひらいていた。おなかに亡霊の赤子がいる亡霊の妊婦もいて、ほかの面々よりもさらに大きな疑問をあらわにしていたね。

　亡霊たちは、わたしが〈黒い風〉といっしょに訪れた村の名前を残らず述べ立ててきた。そう、彼らは殺された村人たちの眠れぬ魂だった。彼らはわたしに呼びかけていた。わたしが彼らの秘密をかかえこんでいることを知っていた。これがわたしの……わたしの……〝ミンユン〟だ。ダニー、〝ミンユン〟を日本語ではなんというのかね？」

「宿命です」ダニーが〝命運《ミンユン》〟を日本語に訳した。

「そう、背負うべき宿命だ。彼らがわたしの宿命であることはわかった――彼らがわが心で生きつづけていることが感じとれたんだよ。わたしが家族の死を嘆くその気持ちの隣で、彼らは生きていた。やがて戦争がおわると、わたしは彼らの物語を伝えつづけた。しかし、こころよくきいてくれる耳にはめぐりあえなかった。わたしは何年も長いあいだ努力した。共産党の人々はわたしの物語にいい顔をしなかった。彼らはわたしに、過去の戦争のことを語るのはやめろといってよこした。

　しかし亡霊たちは、わたしに話を伝えろと迫りつづけていた。ある夜、わたしの実家が火事で焼け落ちた。人を殺すその手口についていうなら、新しい中国政府も昔の政府と変わるところはない。わたしが生きているとわかれば、連中はまたやってくる。祖国で暮らす月日はもうおわりだった。

　わたしは〝お庭銀行〟の金を手にして、何日も何日もかけて国内を横断した。やがてなんとか香港に忍びこみ、さらにそこから〝倭狗《ウォーゴウ》〟の地にたどりついた。ここでなら、わたしは亡霊たちの語る物語を広めることもできた。なぜなら日本人には戦争の苦しみという点で中国人と共通するものが多いからだ。しかし、同時に旧日本軍の兵士たちもわたしとおなじ問題に直面していることを知った。彼らの悪夢の話をききたがっている人がどこにもいなかったんだ。

われら中国人は苦々しい気持ちをどう飲みこめばいいかを心得ている。中国のこれまでの支配者たちは、どこの国からやってきた外国人よりも中国人を数多く殺してきた。われらは耐えてきた。われらは忍耐に長《た》けている。しかし、わたしも永遠に生きていられるわけではない。もう長年努力してきた。祖国にいたときには多くの人たちを助けてきたが、相手が亡霊たちでは、なんの力にもなれなかった。もはや万策尽きたそのとき、わたしのもとにきみが遣わされてきたのだよ、ミスター・ブローディ。その意味は明らかだ。だからわたしは、きみが求めていることを教えよう。しかし、きみにはふたつの約束をしてほしい」

呉《ウー》が経験してきたあれこれをすっかり知らされたいま、手だてさえわかれば助けたい気持ちは山々だったが、呉《ウー》になにを提供できるのかがわからなかった。だから、そういう意味の返事をした。

「誠実な答えだね」呉《ウー》はいった。「まずひとつ——きみには、呉《ウー》一族による殺しがこれ以上増えるような真似をつつしんでもらわなくてはならん」

呉《ウー》は自分の仲間たちの名前に傷がつく事態を避けたがっているのだ。わたしはいった。「けっこう。名前は出しません。ほかには？」

「きみにはわたしがきょう明かした話を……きみにできる範囲で最大限おおっぴらに広めてほしい。これはあの亡霊たちのわたしへの頼みごとでもある」

わたしはまずダニーに、つづいて理恵に視線を投げた。ふたりとも期待の表情で見返してきた。

「くりかえしになりますが」わたしはいった。「あなたを助けたい気持ちはなによりも強い。それでも、わたしには具体的なやりかたがわかりません」

「ダニーから、きみはこの国で大変なトラブルの穴に落ちて、そこから這いあがったときいたよ。その話は事実かな？」

「ええ」

「きみの力は〝這いあがる〟ことにある。きみはこれから這いあがって、亡霊たちの話を広めたまえ。怒りの話ではない。復讐《ふくしゅう》のための話でもない。同情のための話だ。復讐をすれば世界は暗くなる。話をするのなら、きみは新しい光をつくるべきだ」

わたしは深く息を吸いこんだ。ついで空を見あげた。いつしか夜になり、星がきらめいていた。それでも大空はまだ青く、雲ひとつ出ていなかった。下へ目をむけると、大工やトラック運転手や肉体労働者たちが住む住宅街が起伏した土地の上に広がっていた。人々がバスから降り立っていた。夕食に買いこんだ食料品ではちきれそうなレジ袋をさげて家路をたどる人々もいる。《話をするのなら、きみは新しい光をつくるべきだ》わたしがなにかをしたところで、その効き目があるのだろうか。わたしがなにをしても人々はバスに乗るだろうし、夕食用の食品を買って家に帰るだろう。

新しく火をつけたタバコからたっぷりと煙を吸いこみつつ、老いたる呉《ウー》は老いと無縁の忍耐をうかがわせる目でわたしを見つめていた。

いずれ、ある日の夜におそらくは夕食のテーブルで、一家のメンバーはニュースを目にすることになる。家族はニュースに昂奮するだろう。驚愕《きょうがく》さえするかもしれない。ニュースについて話しあいをするかもしれない。世界じゅうの家庭でおなじシーンがくりかえされるのだろう。すべての家庭とはいわないまでも、それなりの数の家庭で。せいぜい十軒に一軒かもしれない。いや、五十軒に一軒か。それでも理解はさざなみとなって集合意識のなかを広がっていき、過去の出来事にまつわる理解が深まっていくだろう。ちっぽけな目覚めが生まれるかもしれない。

そして人生は――修正されつつ――これからもつづく。ごくわずかな修正かもしれないが、修正に変わりはない。そのおかげで人生がいい方向に変わる人も、どこかにいるかもしれない。そういったさざなみが意思決定者たち――ほかに問題解決の方法があるにもかかわらず、人々を現地に送って不愉快な仕事をさせる人たち――の思考に、なんらかの影響を与えないともかぎらないではないか。

それこそ呉《ウー》が望んでいることにほかならない。

それこそ、亡霊たちが呉《ウー》に要求していることにほかならない。

呉《ウー》は亡霊たちの最後の希望だ。

そして、どうやらわたしが呉《ウー》の最後の希望らしい。

《また〝地蔵王《ディーザンワン》〟は、声をもたぬ者たちの代弁者でもある》

「オーケイ」わたしはいった。「手だてを考えよう」

呉《ウー》は微笑《ほほえ》んだ。「かたじけない。きみが問題解決のために捜しだすべき相手は中国のスパイだ」

「三合会ではなく？」

呉《ウー》は頭を左右にふった。「三合会はきみが調べているような殺しはしない」

「どうしてわかる？」

呉《ウー》の笑みが謎めいたものに変わった。「わたしにはわかる」

「力を貸してくれそうなスパイを見つけるには、どこに行けばいい？」

「きみにはこの国に多くの知人がいるではないか。その多くの知人のなかで、スパイたちを捜したらどうだ」

「しかし、なぜスパイを？」

「そこにこそ、きみに必要な答えがあるからだよ」

すばらしい。言葉によるメビウスの輪だ――際限もなく、ひねって一巡するばかり。

理恵もわたし同様、おもしろくない気分の顔を見せていた。「スパイですか？　まちがいないんですね？」

呉《ウー》はニコチンに染まった指で空《くう》をつついた。「中国のスパイは自分たちの仕業であることを隠すため、往々にして三合会の手口を真似る。正しいスパイを見つければ正しい答えが得られるとも。そのことは保証する。そうなったら世界に亡霊たちの話を伝えるがいい。呉《ウー》は待っているぞ」

第七日
〝一度きり〟のおわり

45

中華街から帰ったあとは、なかなか寝つけなかった。

ようやく微睡《まどろ》みかけたと思ったら、夢に白衣の亡霊たちが出てきた――亡霊たちは口を動かして声なき声をあげ、それぞれの唇を〝O《オー》〟の字の形にしていた。驚いて飛び起きてしまったあとはもう眠れず、呉《ウー》が語った物語や東京へ帰る電車のなかで理恵とかわした短い会話を頭のなかで再生して過ごした。

「わかってると思うけど」理恵はそういった。「あなたが呉《ウー》の話に沿って調べを進めるのは勝手よ。でも、あんなに漠然としたほのめかしだけを頼りに警視庁が捜査を進めたりしたら、外交問題に発展しかねない」

「その話にも一理あるね」わたしはいった。

「加藤警部補はこのことを知っていると思う？」

《両方向の道路は通行無料ではない》優秀なる警部補どのは、わたしが結果をもたらす証明を成し遂げたのではないかと察しているのだ。

「ああ、あの人は知っているね」


翌朝、娘のジェニーとおしゃべりをしたことで、わたしの気分はかなり上向きになってきた。ジェニーは新学期の学校生活に無我夢中で飛びこんでいった。授業がはじまるまではなお三日の余裕があったが、ジェニーはさっそく新しいチームメイトたちとサッカーボールを蹴って遊んでいた――そんなジェニーを、ブローディ・セキュリティ社のスタッフが目立たぬように見まもっていた。

きのうの練習でゴールを二回決めたことを話す段になると、ジェニーの口ぶりはいっそう熱を帯びた。それがわたしの胸を強く打った。いや、もしかしたらただの親馬鹿の産物だったのかもしれない。昂奮《こうふん》しきっていたせいだろう、いつもならかならず出る父親のわたしがいつ帰ってくるのかという質問も珍しく出なかった。たとえ情況が八方ふさがりでも、少なくとも一方向だけは万事順調だとわかって、ほっとした気分で電話を切った。

わたしは東京の大手新聞社の記者で、〝トミーガン〟の愛称をもつ富田弘《とみたひろし》の携帯に電話をかけた。富田は最初の呼出音ですぐ電話に出た。

わたしは日本語でいった。「いま、ちょっと話せるかな？」

「二分後にかけなおしてくれ」富田はそういって通話を切った。

富田は四十代の気骨のある日本人ジャーナリストであり、おりおりに飛ばすスクープ記事で汚職政治家や腐敗した不動産開発業者をはじめ、その手の怪しげな悪党連中を吹き飛ばしていた。だからこそ、苗字《みょうじ》と小型機関銃の名称をひっかけたニックネームがついているのだ。以前わたしが新聞社の固定電話で富田を呼びだしたことがあったが、そのとき富田はわたしを叱り、社にかかってくる電話はすべてモニターされていると教えてくれた。日本の大手新聞社は時の権力者から軽くひと突きされただけで、社内のニュース猟犬たちの行動を短いリードで制限する。叱責をいい教訓として、富田に用があるときには携帯にかけるようにしている――もちろん、富田が静かな場所を見つけるまで待たされることも承知のうえだ。

二分後にリダイヤルボタンを押すと、富田はすぐに出てきた。

「やあ、ブローディ。ジェニーちゃんは元気か？」

「ああ、元気だ。今回の日本旅行を早めに切りあげて帰国してる。きみのお子さんは？」

「知ってるか、ティーンエイジャーの男の子がふたりいると、一人前の相撲取りでも食べきれないほど大量の米が消えていくんだぞ。米だけじゃない、肉も野菜も麺類もだ。カップラーメンなんか、トラックの積荷なみに大量に買ってる。いまじゃ、給料の小切手をいちいち現金に変えたりもしていない。近所の食料品店にそのままわたしてるよ」

「そういう話を前にもきいたな」

「そっちは子供が娘さんでよかったな。男に比べて少食だ」

「いずれわかるさ。会ってもらえるか？」

「仕事か？」

「そうだ」

「いま締切を二本かかえてる。だから、体が空くのはどうしても遅い時間だな——真夜中前後というところか。それでもいいか？」

「かまわん」

「例のジャパンタウン事件の独占取材の件でビール一杯の借りがあったな。でも、それを返してもらうのは別の機会がよさそうだ」

「そのとおり」

「いまの返事を忘れないぞ。よし、日付の変わるころ、ゴールデン街をぶらついていてくれ。今度はこっちがおまえを見つける」

「またか？　本当に変装が必要なのか？」

前回わたしが富田と会ったときには、東京都心の最北端にあたる池袋の公共公園で待ちあわせをした。富田は変装してやってきたばかりか、要所要所に味方を見張り役として配置していた。

　富田は鼻を鳴らした。「冗談はよしてくれ。この前会ってからというもの、おまえのことは背中に爆弾をくくりつけられた人間として扱うという知恵がついたのさ」

「あのときはあのときだ」

「今回はちがうと断言できるのかい？」

　わたしはこの質問にどう答えるかを思案した。前回の富田との待ちあわせのときには、拳銃を所持した三人の男たちがわたしをとらえようと追ってきた——富田の仲間が事前に警報を発してくれたおかげで助かったが、それも間一髪でしかなかった。今回はまず歌舞伎町での三浦耀司の殺害事件があり、浜田の生首が会社に送りつけられた件があり、さらには遊覧船の屋根での大立ち回りの件もある。

　わたしは譲歩した。「正直にいえば断言できないな」

「それみろ、いえないじゃないか。こんなおれにもまっとうな友人たちがいて、おまえからの電話には出るなと忠告されるんだぞ」

　これは初耳だ。東京都の人口は約一千三百万人、首都圏全体となれば三千四百万人という規模を誇っているが、それでも東京はたがいに重なりあった情報ネットワークの大きな複合体である。ニュースはネットワークを通じて光速で拡散し、自分のネットワークに流れてくれば、直後にその内容を知ることができる。

　それでもわたしは不愉快だった。「冗談はよせ」

　富田はいかにも筋金いりのブン屋らしい笑い声をあげた。「彼らに忠告されているのは本当だ。しかしおれが見たところ、きみは一度きりの人生を生きているようだね」

「その言葉をどう受け止めればいいのか……」

富田の笑い声が一段階高まった。「単純な話さ。ある種の人々にとって、おまえは放射性物質だ。そしておれにとっては、旧友であり情報源だよ」

「わたしもそういう話をしているんだ。待ちあわせだが、わたしの心当たりの人目につかない場所はどうだ？」

富田は鼻を鳴らした。「いや、場所はおれが決める。危ない橋をわたるのはやぶさかじゃないが、自殺志向はないのでね。できることなら、〝一度きり〟の人生をまっとうしたいんだよ」

46

あたりの雰囲気に新しい〝なにか〟が立ちこめはじめていた。その〝なにか〟はトミーガンこと富田との電話のあいだに隠れ場所からこっそり外をのぞいて、わたしの次の会話のあいだに視界へと侵入してきた。

「日本はいい国だ」高橋《たかはし》和雄《かずお》はいった。「日本人は総じて善良な人々だね。ただし、われわれの政府はときに大きく道を踏みはずすきらいがある」

京都在住の知りあいの美術商である高橋には、二日ほど前に電話をかけていた——京都への買いつけのための出張旅行を二日ばかり延期することを伝え、同時に仙厓作品が新しく市場に出るなら教えてほしい、と依頼するためだった。そして今回の電話は、出張旅行を当面のあいだ無期限に延期にすることを話すためだった。

殺人事件については、わたしの胸ひとつにおさめた。

「ゆうべ、中国人の老人が自分の祖国についておなじことを話していました」わたしはいった。「その言葉どおりなんだろうね」高橋の口調は控えめだった。「わたしたち日本人にはそれなりの秘密があるが、さしだせるものも数多くもっているよ」

知性ある高橋のことだから、自分が改宗者にむかって説教していることは百も承知だろう。だからわたしは短いあいづちを打つにとどめて――先を待った。

高橋はむっつりした口調に変わった。「わたしたちには文化があり、美術があり、業績がある。歴史もある。しかし過去において、われわれ日本人には武士をルーツとする暴力的かつ軍国主義的な側面もあった。例のジャパンタウンの件では、きみもその遺物と行きあったのではなかったか。われわれは教訓という苦い薬を飲んで、過去のごたごたを一掃した。さて、きみは新しい事件の調査をしていて、それには戦争がかかわっている――そうではないか?」

《たがいに重なりあう情報ネットワークの大きな複合体》――「たしかに。どうしてわかったのですか?」

高橋は長い間をおいた。「日本の美術業界のある種のサークルは、きみの活動に関心をむけているし、そこから話が洩《も》れ伝わってくるよ」

「なるほど。あなたもどこかのサークルの一員なんですか?」

「いや。しかし、メンバーは好んでわたしに最新情報を流してくる。といっても、陰口のたぐいではないぞ。それどころか、きみの名声がますます高まっていることを示唆しているくらいだ。さる同僚が最近いみじくもいったとおり、きみは〝大いに観察する価値がある〟人物になっているんだよ」

「その話をどう受け止めればいいのかがわかりません」この言葉を口にするのも、きょう二度めだった。

「それはこちらもおなじだ。しかし、話の本筋にもどろう――きみもご存じのとおり、日本にはいろいろな秘密がある。大半は公然の秘密だ。われわれ日本人はどんな秘密かを知っていて、そのことを恥じてもいるし、頻繁に話題にすることはない。外聞のよろしくない秘密は――全部ではないにしても大部分は――日本から外へは出ていかない。言語の壁とわれわれの恥の感覚があわさって、効果的な障壁になっているからね」

「あるいは、そういった秘密のすべてを公《おおやけ》にするべき時機なのかもしれませんね」わたしはいった。「秘密という骸骨……いや、あるいは亡霊を安らかに眠らせるためにも」

「きわめて西欧流の考え方だね」

「人間的な考え方です」

日本人はみずからの恥のみなもとを正面から見すえるのではなく、埋めて隠そうとするきらいがある。若い世代のなかにはもっとオープンな姿勢をとる者もいなくはないが、旧来の世代の人々は問題を――それが誤りの結果だろうとなかろうと――地中深くに葬り、罪悪感を抱えこむことを好んでいる。彼らにとっては、その姿勢がむしろ英雄的に思えるのだ。それこそが、旧来からの〝忍従〟の精神の典型だ。それによって自身が高潔な人間に思えてくる。たとえるなら殉教者のようなもの。しかし、たとえば三浦のようにその中心にとらえられた者にとっては、きっぱり口をつぐむ行為そのものが魂をじわじわむしばむ遅効性の酸になるのだ。

「きみが示唆したことにも利点がないわけではないな」高橋はいった。

最後で高橋がこう認めたとはいえ、これ以上の進展はなかった。

また別の機会なら、またほかの場所でなら、あるいは。

つまるところ、元日本軍兵士の三浦と中国人の老活動家である呉《ウー》、および伝統を大事にする京都の美術商である高橋のそれぞれがいだいている悲嘆には、ある種の共通する部分がある。

そう、たしかにあたりの雰囲気には新しい〝なにか〟がはいりこんでいた。

わたしにとってそれは、心をざわつかせる刃《やいば》をそなえていた。

47

まもなく日付が変わる真夜中、わたしはニュースの猟犬、トミーガンこと富田の姿を片目で捜しつつ、ゴールデン街の狭い道をぶらついていた。

ゴールデン街は約八千平方メートルの土地に二百軒以上のバーがひしめきあっている、気のおけない飲み屋街だ。安普請の建物の居酒屋が建ちならぶこの地域は、長い歳月の進歩でいくぶんへりを削りとられてはいるが、核の部分はいまもなお残っている。会員制の店もある。特定の職業グループの贔屓《ひいき》になっている店もある——アーティスト、出版関係者、映画監督、およびそのファンとその分野でまもなく有名になる人々。そしてここでも——東京のすべてとおなじように——古い店は静かに消え、新しい店がいつも誕生している。

ゴールデン街の細い街路をぶらぶらと行きつもどりつしていたのは、わたしの姿をまわりに見せるためでもあった。トミーガンが来ても、わたしには本人だと見抜けない可能性があった。なにせ富田は人相風体を変える達人だ——かつら、化粧、姿勢やしぐさなど、すべてをひっくるめて。職務上の安全策だ。

しかし今回、富田は変装をしてこなかった。しなやかな細身の百七十センチの体を飾るものはいっさいない。着ていたのはジーンズとオリーブブラウンのスポーツジャケット、ノーネクタイでライトブルーのドレスシャツ。ひらべったい鼻の上にサングラスが危なっかしく浮かび、フレーム下部が頰にひっかかっていた。黒髪はわざとスタイリッシュに乱してある——ファッション面への配慮はこれだけだ。

二十メートル弱離れていたときから、わたしには歩いて近づく富田の姿が——二十人ほどの歩行者の頭ごしに——見えていた。わたしと目があっても、富田はわたしを認めたそぶりをいっさい見せなかった。

その意味もわたしにはわかった。

わたしは近づく富田には目もくれずに歩きつづけた。

富田のすぐうしろを眼光鋭い男が歩いていた。富田はいったん自分のスマホの画面に目をむけてから、わたしの背後に視線を走らせた。そこでなにかを見てとったのだろう、富田は全身の緊張がゆるむなかで、わたしに笑顔をむけた。

さらに富田が近づくと、わたしはいった。「きみのすぐうしろ、グレイのスーツにグリーンのネクタイの男は味方かな？」

富田はうなずき、次の瞬間にはわたしの腕をつかんで、わたしの体を横丁に引き入れた。さらにそこから幅一メートル半の通路に出たかと思うと、両肩が壁にこすれるほど狭い建物のあいだの隙間にはいった。最後に右へ曲がってすぐ、わたしたちは細長い木の扉を急いでくぐって黒っぽいタイル張りの階段をあがり、小さな部屋へたどりついた。部屋にはスツールが五つあるバーカウンターがあり、あちこち破れている障子がはまった窓ぎわに、ひとつだけのテーブル席があった。窓からは、いましがた富田とふたりで通り抜けてきた街の一角が見下ろせた。わたしたちはテーブル席についた。店主に手をふって、ふたりぶんの注文をする富田のようすから、気心の知れた仲であることがうかがえた。

「懲りもせずにおなじことをしてるみたいだな」富田は押し殺した声の日本語でいった。

「おなじこと？」

「ヤバいヤマだ」

「どうしてそんなことがわかる？」

「あちこち問いあわせた。噂《うわさ》も小耳にはさんだ」

「どうしてそんなことができた？」

「まず、おれが仕事の出来る男だということだな。ふたつめの理由は、利久事件とジャパンタウン事件のせいで、おまえが注目の存在になったことだ。そう、おまえはこっちの界隈《かいわい》じゃちょっとした有名人だ。そういう話をだれかにきかされたことがあるだろう？」

わたしは顔をしかめた。「そんな名声は願い下げだ」

「ヤバいヤマに飛びこんでいけば、そういう名声もついてまわるさ」

「わたしはただ、父親の仕事をその死後に継いだだけなのにな」

富田は頭を左右にふった。「越えちゃならない一線にぐんぐん近づいているんだ」

「ブン屋の仕事がまさにそれじゃないのか？」

「それはそのとおり。ただおれの場合は、働き口をなくすだけですむ。しかしおまえは、首が危ない目にあいかねない」

浜田の件へのさりげない言及に、ショックの波がわたしの全身を走り抜けた。「きいたんだな、話を」

「ああ。痛ましいことだ。顔をあわせた知りあいではなかったが、いい男であり、仕事もよくできたという話をきいたよ」

「そのとおりだ」

わたしたちはしばし口をつぐみ、双子の父親であり、長年ブローディ・セキュリティ社の調査員をつとめてもいた男にひとときの思いをむけた。

調査依頼人の三浦の息子、耀司が殺された件も痛ましいが、浜田はそもそも父が声をかけてあつめたメンバーによる集合家族の一員だった。その浜田が帰らぬ人になった事実が、オフィス全体に重く垂れこめていた。唯一の慰めは、かつて父が強く主張して全従業員に多額の生命保険をかけていたことくらいだ。太平洋の両岸で活動するブローディ・セキュリティ社の所有者兼経営者の役についたとき、父からの代替わり期間に社の顧問弁護士が仕事を依頼した経営コンサルタントはわたしに、生命保険をこっそり解約するべしと助言してきた。それだけの出費を抑えれば、ブローディ・セキュリティ社は損益がかつかつの会社から多大な利益を得る会社へと生まれ変われるし、将来わたしが会社を〝厄介払いする〟道を選んだら、かなりの売却益を手にできるはずだというのだ。払いこむ保険料はそこまで高額だった。わたしは提案を却下した――そして、代わりに会社からコンサルタントを〝厄介払い〟したのだった。

間をおいたのち、わたしは口をひらいた。「そちらのニュースソースはどの程度まで情報に通じてる？」

「おれも三合会のことは多少知ってる。だからこそ、ここの正面と裏口、それに路地をはさんだ建物の上の階に耳と目を配置した」そういいながら、富田はテーブルにプリペイド携帯を置いた。「手はずはわかっているな。着信音が一回鳴ったら、すぐに逃げる。ここの場合は裏階段を降りて裏口を出たら右に走る。さっきの階段じゃない。バーカウンターの裏にある隠し階段だ」

そういって富田は、日本軍による真珠湾攻撃を報じたニューヨーク・タイムズの紙面の複製をおさめたフレームがかかげられた壁を指さした――その部分が扉になっていた。ここで初めて、わたしは店内を見まわした。羽目板づくりの壁のそこかしこに戦争の記念品が吊《つ》られていた。第二次世界大戦で日本とドイツが使用したヘルメット。昔のライフル。銃剣。そして映画〈風と共に去りぬ〉の日本版ポスター。

戦時中、東京のある地域では防空壕《ぼうくうごう》のなかで長時間過ごすことを強いられた人々の無聊《ぶりょう》をなぐさめるため、海賊版フィルムの〈風と共に去りぬ〉が何度もくりかえし上映されていたという話もある。当時の日本では政府がアメリカを敵として戦っている一方で、ハリウッドのエンターテインメントが庶民の心をがっちりとらえていたのだ。

「ここは右翼バーなのかい？」わたしはたずねた。

映画ポスターこそ例外で、それ以外に店を飾っているのはさまざまな年代物の戦争の記念品類だった。この店に来たこと自体、富田が自力で点と点をつなぎあわせたことを告げるメッセージなのでは？

富田は片手をかかげた。「まだ話はおわってない。そのあと最初の角を左に曲がり、次を右に曲がる。交差点でタクシーがアイドリングしているはずだ。ただしタクシーは、最初の男が到着してから三十秒しか待機しない。安全上の理由だ。おれとはぐれてしまった場合にそなえて、そのことを頭に入れておいてくれ。待機は三十秒だけ。その三十秒に間に合わなければ、おまえは独力で行動する。さあ、話はこれでおわりだ」

店の片隅に落ち着かない静けさが腰をおろした。前回、富田と待ちあわせをしたときには、現地からの逃走経路を用意するとは病的な疑心暗鬼の男にちがいないと思った。しかし、もうそんなことは思っていない。この男が病的な疑心暗鬼だったからこそ、わたしは命拾いしたのだ。

「わかった」

「よし」

トミーガンはさらなる答えを求めて、わたしの顔を目でさぐった。ただし富田が答えを見つけるとは思えなかった。店主がビールのジョッキふたつ、それにイカの干物のおつまみの皿とミックスナッツの小鉢をもって近づいてきた。

店主が離れると、わたしはいった。「で、わたしたちはここでなにをしてるんだ？」

「以前ここの店主の頼みをきいたことがあってね」

五脚あるバースツールはすべて常連客で埋まっていた。客たちは肩を寄せあい、山本五十六《いそろく》海軍元帥にまつわる白熱の議論に熱中していた――山本は第二次世界大戦中に連合艦隊司令長官をつとめた人物だ。常連客はわたしたちに目もくれていなかった。

「それにしても右翼だぞ？」わたしは低い声でいった。「あそこの常連たちに知られたら、あんたは縛りあげられかねない」

富田は肩をすくめた。「店主は一九四〇年代のヴィンテージものが好きなんだが、反動右翼の一派もこの店へ引き寄せられてしまっていてね。だからさっきみたいに、店主と親しいということをあからさまに見せつけたわけだ。あれでおれが店主の友人だとわかったから、常連連中はおれたちを無視してくれる。本当の危険は外にひそんでる。そしてここは、およそだれも捜そうとしない店だ。さて、どうすれば力になれるかを話してもらおうか」

「結論からいうとスパイと会いたい。そんじょそこらのスパイじゃない。中国人のスパイだ」

「〈クレイグスリスト東京〉の地域掲示板はチェックしたか？」

わたしは、軽口に見せかけたこの拒絶の返事を受け流した。「ある情報源に教わったんだよ――食物連鎖のなかでも上位の者に接触すれば、答えが見つかるだろうと。力になってくれるか？」

富田は渋い顔でビールを見おろした。「力になれると答えるよ。なんだかいきなり、おれについて詳しくなったみたいだな——それも、おれ自身が歓迎できないほどだね、カウボーイ」

「〝カウボーイ〟だって？」

「で、おれにはどんなメリットがある？」

「まず、わたしがあんたを暴れん坊サムライと呼ばなくなる」

「それから？」

「戦時中にまでさかのぼる実話が手にはいる」

「いや、けっこう。ほかにはなにをつかんだ？」

「それだけだ」

「いいか、ブローディ。戦争の体験談なんか、ありふれた安物なんだよ。おまえも知ってるだろうに。南太平洋のジャングルから老兵が姿をあらわすようなことはもうないといってもね」

そのことはたしかに知っていた。しかし、わたしは呉《ウー》と約束した身だ。あの老医師に、世間の耳目をあつめるまで登りつめるのがどれほど困難かを告げるには忍びなかった。

「ただ、この話にはそれ以上の価値がある」わたしはいった。

「おれの話のほうがもっと価値がある」

わたしは富田の目を見つめた。二件の家宅侵入事件のことは伏せておく必要があった。あの件を話せば、富田がわたしの側の足跡を嗅ぎまわりはじめるだろう。それがわたしたち双方に危険だと立証されかねない。

「それは無理だ」わたしはいった。

「だったら力になれない」

「どうしてそんなに強情なんだ？」

「おれの伝手《つて》は最上級だからだ。嵐山《あらしやま》の〈吉兆《きっちょう》〉で食べる懐石を考えるといい。よっぽど特殊な事情でもないかぎり、その件に手を触れるのはごめんだな」

〝懐石〟というのは日本の一流の料理人の手になる高級料理だ。四季おりおりの旬を迎えた最上級の食材をふんだんにもちいた料理が、いずれも見事な陶磁器に日本人だけの繊細な手つきで盛りつけられ、一定の順序で供される。〈吉兆〉はその懐石料理の発祥の店であり、また嵐山は京都郊外に広がる息をのむような絶景が楽しめる地域。簡単にいえば、手の届くかぎりで最高級という意味だ。いまの言葉で富田は、自分の情報源にアクセスするのは〈吉兆〉で懐石コースを食べるようなもの、すなわちそれなりのお代《だい》がかかるといっているのだ。

わたしは記者をつとめている友人の顔をじっと見つめた。富田は機略縦横で信用にあたいする人物だが、記事のネタを嗅ぎつけると一転、海千山千のセールスマンさえ泣きだすほどの抜群の交渉スキルが顔を出す。

「その男とつながりをつくれば――」富田はいい添えた。「――危険なことになりかねん」

「わかった」わたしはいった。「戦時中の物語、それに――これはわたしひとりがそう推測しているだけだが――二件の家宅侵入事件にまつわる話だ」

「話にはまだまだ先があるとわかっていたよ」

「しかし、くれぐれも早合点で行動を起こして自分で嗅ぎまわったりするな。そんなことをされたら、ふたりとも命を落としかねない。このことは約束してほしい」

富田は椅子にすわりなおして背を伸ばした。その目が渇望にどんより曇った。「オーケイ。心あたりの男がひとりいる」

「それだけか？」

富田の目が光をうしなって黒々としたプールに変わった。「笑いごとじゃない。その男に会えば、おまえは異次元の世界に足を踏み入れることになる」

「わたし相手に大仰な言い方はやめてくれよ、トミー」

新聞記者である富田はテーブルに両手を置くと、長いこと手の甲を見下ろしていた。「おれたちのつきあいも、ずいぶん長くなる――そうだな？」

「ああ」

「おれとしては長いつきあいは長いつきあいのままにしておきたい。それで、本当に中国人スパイと話す必要があるんだな？」

「絶対に必要だ」

「オーケイ。そういうことなら、ふたつのことを約束してほしい。まず最初に、次におれが電話をかけたときどんな事態が起こるにせよ、なにがあってもおかしくないと覚悟しておけ」

「それはどういう意味なんだ？」

「わかったか？　おまえのそういう態度がまちがいだ。覚悟を決められるか、決められないか。イエスかノーか。いっさい疑問をさしはさまずにこの条件を受け入れることが無理なら、話はここでやめておいたほうが無難だ」

ああ、わたしたちはその地へむかうのか。アジアの逆説がつくりだす頭がこんがらがりそうな領域へと。これから出てくる結果を受け入れろ。どのような結果であろうとも。西欧精神はいついかなるときでも答えを求める。論理的なバランスを必要とするのだ。日本人の精神は、必要とあれば信念をひととき棚上げにできる。また日本人の精神は、判断を停止したまま、たがいに矛盾しあう真実をともに受け入れておける――いずれ物事の説明がつくときまでは。

そんなときが来るのならの話だ。

わたしにそのようなことができるのも、太平洋の両岸で育ったがゆえだ。

「ああ、覚悟を決めておこう」わたしはいった。「二番めは？」

「この先なにが起ころうとも、おれたちのつきあいに変わりはないということだ。おれはおまえの友人だ。おまえはこの話が必要だといっているが、おれとしては行動するか、さもなければ死ぬという二者択一を迫られないかぎり、この件からは手を引けと助言しておこう」

わたしは過去七日間の出来事のあれこれを思いかえした。三浦、浜田、三人めの老兵士の死、遊覧船上の追撃、中華街での隠密《おんみつ》行動、そして呉《ウー》。

わたしは時間をかけてじっくりと考えてから、イエスと答えた。

トミーガンは唇を引き結んだ。「よし、わかった。ひとたびおれがスタートボタンを押したら、おれがなにを話しても、連中がなにをしても、おれはいっさい無関係だ。いいな？」

決意していたにもかかわらず、胸の奥でなにかが冷えた。「オーケイ。それにしても、なんでそこまで頑固に主張する？　わたしのことなら先刻承知じゃないか、わたしが最近なにを経験したのかも知っていれば、わたしになにができるかも知っている。それなのになぜこの件では強硬になる？」

富田は頭を左右にふった――その顔を悲しみの表情が覆っていく。「こいつは、できればだれにものぞいてほしくない世界に通じている窓なんだよ。しかし、もしおまえがそうするしかないというのなら、すべてを頭に入れたうえで足を踏み入れることだ。こんなことをいうのも、その先にはおまえが一度も経験していないことが待っているからだよ」

第八日
新たな悪魔

48

富田は目指す接触相手の助手に連絡した。助手は、わたしたちの目あての男は二日間の予定で韓国に出張中であり、そのあいだは連絡不能だと答えてきた。

連絡不能。

いかにもスパイらしく響く、いい結果を確約する言葉にもきこえた。わたしは失望を飲みこんだ。歓迎できる面があるとするなら、長いこと借りのままになっていたビールを富田とふたりで楽しむ時間ができたことだ——午後の早い時間におこなわれた浜田の葬儀にわたしが列席したあとで。

遺体が警察から返却されたので、斬首の三日後に葬儀を出すことができた。一方、三浦耀司の遺体はいまもなお警察の管理下にある。

ブローディ・セキュリティ社では最低限のスタッフだけを社に残し、それ以外の全員は東京東部の住宅街である小岩《こいわ》の仏教寺院におもむいて、かつての同僚に弔意を示した。犯人一味がさらなる打撃を与えようとして襲ってくる事態はまず考えられなかったが、わたしたちは念のため寺の山門と隣接するビルの上層階に見張りのスタッフを配置した。

寺へむかう車のなかで、わたしの携帯電話が震えて着信を告げた。電話に出たわたしは、それが剣道道場の田中さんからの電話だとわかって驚かされた。

「やあ。あなたとうちの道場の者たちが諍《いさか》いを起こしたという話を、つい最近知らされましたよ」

「つい最近？」

「ずっと仕事で東京を離れていたのです。しかし、弟子たちの行動については謝罪をさせてください。どうも道場の連中のなかにも、はねっかえり者がいるようで」

「まあ、諍いの原因のひとつはわたしにあるのですがね」

「そういう話も耳にしました。中村師範は侵入事件を重大視してはいますが、むしろ弟子たちの反応ぶりに動揺しています。弟子たちのあの行動は、剣道の精神から逸脱するものですからね。中村師範は罰をいいわたし、あなたの行動については警察に一任しました。しかしね——ここだけの話ですが——あなたが直接会って謝罪を申し入れれば、この件を水に流せます」

日本では誠心誠意謝罪して、悔悟の気持ちをあらわせば、引き換えに多くのことが水に流される。

「では、いまの仕事が一段落したら、うかがわせていただくかもしれません」わたしはいった。「木山さんもおなじお気持ちでしょうか？」

「もちろん。当の木山はいまわたしの隣にいますよ」

「とにかくアドバイスに感謝します」

「ところで、珍しい刀にまつわるわたしの要望のことは、よもや忘れてはいませんね？　新しい出物《でもの》がないかどうか、わたしはつねに市場に目を配っています」

「あなたのお名前を、わがリストのトップに置くとしましょう」

「ありがたい」

わたしたちは別れの言葉をかわし、ともに電話を切った。

たとえ人が死んでも、残りの世界は変わらずに動きつづける。


浜田に先立たれた妻と双子は両家それぞれの親族にはさまれ、生花を敷きつめた伝統的な祭壇のわきに超然とした顔ですわっていた。祭壇の下に、ふたを閉めた柩《ひつぎ》が安置されている。列席者が祭壇に近づいては、香木を砕いた抹香を指先でつまんで香炉の熾《おき》にふりかけて、故人の冥福を祈る焼香をおとなっている。
双子は男らしく受けとめているように見えたが、ふたりの目は真っ赤だった。どちらももう泣いたあげく涙が涸《か》れたのだろう。ふたりのほうに目をむけるたびに、悲しみで体がふたつに引き裂かれた。十三歳で父親を奪われた双子。いずれわが娘のジェニーも、おなじように生命保険の受取人という立場になるかもしれない——そうなれば経済的な心配とは無縁になるが、ジェニーの最大の悪夢が現実になるということでもある。父の影を追ってブローディ・セキュリティ社の仕事をひとつこなせば、そのたびに悲しみに暮れる娘ジェニーの姿が頭に浮かぶ。その思いが頭にこびりついて離れなかった。しかし、他人を助ける仕事はわたしを反対方向へ強く引っぱっていた。父は充分にオイルを差されて円滑に動く一大機械をつくりあげ、その半分をわたしに譲った。ブローディ家の遺産。しかも驚くべきことに、わたしには仕事を切り盛りする才覚があった。探偵社の仕事と美術品の仕事、そのどちらもがＤＮＡに焼きつけてあったかのように。

葬儀はとどこおりなくおこなわれた。野田以外の全員が最後まで列席していた。苦虫を噛《か》みつぶしたような顔のこの調査員は、唇をきつく結んでブルドッグめいた顔を怒りに赤く染めながら悔やみの言葉を遺族にかけ、数分後には姿を消していた。
わたしもできることなら野田を追って外へ出ていきたかったが、最後まで残るのはわたしの義務だった。少なくともわたしには——あえてたずねなくても——野田が戦いをつづけるためにこの場をあとにしたことがわかっていた。

指定の時間になると、わたしは銀座の裏通りにある一軒の串カツ屋に足を踏み入れた。

串カツとは魚介類や肉、野菜などの食材をひと口大にカットし、それを手ぎわよく串に刺して油で揚げたものだ。

ゴールデン街のときとおなじく、富田は窓ぎわの席を確保していた――今回は狭い裏通りを見おろせる席で、道の反対側には有名な天麩羅《てんぷら》屋があった。人通りの多い場所での会合でもあり、わたしは後方支援チームは不要だといいわたしていた――あとになってわかったが、まさにこの選択で大惨事になりかねない事態を未然に防げたのだった。

メニューはだれがどう見ても高級志向だったが、富田は安め狙いだった――注文したのはビールと焼鳥。ひと口大に切った鶏肉を、竹串に刺して炭火で焼いた品だ。解せない話だが、招待者であるこの新聞記者の懐具合を考えれば無理からぬことか。

ウェイトレスが話のきこえない距離にまで遠ざかると同時に、富田は本題を切りだしてきた――ジャパンタウン事件の情報提供の礼を口にするでもなく、次の話をほのめかして気を引いているだけだ。

「その……例の男が今朝早く電話をかけてきたよ。ソウルからの電話だ。で、あしたおまえと会う件に同意してくれた。向こうにお礼をするしかなかったよ」

「どんなお礼を？」

「おまえは知らないほうがいい。でもお礼をするのはおれだ――おまえじゃない」

「知っておきたいな」

「将来的なお礼だよ。何事にも金のかかる男でね。おれに話せるのはここまでだ。それで納得したな？」

わたしがうなずくと、富田はこうつづけた。「それは安心だ。というのもルールブックがあるからでね」

「きこうじゃないか」

「いちばん大事なのは、相手の男がノーと答えたときだけは、真意はノーだ、ということだ。それ以外の答えは、どれもなりゆき次第だね」

「外交官のような立場の人物なのか？」

「公式的にはそのとおりの人物だよ、ああ。ただし、おまえにも多少の望みはあるかもしれないな」

「で、非公式的には？」

「おまえは望みどおりの人物と会える。本物の中国スパイとね。これでおまえさんに大きな貸しができたな」

　つまり、富田はちょっとした奇跡を演じてくれたのだ。

「やってくれたな」わたしはいった。「あとは相手が信頼できるかどうかだ」

「信頼できる人物だ」

「どうしてそこまで断言できる？」

「おれの義理の妹が、その男のいとこと結婚してるんだ」

「つまり、きみは親戚だ」

「かろうじて親戚といえる程度だがな。しかしスパイは人あつめが商売だ。ついでに当人はおれのことが気にいっていてね」

「ではいとこは？」

「実業家だ」

「なるほど」わたしはいった。

　実業家といっても、アジアでは合法と非合法の双方がある。

「〝なるほど〟とは、話をうまくまとめたな。どうだ、まだ話に乗る気はあるか？」

「もちろん。いいかげん、その質問はやめろ。で、相手の男からどうやってイエスの返事を引きだした?」

「あの男は話のなかで、『きみがなにを話しているのかがわからない』と発言するだろうね。盗聴器のたぐいを用心しての否定の返事だ。それ以外の言葉はすべて文脈によるね」

「きみもずいぶんいろんな人物にコネをもってるんだな」

「おたがい、叩《たた》けば埃《ほこり》が出る身じゃないか、ブローディ」

焼鳥が運ばれてきたが、わたしも富田も怪しむような目をむけただけだった。どうやらふたりとも、ここへ来て食欲をなくしたかのようだった。


富田が立ちあがって伸びをした。「ちょっくらトイレ休憩だ。すぐもどる」

一分後、ふたりともに三杯めになるビールが運ばれてきた。

そしてその二分後、〈ラルフ・ローレン〉の淡いグリーンのニットシャツにスタイリッシュな褐色のブレザーをあわせたハンサムな中国人の男が、富田の席に滑りこんできた。暗褐色の瞳をもつその目は細く、警戒の光をはなっていた。両目は日焼けした顔のなかでもひときわ目立ち、そのうえ無頓着にリラックスして見えるように練習したような印象がある。

わたしはいいかけた。「すまないが席をまちがえているようだ。その席は——」

男はうっすらと冷たい笑みをたたえた。突き刺すような視線。

このクソ野郎め。《この先なにが起ころうとも……》

「なるほど」わたしはいった。「あなたはソウルにいなかったわけだ」

「ノー」《相手の男がはっきりノーと答えたときだけは真意はノー》

「どうせ最初からソウルに行ってもいなかったんだろうな。そうとも、いつからきみのような職業の人間があっさり旅程を明かすようになったんだ、という話だ」

「きみがなにを話しているのかわからない」これは《イエス》の意味だ。

「この店を選んだのはきみか？」

「あいかわらず、きみがなにを話しているのかわからない」これも《イエス》だ。

「待ちあわせの時間も？」

男はうなずいた。富田のルールブックによれば、どのような意味にもとれる仕草だ。

富田が紹介してくれた、この名前を明かされていないスパイには、わたしが手に入れられなかった熟考のための時間の余裕があった。おそらくその有利な立場をぞんぶんに利用するつもりだろうし、これまでにも巧みに利用してきたのだろう。問題はどの程度巧みかだ。

わたしはいった。「わたしを監視させていたのか？」

男は眉をひそめた。「富田からは、きみが素人《しろうと》だときいた。しかし、そうでもないのかもしれないな」

「わたしはこのへんでは新参者だが、愚か者ではない」

暗褐色の瞳が無遠慮に視線を突き刺してきた。視線はわたしをさぐり、値踏みし、探索し、分類したのちに記憶していった。男はその視線で、およそ手がかりになる情報すべてを吸いだしていった——長所、弱点、プレッシャーに耐えられる部分、プレッシャーに耐えきれない部分。わたしは精いっぱいすばやく無表情モードになったが、それでも手おくれだった。

得体の知れない運動エネルギーが両者のあいだを流れていた。実体としての情報が吸いだされているという確固とした手応えが感じられた。そう、わたしの精神からだ。この世ならぬ感覚だった。圧倒的なパワー。不気味そのもの。それでいてすこぶるリアル。こういったパワーについては話をきいたことこそあれ、パワーのもちぬしは寺院の僧侶か、深山幽谷に住んで神通力を会得した神仙だと決まっていた。わたしは防御のための壁を限界まで高く引きあげた。

「愚か者だって？」男はいった——笑みがすっと冷淡なものに変わり、唇が左右に引き延ばされた。「そうではないとばかり思っていた。おわかりだと思うが、きみの身上調書には目を通していたのでね」

「なにを戯《ざ》れ事を。中国大使館にわたしの身上調書などあるものか」

男は気だるげに手を動かして、わたしの言葉を払った。「いまではあるんだよ。ゆうべ富田との電話をおえるとすぐ、きみの身上調書を要請したのだからね」

男の日本語は洗練されているうえに折り目正しくもあった。それに輪をかけて都合のわるいことに、こちらの敵意をとり除くような誠実そうな響きがあって、一線を決して踏み越えないまま仲間意識を喚起するような日本語だった。男の言語能力は完璧だった。そら恐ろしいほどに完璧だった。

ウェイトレスがテーブルに近づいてきた。わが中国の客人はメニューから高価な品ばかりを注文した。

「この焼鳥の皿を片づけてもらえるか？　犬の餌でも、もっとましな品を目にしたことがある。かまわないね、ブローディ？」男は横目でわたしを見ながらたずね、答えを待たずに言葉をつづけた。「この店でいちばん上等な刺身を頼む」そういってメニューに急ぎ目を通しながらつづける。「あとは白子、北海道産の蟹《かに》、蟹みそ、串カツのデラックスセット。酒は〈玉龍《ぎょくりゅう》〉の大吟醸を大きめの徳利《とっくり》で。冷《ひや》ではなく燗《かん》をつけてくれ」

男の注文は世界クラスの珍味佳肴《かこう》をずらりとそろえていた——最高級の鮮魚、鱈《たら》の魚精、北海道産の最高に美味なる蟹、蟹の内臓のスープかペースト、そして伝統ある蔵元の製品のなかで最高級の日本酒だ。串カツのコースは、フォアグラにはじまり、鴨《かも》、珍しいカマンベールチーズ、兎、そして海老《えび》。伝統的な日本料理に、はっきりとしたフランス料理のツイストをくわえた料理だ。

ウェイトレスが離れていくと、わたしは先ほど中断した話を再開した。「きみもずいぶん用心深いんだな」男が身上調書を話に出したせいで、わたしの神経が不安にぴりぴりしはじめていた。

「生き延びることが望みなのだよ」

「現代では、もうスパイは殺しあいをしなくなっているものと思っていた」

日本酒が運ばれてきた。わが新たなるホスト役の男が盃《さかずき》に酒をつぎ、ふたりとも飲み干した。男はわたしの盃にふたたび酒をそそいで、ぐっと飲み干せといってきた。ともに三杯つづけて飲むと、男は満ち足りた笑顔で盃をテーブルに置いた。「敵方についてなにか話した者がいたのなら、それはだれかな？」

「ああ」わたしは応じた。「本土では厳しい情勢になることも考えられるという話を耳にしたよ」

男の目が暗く翳《かげ》った。「生き残るためには無限のスキルが必要になる。とりわけ中国では」

「それも、もうずいぶん昔からだね」

「それもまた、わたしが東京を好む理由だね。北京とくらべると、この街の空気はずっと寛容だ。この街では赤子でも成長できる。ところが中国では、たとえ一歩でも道を誤れば、それだけで……」

その言葉を最後までいいおわらないうちに男は徳利をとりあげ、わたしの盃にお代わりを注ごうとし、その前に残っている酒を飲み干せと手ぶりでわたしをうながした。わたしは盃を手にとって男の酒を受け、日本の作法にしたがって中身を飲み干した。男は一拍の間をおいてから、ふたたびわたしの盃を酒で満たし、ついで自分の盃にも注いだ。

これでちょうど二合徳利をふたりで飲みおえた。男はウェイトレスにむけて空になった徳利をふり、おなじものを注文した。

複雑な味わいの絶品の日本酒だった。〈玉龍〉は燗で供されたタイミングで味がひらき、やがて温度が落ち着くにつれて、もっとも美味なる点が見つかった。舌の上ではさながら神々の美酒《ネクタル》、官能的でわずかにスモーキーな味わいが混じっている。いま目の前にすわっている男がどのような人物であっても、これだけはいえる——自分が飲む酒について知りつくしている、と。舌が肥えていればこそ、この男は〝高級な日本酒はすべからく冷やさねばならない〟という定説《ドグマ》を越えられたのだ。

「本題の前に、ひとつだけ」男はいった。

　あの突き刺すような目つきが復活していた。

「なにかな?」

　男は道の反対側の五階建てのビル——天麩羅の有名店がはいっているオフィスビル——の屋上を指さした。目をむけると人が動くのが見え、つづいてガラスが反射した光が見えた。うなじの毛が逆立った。できれば上体を反らして、窓に囲まれた範囲からおのれを外に出したかったが、それには窓が大きすぎた。狙撃可能範囲から逃れるためには、立ちあがって席を替えるほかはない。

　男はわたしの反応を目にとめていた。「狙撃手を見抜く眼力があるわけだ。あまり……期待できそうもないな」

「銃がこちらに狙いをつけていれば、それと察することはできる」

「安全確保のための措置だ」

　怒りがこみあげてくる。「なに?　わたしのシャツに赤い光点が踊っていないとでも?」

　男がサインを送った。レーザー光の輝点があらわれた。「このほうがいいか?」

「まさか」

　男がふたたび合図を送ると、光の輪が消えた。

《こいつは、できればだれにものぞいてほしくない世界に通じている窓なんだよ》富田はそう話していた。

しかし、いまとなっては手おくれだった。

49

二本めの徳利といっしょに、刺身が運ばれてきた。いまだに名乗らないわが招待主は和解のしぐさで新しい徳利を手にとると、先ほどのように日本酒をすすめてきた。

男もわたしも酒を飲んだ。男はわたしの盃をまた酒で満たし、いっとき手をとめてわたしが飲み干すのを待ってから、ふたたび注ぎ、自分の盃も満たして飲み干した。視線がわたしの目を貫いていた――両目はぽっかりあいた暗い穴のようで、なにひとつ明かしてはくれなかった。男がふたたび酒をすすめてきた――このときも作法どおりに待ち、つづけてわたしの盃に酒を注いでから、自分の盃を満たす。そんなふうにわたしたちは酒をさらに飲んだ。日本酒の口あたりが、いちだんとなめらかに感じられてきた。

そして男の目は、なおもわたしのあらゆる側面のスキャンを続行している。

そして、わかった。

実に狡猾《こうかつ》なやり口だった。以前にもおなじ手段を利用したことがあるにちがいない。迂闊《うかつ》にも、これまで気づかなかった。わたしは男の二倍の酒を飲まされている。わたしを酔わせようとしているのだ。そこまでいかずとも、わたしの警戒心のゆるみを狙っている。しかも誘惑の餌として、魅惑的な日本酒を用意したのだ。

わたしが酒を飲んだのは礼を失しないためであり、男のすすめ方が絶妙だったからだ――そのあいだずっと、わたしは屋上にガンマンを配置したことを詫《わ》びる言葉を待っていた。しかし、そんな言葉は出てこなかった。ボディランゲージこそあったが、それ以外はないも同然。男は習慣や礼儀作法や期待感をあやつって、わたしに酒をつづけて飲ませるように仕向けていた。実に頭の切れる男だ。それればかりか危険なレベルで狡猾な男でもある。

「あまり堅苦しくしないでくれ」男はいった。「刺身を食べるといい。この店では、活魚を毎日仕入れて厨房《ちゅうぼう》の生簀《いけす》に泳がせておき、注文がはいってからさばいているんだぞ」

生の魚の身の薄切りが、大きな皿からわたしを招いていた――皿は山盛りになっている大根の千切りや紫蘇《しそ》の葉、パセリ、それに涙滴形の花弁をもつ小さな紫色の花などで飾りつけられていた。

「実にうまそうだ」わたしはいい、控えめに数切れを取り皿にとった。

「決して後悔しないぞ。ここの大将は市場に強力な伝手《つて》をいくつももっているからね」

わたしはつややかに光るシーフードをさらに数切れとりわけると、決して急がぬペースで酒を口に運び、考える時間の余裕を稼いだ。《窓ぎわの席。三十メートルと離れていないビルの屋上には銃身の長い銃》

わたしは進退に窮する立場に追いこまれていた。たとえ狙撃の名手の攻撃を避けられたとしても、そもそもテーブルをはさんでスパイと差しむかいになっているではないか。レストラン店内を見まわすと、すばやくわたしから目をそむけた男がひとりいた。身なりのいい男。中国人らしい平らなひたい。連れの女性客はわたしに背中をむけていた。完璧な罠《わな》だった。

わたしは気分を落ち着かせようとして深々と息を吸った。「わたしの身元なら富田が保証したとばかり思っていたよ」

「富田からは、きみのうしろに情報機関がいるようなことはないときかされた。本当のことかな？」

「わたしは美術商だ。日本に来たのも商品の買いつけのためだ」

「美術品とはまた、格好の隠れ蓑《みの》だね。その手の隠蔽工作には慣れっこだよ」

「わたしにかぎっては真実だ」

男が指をふり立てると、例の赤い輝点がふたたび出現した。「なにか忘れてはいないかね？」

わたしは思わず歯を食いしばった。「ブローディ・セキュリティ社は親から受け継いだ事業というだけだ。しかもその会社を半分所有し、従業員のことを気にかけてはいるが、それでもわたしの第一の職業はあくまでも美術商だ。きみが見た〝身上調書〟とやらには、そう書いてなかったか？」

「きみは調査員だね」光の点があたりを跳ね踊っていた。

「駆けだしのひよっこだよ。つぶしが利かなかっただけさ」

「きみは心変わりを強いられたかもしれない。あるいは、わたしに近づくことを念頭に富田と親しくなったとも考えられる」

「富田とはもう何年も昔からの知りあいだ。その反対に、あなたのことは話にきいたこともなかった、だいたい、名前もまだ教えてもらってないし」

「きみの話は、富田との関係以外はどれも証明不可能だね。もしかしたらきみは、きみたちふたりが友人だと知っている何者かに説得され、わたしを引っぱりだすことを目的として富田に話をもちかけたのかもしれない。その人物から、いくばくかの現金をもらってね。多少の圧力もかけられたのか」

この男が住む世界では、信頼はめったにつかまえられないばかりか、悪用されることも珍しくない商品なのだろう。安定していれば珍重されるが、ひとたび裏切りにあえば命取りにもなる。わたしは目の前の男が哀れになってきた。心穏やかに眠れる夜と比べれば、眠れぬ夜の方が圧倒的に多いにちがいなかった。

「あなたには、いつまでたってもなにが現実かがわからない――ちがうか？」わたしはいった。

「おまえがなんの話をしているのかわからない」この返事は《ノー》の意だ。

「わたしがあなたの命を狙うことはないよ。永遠に」

男が顔をふっとほころばせた。いきなりその顔から陽光が放たれた。これまでの敵意が跡形もなく消えていた。

「いまのは、きみが撃たれずにすむ数少ない答えのひとつだったよ」そういって男が指をひと振りすると、まばゆい赤い輝点は消えた。

《その男に会えば、おまえは異次元の世界に足を踏み入れることになる……覚悟を決められるか、決められないか》

50

こうして崖っぷちから離れることを許されたわたしは、時間を無駄にせずにギアをチェンジした。

わたしはいった。「あなたに名前はあるのか？」

「名前なら十あるぞ。好きな名を選べ」

「そのなかに本物の名前は？」

「どれもこの世界の事物とおなじように本物だ。周《チョウ》ではどうだ？」

哲学者にしてスパイ。トミーガンこと富田ならどちらかを選べるのだろう。「この世界ではなく、旧世界での中国本土ではないのか。なぜいけない？　あくまでも、そちらの情報が本物であれば」

「本物だよ」

「どうすればわたしにも本物だとわかる？」

男の笑顔はますます温《ぬく》もりを帯びてきた。「このわたしがおまえを受け入れた、だからもうおまえは仲間だ」

残りの料理が運ばれてきた。わたしが抗議の言葉を口にするひまもなく、周《チョウ》はわたしのために山海の珍味を小皿に盛りつけ、つづいて自分の皿にも料理をとった。わたしはその返礼に、周《チョウ》の盃をふたたび酒で満たした。そのあと徳利をふり動かして周《チョウ》に酒を飲むようにうながし、すぐにまた盃を満たせるように徳利を手から離さなかった。この男がつかったトリックだ。周《チョウ》は底抜けの魅力をたたえた微笑《ほほえ》みで酒を干すと、盃をわたしの手が届かないところに置いた。ついで鄭重《ていちょう》な手つきでわたしの手から徳利をとりあげて、わたしの盃にお代わりを注ぎ、わたしに飲めとうながしてきた。さらにわたしがひと口酒を飲むなり、またすぐに酒をそそいできた。

周《チョウ》が自身の策略にひっかかることはなかったが、その目にかすかな好奇の光が宿ったのをわたしは見逃さなかった。わたしが裏の魂胆を見抜いたのか、それとも周《チョウ》自身のふるまいを礼儀正しく真似《まね》しているだけなのか、と迷っているらしい。

わたしは二杯めの酒も飲み、周《チョウ》には勝手に迷わせておくことにした。

周《チョウ》の笑みは、いまや目をあけていられぬほどのまばゆさだった。「わたしは富田を信頼している。その富田がおまえを信頼しているという。これ以上なにが望めようか」

周《チョウ》は手をふってウェイトレスを呼び寄せて、また酒を二合注文した。その声は強くなり、また穏やかにもなった。周《チョウ》の声には共感と理解と親交の申し出がききとれた。「知ってのとおり、わたしは東京にやってきて間がない。しかし、実に偉大な都会だとは思わないか？　人々は思いやりに富み、食べるものはすばらしい。きみもこの街を愛しているにちがいないね」

「ここは特別だよ」わたしはいった。

周《チョウ》の笑みがさらに大きく広がった。「きみもさぞやいろいろ体験しているのだろうね。たくさんの人と会ったはずだ。そうだ、新しい美術館のオープニングセレモニーに行ったことは？　展覧会に先立つ内覧会には、興味深い人々が総出で顔をそろえているというじゃないか」

「ああ、いつものことだね」わたしはいった——周《チョウ》が会話をもっとひらけた領域に進ませるとわかって緊張もほぐれてきた。

「さぞや胸躍るひとときだろうね。数百年以上も昔の古典芸術の数々を、人より早く見られるのだから。それが日本美術のように唯一無二の作品ならなおさらじゃないか」

「たしかに実りの多い仕事だよ」

周《チョウ》は渇望に目を光らせてうなずいた。「できることなら、わたしもなにかを創作する仕事にかかわりたいものだ。本心だよ。わたしの仕事は退屈そのものでね。きみには華やかな仕事に見えるかもしれないが、勤務時間の大半はただ机に鎖で縛りつけられているだけだ。書類の空欄を埋めて、退屈なビジネスマンやわたしの同類の外交官たちと会う。十年一日、あいも変わらぬ老人だけが顔をそろえ、際限もなくひらかれる大使館のパーティーに出席する。はっきりいって退屈だ。このねっとりと澱《よど》んだような毎日を活気づけてくれるものといえば、美味《おい》しい料理と酒、そしておりおりに顔をあわせる良き仲間だ——そう、今夜のようにね。信じてほしいものだ——きみのほうがよほど興味深い人々と会っているはずだぞ」

「ああ、ときにはね」

「きみは華やかな世界に住んでいるじゃないか。特別なイベントともなれば、日米両国のＶＩＰたちと会える。仕事を通じてもだ。ヨーロッパにも顧客がいるのか？」

「いないこともない。しかし、こうして話をきかなかったら、あなたがわたしの仕事に関心をもっていたなんて思いつきもしなかっただろうね」

「本当に関心があるんだよ。わたしは官僚の群れのもとで働いている。連中につける形容詞を選ぶとしたら〝冴《さ》えない〟といったところだね。党のお偉いさんのひとりがわたしに披露したジョークをきたいかな？」

「もちろん」

ようやく、会話が中間領域の方向にむかいはじめた。

「よかった。お偉いさん連中がどれほど単細胞かが、きみにもよくわかるだろうね。こんなジョークだよ――『十年後のロサンジェルスでは食パン一斤の値段がいくらになっているだろうか？』」

周《チョウ》は満面の笑みをたたえ、同僚をネタにしたこの冗談をわたしが楽しむにちがいないという自信の念をふりまいていた。

気がつくとわたしも笑みを返していた。「わからない――いくらになる？」

「二十五元」

周《チョウ》はジョークを自画自賛するように含み笑いを洩《も》らし、おどけたしぐさで盃をとりあげて日本酒をひと口飲んだ。上下の唇は分かれて笑みの形になっていたが、両目は黒々とした突き刺すようなトンネルになっていて、わたしの反応のどんな些細《ささい》な点も見逃すまいと待ちかまえていた。

そしてわたしは即座に反応していた。流されまいと限界まで抗《あらが》ったにもかかわらず、顔から血の気がひいた。そして、なにやらぬるぬるとした不気味なしろものが、わたしのはらわたをつかんで引いていた。
《パンを買うときに中国の通貨で支払いをすませるのは、中共がアメリカに侵攻して征服したからだ》
周《チョウ》のこのジョークは、スパイが利用する道具としては秀逸そのものであり、わたしは心底から震えあがった。このジョークは、きかされた相手の愛国心のレベルをあらわにしてしまう。あるいは、腐敗の誘惑への屈しやすさを。本当に祖国を愛していれば、思わず蒼《あお》ざめる以外の反応はありえない。これは膝をなにかで叩いたときの膝蓋腱《しつがいけん》反射とおなじで、抑えようという意志で抑えられるものではない。

そして忠誠心のむきがあやふやな人間であれば、餌が目の前にぶらさげられたとき、調子をあわせるような笑い声をあげる。あるいはその人物が周《チョウ》の罠に初めて足を踏み入れたのなら、神経質に笑うところだ。かぼそく控えめな笑いであれ、腹の底からの大笑いであれ、そういった反応がジョークをきかされた人物の精神状態をあらわに伝えてしまうのだ。

このジョークがはらわたを引きちぎりそうなロープを投げつけてきたせいで、ごまかしの笑い声をあげることもできなかった。わたしは凌駕《りょうが》され、圧倒されていた。

両者ともにこのゲームをプレイするのは不可能だった。

51

周《チョウ》の物腰がここでもまた変化した。

目の輝きがくすんできた。笑みが薄れてきた。顔にあった人を引きつける輝きが消えていた。この男はもうプロフェッショナルなレベルでの関心をわたしにいだいていないのだ。わたしは周《チョウ》にとって、自分を華麗な世界へ導く役だったのかもしれない。さまざまな境遇や身分の人々とつきあいがあり、おりおりに有用な情報のあれこれを周《チョウ》に供給する人物に見えたのかもしれない。しかし、わたしが一貫して誘いになびかなかったため、わたしはもはや周《チョウ》が求めるビジネス上のライフスタイルへの橋渡し役ではないと見かぎられた。

いまや周《チョウ》は、無関心の気配を盛大に発散していた。

「さて、ミスター・ブローディ。わたしはなにをすればいいのかな？」

周《チョウ》の語調から、いよいよ肝心かなめの瞬間が到来したことが感じられた。

「あなたのことだから、複数の家宅侵入事件が起こったことはもう知っているね？」

「きみがなんの話をしているのかわからないな」《またここに逆もどりか》

「一連の事件となおいくつかの殺人事件の背後には三合会がいるというのが、いま優勢な意見のようだ。しかし、わたしは信頼すべき筋から、裏にいるのは三合会ではなく、三合会をよそおったスパイたちだという情報を得た。そんなことがあるのだろうか？」

「その〝信頼すべき筋〟が中国のスパイを念頭に置いているのなら、そんなことはありえないね」

「ところが、情報筋はまさしくそう考えているよ」

周《チョウ》はいったん口をつぐみ、わたしの答えを頭のなかで精査してからこういった。「話をつづけてほしい」

「わたしの情報源は確信をもっている。そんなことを知っている人物がいるとすれば、それはこの男をおいてほかにない。男の見解は、先の戦争にまでさかのぼる長年の経験に立脚したものだ」

周《チョウ》はどこか遠くに視線をむけたまま、うわの空でうなずいた。「つづけて」

「そういうこと。わたしのところのスタッフが三合会方面の動きを追っている。この新しい情報源は、きみたちの仲間の仕業だと結論を出した。以前にも見たことがあるそうだ。おそらく、かつて知りあいのだれかが同様のたくらみの犠牲になったようだね」

「きみがなにを話しているのかわからないな」《これはイエスの意味。呉《ウー》のいうとおりだった》「しかし、この場合にはきみが得た情報が、まちがっているようだ」《逆もどり》

「まちがいなく？」

どう答えるべきかを考えているのだろう、周《チョウ》の胸がふくらんでいた。「ところで、富田はわたしの身分について、なにか話していたかな？」

わたしは頭を横にふった。「わたしはただ、食物連鎖の上のほうにいる人物と会いたいと要請しただけだ」

「よかった。富田は口の堅い男だからね」

ついで周《チョウ》は身を乗りだし、まず左に視線をすべらせて中国人カップルがいるテーブルを確かめ、さらに右の窓にも目をむけた。それから椅子にすわったまま体をずらし、中国人カップルの男にまっすぐ背中をむける姿勢をとることで、わたしたちのテーブルの大半を男の視界からさえぎってから、周《チョウ》は料理の取り皿と蟹の皿に挟まれたテーブル面に指先で日本語の文字の形をなぞった。《これより上はなし》

そして周《チョウ》はまた背を伸ばしていった。「きみとふたりの時間もまもなくおわる。ほかに質問はあるかな、ミスター・ブローディ？」

「あなたとわたしが同じ側に立っていることを、きっちり確かめておきたいね」

「きみの力になれるかどうかは、なんともいえないな」

「けっこう。では、ここ東京で、あなたのお仲間が三合会の流儀にならって何者かを追ったことはあるのか？」

「きみがなにを話しているのか、まったくもって、さっぱりわからないね」《これは、さらに強調したイエスだ》

「では、二件の家宅侵入事件はいずれもあなたたちの仕業ではないばかりか、そちらの知りあいによる犯行でもない？」

「ああ、ちがう」《ぜったいにちがう、という意味だ》

「どうしてそう断言できる？　おなじ中国のスパイでも、ほかの養成所の出身かもしれないじゃないか」

苛立《いらだ》ちの視線がわたしを射ぬいた。「三合会の流儀といったが、そのことできみはなにを知っている？」

「手口が杜撰《ずさん》で未熟だという話はきいた。それに、なまくらな刃物をもちいるとも」

周《チョウ》の笑みは酷薄で、およそ魅力のかけらもなかった。「その言葉の範囲では真実だが、誤解を招くものでもあるな」

その返答の語調が、わたしには気にくわなかった。「どんな誤解を？」

「三合会の指導者たちはずいぶん昔から、体の一部を切断する行為が人々を心から怖がらせることに気づいていた。それゆえ、きみがいった〝未熟〟というのは、じっさいには計算ずくでなされているのだよ。三合会では、まだまだ経験の浅い年少のメンバーに肉体切断の仕事を委ねることも珍しくない。この行為が犠牲者に恐怖を味わわせる。そしてその行為がつくりだした製品が、万民を恐怖に震えあがらせるわけだ」

製品。

「わたしの仲間たちは三合会の手口を好んでいる。再現しやすいからだ」周《チョウ》はさらにこうつづけた。「練習を必要としないのでね」

「つまりあなたは、最近発生した家宅侵入事件の細部や被害者への接近方法が、あなたたちの流儀と異なっていることはもう知っていると、そう話しているんですか？」

「その反対だよ。きみがなにを話しているのか、さっぱりわからない」《答えはイエス》

もちろん知っているに決まっている。自分でも調べたに決まっている。自分の仲間の誰彼がフリーランスとして手掛けた仕事でないと確かめるためだけにも。

「オーケイ」わたしはいった。

周《チョウ》は微笑み、「つまり〝殺し文句〟だけ？」と、日本語をはさんだ。「この日本語の言いまわしが大好きでね」

〝殺し文句〟——文字どおりに解釈すれば〝人の命を奪う言葉〟だが、一般的には口から出されたがさいご、すべての理屈や議論をおわらせることのできる言葉の意だ。あとに残る抵抗の火種をも焼きつくす言葉。

周《チョウ》が日本語に堪能《たんのう》であることを思えば、特定のイメージをそなえるこの表現を口にしたのは決して偶然ではないだろう。

52

日本酒がなくなった。周《チョウ》は合図をしてウェイトレスを呼び、今度はふたりにビールを注文した。

この注文内容に警戒心が頭をもたげた。ひとしきり日本酒を飲んだあとにビールを飲む者はいない。

「さて」わたしはいった。「誤解があってはいけないので念のためにたずねるが、わたしたちがいま直面しているのは、三合会を真似ているスパイを真似している殺人者なんだな？」

「きみがなにを話しているのか、さっぱりわからないね」《これは肯定だ》

「頭が痛くなってくるな」

周《チョウ》は含み笑いを洩らした。「わたしの世界へようこそ。さしつかえなければ、きみの情報源はだれかを教えてもらえるかな？」

「あいにく、それは無理だ」

「そうはいっても、きみはすでに明かしてもいい範囲以上の情報を洩らしているぞ。そしてきみは、何十年も昔にわれらが祖国から脱出してきたひとりの医者と会って話をしたのではないかな」

わたしは両手を広げて、これ以上つけくわえるコメントはないことを示した。

周《チョウ》はいった。「もう何年も昔から、あの老人はわれらの頭痛の種だった。どうだろう、老人の居所を教えてくれたら即金で五万アメリカドルを支払おう。二十分あれば、ここに現金を用意できる」

わたしは答えなかった。

「オーケイ。十五万ドル。現金だ。六十分で用意する」

わたしはかぶりをふった。

「では、こういう条件はどうだ？　きみのためにサンフランシスコにビルを買おう。四戸を擁するビルだ。きみは老人とふたたび会う手はずをととのえ、待ちあわせの場所を教えてくれるだけでいい。きみの代わりに、われわれがその場にあらわれるという寸法だ。そしてきみは、あの美しき娘さんとふたりで住める自前の家をもてる。市場価格で数百万ドルになるサンフランシスコの物件だぞ」

周《チョウ》のような人物に、わが愛娘《まなむすめ》ジェニーのことを知られている――そう思うと、背すじを冷たいものが走りおりた。

わたしは咳払《せきばら》いをした。「せっかくだが、わたしの好みではない。いや、これもわたしたちがおなじ人物を話題にしていると仮定しての話だ」

「おなじ人物だとも」周《チョウ》はじっとわたしを見つめた。「希望の金額を口にするがよい。中国にはふんだんな現金があるぞ」

わたしがかぶりをふって誘いをしりぞけると、周《チョウ》はこうつづけた。

「相手に抵抗された場合、わたしはいつも餌を取り替える。強権や報復に訴えることもあれば、中国流のハニートラップを仕掛けることもある。こちらには世界クラスの美女がそろっている。とはいえ、きみはわが友の富田と同類のようだ。わたしには手が届かないという意味で」

わたしは相手に読みとられるような反応をこらえつつ、じっと周《チョウ》の顔を見つめていた。

周《チョウ》はいった。「この世界は、きみや富田のような人物を必要としている。わたしのような人間から世界を守るためにもね」

相手の警戒心を解くコメントだ。これにつづいて、周《チョウ》は一千ワットの笑顔を返してきた。「率直にいわせてもらってもいいか？」

「それはまた気分転換になる言葉だね」

周《チョウ》は氷のように冷ややかな含み笑いを洩らした。「きみを転向させることができたなら、すこぶる優秀なスパイ要員になってくれるものを。しかし、わたしときみは敵同士だ」

「その心は？」

「われわれは決して友人になれない、という意味だ。しかし、一目《いちもく》も二目《にもく》も置ける敵がいるのは、忠誠心が疑わしい味方がいるよりもずっとましだぞ」

ひょっとしたら、これはこの男が今夜初めて口にした偽りなき本心からの言葉だったのではあるまいか。「それは心の平和にかかわる問題だと思う」

周《チョウ》の笑みは――わたしに見せてもかまわないと判断したのだろう――倦怠《けんたい》感に縁どられていた。「ミスター・ブローディ、きみはつくづく直感にすぐれた男だ。なんと惜しいことか」

担当のウェイトレスが泡をたたえたキリン・ラガーのジョッキをふたつ運んできて、テーブルに置き、さがっていった。周《チョウ》は自分のジョッキをわたしのジョッキのほうに押しやって、ふたつを触れあわせた。

「今夜はわたしの奢《おご》りだ」周《チョウ》はいった。「そこで最後にあとひとつ、きみに頼みたいことがある。そこにあるジョッキふたつのビールを飲み干すまでは、その席にずっとすわっていてほしい。いかなる理由があろうとも、ビールが残っているのに席を立つことは許されない。また、たとえがぶ飲みでビールを片づけても、十分以内に席を立ってはならないよ。トイレ休憩も禁物だ。だれかに電話をかけてもいけない。スパイではない一般人でありながら、きみはこのゲームが上手《うま》すぎる――だから、わたしもできるかぎりの安全策をとりたくてね」

「そんなことをする必要は――」

「無駄口はつつしめ。きょう、ここで耳にした話を――三合会がらみの情報は例外だが――第三者に口外しないかぎり、きみにはなんの心配もない。さて、このへんで失礼する。もう手下連中に合図を送った。重ねていうが、尾行はやめておけ。ビールを飲みおえずに早々と店を出るのも禁物だ。狙撃手には、きみがその椅子から十五センチでも離れたら即座に撃ち殺せと命じてある」

激しい怒りが体内を駆け抜けていった。

種類こそちがうが、これも〝殺し文句〟だった。

53

ビールを二杯飲み、さらにコーヒーを二杯飲みおえても、まだ周《チョウ》との〝猫と鼠《ねずみ》〟めいた会話セッションを反芻《はんすう》していたそのとき、野田が電話をかけてきた——そのせいで、わたしの夜はいきなり当分おわらないことになった。

二杯のビールはのんびりとしたペースで飲みおえ、追加で一杯めのコーヒーを注文したときには、わたしはあらゆる誤解を避けるために、周《チョウ》から命じられた最低十分という時間を超えてもまだ席についたままだった。

二杯めのコーヒーを飲みはじめて三分後、携帯が着信を告げた。電話に出ると、ブローディ・セキュリティ社の主任調査員の野田がこういった。

「ニュースがあるぞ」

「いいニュース？　それともわるいニュース？」

「どちらともいいがたい」

野田は単音節の返事を好む。それ以外の場合も、質問の答えは可能なかぎり短く切りつめる男だ。

「そう控えめにならなくてもいいぞ」

必要最小限の情報伝達の機会ならともかく、野田は火急の緊急事態が迫っていなければ三センテンス以上の発言ができなくなるようだ。

「三浦の鍵がどこのものかわかった」

裂けた剣道の竹刀《しない》からわたしが掘りだした例の鍵だ。「シリアルナンバーから？」

「加えて形状だ。石神井《しゃくじい》公園にある三井建設のタワーマンションだった」

三井グループの建設部門の企業だ。野田はこの調査のため、業界最大手からはじまって、大手ゼネコンすべてにひととおり問いあわせていた。

「それなりに上品な住宅街だね」わたしはいった。

「上等な日本酒が一ケース必要だった」

「さもありなん。その部屋の入居者は？」

「女。美人らしい」

「ほかの情報は？」

「弔問の約束をとりつけることだ」

「電話をかけるには、いささか夜遅すぎはしないか？」

野田は一拍のあいだ黙っていたが、すぐにこう答えた。「いま話題になっている女性は……なんというか……夜遅くの訪問者に慣れていてね」

「なるほど」わたしはいった。「そういった種類の美人か」


女性の名前は斎藤雅美《さいとうまさみ》といった。

いつも闇の世界に住み、三浦耀司の葬儀には参列しなかった。そのため斎藤は情報に飢えており、野田がその情報を餌にもちいたことは疑いなかった。

この発見には驚かされた。愛人をもつことは日本ではそう珍しくないが、適切な付属設備がすべてそろった愛の巣をかまえるには、それなりの大金が必要になる。しかし、依頼人の三浦晃の息子である耀司がそんな金をもっていなかったことには確信があった。しかしその一方では、わたし自身が目撃したように耀司には一級品好みの面があり、これから自分たちは耀司のそういった面をまたひとつ垣間見る《かいまみ》ることになりそうだった。

いま野田とわたしは社用車のなかにすわって、石神井公園駅から道一本へだてただけの超一等地にそびえるタワーマンションを見あげていた。駅名にある〝公園〟は、いずれも都会の数ブロック分の広さがある三宝寺池《さんぼうじいけ》と石神井池というふたつの大きな池を中心に緑地や林などが広がる、都会のなかのすばらしい緑地公園のことだ。

「悲しみに暮れる女性のもとを訪ねることが習慣になってきたようだな」わたしはいった。

「それが結果につながる例もある」野田はいった。

二、三カ月前、わたしたちはジャパンタウンの事件の調査で、これとはちがう社用車を夫が行方不明になった女性の家の前にとめていた。今回の事件で三浦耀司に先立たれた妻を訪ねたときを勘定に入れれば、こうした訪問は三回めになる。

「そんな習慣はすっぱりやめるべきだな」わたしはいった。

「今回の死者は、われわれの責任じゃない」

「でも、そう感じられてならないね」

マンションのロビーには、警備員のいる小部屋があった。つややかに輝く寄せ木細工風の床は、磨きあげられた大理石の壁で断ち切られていた。玄関から外へ出れば、わずか十歩でタクシー乗り場がある。また玄関から出て左へ十歩進めば、銀行のATMコーナーがあり、さらに高級スーパーマーケットとクリーニング屋、化粧品店、ヘアサロンがあるショッピングモールもそなわっていた。鉄道の駅にはタクシー乗り場からさらに二十歩で行き着ける。高級住宅街のなかでも最上等の立地だ。三浦耀司にとって、この駅はダウンタウンにある会社のオフィスと郊外にある自宅のちょうど中間点にあたる。

あらゆる面で好都合な場所だ。

車のダッシュボードに、わたしが耀司のロッカーから拝借してきた写真が立てかけてあった。写真の魅力的な女性を、わたしは耀司のいとこか妹だと思っていた。写真をじっと見つめながら、わたしはいった。「訪問にあたって頭に入れておいたほうがいいことが、まだほかにあるかな?」

「ある。耀司は破産していた」

予期していた情報ではなかったが、腑《ふ》に落ちる話だった。「ひょっとしたら、暮らし向きの度が過ぎていたのではないかと思っていたんだ」

「なぜ?」

「キャリアが足踏み状態だったこと。最初に会ったときに着けていたプラチナのカフリンク。自宅にあったレクサス。コーヒーテーブルにならんでいた高級ビーチリゾートへの旅行のパンフレット」

「いい線をいってる」

わたしは待った。しかし、それ以上の言葉は出てこなかった。

わたしはいった。「その理由は?」

調査員の野田はあごを掻《か》きながら、事実を数えあげていった。「子供が病気で、給料の三分の一は月々の医療費で消えてる。さらに飲み代と服代で三分の一。八年前、自宅を担保に第二抵当を設定して、最初のローンとおなじ銀行から金を借りた。四年後には、合法的な金融会社から年九パーセントという利率で借金もしてる。さらに今年の一月には、二社めの金融会社から十二パーセントでまた金を借りた」

「こんなマンションに女を囲っていれば　貧乏じゃいられないからね」わたしはいい添えた――とはいえここ石神井公園は、百万長者や企業の社長や政治家が愛人を隠している六本木や青山といった都心の一等地にはとうてい及ばないが。

野田はうめいた。「子供以上の金がかかるな」

障害のある息子を抱いている耀司の妻の姿が、眼前に立ちあらわれた。見当ちがいのヒステリックな態度のせいであの女性に好意をいだいたとはいえないが、わたしの同情の念はさだまらずに変化をつづけていた。

「生命保険は？」わたしはたずねた。

「借金を返したら、あとはせいぜい五年分の生活費にしかなるまい」

わたしはかぶりをふった。夫に先立たれたあの女性は、ただでさえ不安定な未来に直面している――そしてその未来はまた、窮乏と貧しさの未来になると約束されたようなものだ。そこへさらに愛人の存在を知らされれば、あの女性は完全に壊れてしまうだろう。

「そうだな」

「あの妻に温情をかけていた者がいたかもしれないな。とにかくこの件は時限爆弾だ」

野田はうなずいた。「妻にはかつて心を燃やした相手がいるようだ」

わたしの耳がぴくんと動いた。「恋人？　それともひそかな求愛者？」

「まだわからん」

「愛人がいたとして、耀司が殺された件をその愛人がどう利用する？　それとも、あれは耀司の父の心配事を知っている何者かが模倣犯となった犯罪だというのか？」

「ああ」

「なんとややこしい」

この事件は、いましがた内側へむかって破裂したも同然だった。だれがどんな理由で耀司を殺したのか？　妻をひそかに慕う崇拝者の仕業なのか、それとも情報目当ての者による犯行か？　耀司が受けていた激しい暴行からは後者の犯行が示唆されるが、恋人なり、愛する人を救いたいという〝白馬の騎士〟コンプレックスで頭がいっぱいになったロミオ志願の男なりが耀司に罰を与えようとしたとも考えられる。しかし、この構図のどこに仙厓があてはまるのか？　いや、そもそもあてはまるものか？　それにあの剣術つかいの悪党たちの件は？　さらには浜田の殺害はどこにどうあてはまるのだろう？

わたしはいった。「妻がかかわっていた可能性はあるのだろうか？」

「まだ調査中だ」

「とにかく妻が保険金を手に入れられれば、この件が解決するまで息子を守って暮らすことはできるわけだな」

野田の渋面はそれとはちがうことを語っていた。「あんたは、おとぎの国に住んでいるんだな。銀行の連中は、あの家欲しさによだれを垂らしてるぞ」

「まだ遺体が冷めきってもいないのに」

「あれだけ冷めれば充分だ」

「なんだか、だれかがあの家を手に入れるよりもずっと前から、耀司がもう死んでいたような話だな」

54

耀司の高級品好みは女の趣味にまで広がっていた。

斎藤雅美は誂《あつら》えの喪服をまとった姿でわたしたちを出迎えた。耀司は五十代半ばだったが、斎藤は三十代後半のゴージャスな美女だ。たっぷりと伸ばした黒髪、大きな茶色の目、そして透きとおるような輝きをそなえた淡いアーモンド色の肌。左右の耳には小粒のダイヤをあしらったイヤリング。繊細なデザインの金のネックレスには、さらに色のいいダイヤが同様の繊細なデザインで何粒も連なっていた。日本の女性はあまり大粒の宝石を身につけないが、品質には妥協しない。ティファニーの最高級品ならではのきらめきを放っているこのアクセサリーは、いずれも銀座で買いあげられた品だろう。

「おはいりになって」斎藤はにこやかに微笑み、会釈をしながらドアを大きくひらいた。

わたしと野田はドアを抜けて靴を脱ぎ、わたしたちの到着を待っていたスリッパに履きかえた。

斎藤は、いかにも所有者らしい歩きぶりでわたしたちを室内へと案内した。居間はわたしの予想を裏切った――やたらに派手な色づかいでクッションがたくさん配された居心地のいい愛の巣だろうと予想していたが、じっさいにはシンプルで飾り気のないエレガンスの感じられる内装だった。室内でいちばん目立っていたのは、玉座を思わせる背もたれと、きっちり四角い肘掛けのついた白いデザイナー・ソファだった。ソファに対するように置いてあるのは黒い漆塗りのテーブル。こちらも優美な逸品で、たまたまわたしは知っているが、小型自動車に匹敵する値札がついていたはずだ。床には隅々まで分厚い白のカーペットが敷きつめてある。大型テレビとステレオセットは、テーブルにあわせて黒。東側の壁にはたっぷり幅をとられたはめ殺しの窓があり、星をちりばめたような東京都心部の夜景を一望できた。

　こうしてわたしたちは、耀司が借金してまで買ったものがなんだったのかを知ったわけである。

　斎藤は慣れたしぐさで手をふり動かし、ソファにすわるようわたしたちをうながした。「わたしの耀司のご友人に足をお運びいただくなんて、これほどすてきなことがあるかしら。どうぞお楽になさって。わたしはすぐにもどります」

　わたしたちの返事の言葉は、キッチンに消えていく斎藤の姿を追いかけていった。

　わたしと野田は腰をおろした。

「ご友人だって？」わたしは押し殺した声でいった。

「ほかにどういえと？」

「じつにいい趣味のもちぬしだな」

「斎藤のことか」

「宝飾品、家具、ファッション。すべてが完璧に調和している」

「考えてみると、耀司の自宅はこことは大ちがいだ」

「あの絵の値段はわかるか？」

　壁を飾っていた唯一の品は、白地に黒一色で描かれた抽象画だった——韓国に生まれて日本を本拠に活動している美術家、李禹煥《リウファン》の作品だ。

「おおざっぱにいって五十万ドル近い——しかし、六、七年前ならもっと安く買えたはずだ」

　李禹煥《リウファン》の作品はいわば通好みだ。それゆえ大多数の人々は、その絵を見ても価値を見抜けない。ところが、わたしにはわかる。

　野田がうめいた。「老後の生活資金か」

「いや、あの女性は美術好きなのかもしれないぞ」

野田は室内を見まわした。「美術作品はあの絵一枚しかない。やっぱり老後資金だ」

その見立てが正解かもしれなかった。耀司がこの愛人にどのくらいの現金を残したのかは、だれにもわからない。そのあたりは、いずれ人の噂《うわさ》にもなるだろう。あるいはほかの〝保険〟がどこかの貸金庫に隠されているのかもしれないが、ありそうもない話だとも思った。定義にしたがうなら、斎藤雅美の立場はあやふやなものだ。月日が流れれば、立場も確固としたものになっただろう。しかし耀司が死んだ以上、もう時間切れだ。

「斎藤はこれからどうやって生きていくのだろうね？」わたしはいった。

「次のスポンサーを見つけるんだろうよ」

斎藤が黒い漆塗りの盆を手にしてもどってきた。盆の上には伝統的な茶碗《ちゃわん》と手のひらサイズの竹の小皿が、それぞれふたつずつ載っていた。斎藤は無言で黒い盆を黒いテーブルに置いた。茶碗には泡の浮いた抹茶がはいっていた。小皿には折り畳まれた手漉《てす》きの和紙が敷かれ、そこに和菓子が盛りつけられていた。

「それでおふたりは、わたしの耀司とはどういうお知りあいですか？」

わたしの耀司。それも現在形。斎藤がこのフレーズをつかうのは二回めだ。最初に口にしたときには、唇からフレーズがこぼれると同時に表情がやわらいでいた。しかし、その裏には重苦しさがひそんでいた。

「もともとは耀司さんのお父さまを通じて知りあいました」

斎藤は計算された優雅なしぐさで小首をかしげ、「そうですか、こうしてお会いできてよかった」といい、うなずいてふたつの茶碗を示した。「三年前からわたしたちがはじめた習慣です……いっしょになって七年めでした。大切なお客さまは、こちらの茶碗でもてなしています。いまもおなじ茶碗をお客さまにお出ししていると知ったら、あの人は喜んでくれるでしょうね」

そう話す斎藤の上唇はふるえていた。

「失礼しました」わたしはいった。「お心を乱すつもりはありませんでした」

「お気になさらず。どのみちわたしは、あの人がいなくなったことに慣れなくてはなりませんし」

斎藤は毛足の長い白のカーペットに膝をつくと、お辞儀をひとつしてから、茶菓を載せた竹の皿をわたしと野田の前に置いた。さらに皿の隣に茶碗を置くと、またお辞儀をした――今回は、自分のたてた茶を客にすすめるときの決まり文句とともに。

わたしは菓子を口に入れ、舌先でとろけるにまかせた。ついで茶碗をとりあげて手のひらに載せ、さらに二度にわけて小さく茶碗をまわして、裏側が自分の顔にむくようにしてから茶をひと口飲んだ。野田もおなじことをしていた。わたしはふた口めを飲み、三度めはそれまでよりも多く飲んで最後にし、茶碗を下にもどした。そのあとで茶碗をまわして元の向きにもどし、作法どおりにお辞儀をした。

斎藤はわたしへの返礼に頭をさげ、つづいて飲みおわった野田にも返礼のお辞儀をした。

「珍しい茶碗ですね」わたしはいった。「このような品を見たことは一度もありません」

いま話題にしている茶碗は全体に黄土色の釉《うわぐすり》がかけられ、赤と青と白と黒という四色の縞《しま》模様が描きこんであった。内側もおなじように黄土色に塗られていたが、底の部分だけは目にも鮮やかな赤い丸が描かれていた――濃厚な抹茶を飲みおわって初めて目にできる彩色だ。

赤い丸が底に描かれているとは予想もできない。肝心なのはその点だろう。しかしこの茶碗は玄妙ではなく、むしろ派手だ。色彩の組み合わせも、日本人の美意識とはそぐわない。いや、それをいうなら斎藤のこのマンションに見られる感性のどれとも調和していなかった。

「ここのインテリアはわたしの趣味とはいえません」部屋を見まわしたわたしの視線に気づいて、斎藤はそういった。「でも、そんなことを口にしたら、耀司は傷ついたことでしょうね。わたしにとって耀司の心は、あの人からの贈り物とおなじく大切なものでした」

「あそこに飾られている絵とおなじように？」野田がいった。

斎藤の笑みがすっと冷えた。「ええ、わたしの耀司はわたしたちの二年めの記念日にあたって、あの絵をわたしに買ってくれるような優しい人でした。その前から、わたしは絵の作者のファンだったのです」

ふたりの二年めの記念日なら、おおざっぱに八年前。耀司が自宅に第二抵当を設定して銀行からローンを借りた時期に一致する。ふたりの関係が良好に運ぶことが明らかになってきた時期なのだろう。

「李禹煥《リウファン》は、現在ますます評価が高まっていますね」わたしはいった。

「ええ」斎藤はちらりとうれしさをのぞかせた。「わたしの耀司はとても優しい人でした。あの人はこの部屋でならくつろぐことができたのです。あの人とお友だちのみなさんが」

そう話す斎藤の声には――さりげなく会話の方法を変えていく一方で――パートナーを独占したがる者ならではの誇りが感じられた。

「三浦耀司さんとお友だちはよくここへ来たんですか？」わたしはたずねた。

「定例会をここでひらいていました。いつも、それはそれは楽しいあつまりでした」

「本当に？　だれが来ていたんです？　ひょっとしたら、わたしたちの知りあいかもしれません」

「あいにく人の名前を覚えるのが苦手でして」

斎藤がついたこの最初の嘘《うそ》を耳にするなり、野田が体をこわばらせたのが感じられた。いや、野田が体を動かしたとか表情が変わったとかいうのではない。しかしソファに横ならびにすわっている関係上、ソファのクッションを通じて微細な震えが伝わってきたのだ。

そのあとも数分間ほど当たりさわりのない世間話をつづけ、またさりげなく内情をさぐるための質問もふたつ三つ投げかけてみたが、斎藤雅美は完璧なもてなし役らしく、よどみなく上品な言葉づかいで、質問への答えを巧みに避けおおせていた。きょうはもう情報を得られそうもなかったし、日をあらためて訪問してもおなじ結果になりそうだった。

ふたりで辞去して外の通りに出ると、野田がいった。「さっきの茶碗は値打ちものか？」

わたしはかぶりをふった。「いわく因縁のある品だったら話は変わるけどね。ただし、それなりの年代物であることはまちがいない。さて、いまの訪問でなにか収穫は？」

「二点。まず、あの女性は三浦耀司を心から愛していた」

「オーケイ。もう一点は？」

「前におまえは、いまの耀司の妻はふたりめの結婚相手だと話していたな？」

「ああ、たしかに」

「耀司は斎藤雅美をただの遊び相手以上の存在にしようとして、あれこれ世話を焼いていたといえる。三人めの女房にするつもりだったようだ」

55

なんの意味もないことかもしれなかった。

日本の家庭の五軒に一軒のは、ああいった茶器がある。

それでも、あの茶碗のことが頭から離れなかった。

深夜の疲れのせいで頭ががんがんと痛んだが、調査を進める必要があった。わたしは冷たい水で顔を洗うと、サントリーの十五年もののウィスキーに氷を落としてから、ソファにすわりこんで電話をかけた。

イギリスのグレアム・ホイッティングヒルは、二度めの呼出音で電話に出てきた。「やあ、ブローディ。こちらから報告するような新情報はないよ。驚いたことに、例の仙厓の絵はブラックホールに吸いこまれて消えたみたいだ」

ふた口めのサントリーの酒が五臓六腑に滲《し》みわたりつつあった。「だとすると、牛乳の紙パックにでも広告を出したほうがいいのかもな。どんな意味があるかはともかく、わたしもこちらであちこち探りを入れてるよ」

「話は広がるものさ。前にも似たようなことがあった。さて、そちらの用件は？　じつは毎時きっかりに顔を出してくる顧客がいてね、その関係であと数分後には話を切りあげなくちゃならないんだ」

《溥儀《ふぎ》のコレクションを売りこもうとしている人がいた——しかもその人物は、あまり値のつかない品を名刺代わりに置いていった》

「手短にすませるよ。だめもとで質問しているんだ。きみを中国美術の専門家と見こんでね。今夜、ある女性の住まいでちょっと珍しい茶碗を目にした。真剣なコレクターが大金を出すような品ではないが、その女性はかなり高価な絵を壁に飾っていた。それで考えこまされたわけだ」

それからわたしは四色のあざやかな縞模様と、内側の底に珍しい赤い丸が描きこまれた黄土色の茶碗の説明をした。茶碗は、形こそ日本の茶道でもちいられるものと変わりなかったが、どことなく日本風からはずれた品だった。

「縞模様は茶碗の縁《ふち》近くだったか？　四色それぞれ幅が一センチくらい？」

「そのとおり」

「驚いたな」グレアムはいった。「これぞ鯨に打ちこまれた一番銛《もり》だ。その色づかいは満州国の国旗だよ。黄土色の地に四色の縞模様。きみが見たのは溥儀の茶碗だ。例の財宝ハンターたちが名刺代わりに置いていく品のひとつだね」

「悪趣味な茶碗だったぞ」

グレアムは笑った。「その茶碗は心臓を突き刺すナイフだよ。覚えているかな、日本の軍部がラスト・エンペラーを自宅に閉じこめておくことを大いに楽しんでいたと話したことがあっただろう？　軍部は満州国の公式行事にその茶碗をかならず出すようにしていたんだ」

そうだったのか、いかにも。茶碗の意味がいきなり頭にひらめいた。あの茶碗が――たとえば満州国の晩餐会《ばんさんかい》の席上――抹茶を入れられて客人に出されたときには、誇らしげに満州国の国旗を見せているとしか思われない。しかし抹茶がどんどん減っていけば、日本の国旗のシンボル――赤い日の丸――があらわれてくる。そのメッセージをとらえそこなう客はひとりもいないにちがいない。そう、皇帝の玉座の陰にあるのは日本の力だ、と。

グレアムの言葉がわたしの思考の流れをさえぎった。「その茶碗をいったいどこで目にした？」

「仙厓はある男の妻が住む家にあった。茶碗はその愛人の部屋だ」

「なるほど、両者をつないでいるのは女癖のわるい亭主というわけか。その男と話をしろ。それも急いで。その男なら、財宝が本物か偽物かを教えてくれるだろうよ」

わたしは目を閉じた。「その男は死んでいるんだよ、グレアム。一週間前に殺されたんだ」

「最初にこの件の話をしたときには、その事実を口にしていなかったじゃないか」

「隠密裡《おんみつり》に調べをすすめていたのでね」

「だったら、なにがあろうと今後も隠密裡をつらぬけ。この業界では、だれかが死体公示所に送られれば、その裏にはかならず鯨なみの大物をめぐる綱引きがある。この業界にはいってかれこれ二十年になるが、この科白《せりふ》を口にしたのはただ一度だけだ。背中に気をつけろ」

「その言葉をかけた相手はどうなった？」

「アドバイスの甲斐《かい》はなかった」

第九日

二倍の困難

56

ラスト・エンペラーのふたつの茶碗《ちゃわん》は、いかなるいきさつで耀司の手に落ちたのだろうか。これをはじめ、あれやこれやの疑問を頭のなかでこねくりまわしているうちに昨夜は眠りこみ、けさは前夜中断したところから考えを進めた。

耀司は愛人にあの茶碗を贈ったが、そのとき茶碗の来歴を伏せていたことは明らかだ。中国で仙厓作品を入手したおりに同時に手に入れたか、あるいはそのあとの中国出張時に手に入れたのだろう。

しかし、それにどのような意味があるのか？

耀司が仕事で中国へ出張していたことはわかった。その旅のおりに、行方不明になった溥儀《ふぎ》の財宝に偶然行きあたったのか？　殺されたのはそれが理由か？　あるいは頭に血が昇った三浦夫人の愛人が、競争相手を抹殺するべく耀司を――耀司がはかり知れない価値をもつ財宝の取引のさなかにあることも知らないまま――殺害したのか？　あるいは、夫人を救おうとする〝白い騎士〟が、夫人だけではなく掠奪品《りゃくだつひん》にも目をつけたという線はあるだろうか。《夫を亡くして嘆き悲しんでいる奥さまを慰めるべきだと、そうわたしも考えていたよ》もし三浦夫人の恋愛の相手が、夫の通っていた剣道クラブの一員だったとすれば、ロッカールームでの襲撃事件を説明する方向に大きく進むことになる。

この推論をさらに押し進める前に、京都の高橋からの電話で警報ベルが鳴りはじめた。美術商仲間である高橋の声には息せき切った響きがあった。「ブローディ、きみの仙厓作品が世に出たぞ」

「おいおい、なんの冗談だ」

「冗談だったらよかったがね。それもきみの目と鼻の先だ。椿山荘《ちんざんそう》。午後三時に」

「きょうの？」

「いかにも。小会議室。出席要請は秘密ルートを通じて提供された。わたしが知っている連絡先の電話番号をつかえば、その場にはいれる。いや……理由はいわずともわかるだろうが、きみに出席は無理だが、きみが選んだ人間を部屋に入れることはできる。できることをしたまえ。この手のことがあるから、われわれの業界には悪名がついてまわるんだが」

椿山荘は、都心北西部の隠れ家ともいうべき目白《めじろ》にある、レストランや宴会場をそなえた高級ホテルだ。ホテルの豪華な環境が大魚を引き寄せることだろう。

「喜んで」

「その場では、われらの業界のなかでも、いささか、その……いかがわしい連中と同席することになるだろうな。なかには牙をそなえた者もいるぞ」

「以前、あなたはわたしの名前がだんだん広く知られるようになったと話していたね。今回の会合の関係者のなかには、わたしの顔と名前を知っている者がいるだろうか？」

「いいや。住む世界がちがう連中だからね。ただし、くれぐれも用心することだ」

「おや、わたしの場合はいつもでは？」

「ああ、きみはめったに油断しない男だね」

57

わたしは渋谷から山手線の外回りで新宿まで行き、中央線に乗り換えて四駅先の高円寺へむかった——三浦晃の住んでいる街だ。三つ離れた座席に、わたしの影法師が腰かけていた。

遊覧船での事件以来、わたしが単身になることはめったになかった。

わたしはあえて予告をせずに訪問すると決めていた。予想もしていないときにわたしが姿を見せれば、三浦晃が驚きで口を滑らせるかもしれない――これまで、そういった例は一度もなかった。なにも得られなくても、三浦があらかじめ答えを用意することだけは避けられる。また三浦邸を警備しているブローディ・セキュリティ社のスタッフにも、あえてなにも知らせなかった。わが社のスタッフたちなら、いついかなるときでも備えはできているはずだ。

わたしのノックに応じて用心しながら出てきたのは、警戒を絶やさない警備スタッフだった。パートナーはその右側の一歩うしろに控え、武器を足にぴたりと寄せていた。ふたりのスタッフの顔に驚きはなかった。

「あなたが来るのが見えました」警備スタッフはわたしと目をあわせてそういうと、わしの背後一帯の左右にすばやく視線を走らせた。「ここへはおひとりで?」

「そうだ」

警備スタッフはドアをあけ、ぎりぎりわたしを通せる隙間をつくった。そしてさらに声を落として、こうつづけた。「きのう、あなたから指示された品は用意してあります」

「ありがたい。では、あとで」

スタッフはうなずいて、一歩わきへ寄った。「ご家族は書斎にいます」

「万事順調か?」

「ええ。ただし、奥さまは例外です。ほぼ一日じゅう、ベッドから出てきません。あまり長くつづくならともかく、そう珍しいことではないでしょう」

「プロの助けが必要かもしれないと思ったら、渋谷警察署の星野巡査に相談するといい。加藤の部下だ。星野ならなにか手を打つなり、適切な人物を紹介するなりしてくれるはずだ」

短い玄関ホールを突っ切っていくと、三浦が往年の戦友である猪木との将棋に熱中していた。

わたしが部屋にはいっていくと、ふたりは顔をあげた。三浦がたずねてきた。「なにかわかったのかね？」

「ええ」

わたしはとなりあったソファに腰かけると、三浦耀司が所持していたラスト・エンペラーの財宝と美術品についての話をふたりにきかせた。話をしながら三浦の顔を見つめ、表情に内心が明かされていないかと目を凝らしたが、以前からこの件を知っていたようすはまったくなかった。

「このあたりの話に心あたりは？」わたしはたずねた。

三浦はかぶりをふった。「心あたりのひとつもあればよかった。しかし耀司からその話をきかされたことはない。掠奪は戦時中は珍しくなかった。日本軍の兵士たちも、また中国のあらゆる党派の者たちも掠奪していた——共産党派、国民党派、各地の督軍《とくぐん》、さらには街道筋に出没していた盗賊たちまでも。しかし第一級の逸品は、旧士族の家系につらなる軍の上層部のお偉方や、いうまでもないが、皇族の面々の手に落ちていった。彼らは溥儀とその一党と親しくつきあっていたからね。われわれではなく」

「猪木さん？」

わたしが声をかけた男は寂しげな表情をのぞかせていた。「わたしはただの軍曹だった。名ばかりの歩兵だよ」

「ではおふたりとも、耀司さんがどんないきさつで財宝とめぐりあったのかはご存じないのですね？仮にそんなことがあったと仮定しての質問ですが」

三浦は困惑顔で椅子に力なく身を沈めた。「耀司から中国について質問されたことはない——たった一度、高校で小論文を書いたときを例外として」

不意をついてのアプローチ作戦なんてこんな程度だ。

わたしは礼を述べて三浦邸を辞去した。外に出ると、道ばたでブローディ・セキュリティ社のスタッフが近づいてきた。わたしはふりかえって三浦邸に目をむけた。こちらを監視している者はいなかった。

社のスタッフはわたしに封筒を手わたした。「あの連中をどうしようとお考えで？」

「騒ぎを起こして反応を見たいよ」

58

ホテル椿山荘東京は、仙厓作品が姿をあらわすのに最適なロケーションだった。

ホテルを構成するいくつもの建物は、周囲から隔てられた閑静な一等地にあった。目白駅の南東にある高い台地のへりにあたるこの地域は、かつて大名たちや華族たちがそれぞれの邸宅をかまえていたところだ。

この地域には学習院大学もある。多くの皇族が教育を受けた大学だ。そのなかには今上天皇の明仁《あきひと》や、その父の裕仁もいる。なお崩御ののちに昭和天皇と呼ばれるようになった裕仁は、第二次世界大戦という激動の時期に皇位にあった人物だ。

ホテルはこの敷地の建物群のなかでは比較的新しく、フォーシーズンズ・ホテル椿山荘東京として開業した。いまでは椿山荘の単独経営になっているが、優美さにおいてはいささかも劣っていない。毎日午後はロビーでアフタヌーンティーが供され、その近くのディスプレイケースには凝った装身具類や、さらには熟成二百年におよぶヘネシーの絶品のコニャックをおさめたバカラのクリスタルボトルなどがならんでいる。

手癖のわるいロンドンの美術商であるジェイミー・ケンドリックスに日本美術の知識があろうとなかろうと、日本側のパートナーを選ぶにあたっては抜け目ないといえる。このホテルならではの特別なもてなしの雰囲気が、これよりも劣るものを認めない裕福なコレクターたちをおびきよせる餌になるからだ。

これもまた、かの下衆男《げすおとこ》が愚か者ではないことの証拠だ。

わたしはロビーで加藤警部補と会った。

「おや、きみもスーツをもっていたと見える」加藤はいった。

「こっちに一着、サンフランシスコにも一着あるぞ」

いまも日本では、スーツがほぼあらゆる会合の席での共通言語としてつかわれている。目下のわたしは隠密《おんみつ》行動をとっているため、会社のスタッフに頼んでスーツを目白駅までもってきてもらった。そのあと近場のコーヒーショップに飛びこんでコーヒーを注文し、洗面所で着替えをすませるなり、タクシーをつかまえて近くの椿山荘まで急いだ――そのせいで魅力的なスマトラブレンドをひと口飲んだだけで、店から外に飛びだす羽目になった。ロビーで加藤の姿を目にとめると、わたしは尾行役に別れの言葉をかけた。

「アメリカにあるスーツは、一年の大半をクロゼットの奥で過ごしてますよ」わたしはさらにいい添えた。「どうかな、これで通訳に見えますか？」

そういう計画だった。加藤は金まわりのすこぶるいい禅僧で、自身の寺に飾る上質な絵画をさがしているところ。日本ではそれほど珍しい話でもない。わたしは禅僧専属のしがない英語通訳だ。この策略のため、われらが警部補どのは頭を剃《そ》りあげて、禅宗の僧服を身につけている。

加藤はわたしの質問に考えこむ顔を見せた。「好みからすると、少しばかり不良《わる》っぽいな。ただ、ネクタイがその印象の埋めあわせになっているね。細めで趣味がよく、おまけにちょっと流行遅れだ」

「そこであなたがつかうべき単語は〝ヴィンテージ〟だ。あなたも意外に流行に敏感なんですね」

「観察力のある警官といってくれ」

「ケンドリックスの姿は？」

加藤はかぶりをふった。「出入国管理からはなにも出てこなかった。すでに日本に入国しているなら、偽装パスポートをつかったか、裏口から密入国したかだ」

いずれも髪にヘアオイルをつけて高価なスーツを着たふたりの男が、ひと目で美術商だとわかる男――ふたりのヘアオイルをあわせても追いつかないほどの量のオイルを髪につけていた――をともなって姿をあらわした。美術商らしき男は、ふたりの男のそばをずっと離れなかった。

「こちらはいささか手薄にさせられた。三人しか連れてこられなかった。それ以外のスタッフは、いまも捜査継続中の例の家宅侵入事件で身動きがとれなくてね」

「星野は？」

「ここに来ている。ほかのふたりとおなじく私服姿だ」

「よかった。裏の駐車場にあった車は見ましたか？」

加藤はうなずいた。「ヤクザだな。おそらくケンドリックスと協力して動いている美術商の関係だろう。自分たちの投資先を見張っているのだろう。しかし、連中がこちらに近づいてくることはないな。あいつらの役目は客ににらみを利かせることだ。われわれがもう写真を撮っているよ。いまは渋谷警察署のスタッフがギャングの名前を割りだすべく調べを進めているところだ」

「すばらしい」

「準備はできたか？」

「はじめましょう」わたしはいった。

59

「みなさん、入札開始は五分後です」

オークションのために広々とした会議室が押さえられていた。室内正面には競売人のための発言台が設置されている。一列あたり十脚の椅子が八列にわたってならべてあったが、左右と後方には立ち見のためのスペースがふんだんにあった。黒いロングドレス姿のスレンダーな女性たちがオードブルとシャンペンの載ったトレイを手にして、おおよそ五十人ほどの招待客たちのあいだをまわっていた。椅子にすわっている招待客もいるにはいたが、大半は飲み物のグラスを手にして、立ったままだった。今回出客の多くに美術商がついていた。また来場者のなかに、寺の僧侶がもうひとり見受けられた。今回出品される絵画の作者と主題を考えれば当然の話といえた。

発言台近くのイーゼルに、当の仙厓の作品が展示してあった。顧客の大半はすでに作品の観覧をすませていた。加藤とわたしは作品前の短い行列にならび、先へ進んでいった。わたしがだれかを知っている顔を見せた者はひとりもおらず、顔を二度見してくる者もいなかった。

驚くにはあたらないが、電子メールの添付画像で見たときよりも、さらにすばらしい絵に見えた。描かれているのは、小柄な太った禅僧が——仙厓自身かもしれない——片手に酒瓶をもち、跳ね踊りながら墓地を歩きまわっているところだった。絵のずっと奥では、簡素に描かれた三基の墓石が揺れ動いているようにも見える。思わず笑みを誘われる楽しげな——いささか滑稽でもある——絵だ。常識のようなものにいっさいとらわれず、愚かしく見えることを気にかけてもいない。片側にはこんな意味の文章が書き添えてあった。

悲しみを超えて、踊れ。
消えやらぬ浮かれ騒ぎのさざめき
とこしえの谺《こだま》。

仙厓の作品が人々の心をつかんで離さないのは、いっさいの虚飾を排した純朴さがあるからだろうし、それこそがはからずも仙厓の名前を歴史に刻んだのだろう。

オークションがはじまった。一般競争入札だったが、みんな慎重だった。加藤とわたしは片方の壁ぎわ、中央より若干うしろに立っていた——人々の動きや参加者がよく見わたせる位置だ。わたしは室内でたったひとりの非日本人だった。ケンドリックスの姿はどこにもなかった。

加藤は開始早々に二回の入札をしたが、即座にもっと高い値をつけられた。二回めの入札のあとで、加藤はいった。「とんでもない値段になりそうだな」

「まちがいありません。あれだけの傑作ですから」

「ケンドリックスは姿を見せるだろうか？」

「わかりません」

「きみは美術商だろう？　きみならどうする？」

「それはつまり、わたしが絵を盗み、そのあと絵を地球の反対側にまで密輸すると仮定して？」

「そう仮定しての話だ」

「わたしなら情勢を見さだめて、わが投資がどのくらいの金額を回収しているかどうかを確かめます。しかし、行動するのは後半になってからにしますね」

加藤はうなずき、さらにひとしきりオークションを見まもっていた。わたしたちはすでに、オークションを運営している美術商を特定していた。いかにも信用ならない男に見えた。

わたしはいった。「ケンドリックスがあらわれなかったら、日本側のパートナーから居場所をききだせますか？」

「通常の場合ならイエスだ。ただし、あの男相手では無理かもしれん」

入札価格はのろのろと上昇していた。緩慢なペースだった。競売人はしじゅう入札を中断しては、この作品のいろいろな面についてコメントを入れていた——筆づかい、主題、あるいは仙厓の有名な別作品と比較してどうなのか。

開始後十五分で、競売人はあらかじめ予告されていたとおり休憩を告げた。二十分の休憩があれば、入札者たちは飲み物でのどをうるおしてスナックで小腹を満たせるし、トイレ休憩も、アドバイザーとの内密な相談もできる。なかには、相談役の美術商をともなって会議室から出ていく参加者もいた。

あいかわらず、ケンドリックスの姿はない。

運営役の美術商と競売人は招待客のあいだを歩きまわっては、軽いおしゃべりをしたり、衰えかけた購買意欲を言葉巧みに再燃させようとしたりしていた。競売人は加藤をつかまえて、いま一度入札するようにうながした。僧侶に変装している警部補は、入札を前向きに検討していると返事をしていた。

オークションが再開された。数人の新たな入札者が争いの場に加わった。

「きみの予想では、あの絵の値段はどこまであがる？」加藤がいった。

「いまはようやく半分に達したところですね。あの競売人は同業者の大半よりも客の盛り立て方が上手ですし、入札者も大半が意欲も新たにもどってきていますから」

加藤はうなずき、自身の変装を見破られないようにするためだろう、また入札の声をあげた。たちまち、それを上まわる価格での入札があった。

「まあ、得やすければ失いやすし、というからね」加藤はいった。

ダークタイを締めた服装の年かさのコレクターが付け値をいっきょに三倍に吊《つ》りあげてコンテストに躍りでてくると、室内は一気に活気づいた。

「さあ、いよいよですよ」わたしはいった。

手でさわれるようなざわめきが、あつまった人々に電撃を与えた。ふたりの競争者が試合に参加し、おなじくらい価格を吊りあげた。ためらいがちだった入札者は、これで意気銷沈《しょうちん》したらしい。ほかにも、物問いたげな顔できょろきょろしている者も二、三人いた。ためらっている。価格はなおも上昇していた。応札につぐ応札の競りあい。昂奮《こうふん》のさんざめきがぐんぐん高まる。さらに脱落していく入札者が出て、最後には大きな財布と大きなエゴをそなえた三人にまで絞られた。わずか二分で価格は二倍に跳ねあがった。

新しく入札があるたびに、競売人は参加者ひとりひとりの顔を順番に鋭い目つきで見つめた。競売人の顔は表現力に富んでいる一方で、多角的でもあった。片方の眉を吊りあげ、挑みかかるように微《ほほ》笑《え》み、目を見ひらいて無言で問いかける。それも一回にひとつずつ。的確に相手にあわせて。

室内全員の目が入札者たちと競売人のあいだをせわしなく往復していた。サスペンスが倍増し、同時に価格も倍増した——ふたたび。

ケンドリックスがうしろのドアからこっそり入室してきたのは、そんなタイミングだった。


オークションの進行にすっかり気をとられていたせいで、加藤とわたしはともに室内の監視がお留守になっていた。入札戦争は、さながら三頭の競走馬が互角の戦いをくりひろげている競馬なみにドラマティックだった。

おりおりに周囲に目をくばってはいたが、仙厓をめぐる戦いがどんどん過熱していくにつれて気がゆるんでいた。この場の熱いやりとりには人を昂奮させる作用があった。オークションの進行を一秒でも見逃したくなかったが、わたしは内心の大きな抵抗を押し切って、その場から視線を剝がした。室内に視線を一巡させたが、苛《いら》立《だ》ちまぎれだったせいで急ぎすぎていたようだ。後方の壁にもたれているケンドリックスの姿が目にとまった。同時に相手も、わたしの視線に気づいた。そして、わたしの正体を察しとった。

ケンドリックスは一瞬でドアから滑りでて姿を消した。加藤はわたしとケンドリックスの視線の交錯に気づくと、服に隠したマイクロフォンにむかって小声でつぶやいた。

わたしたちは大股の急ぎ足で五歩あるいて、会議室後方の出入口に達した。もう身分を偽る必要はなかった。運営元の美術商が眉をひそめているのが、目の隅に見えた。しかし、それはもう問題ではなかった。その美術商の名前も住所も把握している。わたしたちが真相解明のために必要としているのは、その美術商のイギリス側のパートナーだ。

わたしが会議室のドアに手を伸ばすと同時に、廊下にいる星野理恵の声がきこえた。「ミスター・ケンドリックス、あなたを逮捕します」

加藤とわたしは両びらきの左右のドアを同時に押しあけて外へ飛びだした。ケンドリックスはわたしたちから十五メートル弱離れたところから、その先にいる理恵にむかって突き進んでいた。そして理恵は、左手で警察バッジを高くかかげていた。

ケンドリックスは走るペースを落とさなかった。理恵は身長百六十センチ強で体重は五十キロほどか。対するケンドリックスは筋骨隆々とした逞《たくま》しい体つきで、身長は百八十センチ、体重は九十五キロの偉丈夫だ。つまりは理恵を身長で二十センチ、体重で四十五キロ上まわっている。しかもそのしなやかな身ごなしの走りっぷりからは、かなりの運動能力があると察せられた。

わたしと加藤はまだ距離がありすぎて助けられなかった。ケンドリックスの足が速すぎた。理恵のところまで十メートルを切っていた。スピードを落とすことはなかった。すばやく避《よ》けないかぎり、ケンドリックスは理恵をまともに押し倒して突き進むだろう。ケンドリックスは片腕をまっすぐ前へ伸ばし、手のひらを外へむけた。筋骨隆々とした逞しい体つき。ラグビーの動きだ。この男の得意なスポーツなのだろう。理恵のバッジが床に落ちた。相手に折れて道を譲ったのだ。ケンドリックスはスピードをゆるめずに横へそれて、全速力のまま理恵を避けようとした。邪魔者のいないルートが視認できたためだろう、ケンドリックスの肩から力が抜けた。

つぎの瞬間、理恵がケンドリックスの片腕とシャツをつかみ、腰を回転させて相手の腰に押しつけた。それだけで卑劣な悪党の巨体が宙に浮いて仰向《あおむ》けになり、そこから床に落ちて、ぎょっとするほど大きな〝ずしん〟という鈍い音を響かせた。まだ離れていたわたしたちも、足もとの床がびりびり震えるのを感じとったほどだった。古典的な柔道の投げ技が完璧に決まったのだ。
ケンドリックスはもはや動けない肉塊となって、うめくばかりだった。
理恵がわたしに顔をむけた。「これでご満足?」

第十日
快楽殺人者

60

わたしがガラスの壁で区切られた専用オフィスからコーヒー片手に外へ出て、野田のオフィスへむかいかけたそのとき、エレベーターのドアがひらいて、六人の中国人の男が部屋にはいりこんできた。

六人の武装した男たちだ。

「ミスター・ブローディ」無表情な目で声をかけてきたのはレスター・チャンだった。

レスターの右隣に立っている男は、中国武術用の二本の短棒を片手にもって太腿《ふともも》のあたりに寄せていた。左隣の男は十五センチほどの刃物の鞘《さや》をすでに払っていて、その刀身がオフィスの黄色っぽい光を受けてぎらりと輝いていた。

わたしたちに中華街を案内してくれたガイドであり、思うにまかせず苛立《いらだ》っていた臓器収穫者でもあったレスターが、今回は氏族会のなかでも段ちがいに凶悪な面《つら》がまえの連中を引き連れていた。ざっと全員の顔に目を走らせる。どう見ても友好的ではない。墓地にいた狙撃者たちの顔もあった。

わたしは眉を寄せた。「レスター、きょうはなんの用件かな?」

わたしの周囲では、通常業務が進められている静かな雑音がつづいていた。社内は警戒モードに切り替わっていたが、客人たちは気づいていなかった。オフィスに流れる通常活動のあいまに、危険な雰囲気がみじんもない目立たぬ行動が忍びこんでいた。わたしの右側では、ひとりの女性スタッフが裏の洗面所へむかっていった。また部屋の奥では、ひとりの男性スタッフが書類の束をかかえてコピー機に近づいていた。わたしの周囲では、スタッフたちのだれもがそれぞれ別個に——なんの規則性もなく——ある者はデスクの抽斗《ひきだし》をあけ、ある者はバッグに手をいれ、またある者は棚から書類ボックスをとりだして膝におき、ふたをあけたりしていた。

彼らは待機していた。

三十秒間で、ブローディ・セキュリティ社の全従業員が武器を用意して、そなえを固めていたのだ。警棒、ナイフ、ペッパースプレー、棍棒《こんぼう》……それに、ひょっとしたら、わたしが存在を知らない未登録のままの銃器も一、二挺《ちょう》はあるかもしれなかった。そういった武器はどれひとつ目に見えないが、すぐ手の届くところにあった。

レスターがいった。「ミスター・ブローディ、なんの用だと思う?」

新たに徴用されてきた面々は、墓地にいた狙撃手たちなみの冷血漢どもに見えた。氏族会のメンバーかどうかに関係なく、ここにいるのは医者でも歯医者でも商人でもない。いかなるホワイトカラーの従事者でもない。顔だちが険しすぎる。昼間は建設作業員や港湾労働者として働いている者もいるだろうが、そんな男たちの課外活動は肉体労働者《ブルーカラー》よりも、むしろ共産党関係者《レッドカラー》に近いのではないだろうか。

わたしはいった。「レスター、きみも知っているだろうが、現代社会には電話という便利なものがあるぞ」

「笑いごとじゃない、笑いごとじゃない」

エレベーターが下へ降りていった。野田が渋面でオフィスから出てくると、わたしの隣にならんだ。両手は上着のポケットのなか。両ポケットはふくらんでいた。武器をしまってあるにちがいない。

「なんともないか?」野田がたずねた。

「大丈夫だ。離れるな」

「まだ蕎麦《そば》を食べに出る時間じゃないんでね」

ナイフの男がレスターに中国語でなにか話しかけ、レスターがわたしにこう話した。「ひととおり、ここを見せてもらいたい」

「断わる」わたしはいった。

「そちらが電話をかけてきたのだろう？　忘れたか」

それをきいて、わたしにも合点がいった。この男たちは復讐《ふくしゅう》なり報復なりを企《たくら》んで、ここへやってきたのではない。

三浦邸でスタッフから封筒を受けとったあとで、わたしが彼らに電話をかけたのだった。

この者たちは先遣部隊だ。


「オーケイ」わたしはいった。「きみだけだ。ほかの男たちはエレベーターの前で待機していたまえ。男たちは武器を見えないところへしまってほしい」

レスターは傷を負った瞼《まぶた》をひくひくさせながら、わたしをじっと見つめた。「いちばんの腕利きの部下を出す。おれたちは待機だ。武器はここから動かさない」

レスターにとってはそれでいいということか。体面の問題だ。他人の指図を受けるつもりはないというわけだ。

わたしは——これまた体面の問題から——無言のまま承諾を与えた。レスターは右隣の男に話しかけた。男はうなずいて武器をポケットにおさめ、受付カウンターの前を通りすぎて進んできた。男はオフィスを一巡した——会議室や洗面所や物置のドアをひとつずつあけて確かめる。また、スタッフがあけたままにしている抽斗のなかに目をむけ、だれもが手近なところに武器を用意していることを見てとっていた。男は引き返してきて報告をおこなった。

レスターが眉をひそめ、わたしにむきなおった。「奥へむかっていった男がまだもどっていないようだが」

すばやく視線を送ると、野田もわたしとおなじことを考えているのがわかった――すばらしい、と。レスターが右腕とたのむ男は、あのスタッフの動きも目におさめていたのだ。

「安全確保のための予防措置だ」わたしはいった。

わたしたちが呼びもどさないかぎり、洗面所にはいっていった男は天井の跳ねあげ戸から外へ出ていき、ときおりブローディ・セキュリティ社の下請け仕事もしている小規模な警備会社から増援部隊を連れてもどってくる手はずになっていた。コピー機の前に立っている女性スタッフは、渋谷警察署直通の無音アラームのスイッチに指をあてがっている。

レスターの部下で室内捜索を担当した男が小声の中国語で話しかけると、レスターはこういった。「ほかの面々がここに来るまでの所要時間は?」

「二分だ」わたしは答えた。

レスターは携帯電話をかかげて、「いま〝危険なし〟と知らせているところだ。それをきけば、あの男があがってくる」というと、短縮ダイヤルのボタンを押し、携帯の送話口にむかって一語だけ発して電話を切った。

わたしはオフィス内のセキュリティを担当している、いまは椅子にすわっている女性スタッフにうなずいて許可を示し、そのスタッフの電話をとりあげて増援部隊の要望をとり消した。しかし社内スタッフは、いまの警戒モードを続行することとした。

エレベーターの上にある運行表示板がケージの動きを告げていた。ライトがわたしたちのフロアで停止、ドアが横すべりにひらいて、中国人の老医師の呉《ウー》がおりてきた。唇からタバコが突きでていた。さらに四人の男たちが呉《ウー》を囲んでいた。もし番狂わせが起これば、たちまちすさまじい騒乱が起こりそうだった。

最後におりてきたのは、星野理恵とダニー・チャンだった。

理恵が前に進みでてきて、ダニーがつづいた。あたりの光景にすばやく目を走らせた理恵は、レスターの部下たちが手にかまえて見せびらかしている武器や、ブローディ・セキュリティ社のスタッフの緊張した面もちに、たちまち警戒の顔をのぞかせた。

わたしはいった。「事前に連絡してくれてもよかったのに」

「おなじ言葉をお返しするわ」理恵は平板な口調でいった――心ならずも川に飛びこむ羽目になったことをほのめかした発言だった。

「いっておけば、わたしには無理だったよ」わたしは答えた。「時間がなかった」

「それはこちらもおなじ」それが理恵の答えだった。

「説明してくれ」

この最後の発言は、オフィス内の全スタッフへむけて、わたしから〝危険なし〟の合図が出るまでは、それぞれの持ち場を維持しろと伝える命令でもあった。

理恵がいった。「あなたが彼らに電話をかけた。レスターはそう主張してる」

こんな断片的な答えには、いまの情況をやわらげる効果がひとつもなかった。

ブローディ・セキュリティ社のスタッフの数人が、目に見えるほど体をこわばらせていた。

この対決状態に、理恵は動揺していたらしい。そのせいで、まともに考えられなくなっている。ホテル椿山荘では理恵の本能が優秀に働いたが、〝現在進行形〟の事態を前にすると、精神面でのアクロバットから余裕が欠けてしまうようだ。理恵の説明だけでは、わたしたちがこの対決状態での警戒レベルをさげるにはいたらなかった。レスターの手下たちは、張りつめたエネルギーで乱闘寸前の雰囲気だった。なかには乱闘を望んでいる者もいることだろう。

「呉《ウー》」わたしはいった。「またお会いできて光栄です。よければ、ふたりきりで話ができるように奥の部屋へいらっしゃいませんか？」

「こんなふうに突然の嵐のようにたずねてきて申しわけない。しかし、仲間がこうしたやりかたを主張したのでね」

ダニーがここで初めて口をはさんできた。「アンクル・ウーがかかわっている場面では、対処できる範囲の危険しかおかさないようにしているんだ」

わたしは冷淡な笑みをのぞかせて、不興の念をあらわにした。この連中のアプローチはぎこちないことおびただしい。怪我《けが》人が出てもおかしくなかった。しかし、そんな欠陥をいま指摘しても無益だ。

「わかりました。しかし次の機会には、できれば事前に電話をお願いしたい」わたしはレスターを見ながら、ダニーにそういった。ついで会議室へ行くよう呉《ウー》を手ぶりでうながした。「よかったら部下のみなさんもごいっしょに。真理、ミスター呉《ウー》をご案内してさしあげて」

中国人の老医師は笑みをのぞかせ、それから静かだが決然とした口調の中国語でなにか発言した。それっきり武器が見えなくなった。真理が前を歩いて通りすぎると、呉《ウー》とレスターとダニーがつづき、そのあとをほかの面々が従って歩いた。

理恵が前を通りかかる瞬間を狙い、わたしは他人にはきこえない小声でささやきかけた。「これでおあいこかな？」

理恵は決然とした表情だった。「まさか」

61

「最初にいわせてください」全員が会議室に腰を落ち着けると、わたしはそう口をひらいた。「きょうのご来訪に感謝しています」

呉《ウー》は信頼をあらわすつもりだろう、会議テーブルのいちばん奥、わたしとは正反対の位置に席をとっていた。その右にはレスターと腹心の部下。左隣がダニー。理恵は中央の椅子という中立地帯にすわっている。わたしは右に野田、左に浜田の代役をつとめるスタッフをすわらせ、ドアにいちばん近い下座に席をとった。残った席は呉《ウー》の手下たちが占め、椅子にあぶれた面々は呉《ウー》の背後、いちばん奥の壁にそって立ちならんだ。

呉《ウー》が微笑《ほほえ》んだ。「今回きみをたずねたのは好意からだよ。わが願いは、わたしの仲間からすれば不都合もはなはだしい。彼らにとっては危険としか思えないが、わたしは亡霊たちの幸運を祈りたいのだよ」

わたしは呉《ウー》を助けるという自身の約束を思いかえし、さらに老スパイである呉《ウー》の居場所を教えるだけで多額の礼をするという、周《チョウ》の申し出を思いかえした。

「あなたの教えに従ってスパイと話しあいました。スパイはあなたを捜しています」

「捜している者は多く、見つけられる者はいない」

「あなたがしっかりと守られていて安心しました。スパイからは、わたしが捜すべき相手は三合会の者ではないし、また過去に日本で三合会の手口を真似《まね》た前歴こそあるものの、自分たちの側の者でもないときっぱり断言されました。ただし、わからないことがあります――どうしておふたりとも、そこまでの確信をいだいているのかということです」

「スパイならそれなりに知識がある」呉《ウー》はタバコを揉《も》み消した。「いまから十年前、この国で三合会による家宅侵入事件がいくつも起こって、日本の中国人社会全体が辱められた。日本の警察はかんかんに怒った。彼らはわれわれの商店を閉めさせた。われわれの倉庫の扉を鎖で封じた。われわれの仕事の書類を押収していき、おかげで仕事を進められなくなった。それぱかりか、日本人の客足もぐんと鈍った――みんな怖がって足が遠のいたからだ」

「当時の新聞の見出しは覚えていますよ」

呉《ウー》はうなずいた。「とにかく災難の時代だった。わたしたちは警察のメッセージを理解した。われわれは声高に三合会へむけて抗議した。『中国人がおまえたちに金を貢いでいるのはひとえに保護の見返りとしてだ――しかし、おまえたちの行動はわれわれの損になるばかりだ』とね。ヤクザも三合会に圧力をかけた。かくして協定が結ばれた。日本で類似の殺人事件はもう起こらなくなった。三合会が新しく事件を起こしたわけではないとわたしが知っているのは、そんないきさつがあるからだよ」

この話は、一から十までヤクザのひとり〈東京の鉄拳〉が病院に見舞いにきてくれたおりに、わたしがきかされた話と呼応する。

わたしは呉《ウー》としっかり目をあわせたまま話した。「スパイは自分たちの仕業ではないと主張している。しかし、あなたは連中の仕業と匂わせておられました」

呉《ウー》一族の長《おさ》は頭を左右にふった。「わたしが中国人スパイを見つけよといったのは、中国人スパイがしばしば三合会の中国人の手口を真似るからだ。日本にもぐりこむ中国人スパイはわれわれが協定を結んだことも知っているから、日本ではおなじ手口をつかえない。しかしスパイの物真似をしている何者かは、その協定のことを知らないかもしれない。あるいは、スパイのなかに裏切り者がいたり、愚か者のスパイがいたりすれば、そういった事態も起こるかもしれない。この手の物事を確かめられるのは、中国人スパイのなかでも高位にある者だけだからね」

　わたしはうなずいた。「では、その高位の者に確かめてもらいます」

「よろしい。これで三合会の話はおわりだ。さて、ふたつめの質問はなんだったかな？」

　会議用テーブルのわたしの前には、三浦晃の邸宅前で受けとってきた封筒が置いてあった。わたしは封筒から、2L判の写真の束を抜きだした。三浦の私物にあった写真アルバムから拝借してきた、いずれも粒子の粗いモノクロ写真だった。写真には、三浦と戦友たちが顔ぶれの異なるさまざまなグループで写っていた。三十人以下で写っている写真は一枚もない。なかには百人近い面々をとらえた写真もあった。正装の軍服姿の面々の写真もあった——正装の軍服は立派なつくりだったが、くたびれてもいた。男たちは疲れをうかがわせてはいたが誇らしげでもあった。別の写真では、男たちは標準の軍服姿で、ブリキのカップから日本酒とおぼしき飲み物を飲んでいた。また公式の〝記念写真〟——後世に伝えるための写真——も二、三枚あった。

　わたしはそのうち一枚を手にとって今回の仕事の依頼人を指さし、「ここに写っているのが三浦晃中尉です」と、呉《ウー》に教えた。「ほかに顔と名前の一致する人物はいますか？」

　わたしは写真の束をテーブルの面々にまわした。レスターから写真を受けとると、呉《ウー》は一枚ずつ目をすがめて真剣に検分していた。検分をおえるまで五分近くもかかった。

　緊張みなぎる五分間だった。

　写真から顔をあげたとき、呉《ウー》の顔は血の気をなくしていた。「この男は連中のひとりだ」

「連中というのは？」

「〈黒い風〉だよ。こいつは〈若造〉。川に落ちたわたしを銃で撃った男だ」

「本当に？」わたしは驚いてたずねた。

呉《ウー》は写真の束をわたしにもどした。わたしは呉《ウー》が指さした人物を見つめた。記念写真で後列に立っている男……前にいる兵士に体が半分隠れてしまっている。〈若造〉とされたこの男が、できればカメラを避けたがっていたのは明白だ。しかし公式の記念写真なので、ほかの面々ともどもレンズの前に立つよう求められたのだろう。

わたしは五列にならんだ男たちに目を落とした。だれもが信じられないほど小さな顔に写っていた。わたしは写真を傾けていき、光がいちばんよく当たる角度をさがした。

頭のてっぺんから足の裏にまで、一気に鳥肌がさあっと立った。

〈若造〉とされた男は猪木だった。

最後の生き残りの当人だ。

62

「まちがいありませんか?」わたしはたずねた。

呉《ウー》はうなずいた。「この男は亡霊を大勢つくりだした。わたしもこいつに殺されかけた」

もっともな話だった。人は自分を殺しかけた相手の顔を決して忘れない。先ほど三浦邸を予告なく訪問して、ラスト・エンペラーこと溥儀《ふぎ》の財宝について話をしたとき、わたしは依頼人である三浦の反応だけに集中していて、猪木に顔をむけたのは思いつきにすぎなかった。つまりあの老いぼれ狐《ぎつね》には、自分をとりつくろう時間がたっぷりあったのだ。

「ちょっとだけ失礼します」わたしはそういってポケットから携帯電話をとりだし、スピードダイヤルの番号を押した。わたしに写真を手わたしてくれた現場の警備スタッフが出ると、わたしはこういった。「いま話せるか？」

「少々お待ちを」それにつづいて警備スタッフが中座を詫《わ》びる言葉がきこえ、一拍置いてまた声がきこえた。「オーケイ。どうしました？」

「いいか、異論をとなえたり質問を口にしたりせず、わたしの指示にしたがえ。いまそっちで警備についているスタッフの人数は？」

「三人です。前のシフトのひとりがこっちにいまも残って、奥さんの手伝いをしていまして」

「完璧だな。三人で猪木の身柄をおさえて書斎に閉じこめろ。窓に面格子のあるあの部屋だ」

「いずれにしても、それにはもう手遅れです」

「なんだって？」

「あの男はここを立ち去りました」

くそっ。「どこへ向かったのかはわかるか？」

「いいえ。あなたがこの家へ来てから一時間ばかりしたころ、四十代に見える男がふたりやってきて、猪木を連れていきました。猪木はわたしたちに、自分は土居以上に用心深く行動するつもりだと話していました」

わたしは声を殺して罵ってから電話を切った。

〈黒い風〉……戦時下特殊工作員……処刑の数々。

いまになればすべてが見える。二件の家宅侵入事件の裏にいたのは猪木だった。戦時下における暗殺部隊の一員だった猪木なら、そういった計画を実行する能力もある。そういった一連の計画を。

猪木は三浦耀司を殺した。浜田も。土居も。猪木本人か、その配下が。

呉《ウー》は警戒の表情を見せていた。「きみは〈若造〉を知っているのか？　やつはいまも生きているのか？　それもここの近くで？」

わたしは浮かない顔でうなずき、「ええ、わたしの依頼人といっしょにいました」と答え、ついで野田に視線をむけながら言葉をつづけた。「もう立ち去っていますが」

呉《ウー》はいった。「やつの名前は？」

わたしは野田にちらりと視線を送って無言でたずねた。野田が肩をすくめた。

「猪木哲夫《てつお》です」わたしはいった。

野田はひとこともいわずに部屋を出ていった。呉《ウー》が不明瞭な早口の中国語で命令をくだすと、配下の男ふたりが立ちあがって野田のあとを追った。

「〈若造〉は、いわゆる快楽殺人者だ」呉《ウー》はいった。「人が死ぬところを見るのが無上の快感だという男だよ」

わたしはうなずいた。そういうことで快楽を得る男であり、しかも戦時中の中国大陸に身を置いていて、特殊工作員の一員だったのなら、あらゆるレベルの作戦に参加していてもおかしくはない。エリート工作員はいたるところへ派遣されていた。ラスト・エンペラーこと溥儀の身近で展開される作戦にもかかわっていたかもしれない。だとしたら、そのあいだに財宝にまつわる話を小耳にはさんでいてもおかしくはなかった。

「警告してくださってありがとうございます」わたしはいった。「最後にもうひとつだけ、質問させてください。中国のスパイが罪を逃れるために三合会の手口を真似する場合もあるということを、〈若造〉が知っていたということはありうるでしょうか？」

「ああ。中国に昔からある手口だよ。中国にいる政府のスパイたちは、前世紀からその手口をつかっている――ひょっとしたらもっと昔から。〈黒い風〉は中国人協力者とともに旅をしていたな。きっと多くのことを話題にしたのではないか」

どうやらわたしたちは、殺人犯にたどりついたようだ。

しかし、わたしたちに犯人をつかまえられるだろうか？　猪木は早くも逃げだしているというのに。

第十一日・第十二日

ゲリラたちとカバの群れ

63

野田がようやく猪木の足どりを見つけたのは、翌日の午前も半ばをすぎたころだった。

軍隊経験のある暗殺者の猪木は、中国のパスポートを所持したふたりの男ともどもマイアミに高飛びしていた。ふたりは、おそらく三浦邸の前まで猪木を迎えにきた男たちだろう。また三浦耀司が殺害された夜に歌舞伎町で姿を目撃されたのも、おなじ男たちだろうか。さらに遊覧船でわたしを襲った三人のなかにも、そのふたりがいたのかもしれなかった。

猪木とふたりの男という三人組は、前夜の日本航空のフライトで成田から出発していた。しかし猪木らが航空券の予約を入れたのは前々日の朝で、そのタイムスタンプは、わたしが財宝の件を話しあうために三浦邸を訪ねた時間に先立つものだった。

つまり猪木はわたしたちから逃げたのではなく、なにかにむかっていったのだ。そしてわたしには、その〝なにか〟がわかっているように思えた。

皮肉なことに、夕方のフライトに搭乗できたのは野田とわたしだけだった。

家宅侵入事件の捜査を決然と前へ進めるべき機会がやってきたというのに、警視庁は人員を海外へ派遣できなかった。加藤警部補と、その加藤が選んだ補佐要員の星野理恵のふたりは、役所の煩雑な手続に足をしばられた。警視庁ご指名のエリート警官もおなじ目にあった。必要な書類仕事を迅速に進められる者はひとりもいないうえに、命令系統の最上層までつづく印鑑による承認作業をスピードアップさせられる者もいなかったらしい。

首都東京の警視庁といっても、しょせんはこんなものだ。

好都合だったのは、わたしのパスポートが渋谷警察署預かりのままだったことで、加藤警部補が電話を入れ、必要書類を後送すると約束してくれたので返却してもらえた。ただし、パスポート返却には条件があった――剣道道場への不法侵入事件はなお捜査中案件であり、わたしは東京に帰ってこなくてはならない。

「うまくすれば、一日遅れでそっちに追いつけるかもしれないぞ」というのが、別れぎわの加藤の言葉だった。

いっぽう電話でのジェニーの別れぎわの言葉は、不気味な爬虫類《はちゅうるい》をほしがる言葉だった。娘との電話で驚かされたのは、ジェニーがいつの間にかフロリダの動物相について多くの知識をそなえていたことだった。「そういえばマイアミにはイグアナがたくさんいると友だちからきいたの」

「うん、そのとおり」

フロリダに棲息《せいそく》している全長一・五メートルほどのイグアナはかなりの頭数になる。その大半が飼育環境から逃げだしたか、育ちすぎたペットの扱いに手を焼いた飼い主によって住宅街近郊の藪《やぶ》などに捨てられたイグアナの子孫である。かくして野生のイグアナが増えすぎたせいで、季節はずれの寒冷前線がフロリダ州内を通過したさいには、変温動物の爬虫類であるイグアナたちは冬眠同然の状態になってしまい、高い樹木の上で枝にしがみついていた手足の力をうしなって地上に落ちてきたが、それがまた馬鹿にならない頭数だったという。この珍事に熱心なフロリダ観察者たちは大喜びし、またしても奇妙奇天烈《きてれつ》な見出しの数々が新聞を飾ることになった――《フロリダの凍った樹々から神風《カミカゼ》イグアナが大量落下》や《イグアナ豪雨襲来》といった調子だ。

「おみやげに、赤ちゃんイグアナを一匹買ってきてくれる?」ジェニーはそういった。

「そうはいっても、イグアナが本当はどんな見た目かを知ってるのかい?」

「知らない。でもアラン・ピーターズは家でイグアナをガラスの箱で飼ってて、みんながすごくかわいいって話してる」

「おまえはトカゲが好きなんだな？」

「イグアナってトカゲなの？　わたし、亀の仲間みたいなものだと思ってた」

「子供のころは小さくて愛らしくて、体は明るい緑色なんだ。でもどんどん大きくなるし、見た目も不気味になって体は皺《しわ》だらけ、首から肉の袋が垂れるようになってくるぞ」

「げろげろ」

「で、二匹欲しいんだな？」

ジェニーはくすくす笑った。「うそうそ！　でも、代わりにすてきなおみやげを買ってきて」

「よし、まかせとけ」


野田とわたしはアクシデントにあうこともなく現地に到着した——涼しい秋のそよ風が吹く東京から、途中〈風の街〉ことシカゴで乗り換え、秋の空気もかぐわしいマイアミへ。

車で市街地へむかうあいだ、新旧の大型看板をながめてわかったことがある——わたしたちは〈月明かりのバーナクル州立公園〉を楽しむには到着が遅く、〈ドラゴンボート・フェスティバル〉を見物するには到着が早すぎたようだ。ひとつめは、ビスケーン湾に面する十九世紀につくられたお屋敷でのミュージシャンの生演奏によるコンサート中心のイベント、ふたつめは中国系アメリカ人団体がスポンサーとなり、春巻の大食いコンテストが催されて、龍を模した飾りつけのボートの群れが繰りだすらしい。ふたつめのイベントにやってきて芝生でくつろぎながら、当人にとっては家族も同然に思える人々が主役になっている祭りを楽しむアンクル・ウーの姿が、たやすく想像できた。ただし、周《チョウ》がそのたぐいのイベントをどう楽しむのかは想像もつかなかった。

「ああ、ここにね」わたしはシャツの胸ポケットを叩《たた》いた。

わたしたちはマイアミの提携パートナーを通じて、ココナツグローブのメイフェア・ホテルを予約していた。ホテルの場所はタクシーの運転手が心得ていた。タクシーが悪性の皮膚病をわずらった巨大な怪物のようなアールデコ調の建物の前にとまると、野田は怪しむような顔つきになったが、そのあとロビーの光景を目にして安心したようだった。

「二泊でございますね、セニョーレス？」フロントカウンターの向こう側に立っている、糊《のり》のきいたワイシャツとベージュの中折れ帽のスタッフがいった。男の背後では、ミニチュアのパームツリーの鉢植えがずらりとならんでいた。

「とりあえずはね。ただし延泊したくなった場合に、なにか問題は？」

「ございませんとも。お荷物を運ばせる者をお呼びしましょうか？」

「いや、けっこう。わたしたちは身軽な旅を心がけているのでね」

スタッフは心得顔でにっこりと笑った。一拍おいて、自分が口にしたフレーズがまったく別の意味に受けとめられたことがわかった――そう、この街はほかの都会以上に、禁制品の密輸や予定外のあわただしい出発が多いからだ。

やがて明らかになることだが、このうちふたつめの条件を、わたしたちは意図せずして実行することになった。

翌朝は疲れも一掃された爽快な気分で目を覚まし、午前中のミーティングへの備えも充分できていた。フロントカウンターへ行くと、黒シャツに赤いベストをあわせた別のキューバ人スタッフがわたしたちを正しい方向へ案内してくれた。

前日のタクシーによる移動のさなか、わたしたちはこの街ならではの色彩をたっぷりと浴びせかけられた。ココナツグローブはコーヒーハウスやレストラン、ブティック、それに一、二軒の画廊もある、昔ながらのマイアミの面影を残す飛び地のような区域だ。いちだんと美しい通りには、日陰をもたらす街路樹がならぶ。この区域にもマイアミを特徴づけているパステルカラーが見られはするが——アクアマリン、マンゴーオレンジ、ピーチピンク、それにチェリーレッド——圧倒的に多いのは白とベージュであり、ビーチサイドをいろどる有名なパステルカラーの色彩パレットは、ここではわずかで曖昧なヒントにすぎなかった。

マイアミにおけるわたしたちの提携パートナーは、社員ふたりだけの会社だった。そのうちのひとりで〝フィッチ〟という呼び名をつかっている男が、わたしたちと地元のコーヒーハウス〈グリーンストリート〉で待ちあわせた。フィッチは待ちあわせの店も自分のこともなんなく見つかるはずだ、とわたしたちに請けあった。フィッチはブローディ・セキュリティ社の社員ふたりほどと面識こそあれ、野田とわたしには会ったことがなかった。

〈グリーンストリート〉はヨーロッパ・スタイルの居心地のいいカフェだった。壁ぞいにクッションのある背もたれつきのベンチ席がならび、その前に木のテーブルが配されていた。そのほかロマンティックな雰囲気を楽しみたい客のため、ステッチ入りの赤い革張りの高い背もたれがある、ふたり掛けのロマンスシートも用意されていた。

出迎えてくれたブロンドのウェイトレスに、わたしたちが店で待ちあわせていることを伝えると、ウェイトレスは好きに店内を見てまわってくれといって離れていった。カフェの奥を見ると、ひとつのテーブルのへりから日本語の新聞が垂れ落ちていた。テーブルの主はととのった顔だちの肌が青白い男で、白い麻のシャツとジーンズという服装だった。男はいかにもマイアミ・ヘラルド紙を熱心に読んでいるようなそぶりで、店の出入口に目をくばっていた。男の前にはキューバコーヒーと食べかけのオムレツが置いてあった。

ふたりで近づいていき、「フィッチ?」とわたしが声をかけた。

「アバクロンビー」相手が答えた。

男は黒髪を右側からわけたヘアスタイル。目にはいたずら好きな光がたたえられていた。

「もちろん冗談だろう?」カジュアルウェア・ブランドの〈アバクロンビー&フィッチ〉にひっかけたジョークだ。

男はいきなり相好を崩した。「冗談に決まってる。このくらい楽しまなくちゃ仕事はやってられない。セキュリティの甘い電子メールで本名を名乗りたくなくてね。ケン・ダーガンだ」

男が立ちあがった。わたしたちはそれぞれ自己紹介し、ひととおり握手をかわしてから席についた。野田は必要に迫られれば、まずまず通じる英語を話すことができた。

「朝食はもうすませたかい?」ダーガンはたずねた。わたしたちがイエスと答えると、ダーガンはわたしたちふたりにキューバコーヒーを注文し、居ずまいを正してわたしを見つめてきた。「お父上のことはたいへんお気の毒だった。長年のあいだには、お父上やその会社のスタッフとも何度か仕事をごいっしょさせてもらったものだよ」

「ありがとう。なによりのお言葉だ」

「気立てのいい男だったし、死は才能の損失だね。それにきみについても、いい話をたくさん耳にしたよ」

わたしは軽口を叩いた。「アイルランド系のダーガンという苗字《みょうじ》なのに、スペイン語を話す連中の多いマイアミで仕事を進められるのかい？」

ダーガンは笑った。「文化の境界線を越えた人間は自分だけだと思っているのかな？　パートナーの名前はクルーズだ。どちらもスペイン語をしゃべれる。フリーランサーの力を借りれば、キューバ人やラテンアメリカ人、それにジャマイカ人やハイチ人のコミュニティにも連絡をつけられる。必要なことはなんなりと」

「猪木の足どりはつかめたか？」

「ビルトモア・ホテルにチェックインするなんて、〝見つけてくれ〟と大声で叫ぶも同然だね。きみのご友人は、目立たない隠密《おんみつ》行動には意味がないと思っているらしいな」

野田がいった。「猪木は来客の予定を入れていない」

「そいつは常に最善の策だ」ダーガンはいった。「猪木という男は、戦争中はずいぶん大物の軍人だったと話していたね。もう少し詳しく話してもらえるか？」

「第二次世界大戦中は、軍の特務機関の所属だった男だよ」

ダーガンは片眉を吊《つ》りあげた。「では、いまも矍鑠《かくしゃく》として、人殺しをつづけている？」

「協力者を募っているね」わたしは答えた。

「たしかに、猪木はベッドルームがふたつあるスイートに宿泊しているね」

「では、その部屋に何人が同宿しているかはわかるかな？」

「いや、ちょっとしたアクシデントがあったのでね。情報源になっている女性が予約一覧で名前を見つけてくれたんだが、きみたちがチェックインする前にその情報源——メリーアンという女性がノロウイルスにノックダウンされてしまったせいで、これ以上の情報が手に入れられなかった。理由はいうまでもないが、ホテルに電話で人数だの部屋番号だのをたずねるわけにはいかないし。病気で臥《ふ》せってはいても、メリーアンは猪木がいると思われるフロアをふたつにまで絞りこんだ。なんらかの会合を目的としてＶＩＰの部屋を訪ねるには、セキュリティもそれだけ厳しいので、慎重を旨としなくてはならなくてね」

「客室数は？」野田がたずねた。

「約五十」ダーガンは後悔をにじませた声で答えると、「そこで、きみたちがこういうものを欲しがると思ってね」という言葉とともに、ビルトモア・ホテルの名札とどうやらマスターキーらしき鍵をとりだした。「このあとうちのオフィスに来てもらえれば、制服のブレザーとスラックスを用意しよう」

「ずいぶんなコネがあるんだね——ホテルのＩＤカードやマスターキーを融通してもらえるなんて」

ダーガンの笑みが皮肉なものに変わった。「名札や鍵は、おれの私的な道具箱に用意してあった品だよ。メリーアンに知られたら、もう二度と口をきいてもらえなくなること必定だ。さて、おれもつきあったほうがいいかな？」

「ぜひご同行願いたい」野田がいった。「とにかく相手は意表を突くのが得意なやつなんだ」

「いうまでもないが、自分が通ったあとに点々と死体を残していく習慣もある相手だぞ」わたしはいった。

64

わたしたち三人はスラックスにブレザーという服装で、ビルトモア・ホテルのロビーにふらりとはいっていった。三人とも、見えないように小型拳銃を背中のベルトに突っこんでいた。露骨なほど地中海風の豪華なこのホテルはピーチピンクの一本石《モノリス》といった外見であり、見るからに前時代の産物だった。ホテルは中央にそびえる高い塔と左右それぞれに伸びている翼棟から構成され、マイアミ内でも飛び地となっているコーラルゲイブルズの街に気品と威厳をそなえてしっかりと根づいていた。

「三人とも服装が簡単すぎるんじゃないかな」わたしはいった。

ダーガンの両眉が踊るように動いた。「それは、われらがこの場所を知っていればこそだよ」

野田やダーガンにとってはおめかしが日常の習慣かもしれないが、わたしにはホテルの名札を襟に留めてあるのが愚かしく感じられてならない。ちなみにわたしの新しい名前はトニーだ。

一九二〇年代に建造されたのちに全面改装工事をほどこされたビルトモア・ホテルは、優雅な年のとりかたをしていた。ロビーはグレイや茶色といった抑えた控えめな色彩に満ちていた。硬い木を材料としてつくられた大きな鳥籠が、計算された間隔で配置されていたが、これは小さくてカラフルなフィンチという鳥がエキゾティックであり、高度に優雅な雰囲気の象徴とも受けとめられていた時代に、ホテルが示した敬意のしるしといえた。鮮やかな虹色のフィンチたちは、いまもまだホテルで暮らしていた。

「オーケイ。三人とも手順はわかっているな」わたしはいった。「では連絡を絶やさぬようにしよう」

ダーガンとわたしはさがすべき客室をわけあい、そのまま先へ進んだ。野田は見張り役として持ち場のロビーに残り、わたしたちが足どりをたどる前に標的がホテルを出ていくような事態にそなえて目を光らせている。わたしたち三人は携帯電話の番号を交換しあい、なにかを発見したら即座にほかのふたりに連絡して合流することとした。また今回の捜索が無駄足におわった場合、四十分後にロビーで再集合することに決めた。

わたしは割り当てのフロアにむかって出発した。アドレナリンが全身の血管に流れこんでいた。いよいよ猪木に迫りつつあった。日本の警察当局は複数の家宅侵入事件の件で猪木をさがしているが、わたしの目的は復讐《ふくしゅう》だった。三浦耀司と浜田の仇討《かたきう》ちだ。

いまでは年齢も八十代になった老いたる暗殺者は、かつての当人の影も同然になっているにちがいない。しかし猪木は、首都東京のいたるところに死体を残しながらも、呉《ウー》が三浦の軍隊時代の古い写真から訓練された暗殺者を特定するまで、総勢四万人のスタッフをかかえる強力な警視庁の刑事たちのだれからも嫌疑をかけられずに逃げおおせていた人物だ。

わたしたちは慎重に進んでいったが、わたし自身は最初のうち楽観的だった。野田とダーガンが同行しているうえ、加藤警部補がチームを率いてマイアミにむかっていることもあって、白髪頭の殺人鬼をあっさり拘束し、夕食時間の前には東京へ送りかえせるのではないかと踏んでいたのだ。あるいは、多少時間を食ったとしても、あしたのうちには、と。

わたしはビルトモア・ホテルの廊下をのんびり歩きながら、客室のドアを鄭重《ていちょう》にノックしていった。柔らかな薔薇色《ばらいろ》のカーペットがわたしの足音を消してくれた。わたしはフロアマネジャーを名乗り、宿泊客が紛失した荷物について早口の英語で問いあわせていった。ブレザーと名札は、疑いの念をあっさり消すに充分だった。

大多数の宿泊客は部屋にいなかった。部屋にいた場合でも、ノックに応じて顔を出すあいだしかドアをあけてくれなかった。ノックをしても返答がなかった場合には、あとで再訪する予定にしながら先へ進んだ。マスターキーをつかうのは、調べが収穫なしにおわった場合にかぎると決めていた。

猪木が旅行にふたりの中国人をともなっていることを考慮し、わたしたちはアジア系のアクセントが猪木の存在を示すものだと考えた——ドアのわずか五センチの隙間ごしに早口で問いあわせを投げつけたのは、そんな彼らを混乱させるためだ。連中がドアをあけはなって、みずから姿をさらすようなことはまず考えられないだろう。それとわかるアクセントで鄭重に返事を拒まれたら、こちらは謝罪を口にしていったん撤退、ロビーで再編成をおこなったのちに三人でその客室を襲撃する。

わたしは二十五室がリストアップされている手もとの書類から十六番めの部屋をバツで消すと、十七番めの客室に進んでノックし、定番の質問を投げた。

「どうぞ、部屋へ」くぐもった声がきこえた。

ドアはあいたままになっていた――近いうちにメイドかルームサービスが来ることを予期していたかのように。わたしはなにも考えずにドアをさらに押しあけて、部屋に足を踏み入れた。なんとでもいうがいい――不注意、愚行、あるいは時差ボケ。あと知恵でなら、なにをいっても関係ない。時すでに遅し――だ。

65

室内には三人の人間がいた。三人とも立っていた。ふたりは銃をかまえていた。そのふたりの片割れが猪木だった。

「ようこそ、ミスター・ブローディ」猪木がいった。「遠慮せずにはいりたまえ」

わたしはドアノブに手をかけたまま、半歩分あとずさった。

猪木が拳銃をもった腕をまっすぐ伸ばした。「だめだ。こっちに来たまえ。いっておくが、わたしは本当に撃つよ」

猪木の前歴を思えば、たとえここがビルトモア・ホテルの神聖なる廊下であっても、いまの警告をあっさりふり払うのはむずかしい。

「どうしてわたしが来るとわかった？」わたしはたずねた。

猪木は鼻先でせせら笑った。「わが配下のひとりがロビーできみたちを見かけてね。それで、こちらへのお出ましを待とうと決めた。さあ、お願いだから部屋にはいってドアを閉めてくれないか」

《お願いだから……ときたか。礼儀正しく死をもたらす手》

ひとりだけ武器をもっていない男が近づいてきて、わたしをスイートルームに引きずりこみ、ドアを力まかせに閉めてからデッドボルトをかけた。そのあとわたしの体を手で軽く叩いて身体検査をし、わたしの銃を没収した。男は中国人で、この場の三人めの男も同様だった。ともに長身で痩せ型、ともにぼさぼさの乱れたヘアスタイルで、凶悪な面相のもちぬし。顔だちから兄弟に思えた――年長の兄が四十代なかば、弟は十歳くらい年下だろうか。どちらも、先日遊覧船でわたしを襲った三人のなかにはいなかった。

「この仕事は投げだしておくべきだったんだよ、ブローディ。わたしはきみの依頼人には手を出さなかったんだから」

猪木の言葉や挙措には傲慢さがのぞいていた――先日、三浦邸で顔をあわせたときには、そんな気配はまったくなかった。潜入工作員としての仕事で、そのたぐいのテクニックを叩きこまれたのだろう。

「三浦がわたしたちを雇ったのは、まず身辺警護をしてほしいからであり、さらに家宅侵入事件の犯人を見つけてほしかったからだ」

「本当かね？　ま、これできみにもわかったわけだ。ただし……わかっていないわけだが」

猪木の目の奥で、なにかがぎらりと光った。

「あれだけ大勢の人を殺す必要があったのか、猪木？」わたしはたずねた。

返答の言葉を思案していたのだろう、猪木の口から灰色がかった紫色の肉厚の舌がずるりと這《は》いだしてきた。舌は太りすぎのなめくじめいた動きで上下の唇のあいだを滑っていった。「作戦行動がどれほど胸躍るものかというのを、すっかり忘れていたからね」

「作戦行動？」

「戦時中の満州は、わたしにはまたとない遊び場だったよ。欲しいものはなんでも手に入れられた。生命、女、そして黄金。しかし、当時はあとさき考えずに、得た金をばらまいてしまった。まだまだ若く、自分が引退したあとの年月に備えて資金をつくることなど考えもつかなかった。それが若さというものだ」

「では、家宅侵入事件にはどういう意味があった？　おまえのかつての栄光の日々を再現するくわだてだった？」

舌が下唇を内側から押しだしていた。「わたしをからかっているのだろうが、そのじつ自分でも気づかぬほど真相に近い線をいっているぞ。ここはひとつ、わが昔日の情熱を再発見したといっておこうか。最初の一家を対象にした作戦行動に手を染めたがさいご、とてもやめられなくなった。かつての衝動が復活した。とりわけ女を手にかけたいという欲望が。いや、いっておくが、すべてを自分の手柄にする気はないよ。ここにいる鄺《クアン》兄弟に手伝ってもらったからね」

わたしのなかで、なにかがこの男から逃れようと身をすくませた。この男は過去の遺物、腐りきった粘液だ。

「どちらも子供たちがいる一家だったんだぞ、猪木」

猪木は顔をしかめた。「わたしを裁くとは、なにさまのつもりだ？　昔は政府がわたしに給料を払って、まったくおなじことをさせていたのにな。三浦の軍隊仲間は、いまではみな老人だ。ひとりは視力をうしない、ひとりは車椅子に縛りつけられた身だった。あの男たちの生命はすでに尽きていたんだよ」

「その人たちはおまえの友人でもあった。まあ、おまえの新しいお友だちには、そのへんのことを思い出させたほうがいいのかも」

兄弟の兄のほうがせせら笑った。弟はまったくの無反応だ。

猪木はさも感心したように片方の眉をぴくんと吊りあげた。「きみは切れ者だな、ブローディ。しかし、その手は利かないよ。このふたりは家族も同然だ。満州では、わたしはエリート部隊に所属していた。それもトップの陸軍元帥に直接報告を入れる立場だ。わたしたち部隊の者は、それはもう多岐にわたる……仕事をこなした。兵士の行動監視のために、身分を偽って派遣されることも珍しくなかった。一時期は三浦の部隊にも配属されてはいたが、そのあいだもわが忠誠心の対象はあくまでもわが上官たちと自分自身の部隊でありつづけたよ」

これで、昔の写真で猪木が自分の顔を隠そうとしていた理由がわかった。

わたしはいった。「では三浦は、おまえに裏の役目があることを知らなかったのか？」

「知られてなどいるものか」

「では、三浦は〈黒い風〉のことを知っていた？」

猪木がふっと静かになった。「その名を耳にしたのは数十年ぶりだな。どうしてきみがそんなことを知っている？　作戦自体が極秘にされていたし、われわれのコードネームはそれと異なるものだった。あれを〈黒い風〉と呼んでいたのは中国の農民だけだったよ」

わたしは黙っていた。

猪木は視線でわたしの顔をさぐりつつ、拳銃をかまえた手をわずかにあげた。「その話をだれからきかされたのか、わたしに明かす気はあるかな？」

「あえて明かしたい気分じゃないな」

猪木はそれからもなおしばらく、わたしをにらんでいた。

「呉《ウー》だ」やがて猪木はそう口にした。「わたしがおまえに手がかりをくれてやったではないか。あの老いぼれのいんちき医者もどきは、まだ生きているのか。いや、噂《うわさ》はちょくちょく届いてはいたが、川であんな銃撃にあっても生き延びられたというような話は頭から信じなかった。わたしの見立てどおりなんだろう？」

わたしはなにもいわなかった。呉《ウー》とは、その名前を口外しないと約束し、わたしは約束を守った。しかし、なかにはきわめて少人数のサークルもある。中国スパイの周《チョウ》は暗がりを凝視して、そこに呉《ウー》を見つけた。猪木はさらに少ない材料から占って正解した。八十歳を超えていても、猪木の脳はいまもスムーズに動いている。猪木がいまなお多くのレベルで危険な男であることに変わりはない。

老兵士の猪木が呉《ウー》に寄せた興味は薄れかけていた。「このわたしがどのくらい前から溥儀《ふぎ》の財宝をさがしていたかを知っているのか？」

「財宝がラスト・エンペラーこと溥儀のものだったというのは確かなのか？」わたしはいった。「溥儀は一文なしの境遇で死んでいったぞ」

「ああ、その点は確実だ。財宝の〝配置転換〟の作業監督が、わが生涯最後の任務のひとつだった。戦争末期に日本軍の勢いが衰えはじめたころ、わたしは溥儀の側近たちから、万一の事態にそなえて財宝を半分にわけて運びだすよう命じられた。財宝を隠匿するにあたっては、溥儀がもっとも信頼する中国人側近がわたしたちに付き添った。われわれは荷車で五台分にもなる財宝の数々を、ある山奥の洞窟に隠した。そしてその帰路、われわれ一行は山賊に襲撃された。われわれは相手を圧倒するほどの火力で応戦、短時間で敵を掃討した。しかし――」猪木はここで目をぎらりと光らせ、「――溥儀の側近が流れ弾を受けてしまった」といって、にたりと笑った。「われわれはその運な男のなきがらを運んで帰った。また本当に襲撃されたと証明するため、二、三人の山賊の死体ももち帰ったよ。ただし、山賊の銃を拝借して溥儀の右腕の男を撃ち殺してから、わたしは地図を改変した。溥儀が洞窟をぜったい発見できないようにね。

それから二週間後、なんの前ぶれもなく無条件降伏となって、わが戦争の日々はおわった。それ以上に災難だったのは、日本人を狙った狩猟が解禁日を迎えたことだ。中国人がわれわれを狩り立ててきた。ロシア人どももだ。わたしとともに荷車を洞窟に隠した四人の男たちのうち、三人までが敗戦の翌日には殺されていた。計画では南に車を走らせて、最寄りの港に行くことになっていた。この五人ならたどりつけるはずだった。しかし、わが信頼できる友人のうち三人が殺されたことで、わたしは残るひとりが寝ている隙にのどをナイフでかっさばいて、秘密が自分以外に洩《も》れないようにした。真の隠し場所を知っている人間は、わたしを残して全員死んだ。財宝はわたしだけのものになった。

しかし、この身だけでは五台もの荷車を運んで逃げられなかった。そして日本が降伏するなり中国は大混乱に陥ったため、わたしは騒動が静まってから中国に帰ることに決めた。ところが共産党と国民党のあいだで内戦が勃発し、それがだらだらと何年もつづいた。勝利をおさめたのは共産主義者で、連中は国を閉ざしてしまった。ようやく七〇年代になってあの国がふたたび門戸をひらくと、わたしは観光ツアーに参加して例の洞窟まで赴いたが、そのときには隠した宝は消え失《う》せていた。

わが昔の中国ネットワークは、散り散りになっても残ってはいた。長いあいだに彼らにはずいぶん多額の金を融通していたから、われわれに感謝して忠誠をたもちつづけたわけだ。ここにいるふたりの男は、わが無二の親友だった鄺《クアン》の孫息子だよ」猪木はいったん言葉を切って兄弟に情愛のまなざしをむけ、顔をしかめた。「そして今年の夏、溥儀の財宝にまつわる噂話が流れてきて、このふたりが噂の真偽を確かめにいった。財宝を隠した洞窟は安立峒《アンリドン》の近くだった。財宝は近くの村に住む農夫の手で、ほかの場所へ移されただけだった。ただし地元の当局者には信用できる者がおらず、また自身では財宝を海外へ送りだすこともままならず、結局その男は、三浦の昔の部隊にいた土居にコンタクトをとった。土居！　たかが金魚ごときのために命までをも危険に晒《さら》す痴《し》れ者だよ！　しかし、それはもう三年も前のことだ。三年も昔のことでありながら、その話をきいたのは今年の夏になってからだ。しかも話を耳にしたときでさえ、土居の件は知らなかった。

くだんの村の人々は、土居が例の慈善目的の旅行で中国本土を訪ねたおりに近づいた。村人たちは土居に好感をもって信頼した。土居は、自分は経済面では安定しているため、財宝には個人的関心はない……などと馬鹿げた嘘《うそ》をついていた。そして土居はかつての中尉である三浦晃をたずねた。あいにく三浦は妻をともなって温泉旅行中で不在だったが、息子の耀司が留守番をしていた。土居は耀司に財宝の話をきかせた。耀司は、自社の仕事の関係で中国本土に多少の心あたりがいるので、このことはまかせてほしい、ただし父親は心臓に持病があるので、このことはくれぐれも話さないでくれ、と土居に頼みこんだ。三浦晃の心臓は健康そのものだったが、土居はそんなことを知らずに息子の耀司と手を組んだ。それから三年が必要だったが、ついに耀司は財宝を国外へ運びだすことに成功した。最後の荷物は今年七月に香港から発送された。われわれがあの家で同席したとき、土居は三浦晃にも声がきこえるところで、わたしに財宝の一件の話をした。もちろん、秘密の部分は抜きだ。あの痴れ者が金魚の餌やりを理由に三浦邸を出ていき、このふたりがあの男から力ずくで話の残りの部分をききだしたよ」

「話がどうにも見えてこないな。どうして土居を追った？　それに耀司を殺す前に、とりあげるべきものをすべて奪ったのか？」

猪木は虚をつかれた顔を見せ、次の瞬間には高笑いをあげていた。「おまえは、われわれが耀司を殺したと思っているのか？」

「殺したんだろう？」

「まさか」

「それに浜田のことも？」

「それはだれだ？」

これは妙だ。猪木は打てば響くように答えたばかりか、その答えは本心からの言葉に思えた。

「では遊覧船で、わたしを襲ってきた男たちは？」

猪木は頭を左右にふった。「おまえはわたしを動揺させようとして、たわけた話を口走っているんだな。そんな手に乗るものか」

機関銃のようなこの返答ぶりに、わたしは不安になった。もし猪木の一味の者が、いまあげた事件にいっさい関係していなかったのなら、すぐ近くに姿を見せないグループが潜んでいることになる。野田の、三浦夫人を救おうとする〝白い騎士〟説を補強するに味方する事実がまたひとつ増えたことになる。

わたしはいった。「しかし、だったらおまえはマイアミでなにをしている？」

この言葉をいいおわらないうちに、いきなり真相が見えてきた。

《しかし猪木らが航空券の予約を入れたのは前々日の朝で、そのタイムスタンプは、わたしが財宝の件を話しあうために三浦邸を訪ねた時間に先立つものだった》

この男は、溥儀の隠されていた財宝目あてにここへ来たのだ。

わたしたちの会話のあいだ、ずっと落ち着かないそぶりを見せていた鄺《クアン》兄弟の兄のほうが中国語でなにか話しはじめ、そのあとわたしには意味のとれない会話がつづいた。

猪木の目つきは厳しかった。「わがパートナーは、おまえにこれ以上は明かすなといっているが、それには心配無用だと答えたよ。どのみち、おまえはもうじき死ぬからだ。パートナーは、自分におまえを殺す役をやらせてくれるなら、わたしがおまえの質問に答えてもかまわないといってよこした。交換条件としては不公平だが、リーダーの座にある者は、ときにはより大きな利益のためにみずからの快感を犠牲にせねばならぬときもある。きみには功夫《カンフー》の心得があるのか?」

「いや」

「よかった。ならば、きみの死は迅速かつ苦痛のないものになるだろうよ。あの男が背骨をあっけなく折る場面は前にも見たことがあってね。さて、なにを話していたんだっけ? ああ、マイアミだ。土居のおかげもあり、われわれは耀司のグループの足どりを追ってマイアミに行き着いた。土居も耀司も亡きいま、残っているのは五人だけだ。しかも、そこに軍隊出身者はひとりもいない。われわれは彼らの手から財宝を奪い、こちらに手を焼かせる者がいれば殺すまでだ。しかし、その前にまずきみを片づけなくては」

猪木がうなずくと、兄弟の兄が突進してきた。

66

猪木は質問の仕方をまちがえていた。

なるほど、功夫《カンフー》の心得こそなかったが、猪木の生国である日本の空手や柔道がなんの護身術ももたらさないとはいえない。

猪木の自信のほどが見当ちがいであることはすぐにわかった。兄の鄺《クアン》の技倆《ぎりょう》はせいぜい二流だった。テクニックは、いってみればまだ固まらない軟骨同然であり、本物の骨は一本もなかった。基本的な身ごなしはわきまえていたし、それなりに力もそなえていた。戦う相手に格闘技の心得がわずかだとか、あるいはまったくの素人《しろうと》だった場合には無敵を誇るだろう。しかしわたし相手では、この男に勝機はかけらもなかった。

しかし、それではわたしが深刻な危険に晒されてしまう。

男の攻撃をかわすのは簡単だったが、そうやって勝ってもわたしが負けることになる。すでに二挺《ちょう》の拳銃がわたしに狙いをつけていた。兄の鄺《クアン》が負ければ、銃器での報復が待っている。ふたりは引金を絞るだろう。わたしも弾丸が相手では身を守れない。身を守るすべは——身を守る楯《たて》につかえるのは——猪木がいう功夫達人《カンフー・マスター》だけだ。しかも、それには苦痛がともなうはずだった。

鄺《クアン》と組みあうたびに、相手の攻撃を一回はわざと受けた。すかさず身を少しだけに引いて鄺《クアン》の打撃の威力を弱め、打撃の的をわずかにずらしつつ最後の一瞬で防御姿勢をとって衝撃をかわす作戦をとった。まわりで見ている者の目には、鄺《クアン》がわたしに痛みを与え、じりじりとわたしを消耗させているように見えただろう。わたしもいかにも苦しんでいるように顔をしかめて見せた。演技するのは簡単だった。鄺《クアン》はかなりの腕力のもちぬしで、パンチには否定しようもない荒々しい力がこもっていたからだ。

毎回の打ちあいに先だって、わたしたちは相手のまわりをぐるぐると回った。兄の鄺《クアン》以外のふたりは、わたしたちから充分な距離をとっていた。八回めか九回めの打ちあいに先立って、わたしは目当ての位置を確保することができた。鄺《クアン》が次に襲いかかってくると、わたしはわざと鄺《クアン》を内懐に引きこみ、片腕をつかみながら体を床に落とした——同時に片足を鄺《クアン》の下腹部に押しつけ、その体を弟めがけて投げ飛ばす。ついで間髪を入れずに身を転がして跳ね起き、鄺《クアン》のあとから弟に跳びかかっていった。

鄺《クアン》は頭からまともに弟にぶつかっていった。兄弟がともに倒れこみ、さらに兄のほうは体に勢いがついていたため、床に倒れた弟よりもさらに一メートル半ばかり先にまで滑っていった。弟のほうが体を起こしかけたので、わたしは弟の胃のあたりにパンチをお見舞いすると同時に拳銃をとりあげ、その背後にまわりこんだ。髪の毛をわしづかみにして力ずくで引き立たせ、とりあげた拳銃の銃口を弟の頭に押しつける。

猪木が眉をひそめた。「そんなことをしても、避けがたい事態を先延ばしにしているだけだぞ」

「これで流れが変わったんだ」

「いや、変わってない」

わたしは頭のなかでこの老暗殺者に有利なように考えてやり、人質という楯の背後で自分の体を縮めた。猪木の射撃の腕が加齢とともに衰えているとはいっても、わずか三メートルしか離れていないのだから、抑止の要素にならない。猪木が腕に自信をもっているのは確実だ。かまえた拳銃の銃口が射撃のチャンスをうかがっている。兄のほうは真っ赤な顔であたふたと立ちあがり、落としたわたしの銃をすかさず拾いあげた——その銃も機会をさぐっている。

「こちらは引金に圧力をくわえていてね」わたしはいった。「そちらが撃てば、わたしは仰向《あおむ》けでうしろへ倒れるが、そのときに体重がかかって引金が引かれる。たとえそちらの銃がわたしの急所を撃ちぬいても、この男は死ぬか、運よく死なずとも、植物状態になるだろうね」

兄の鄺《クアン》が銃をおろした。猪木は変わらずわたしに狙いをつけたままだ。兄がこの老兵士にうなるような声の中国語でなにか語りかけると、猪木は腕を下へ垂らした。

「これからどうするかを教えてやる」わたしはいった。「おまえたちふたりは、まず客室から外へ出ろ。そのあとで、この男を外へ送りだしてやる」

猪木はかぶりをふった。「おまえが生きてこの部屋を出ていくことはぜったいにない」

わたしは人質の体を引きずったまま、近くにあった寝室のドアの前にすばやく移動した。ドアを蹴りあけ、室内のレイアウトを目でさっと確かめてから、すぐに視線をふたりの男にもどした。どちらも、好機に乗じて近づいてきたりはしなかった——なかなか賢明だ。

「オーケイ。では、もうひとつのシナリオだ」わたしはいった。「わたしがこれから寝室に飛びこんで、この男を撃ち殺す。そのあと、おまえたちのどちらかが寝室に走りこんでくるのを待ちかまえ、すばやく二発の弾丸を撃ちこんでやる。そうやってふたりを片づければ、あとは一対一の戦いになる。これがおまえたちに残された第二の、そして最後の道だよ」

わたしは兄の鄺《クアン》にも理解できるよう、ゆっくりと明瞭な発音の日本語でそう話した。

ふたりは無言だった。

わたしはつづけた。「ここにいる弟は日本語をしゃべれるのか?」

「いや」

「英語は?」

「話せない」

「だったらこの男に手の合図で〝動くな、待っていろ〟と伝えるんだ」

兄の鄺《クアン》はまず〝待て〟の合図を手で送ってから、〝なんの心配もない〟というメッセージを充分な説得力をもって手ぶりで伝え、猪木になにごとかを耳打ちしていた。

特殊任務に従事していた老兵の猪木はこういった。「ここにいる中国人のわが友人が、自分の手できみを撃ち殺したいといっているよ」

わたしは弟をつかんでいる手に一段と力をこめ、人質の頭に押しつけていた銃口を離すと、あらためて弟の心臓のあたりに押しつけた。「さあ、そちらが動く番だ」

兄の鄺《クアン》はしかめ面《つら》になった。「ならず者め、どうしておまえが信用できる男だとわかる?」

「わたしが弟を記念品として家へもち帰るといっているか? おまえが部屋の外へ出れば、また弟といっしょになれるぞ」

「オーケイ。おれたちは出ていく。弟が出てこなかったら、おれはおまえを殺す。きょう殺さなくても、永遠におまえをさがしつづける。そして見つけたら殺す」

わたしはあきれた気分で目玉をまわした。「弟はちゃんと返す。ただ、もう二度とわたしに銃をむけるな」

ふたりはわたしと人質のあいだで視線をせわしなく往復させながら、うしろむきで部屋のドアへむかった。

兄の鄺《クアン》がドアノブに手を伸ばすと、わたしはいった。「銃はサイドテーブルに置いていき、外に出たらドアを閉めるんだ」

ふたりは磨かれたマホガニーのサイドテーブルにそれぞれの銃を置いてから部屋の外に出ると、わたしと人質を残してドアを閉めた。

これでひとつの戦闘で勝利をおさめたが、戦争に勝ったわけではなかった。

わたしは客室の扉に近づいていった——弟の鄺《クアン》の体をドアと自分のあいだにはさむ楯にしたのは、猪木がふたつめの武器をかまえて客室に躍りこんでくる場合を想定したからだ。軍隊経験者なら、戦闘チームへの参加にあたって充分に武器を備えていないはずはないからだ。

ドアに近づくと、鄺《クアン》は身もだえしはじめた。

「静かにしろ」わたしは甘い声で囁《ささや》き、この声がメッセージを相手にはっきりと届けることを願った。

しかし、メッセージは届かなかった。

そこで銃口を頸動脈《けいどうみゃく》にぐりぐりと押しあてると、弟の鄺《クアン》は静かになった。

「よし、いい子だ」わたしはこのときもあやすように甘い声をつかったが、言葉は日本語に切り替えた。「ロケット工学みたいにむずかしい話じゃない。おとなしくしていれば命は助かる。しかし、わたしに妙な体当たりを仕掛けてみろ——引金にかかっている指にぶつかるかもしれないんだぞ」

兄は多少日本語を話せるのだから、弟もぽつぽつと理解できる単語があるだろう。わたしの真意を受けとるだけなら数語で事足りる。これからの三十秒間が大勝負だ。だから、都合のわるいタイミングで人質がパニックを起こすような事態は避けたい。無分別な行動でふたりとも命を落としかねないのだ。

わたしは頭を動かすことで弟にドアをあけるよう指示してから、銃口をさらに強く首に押しつけていった。「ゆっくりだぞ」

弟にメッセージが伝わった。

ドアノブに手を伸ばし、おずおずと引く。わたしは片足でドアの動きにブレーキをかけていた。ひらいた隙間から廊下をのぞく。猪木も兄の鄺《クアン》の姿もなかった。

「よし。外へ出ていいぞ」

わたしはそういうとドアを引きあけて弟の鄺《クアン》を廊下に押しだすなり、一気に身をひるがえして背中を壁に押しつけ、同時にすかさずドアを閉めた。デッドボルトをかけ、隣室とのあいだの壁に背を押しつけた。

遠ざかっていく足音がきこえた。その一秒後には、複数の人間がかなりの早足で近づいてくる足音が耳をついた。人数はわからなかった。次の瞬間、一発の弾丸がドアのほぼ胸の高さの箇所を貫いてきた。

弟の鄺《クアン》が中国語でなにか叫んだ。《くそっ》あたりか。中国語の知識がなくても、相手がなにを訴えているかはわかった。わたしが床に身を投げるのと同時に、つい一瞬前までわたしが背中を押しつけていた壁の裏側から二発の弾丸が部屋に飛びこんできた。

わたしは転がって仰向けになると、その姿勢のまま銃で反撃した——壁に弾丸が穿《うが》ったふたつの穴の三十センチ弱下方を狙って。兄の鄺《クアン》の悲鳴につづいて、重く足を引きずって退却していく足音がきこえた。

しかし、敵方にあと何人残っているのかはわからなかった。ついでに、いま部屋の外に何人いるのかも。

67

わたしは野田に電話をかけた。

「ずいぶんのんびりしてたな」野田はいった。「無事なのか？」

「のこのこ罠《わな》に踏みこんでしまってね。猪木のほかに中国人の悪党がふたりいた」

「いなくなったのか？」

「わからない。銃撃戦になってね。相手のひとりには命中させた。ふたりで、わたしを迎えにきてほしい」わたしは部屋番号と鄺《クアン》兄弟の人相風体をざっと話した。

五分後、客室のドアにノックの音がした。

「こちら異状なし。まだこの部屋にいるのか、ブローディ？」ダーガンの声だった。

「ああ」

「ひとりか？」

「そのとおり」

「怪我《けが》は？」

「エゴが傷ついただけさ」

「オーケイ、おれたちはここを出る必要がある。あちこちの部屋の客が顔を出しているのでね。ホテルの警備員がもうそこまで迫ってるだろうな。よし、ゆっくり出てこい」

プロの応答だった。ダーガンは、わたしが室内で悪漢に銃をつきつけられて自由に話ができなくなっている事態を憂慮していたのだ。ドアスコープから廊下を見たが、だれも見えなかった。わたしは拳銃を前側のベルトに突っこんで向こうからも見えるようにすると、デッドボルトを解錠し、両腕をだらりと垂らして外へ出ていった。即座に何者かの手がわたしを右へ引っぱった。ダーガンは左に二メートル弱離れたところで反対側の壁に身を寄せてしゃがみ、わたしにつづいて客室から出てくる者がいれば即座に仕留められるように拳銃をかまえていた。わたしはダーガンに目をむけた。数秒経過。わたしを引っ張って押さえていた野田が手を離した。

「どうやら本当にひとりだったようだな」ダーガンがいった。

わたしはうなずいた。「ああ、でもその点に気を配ってくれてありがたかった」

ダーガンは立ちあがると、壁やドアに残された弾痕を見つめて頭を左右にふった。「こりゃメリーアンが怒りまくるな。とりあえずこの先の階段をつかって逃げるのがいちばんだ」

わたしたち三人は廊下の突きあたりをめざして歩きだした。

「怒りまくるというのは、どの程度だ？」わたしはたずねた。

「メリーアンはここのアシスタントマネジャーでね。いまは家で吐き気に苦しんでる。こうなるとクソいまいましいノロウイルスが救世主に思えてくるな。さて、とりあえずここを出たら、名札とブレザーを返してもらうぞ」

わたしたちは小走りに階段をおりていき、二階の踊り場に着いたところで襟にとめるビルトモア・ホテルの名札をはずした。ブレザーは、ホテルの敷地を出るまではこのまま着ていることにする。

「また連中の行先を割りだせるかな？」わたしはたずねた。

「二回めは初回の五倍はむずかしい――二回めは、われわれが探していることを向こうに知られているからだ。とにかく外へ出たら、話を洗いざらいきかせてもらいたい」

一階にたどりついて階段室のドアをあけると、その先はフロリダのまばゆい日ざしがあふれ、ゴルフコースに通じている芝生の庭だった。

「裏口だよ」ダーガンがいった。

わたしたち三人は、ゆるやかに起伏をくりかえす広大な芝生の地をそぞろ歩きはじめた。パームツリーがあり、薔薇の茂みがあり、散歩用の小道があった。さらに先には、見わたすかぎり広がっているフェアウェイがある。右に目をむけると、薔薇の茂みの先に屋根つきのパティオとプールサイドのレストランが見えた。

わたしたちはスイミングエリアに足をむけた。デザイナーズブランドのビーチウェアやビーチコートを着た女たちが、ニットシャツとトランクス姿の男たちとくつろいでいた。女たちのほとんどがカラフルなカクテルを手にしていた。いちばん目立っている酒はモヒートだった——ミントの若枝がグラスに押しこまれ、紫の百合《ゆり》の花がグラスのへりからこぼれ落ちそうになっている。男たちはクリスタルタンブラーのウィスキーかマティーニを飲んでいた。

見わたしても、ビールはまったく見あたらない。

「こっちだ」ダーガンが押し殺した声でいってレストランエリアから離れ、プールに沿ってホテルの建物の正面側にむかって伸びている屋根つき通路を歩きはじめた。

わたしはふと足をとめて、周囲の全景を目におさめた。プールは小さな礁湖《ラグーン》なみの大きさがあった。鯨たちが浮かれ騒げそうだった。ここなら、ヨットクルーたちのレガッタ練習もできそうだ。

パティオにはタイル貼りのテーブルと錬鉄製の椅子がならべられていた。プールをはさんで対岸には宿泊客用の離れ形式のコテージがならんでいた。コテージの外にはラウンジチェアやテーブルがあり、四目《よつめ》格子があり、植物が目隠しになっている青々とした小コーナーがあった。

そのあたりに視線をめぐらせていると、見覚えのある人影に目がとまった。その女性は三つ先の日陰になっているテーブルにつき、優美なしぐさでラズベリーモヒートをストローで飲んでいた。女はいかにもレディらしく小指をぴんと立てていた。

クッションつきの椅子に腰かけ、最後に東京で見たときとおなじように幼い息子を膝の上に抱いていたのは……三浦耀司の妻だった。

68

これは驚いた。悲劇からずいぶん早く立ち直ったものだ。わたしは誘いの言葉も待たずに、夫の耀司に先立たれた女性の向かいの席にすわりこんだ。

「これはまた妙なところでお目にかかりましたね」わたしはいった。

驚愕《きょうがく》の表情がその顔を横切っていったが、すばやく立ち直ったことで驚きは消えていった。口をひらいたとき、夫人の顔には落ち着きはらった冷静さしか見えなかった。「ミスター・ブローディ。これは意外な喜びそのものね。あなたも休暇旅行でこちらへ？」

夫の遺体がまだ警察の霊安室にあるというのに、夫人はフロリダの陽光を全身に浴びている——おそらく近くに恋人がいるにちがいない。そんな真似《まね》をしていながら、夫人は実に元気そうに見えた。コーラルレッドのビキニタイプの水着の上に、裾がふんわり広がっている優雅な白いシフォンのくるぶし丈のビーチコートを羽織っている。連れの姿がないかと周囲を見まわしたが、それらしい男性は見あたらなかった。ゴルフコースに出ているのだろうか。

「仕事兼休暇とでもいいましょうか」わたしはいった。「ところで、もう猪木さんと話をしましたか？」

「だれですって？」

もとよりろくに根拠もない出まかせで、いい結果を期待してはいなかったが、それでもいちおうは三浦夫人にその言葉をぶつけたのだ。夫人の困惑の表情は本心からであり、それも当然だといえた。鄺《クアン》兄弟は、三浦耀司の旅程表を土居から手に入れていた——旅程表には、耀司とそのパートナーたちがビルトモア・ホテルに宿泊する件も記されていたのだろう。

「このホテルを選んだのはご主人ですか？」

夫人はすわったまま体の位置を変えた。女性らしさを感じさせる心地よい香りがただよってきた。息子の方はプールで水をはね散らかしている子供たちをながめて、ワット数の限界まで明るく屈託のない笑顔をのぞかせていた。ついで、首を片側に転がす——その目はなにかを見ているようでありながら、焦点があっていなかった。四肢の関節にはいささか不自然に曲がっているところもあったが、本人にはそれほど不自然でもないのだろう。

「ええ、もうずっと昔にね。島々をめぐる旅に先立って、最初の宿泊先になるはずだった。あなたが最初にわたしを訪ねてきたときに、旅のこともお話ししたと思うけど」

最初にこの女性の自宅を訪問したときに旅の話も出たが、間接的な言及にすぎなかった。あのとき残された夫人はみずからの運命や将来、それに金銭面での安全ネットが自分にないことなどを嘆き悲しみ、さらには癇癪《かんしゃく》の発作を起こすことで、こちらにほんの少しでも有用な情報を引きわたすことを巧みに避けおおせていた。

わたしが隠そうともしていない疑念を見てとったのだろう、三浦夫人はいい添えた。「あれだけいろいろなことがあったのだもの、あの国から出ないではいられない、いられなくなった——だから、ひとりで旅に出たの。いえ、厳密にはひとり旅とはいえないわね」そういって微笑《ほほえ》みのワット数をあげながら、「息子の健ちゃんは、わたしのお目付役よ」といって、息子の髪をくしゃくしゃとかきまわした。息子は気づいたそぶりを見せなかった。両目はプールで遊ぶ人々に釘《くぎ》づけで、どんより濁った質感に変化は見られなかった。

「しかも、立派なお目付役ですね」わたしはいいながら、無遠慮にテーブルの上に視線を走らせていった。

夫人の前には、食べかけのロブスターサラダのサンドイッチの皿があった。健の前には、フライドチキンがメインのお子様ランチの皿とチョコレートミルクのグラス。そしてわたしの前には、なにもない皿と中身のないタンブラー。

三浦夫人の笑みがかすかに揺らいだ。「友人たちはみな、わたしがここへ旅をするのはなによりもすばらしいことだと思ってくれたのよ」そういって、わたしに秘密の話を打ち明けるかのように身を乗りだす。「ほら、耀司の最初の計画では、ここからカリブ海の島へ行くことになっていたの——でも、わたしには現地の人たちが半分裸でうろついているような島がどうしても馴染《なじ》めなくて。あの人たちの文化も音楽も、そのほかなにもかもわからない。だったら、マイアミに滞在しつづけるのもいいかなって」

「では、耀司さんの思い出をたどる旅なのですね？」

「そう、そういうこと」

夫人の笑みが安定したものになり、わたしも調子をあわせて微笑んだ。そのうえで、わたしはいよいよ爆弾を投下した。「つまりあなたは、財宝を探し求めているボーイフレンドと旅行しているわけではないのですね？」

そういって空《から》のタンブラーを手にとり、小さく揺らしてみせた。

夫人は激しく赤面した——これ自体がゲームを放棄した合図そのものだった。しかし、語るに落ちたも同然の目にあいつつ、夫人はけなげにもこの窮地から自分を助けだそうと努めていた。

「あなたは日本語がとてもお上手ね」三浦夫人は勝ち誇ったような笑みをのぞかせて話した。「でも知りあって間がない相手と話すには、ずいぶんぶしつけすぎる」ここで伝染力のある笑い声をあげ、やんわりとわたしを懐柔しにかかる。「それにしても魅力的なお仕事をなさってるのね。いつも、このような土地を旅行で訪れているのでしょう？　マイアミなんて、あなたにとってはただの定番の土地なのではなくって？」

ごまかしではない賞賛の念が言葉ににじみはじめていた。

夫人は会話の方向を変えていた。それによって、わたしの問いかけをかわしたのだ。愛人の存在を正面から否定する言葉は出てこなかった。わたしが口にした財宝に興味を示すこともなかった。その両者を鷹揚《おうよう》に受け流し、からかうような表情でわたしの無礼を許してから、ふたたび女性としての魅力に訴えはじめた。

効き目のある策だ。

夫人の笑みはますます広がり、さらに蠱惑《こわく》的なものになってきた。両の瞳はきらきら輝いて、このわたしが何年も出会ったことのない最高に魅力的な男だとでもいいたげに、じっとわたしの目に焦点をあわせている。その目が投げかけてくるメッセージは見逃しようのないものだ。美しい女性であることは確かだった。死んだ夫の耀司が囲っていた愛人と比べると年齢こそずっと上だが、それでもなお一歩もひけをとらない美しさだった。

「お詫《わ》びを申しあげます。わたしの仕事は人からいろいろな話をききだすことですので」わたしはそういって、この件に今後のふくみをもたせた。

ふくみをもたせた状態がつづき――

——消え去った。

夫人の笑みは限界まで広がり、あごのラインがいかめしくなった。そして夫人は扉を閉ざした。「ゴシップやあてこすりはすこぶる下品だと思いませんか？　いわせてもらえば、あなたはいまも雇われている身分なのでしょう——あの男に？」

三浦晃を指す最後の言葉が口から出ると同時に夫人の目が暗く翳《かげ》り、こちらの答えを要求しているかのようになった——しかも片方の眉が魅力たっぷりな弧を描いて吊りあがり、自分は真剣だ、侮辱は許さないとわたしに告げてもいた。

「わたしをひとことでいえば、ぶれない男です」わたしは答えながら、自分ではいちばん魅力的と思っている笑顔をつくった。

効果はなかった。

夫人の瞳が燃えあがった。「だったら、あとはわたしが自宅であなたにいった言葉が、ここでもそのまま通用する。なにがあっても、わたしはあの男に協力するつもりはない。ごめんなさい。でもこれが正直な気持ちよ。無礼なことをしたくないのは本当よ——でも、わたしたちは本物の休暇旅行でここへ来ていて、その楽しみをあの男のことで台なしにされるのはまっぴら。このところ、楽しく思えることがめったになかったんだし」

「わかります」

「ええ、わかってほしい。わたしたちには息抜きが必要だということを。健ちゃん以上にわたしがね。でも、健ちゃんも自分だけの小さな世界のなかで、この子なりに緊張を感じとっていた。毎日毎日まわりをきょろきょろして、父親の姿を探しているの」そう話す夫人の笑みが張りのないものになった。本物の傷ついた表情がちらりとのぞいた。

わたしは少年に同情していた。この少年は——よくいわれるように——〃この世界に半分しかいない〃のかもしれないが、母親の気分の変化を即座に感じとったのだろう、すかさずふりかえって顔を上へむけ、情愛もたっぷりな目で母親を見あげた。それから両手をもちあげて母親の頰を撫《な》でようとした——が、少年の発育不全の両手はひらひら動いて震え、母の顔を平手打ちするばかりだった。息子のぎこちない愛撫《あいぶ》を夫人は堂々と受けとめ、この愛情表現をしばらくそのままにさせてから、弱々しい未発達の両手をそっと導いて本人の膝に載せ、ひたいにキスをした。息子はだらしない雰囲気の笑みを見せると、プールで遊ぶ子供たちに目をもどした。

「わたし、マイアミが大好き」夫人はそういった。目が潤んでいた。「あなたはどう？　太陽、ビーチ、新鮮な空気、おいしい食べ物、気のいい人々。ここだったら、いつまでもずっと住んでいられそう」

夫人の言葉のリズムが歯切れよく弾むようなものになってきた。健はすぐに顔をあげた。またふりかえって顔を上へむけて、にっこりと笑った。このときも夫人は息子のひたいにキスをした。息子はふたたびプールのほうに目をむけると、夫人の膝に抱かれたまま、うれしそうに体を揺らしはじめた。

「ええ」わたしは答えた。「マイアミは大好きです。こちらのビルトモア・ホテルにお泊まりですか？」

夫人は腕時計に目を落とした。「これから健ちゃんにマナティーを見せてあげようと思ってるの。この子は象が大好き。それで、ほら、マナティーは海の象でしょう？　というか、わたしがこの子にそう話してるだけ。この子、すごく楽しみにしてるの。だから、そろそろ出かけないとね」

わたしは最後の駄目押しで問いかけた。「ほかに、なにか話してもらえることはありませんか？　どんなことでも話してもらえれば……その……実行者を見つける助けになるかもしれません」

〃実行者〃というのは嘘くさい言葉に思えた。わざとらしい言葉だ。できれば〃下手人〃とか〃殺人犯〃といいたかったが、このふたつの単語やこれに似通った代替表現は、日本人の耳には——それをいうなら、いまこの瞬間のわたしの耳にさえ――あまりにも露骨に響いてしまうだろう、と思ったのだ。最前、同様にがさつな言葉で無礼を働いたくせに。

「そうきいてくれるなんて、あなたは優しい人ね」三浦夫人はいった。「ええ、本当よ。あきらめないで。あなたには犯人を見つけてほしい。でもわたしは、耀司の父親の助けになることだけはできない。だいたい、あの男はわたしたちの結婚には反対だった。そのことはもう話したかしら？」

「ええ、教えてもらいました」

「嘘でもなんでもない、事実よ」

「海の象さんだよ、ママ」息子が言葉を発した。

「この子には完璧な時間感覚があるの」三浦夫人が打ち明けた。「理屈はまったくわからないのだけれど、わたしが二時間後というと、この子にはぴったり二時間たったことがわかるのね。そうだ、いいことを思いついた。あなたもいっしょに来ない？」

「いえいえ、そんな――」

「海の象だよ、ママ」息子が大きく見ひらいた目でわたしを見つめながら、先ほどの言葉をくりかえした。

三浦夫人は、母親ならではの特別な笑みを息子にむけた。「健には、いつも近くにいてくれるような男性が必要になりそう。それも、きょうこれから」顔を赤らめながら、そう言葉を添える。「あなたは強い。日本語も話せる。いっしょに来てもらえる？」

「お誘いは本当にうれしいのですが、実は人を待たせておりまして」

夫人は輝くような笑みを見せた――女性ならではのぬくもりや思いやりという特効薬を、最後にもう一度つかおうという努力だった。

「ええ、わかりました」夫人は立ちあがりながら息子の健を抱きあげ、軽く会釈をしてよこした。「楽しい時間をありがとう」

わたしもいっしょに席を立って、夫人を見おくった。夫人の顔に笑みがとどまっていたのも、体の向きを変えるまでだった。わたしに見られていないと思ったのだろう、斜めから見えていた横顔で笑みがすっと薄れて、不快そうな渋面に変わったのだ。

わたしは内心で自分を叱った。夫人のテーブルについたときには研ぎあげた鉤爪《かぎづめ》を用意して、避けられない丁々発止のやりあいに備えていた。それでいて、得られたのはふたつの明確な印象だけにとどまった。ひとつめは、ケアが必要な子供をかかえていてさえ、この女性にはわたしを充分以上にあしらえる能力があること。もうひとつは、この事件にはさらに深くまで水がたたえられ、その深みをきわめなくてはならないことだった。

第十三日
チョークポイント

69

翌朝は、七時半に雷鳴のようなノックの音が響きわたって叩《たた》き起こされた。

とっさに《猪木に居場所をつきとめられたんだ》と思ったが、次の瞬間にはその考えを払い捨てた。軍の特務機関出身の猪木は隠密《おんみつ》モードで行動している。来訪をわざわざ告げるのは猪木のスタイルではない。つづいて頭に浮かんできた思いは《ビルトモア・ホテルでの発砲事件で、警察がわたしをつかまえにきたんだ》というもの。なんといっても、あのホテルはマイアミの街でも最上級の宿泊施設だ——それなのに未解決の発砲事件があれば、五つ星ホテルの名声に疵《きず》がつく。

つづいて日本語の声が居丈高に命じてきた。「ブローディ、十分やるから服を着て下へ降りてこい。東京から命令だ」

残っていた眠気のすべてが一瞬で蒸発した。剣道道場への不法侵入による起訴が頭上にぶらさがっている状態では、東京に命じられるまま動くほかない。

つづいて野田が泊まる部屋のドアがノックされる音がして、やはり一方通行の命令の声がきこえてきた。東京の警視庁でもナンバーワンの番犬氏がついに到着し、男性ホルモンを注入された命令を隅々にまで叫び立てることで、自分の縄張りのマーキングに精を出しているのだ。

わたしがふらふらと自室から外へ出たのは二十分後だった。加藤警部補と警視庁の有望な若手だけではなく星野理恵もマイアミへ来る予定だったため、シャワーとひげ剃《そ》りがどうしても必要だった。エレベーターで野田と出くわした。野田はあくびを嚙《か》み殺していた。

「とんだ目覚まし時計だったな」わたしはいった。

野田はうなるような声でいった。「あの手の男こそ、おれが警察の一員にならなかった最大の理由だよ」

「あの手の男は外に連れだして射殺するべきだな」

わたしたちはエレベーターに乗った。示しあわせて、わざと十分の〝遅刻〟をしたわけではない。こうなったのは偶然だ。そしてわたしたちのどちらも、ここマイアミでは北極熊なみに司法権をもたぬ身だ。やたらに大層な口をきく日本の警察官僚の移動命令に従うつもりはいはなからなかった。たとえ、東京での不法侵入事件での訴追をちらつかされていてもだ。

ロビーに降りると、フロントデスクに例の白髪頭のキューバ人が復帰していた。けさはライムグリーンのシャツにグレイのフェドーラ帽というスタイル。フロント係はにっこりと笑って、「ご友人が大勢いらっしゃるのですか、シニョール？」といった。

「念のため、五分後にもう一回おなじ質問を頼む」

フロント係はくすりと笑い、書類仕事にとりかかった。

東京から飛んできた兵隊諸兄姉はホテルの正面玄関あたりにとどまっていた。加藤、理恵、ドアノック男、そして四人めの男はラテンアメリカ系の子孫だった。警視庁の猟犬はダークブルーのスーツを着て、地味なブルーのネクタイを締めていた。ココナツグローブじゅうを探しても、ネクタイはこの一本だけにちがいない。高温多湿のマイアミの気候のなかでは、さぞや居心地のわるい思いをしているだろう。

「わたしはジム・ブローディ、ここにいるのは野田国夫だ。会えてうれしいよ」わたしは英語で話しかけた。この場合〝うれしい《グラッド》〟は過剰な表現だが、わたしは礼儀作法をもって旨とする人間である——ただし、限界点を超えて挑発された場合は話がべつだ。

「警部補の矢野晋《やのしん》だ」人間目覚まし時計はそう名乗った。「きみがどういう人物かは知っているよ——まあ、完全に無視をするという選択肢が選べるのなら、この先ずっと満ち足りた思いでいられるだろうがね。われわれはすでにマイアミ警察と提携する正式手続をすませた——それゆえいまでは、本件の捜査はわたしの作戦になった。きみときみの部下は——」いいながらすこぶる不快そうに、野田の方向にあごをむける。「——わたしの指示に従ってもらうよ。この場には先方の連絡担当官も来ていてね。わたしは連絡担当官を通じて、すべての情報を先方に流すことに同意したところだ」

「じつに効率的だ」わたしはいった。

「プロならではといってほしいね——仕事はそうあるべきだ」矢野は鋭い口調でいいかえしてきた——地元警察にいい顔を見せたい一心での叱責のつもりか。わたしのパスポート返却にあたってのもうひとつの条件が、だれであれ東京の警視庁から派遣される人物の命令には服従すること、というものだった。

四人めの人物を紹介してもらうのを待っていたが、矢野がいつまでたっても前に進みでてこないので、わたしは自分から手をさしだした。「きみがマイアミ警察署との連絡担当官だね?」

「フアン・モレノ。いかにも」

わたしたちは握手をかわした。

「警察組織ではあまり上にいないようだね」

「休日にこんな仕事を押しつけられてるんだぞ。組織のいちばん下にたどりつくだけでも、階段をあと五階分あがらないとならない身分さ」

わたしは微笑《ほほえ》んで同情を示した。

理恵は警察の制服に似通った白いブラウスと濃紺のスーツという、堅苦しく格式ばった服装だった。

わたしは知らん顔を通した。隅田川に水没したことで警官としてのキャリアが湿っぽくなってしまったのなら、矢野警部補の前でこのわたしと交流があることを少しでもうかがわせれば、キャリアが魚雷攻撃で木端微塵《こっぱみじん》になりかねない。

わたしが視線をむけないとわかると、そのとたん理恵の顔が安堵《あんど》で満たされた。

矢野がいった。「きみは猪木に接触したのかね？」

警部補が不在の場所でわたしたちがなんらかの情報をつかんだら、それを洩《も》れなく報告することも前記の条件に含まれていた。いま思えば、わたしは警視庁の采配に対して、いささか譲歩しすぎたのかもしれない。

野田がわたしの先まわりをした。「まだ捜索中だ」

「きみの知りあいのミスター・フィッチはなにか把握していないのかね？」矢野はダーガンについてたずねてきた。

「収穫なし」

「では、この事件の関係者のだれかに接触したようなことは？」

「ない」

「新たな容疑者は？」

「いない」

野田がこんなふうに矢野の追及をはねのけているあいだ、わたしはダーガンの調べの進捗度合いに思いをめぐらせていた。ゆうべ電話をかけてきたダーガンは、猪木も鄺《クアン》兄弟もビルトモア・ホテルにはもどっていないと報告してきた。三人の荷物――キャスターつきのキャリーケースが合計で三つ――は、だれも受けとりにあらわれないままだ、と。

『信頼できる筋の情報かな？』わたしはゆうべのその電話でダーガンにたずねた。

『当局内の知りあいだよ』ダーガンは警察筋の情報だと明かしてくれた。

『それならけっこう』


きのう三浦夫人が海でのレジャーにそなえるため、目の覚めるような純白のビーチドレス姿で颯爽《さっそう》と歩み去っていったあと、わたしはビルトモア・ホテルの駐車場で野田とダーガンの両名と合流した。マイアミでの仲間ダーガンは、一同のやる気を向上させようといって贔屓《ひいき》のレストランにわたしたちを連れていってくれた。

『あんたは銃で撃ちかかられても生き延びた――それこそ、われらの稼業にとっては勝利だ。ここはおれに奢《おご》らせてくれ。なにせマイアミきってのスペイン料理の店だ』

この親切心からの申し出を、わたしは快く受けとめた。パートナーとほかのふたりの協力者が猪木の姿を求めてマイアミじゅうを捜しまわっているあいだ、ダーガンはバード・ロードのこれといって特徴のない区画にあって、知る人ぞ知るタパス・レストラン〈ロス・ガレゴス〉で饗宴《きょうえん》なみの料理を注文していた。

ダーガンは楽しそうに顔をほころばせた。『そっちの目当ての男を見つけるにはいま少し時間がかかるかもしれない。しかし、いいニュースもあるぞ――マイアミ程度の小さな街では、三人組は軍隊も同然だよ。うちのＩＴスタッフがネットを調べる予定だ。さらにふたりが話を街に広める。いたるところに目を光らせるわけだ。おれたちが追っているのは三人のアジア人だ。ひとりは八十代、残りふたりは遠目には双子といっても通る兄弟。となれば、背中に馬鹿でかいハリウッド・サインを貼りつけて歩きまわっているも同然だ。三人が人前に姿をあらわすほど愚かだったら、われらがひっとらえる。それまでは辛抱して待っていたまえ』

ウェイターが赤ワインのボトルを運んできたあと、色も鮮やかな家庭風のタパス――スペイン風オードブル――の皿が運ばれてきた。熱した鉄板の上でじゅうじゅう音をたてているチョリソ、塩漬けにした鱈《たら》の干物のコロッケ、ひよこ豆の料理、ガーリックシュリンプなど。予想以上の食事だった。

『よけいな仕事を増やしてしまって申しわけない』わたしはいった。

『よくあることだ』

『あってはならないことだ』

野田がうめき声をあげた。言葉にならない声がわたしのコメントを裏づけたものなのか、それともいましがたスプーンですくって口に入れたイカのフライへの賞賛だったのかはわからなかった。

『いや、あんたのせいじゃない』ダーガンはいった。『老いたるプロほど手ごわいものはない。それがたとえ前世紀に生まれたほどの年寄りでもだ』

『わたしたちにも、なにか手伝えることがあるかな?』

『とりあえずはタパスを楽しみ、あとはうちの連中が最善を尽くすに任せておきたまえ』

いやはや。


そしていま野田がたてつづけに繰りだす否定の言葉に、矢野は頭を左右にふっていた。「おまえのような連中を相手にするときには、無能だということを前提条件にするわけか」

野田はすっと静かになった。矢野とてその職業柄、人の心を読むことに長《た》けているはずだ。相手が似たような仕事の探偵ならなおさらだ。それに野田のような男を侮辱すれば、無傷のままでその場を立ち去れるはずもないことは火を見るよりも明らかだ。がっしりとしたブルドッグを思わせる逞《たくま》しい体軀《たいく》やぶっきらぼうな物腰、突き刺すような黒い目などを見ても手がかりが得られないとしても、片眉をまっぷたつに断ち切っている傷痕を見れば察しとれるはずだ。

わたしの携帯電話が鳴った。わたしは、「電話を受けてもいいね？」といい、矢野の返事を待たずに通話ボタンを押した。

「日焼け止めを買って荷物に入れておけ」電話をかけてきたダーガンはそんなことをいった。

「連中を見つけたのか？　で、連中は移動中なんだな？」

「いかにも。猪木とあの一対のブックエンドみたいな中国人兄弟はゆうべの最終便に飛び乗って、楽園みたいな南の島へむかって旅立った」つづいて、その島の名前を口にする。

《耀司の最初の計画では、ここからカリブ海の島へ行くことになっていたの——でも、わたしには現地の人たちが半分裸でうろついているような島がどうしても馴染《なじ》めなくて》

耀司のパートナーたちは当初予定されていたコースを守るようだ。

「筋の通った話だ。よくやってくれたね」

「そっちで応援スタッフが必要かな？」

わたしは東京から派遣されてきた警視庁のスタッフを複雑な思いで見つめた。「お申し出はありがたいが遠慮する。こちらには大物の応援が来ているのでね」

「それがあんたの口ぶりどおりに災難だったら、こっちから介入してやってもいいぞ」

「心が動くお話だが、今回は見送らせてもらう」

「あんな情報をつかんだので先まわりし、次に出発する飛行機にあんたたちふたりの座席を予約しておいた。定番の仕事だよ。出発は三時間後だ。問題ないか？」

「完璧だよ」

「ほかには？」

「ない。いい仕事をしてくれたね、フィッチ」

「その科白《せりふ》ならもうきいたよ。それに、あんたにとっておれはアバクロンビーだ」ダーガンはそういって通話を切った。

わたしが携帯をポケットにおさめなおすと、矢野が眉を寄せた顔でわたしをにらみつけた。「きみの仲間のフィッチかね？」

おやおや、捜査官としての矢野の輝かしき本能がいかんなく発揮されているぞ。

「そのとおり」わたしは答えた。「わ、わ、わ、わたしたちは飛行機を予約したよ。今回は、きみたちもこちらに同行したほうがいいな」そういって連絡担当官にむきなおる。「モレノ、きょうはきみのラッキーデイだぞ」

「それはまたどうしてかな、アミーゴ？」

「もうじき、午後は非番になるからだ」それから矢野にむかって、わたしはいった。「外交官用の書類をもってきているだろうね？　というのも、あなたはこの先また別の国の警察相手に交渉役をつとめることになるからだよ」

「どこの国の警察署だ？」

「バルバドスさ」

70

復讐《ふくしゅう》の機会がこれほど迅速に、かつ甘美にもたらされることはめったにない。

野田とわたしはそれぞれ無表情をたもったまま、矢野の顔がまさしく失望を吸いこむ〝人間排水口〟になって内部へ崩れていくさまを見物していた。わたしたちとおなじ飛行機に座席を確保し、そのうえでわたしたちの新たな目的地の現地警察と正式に提携するとなれば、いますぐ急いで行動を開始する必要があるはずだった。

しかし、最悪の部分はまだ訪れていなかった。われわれにはわかっていたし、矢野にもわかっていたはずだ。

いま東京では夜の九時を少しまわったところだった。矢野の上司はおそらくどこかで一杯飲みながら世間話で時間をつぶしているか、そうでなければ警視庁内の権力の階段をさらにあがる手だてを模索しているころだろう。それゆえバルバドス警察と円滑な関係を築くなら、矢野はごますり中の上司の会食に割りこみ、協力をとりつけなくてはならない。この手続をおこたり、仮にこの事態が爆発するような惨事になった場合、出世頭と目されているはずの矢野は、生贄《いけにえ》のマグロにされてしまう——鱗《うろこ》を剝がされ、身を刺身にされて、日本のマスコミと警視庁上層部の面々の食い物にされるべく差しだされるのだ。

あたふたと携帯電話をとりだして番号を打ちはじめる矢野の姿に、野田の口角が笑いをこらえるようにひくひくと動いていた。わたし自身の顔も野田とおなじ表情を浮かべていたことだろう。そして理恵は、しだいにほころんでいく口もとの笑みを隠すためだろう、上司の背後に隠れた。

「きみたちふたりはなにを見ているんだ？」矢野は苛立《いらだ》ちをはらんだ声でわたしたちにいった。理恵にとって幸いだったのは、加藤とともに矢野の背後に立っていたことだった。

「犬の餌だよ」野田がいった。

矢野は顔をしかめ、わたしたちに背をむけた。理恵がすかさず〝気をつけ〟の姿勢をとった。

東京の警視庁から派遣されてきたチームは、近道を利用することで九十秒以内に搭乗をおえた。

矢野は不満そうではありながらも満足した顔をのぞかせていた。わたしたちが利用する航空機には搭乗用の扉がひとつしかなかった。そのため乗客は全員が、わたしたちのすわるエコノミーセクションの前半分を通らざるをえなかった。矢野はいったん足をとめ、現地に到着したら落ちあおうといってから、すました顔でビジネスクラスへ歩を進めた。そのあとを加藤と理恵がつづいた。加藤がふりかえってウィンクしてきた。加藤がふたたび前へむきなおってから、理恵が背後のわたしたちにちらりと目をむけ、浅く会釈した。

雪どけの兆し。理恵はいまもまだわたしへの怒りを胸にくすぶらせているかもしれない。しかし、やたらに横柄でありながら捜査の進展になんの貢献もしない警視庁のお目付役が、これといった理由もないまま野田とわたしを怒鳴りつけたりしたとあれば、理恵はさらに怒りをつのらせているかもしれない。東京の警視庁がついに二件の家宅侵入事件の確固とした手がかりを入手できたのも、ひとえにわたしたちそれぞれによる足をつかった調査のたまものだ——野田が理恵の中国側コネクションを掘りかえして内実を明らかにし、理恵がわたしたちを中華街へ導き、わたしはわたしで戦時中の古い写真を掘りだして呉《ウー》に猪木を特定してもらった。

警視庁の三人がセクションを分けるカーテンの向こうへ消えていくと、野田がいった。「やれやれ。これで少しは平和になったな」

わたしはフライト時間の大部分を眠って過ごした。飛行機はアメリカ人とヨーロッパ人の観光客で満員だったが、それ以外にも日本人が三人ほどいたようだ。残りはバルバドス人たちだった。気立てのよい人々で、肌の色は白から淡い褐色、さらにはコーヒー色からもっと暗いココア色までさまざまだった。いつもにこやかに笑顔を見せ、わたしの好きな肩の力の抜けた態度の人々だ。ダーガンによれば、そういった暮らしぶりを〝ライミング〟と呼ぶらしい——肩ひじはらずに横たわり、食べ物と友人たちと人生を楽しむ。島ならではの暮らし。海の波と日ざしをたっぷり浴びると、人はそういった性格になる。

そんなバルバドス人の音楽を思わせる生き生きとした訛《なまり》の言葉が、わたしの夢をいろどっていた。

わたしがそれと察するよりも早く、機長がまもなくグラントリー・アダムズ国際空港に到着する旨をアナウンスした——バルバドスの首都ブリッジタウンから十三キロ程度離れた空港だ。目を閉じたまま耳をかたむけているうちに、機長は乗客という〝とらわれの聴衆〟にむかって、バルバドス島はわずか三十四キロ×二十二・五キロほど、モントリオール市とあまり変わらない面積しかない、と話していた。

「アメリカのみなさんのためには、サンフランシスコの三・五倍、あるいはワシントンDCの二倍の広さと申しあげましょう。ヨーロッパのみなさんなら、ロンドンの四分の一といったほうがいい。しかし、ご心配めされるな。バルバドスはそれほど小さな島ですが、わたしは滑走路を見逃したりしませんので」

聴衆がひとしきり笑いおわったところで、機長は旅行者むけの豆知識を披露した。

「サーフィンをしているときに雨に降られても、わざわざ海からあがることはありませんよ。この楽園の島はそれくらい暖かいのです」

ここでも笑い声があがった。

機長の言葉どおり、飛行機はなにごともなく着地した。ジェット機が地上走行で到着ゲートに近づいていくあいだ、ヘッドパーサーによる機内放送がはじまった――ゲートに到着後に当局関係者がＶＩＰ乗客を迎えるために機内にやってくる予定なので、一般の乗客はいましばらく席についていてもらいたい、この手続はわずか一分でおわる、乗客のみなさんはそのあいだ辛抱いただきたい、なにせ――「島は逃げたりしませんからね」。この言葉がまた笑いを誘った。

客室ドアがひらくと同時に、バルバドス警察から派遣されてきた面々が機内に乗りこんできた。いずれも褐色の制服に、黒く堅い生地の制帽をかぶっていた。笑顔よりもしかめ面《つら》のほうが多かった。

「なんだか不吉だな」わたしは機内前方にむかって遠ざかっていく人影に目を貼りつけたまま、野田にいった。

警察の客人歓迎チームは二分後に、矢野と加藤と理恵をうしろに従えて、ふたたび姿を見せた。ふたりの男が先に立ち、客人のうしろに三人がつづく。矢野は歓迎チームのリーダーのすぐうしろを得意げな顔で歩きながら、たっぷりと歯を見せて笑っているリーダーと楽しげにおしゃべりをしていた。体の向きを変えて外へ出ていく拍子に、矢野はわたしたちに傲慢な一瞥《いちべつ》を送ってよこした。その目つきはほかのなににも増して、できることなら自分はこれから警察力を独占し、おまえたちを事件捜査から追いだしてやるぞ、と語っていた。

一行は機外へ出ていった。

「あれを見たか？」わたしはいった。

「ああ」野田は答えた。

「これが最初からの警視庁の計画だった？」

野田がうなり声をあげた。「ぜんまい仕掛けのおもちゃなら、動きはあらかじめ組みこまれているわけだ」

パーサーがわたしたちに不便をかけたことを詫《わ》び、もう降機できるようになったと告げた。

《なにをいまさら》わたしは思った。

とはいえ、その思いは顔に出さない方が賢明だろう。

71

入国審査ブースの前に、順番を待っている乗客が列をつくっていた。窓口がひらいた。野田が歩み寄って、必要書類を提出した。別の窓口があいたので、わたしは野田の横を通りすぎ、待っている役人のほうへむかった。野田のパスポートを調べていた係員が手をふって、武装警備員を呼び寄せた。

「この乗客を待合室へ連れていくように」係員の声がきこえた。

「おれのパスポートに問題などあるものか」野田は挑みかかるような調子でいった。

警備員がうなずいた。「形式だけのことだよ、わが友。あんたとおなじ飛行機に乗ってきた日本人全員から事情をきいているんだ」

「到着便すべての？」

「いや。あんたが乗ってきた便だけだ。なに、二、三分で話がついて、あんたはすぐ好きに出ていける」

バルバドス警察も馬鹿ではない。乗客を調べて、東京の警視庁が送りこんできた潜入捜査官を選《よ》りわけようとしているのだ。警備員に連れられて別室へむかうあいだ、野田はわたしのほうへ視線を送るまいと努めていた。

わたしは問題なく入国審査を通過し、到着ロビーで席を見つけて腰をおろし、われらが主任調査員が出てくるのを待った。

五分経過。それが十分になり、十五分になった。

わたしの携帯が鳴った。ダーガンだった。

「銃についちゃ打つ手なしだな」

「どうして調達できない？」

「島で外国人が拳銃を携行していて当局につかまったりすれば、かなり手荒なあつかいをうける。地元民なら警察はさらに荒っぽくなる——そう、おれの情報源が怒鳴っていたよ。それも、こっちが報酬額を二倍にすると申しでたあとなのにな。銃撃戦があったなんて話が広まれば、島の人口の八割近くがかかわっている観光業界には大打撃だ。それで向こうが提案してきたのが、足首につけた鞘《さや》におさめるナイフだ。それでいいか？」

「あいにくナイフはきらいでね」わたしは答えた。「それならなくてもいい」

ダーガンはため息をついた。「申し出を断われば向こうが気分を害する。とりあえず受けとっておき、あとはホテルの部屋に置いたままにするといい。もうじき、向こうのひとりがそちらのホテルを訪問することになってる」

「わかった」

これにつづいたダーガンの沈黙は、ほんのわずかだが、必要以上に長引いていた。

「なにかよからぬことでも？」

「電話で残念な知らせがあった」

「というと？」

「三浦夫人だ。きのうから行方不明になってる」

「どういう情況で？」

「エヴァーグレーズ湿原での事故。小さな男の子もだ。ふたりとも死亡したと見られている」

胸の奥でなにかが急降下していく感覚があった。

夫人を含む三人はレンタルしたエアボートに乗って出発したが、そのままもどらなかった――ダーガンはそう教えてくれた。出発から五時間後、ほかのボートに乗っていた人がソーグラスの群落のなかで転覆しているボートを発見した。乗客三人の姿はどこにもなかった――三浦夫人とその息子、および姓名未詳の日本人男性。

警察は三浦夫人とその息子の身元を、夫人のクレジットカードと、ビルトモア・ホテルから夫人と息子を乗せて、そのあと駐車場でふたりの帰りを待っていた運転手の証言から特定した。日本人男性はふたりとは別にやってきており、いまも身元がわかっていない。警察は本件を事故とみなしているが、殺人事件の可能性も捨ててはいない――ひと晩じゅう乗り手があらわれずに駐車場に放置されている車が一台もなかったからだ。地元警察の専門家がこんな意見を述べてもいた――三人の遺体が水中に落ちたとしたら、『アリゲーターたちが遺体をくわえて巣穴なり丸太の下なりに運びこみ、組織が腐敗して食べごろになるまでしまいこんでいる可能性も高い。アリゲーターはハンターとしては怠惰だし、とくに人肉を好んでいることもないが、それでも食べられるものが近くに転がっていれば、すかさず嚙みついて確保するからだ』とのことだ。

わたしはいった。「待機していたボートがあったとは思わないか？」

「この事件のあらゆる局面を考えるに、その意見にはもっともだといわざるをえないね。ノーと答える者はほとんどいないはずだ。この先遺体が見つかるにしても、夫人と男の子だけだろう。三人めの男はとっくにどこかへ姿を消してしまったし」

わたしは目を閉じて、深々と息を吸った。三浦健少年。どんよりとした目、ひとりではなにもできない少年だったが、それでも魅力的だった。この世界で一度もチャンスに恵まれず、一瞬にして地表から消されてしまった。しかも、ひとりではなにもできない点ではほとんど変わらないジェニーと、わずか一歳しかちがわなかった。娘のジェニーは障害と戦ってはいないが、それでも子供は子供だ。

「事件が起こったのは、猪木がマイアミを出る前か？　それとも出たあと？」

「出たあとだ」

となると、あの一味の犯行ではない。いずれにしても、猪木らが関与したと考えるのは筋が通らない。となると、ひとたび財宝に通じる手がかりを得るなり、恋人が三浦夫人に襲いかかった、という線がいちばんありそうだ。

わたしはダーガンに礼をいって電話を切った。野田を待つ時間はさらにつづいた。また携帯の着信音が鳴った。

通話ボタンを押すと、星野理恵の声がきこえた。「わたしよ」押し殺した声がいう。「まさか連中につかまってない？」

「大丈夫だ。というか、きみはいま、わたしが考えているような話をしているのかな？」

「ええ。あの連中は公式の出迎えチームじゃなかった。わたしたちを拘束するためにきていたの」

「きみは無事か？」

「ええ、いまのところ」

「まだ警察にいるんだな？」

「ええ。でも警官にパスポートと携帯電話を没収された。いまは女性用の洗面所で、ｉＰｏｄタッチのスカイプで電話をかけてる。署の建物はどこでもＷｉ‐Ｆｉが飛んでて、洗面所でも電波がつかまるから」

「きみの身に危険が迫っているようなことは？」

「それはない。わたしたちを監督下に置くのが目的だから。加藤警部補が警官同士の会話を小耳にはさんだの。それによると、近いうちにわたしたちを釈放するつもりはないみたい」

ふいにわたしは、自身の身の安全に自信がもてなくなった。

「野田はあなたといっしょ？」理恵がたずねた。

「いや」

「どうして？　待って。人の声がきこえる。電話できるようになったら、すぐ折り返すから待ってて」

理恵との電話が切れて数分たったころ、携帯が着信音を鳴らした。電話に出ると、理恵の息づかいが荒かった。

「一分くらいしか話していられない。連中はわたしたちをＶＩＰ用のゲストハウスのようなところへ移すみたい。写真で見ると三階建てで、空に届くような柱がならぶ柱廊があり、五メートル近い高さの鉄格子のフェンスがある。わたしたちの事情聴取をおわらせたら、今回の一件すべてをなかったことにする腹づもりね」

「わたしにできることは？」

「警察には近づかないこと、それだけ。そうだ、警官のひとりが話してるのがきこえたけれど、野田もこちらに連れてこられるみたい。ブローディ・セキュリティ社の名刺から仕事を知られてしまったのね。次に警察が目をつけるのはあなたよ——ふたり別々に予約をとるような目端の利いたことをしていなければ」

「予約は別々だよ」

わが社では出張にあたって、ホテルや飛行機の予約はそれぞれ別個にとる決まりになっている。わたしたちの提携先にも同様の手順が求められている。しかしわたしには、こんな手間をかける理由がいまのいままでわかっていなかった。

「もう行かないと」理恵はいった。「とにかく気をつけて——わかった？」

「そっちもだ」わたしはいったが、先方からはもう発信音しかきこえていなかった。

理恵との電話は切れていた。

バルバドス警察は矢野と加藤と理恵を拘束したばかりか、おそらくは野田までもとらえてしまった。あの強情者の調査員が包囲網を強引に突破してくるという、およそありそうもない事態をも想定してさらに三十分待ったが、野田が保安エリアよりも先に姿を見せてくることはなかった。

わたしはひとりだった。

72

わたしはタクシーで、首都ブリッジタウンにあるアクラビーチ・ホテルへむかった。ダーガンがわたしたちの部屋を予約していたからだ。あと知恵でしかなかったが、マイアミの私立探偵であるダーガンの助力の申し出を断わったことが悔やまれた。あの男なら入国審査での警察の包囲網も突破できたかもしれず、そうなればわたしには後援要員がいたことになる。

しかし、後悔先に立たず。

わたしはホテルにチェックインした。街は現代的な植民地様式と熱帯の島々ならではのパステルカラーの心地よい混合物といった感じで、そこに観光客の目を楽しませる要素がたっぷり盛りこまれていた。どちらに目をむけても、日ざしと音楽と輝くような笑顔に出迎えられた。目立つ建物の上にはバルバドスの国旗がひるがえっていた——ロイヤルブルーの太い縦の帯が左右に配され、中央に鮮やかな黄色い縦帯がはいっている。その黄色い部分に描きこまれているのは三叉槍《さんさそう》で、バルバドスがイギリスの伝統を受け継いでいることを示していた。

アクラビーチ・ホテルはビルトモア・ホテルとおなじく地中海風の建物で、四階建てではあったが、ビーチサイドという立地のせいで巨大な一本石《モノリス》のようにも見えた。建物はビルトモアにくらべてわずかに明るい色あいで、料金は三分の一だ。それだけの料金で、ビルトモアとは比較にならない日ざしやふんだんなパームツリー、それに長く伸びた白砂のビーチが楽しめるが、部屋の家具はつややかに磨きこまれたアンティークではなく籐《とう》だった。ロビーにフィンチの鳥籠がならんでもいなかった。それでもベッドはしっかりした堅さがあり、シャワーは水勢も強くて熱かった。この島に日光浴のために来たわけではないので、必要なものはすべてそろっていた。

客室ドアのドアベルが鳴った。ドアスコープごしに外を確かめる。だれもいない。わたしは慎重にドアを細くあけた。廊下の床に果物のバスケットが置いてあった。廊下の左右に視線を走らせる。無人だ。よし。わたしはバスケットをすくいあげてドアを閉め、サムターンをまわしてデッドボルトをかけた。バスケットをテーブルに運び、包装を剥がす。果物の下に、マジックテープ式の鞘におさまった刃わたり十五センチのナイフが二本はいっていた。さらにいちばん下に手書きのメモがあった。

バルバドスへようこそ、ミスター・ジム。アメリカのフロリダ州はマイアミビーチから飛行機で到着したくだんの乗客たちは二カ所に逗留《とうりゅう》している。ブリッジタウンのホテルの客室とタートル・ビーチのレンタルハウスだ。ビーチハウスは人目につかない隠れ家だ。彼らの姿を目で確認したら電話で知らせる。

——フィッチの友人

わたしは安心した。デジタル技術を駆使したか、昔ながらの男同士のネットワークをつかったかはいざ知らず、ダーガンの仲間は猪木らの動向を把握し、まもなく彼らの姿を目で確認できるという。宿泊先を二カ所おさえているというのは混乱を招くが、ひとたび姿を確認できれば、これにも対処できよう。残る問題は野田と加藤と理恵の三人が、当局の先制攻撃めいた抱擁をふりほどけるかどうか、ということだけだ。矢野については、現地警察が残念賞として身柄をおさえたままでもかまわない。

わたしはダーガンに電話をかけた。「果物のバスケットを受けとった。ほかに話してもらえることはあるか？」

「あんたはいま楽園の島にいるんだぞ。輝くようなビーチと楽しい人たち、犯罪も比較的少ない土地だ。主な輸出品は、砂糖きびとラム酒、それにクリケットのスター選手だ」

ここまで赤道に近づくと、だれもかれもがコメディアンだ。

「名物なら、ここへ来る飛行機の旅でたっぷり味わったよ」

「チャンスがあったら魚のフライを食べろ。絶品だぞ。ナイフはどんな品だ？」

「ココナツの実も割れそうだよ」

「まあ、そのためにつくられたナイフかも。だからそのナイフをもっているところをつかまっても、あまり問題にはなるまいよ」

「現地の人間ならね」

「ああ、あんたは見逃してもらえないかも」

「いい話だな、まったく」

わたしが歓迎チームの話をきかせると、ダーガンは口笛を吹いた。「そいつは、昔からのバルバドス流の自衛作戦だな。トップの命令だ」

「わたしの友人たちは無事かな？」

「ああ、無事だ。ただ骨抜きにされるだけさ。つかまった連中は愛想のいいうなずき顔だの馬鹿丸出しのにやにや笑いだのをどっさり見せられ、なにをたずねても答えてもらえない。そして当局関係者が満足するくらい物事がきれいに片づけば、きみの仲間たちはそれまで以上の笑顔でもって解放されるという寸法だよ」

「地元警察は猪木を追うだろうか？」

「あの女性警官からあんたが得た断片的な情報をかんがみるに、答えはノーだ。連中は、見世物のような事態を芽のうちに摘んでおきたがってる。関係者を離れ離れにしておけば、爆発するようなこともない。野田はいっしょか？」

「あいつも警察につかまってる」

「もしあんたが待てるのなら、おれがあしたの朝一番の飛行機でそっちに行くぞ」

「だめだ。そちらの部下がこっちに来て、いったいなにができる？」

ダーガンは黙りこんだ。「ショーンとオリンのことか？　ふたりとも距離をとって活動するぞ。記録文書の足跡をたどったり尾行したりだな。相手に接近したり、ヤバい手をつかったりはしない」

「その点が心配だったんだ」わたしはいった。

73

シャワーを浴びて、ひげを剃り、うとうとと仮眠をとっていた午後九時十分前、呼出音が三回鳴ったところで、わたしは携帯電話をつかみあげた。外はすでに暗かった。

「用意はよろしいかな、ミスター・ジム？」

「場所を指示してくれ」

「〈オイスティンズ・ベイ・ガーデンズ〉に来い。場所はだれでも知っている。あとはおれたちがあんたを見つける」

フロントデスクのスタッフ全員が〈オイスティンズ〉を知っていた。最初にたずねたタクシー運転手も同様だった。それればかりか〈オイスティンズ〉と口にするのは、パリでシャンゼリゼ通りをたずねるようなもの。死人でないなら知っていて当然だ。タクシーはすかさずウォーターフロントの通りに出て、そののち進路を変えて国道七号線にはいった。月の光に輝くカリブ海ぞいに十分ほど走ったのちに、タクシーは国道から離れて二、三本の細い道を猛スピードで走っていった。

わたしは料金を支払い、〈オイスティンズ〉にふらりと歩いてはいっていった。いざ来てわかったが、ここは魚のフライを楽しむ巨大なアウトドアレストランであり、延々とつづいているビーチパーティーの会場だった。ならんだ屋台ではフエダイやトビウオ、それにシイラの名でも知られるマヒマヒなどの魚が提供されていた。巨大なバーベキューコンロから炎があがっていた。白い煙が雲のようにたなびいていた。香辛料とともにフライパンで炒《いた》めたシーフードや、グリルで焼いたものやフライにしたものも食べられたし、ポテトチップスやフライドポテト、コールスローやサラダなどの添え物も各種そろっていた。魚が口にあわなければ、海老《えび》やチキン、あるいは牛肉の塊も注文できる。ふんだんにある瓶ビールは安価だったし、琥珀《こはく》色《いろ》の地元産のラム酒も同様に安かった。ビートをきかせたレゲエ——おそらくこれだけが輸入物だろう——が、わたしの位置では見えないステージから流れてきていた。人々がそれぞれの食べ物を手に、リズムにあわせて体を揺らしていた。

奥へ半分ほど進んだところにあるピクニックテーブルで、鉛筆のように痩せた二十三歳くらいに見える男がわたしと視線をあわせながら、同時にうなずき、ウォーターフロントへむかって歩きはじめた。わたしは十歩ばかり離れたまま、あとをついていった。ビーチに出ると、月の光がすべてにまさった。わが案内役は右に曲がって西を目指しはじめた。何組ものカップルが、手をつないで左に右にそぞろ歩いていた。大学生の若者たちが酒をがぶ飲みしては、夜空に雄叫《おたけ》びをあげていた。波打ちぎわには何組もの家族づれがいて、幼い子供たちが五センチ程度の生ぬるい海の水のなかではしゃいでいた。

足もとの白砂は柔らかかった。片手にビールのボトルをさげてのんびり歩くわが案内役の姿は、夜を楽しむ地元民のひとりとしか見えなかった。わたしたちは距離を詰めることなく歩きつづけた。喧《けん》噪《そう》が背後に遠ざかっていった。大海原をながめやると、ひとり乗りのカヤックが二艘《そう》、三十センチほどの波の上を海岸線と平行に滑っていた。

目立たない案内標識が、わたしたちの向かっている先がタートル・ビーチだと告げていた。腰高の石塀がもうけられて、砂浜の一部を区切っていた。高いパームツリーの木立が落とす影がフェンスを闇に沈めているところで、わが案内役はビールをフェンスに置くと、伸びをしてから大きくまわってUターンし、わたしたちが来た方向に引き返しはじめた。

わたしとすれちがいざま、案内役はぼそりとつぶやいた。「ビールはあんたが飲むといい、ミスター・ジム」

わたしはふらりと石塀に近づいて、ビールのボトルを手にとった。それなりに安全な距離をとったと思われるころに栓をあけて、ひと口飲み、さりげなく木立のほうに目をむけた。パームツリーの下に茂っている植物を黒々とした闇が幾層にも覆っていた。

「石塀に腰かけたまえ、ミスター・ジム」暗がりからそんな声がした。
十二、三メートル先で波が砂浜を舐《な》めていた。声がきこえる範囲には人っ子ひとりいない。わたしはじりじりと一、二メートルばかり近づいたが、腰かけずに立ったままだった。
「これでいいだろう」わたしはいった。「近くにはだれもいない。こっちへ出てくればいい」

「この場が気にいっているのでね、ミスター・ジム」

「なにか理由でも？」

「バルバドスでは、万事があっさり運ぶ。警察はあっさり人を見つけだす。あんたといっしょにいるところを人に見られたくない」

「なるほど、わかった」

「ありがたい、ミスター・ジム」

〈オイスティンズ〉からはもうかなり遠ざかったが、スチールドラムの響きはなおも耳をついていた。

「わたしになにをもってきてくれた？」

「影のなかに来てくれないか、ミスター・ジム」

「なんだって？」

「いますぐ影のなかへ」

わたしは垂れ下がっているパームツリーが落とす影のなかに踏みこみ、フェンスに腰かけた。ビーチの人々が目をむければシルエットは見えるだろうが、それ以上はなにも見えまい。手にしているビール瓶が、自分は珍しくもないのんきな飲み助だと語っている。やがて闇に目が慣れてくると、三メートル弱奥に人影が浮きあがってきた。ひょろりと背の高い男で、パートナーと同様に浅黒い肌のもちぬしだった。

「赤いシャツのペアルックで歩いているカップルが見えるか、ミスター・ジム？」

五十メートル近くうしろの波打ちぎわを、赤いシャツ姿のカップルがわたしたちの方角にむかって歩いてくるところだった。

「ああ、見える」

「もっとうしろに、犬を散歩させている男がいるだろう？　それからあの家族づれは？　帽子をかぶった男はどうだ？」

男はわたしよりもずっと夜目が利くらしい——わたしもそれなりに夜目が利く。夜の闇でわたしの目が届くのは、海岸線に沿って二百メートルほど先までだ。かろうじて犬は見分けがついた。複数で歩く人影が家族づれかどうかは、男の言葉をそのまま信じるしかない。わたしには見わけられなかった。その家族づれよりも遠いところ、わたしの視界のなかでは十センチほど高いところに、もうひとつ人影が見えていた。帽子をかぶっているかどうかはわからなかった。それをいうなら、男といわれても男か女かはわからなかった。

「あれが目当ての人物だ、ミスター・ジム」

74

その人物は月光のなかで銀色のシルエットになっていた。夜の散歩のために出てきた孤独なシニョールといった雰囲気。ひらひらしたビーチハットにベージュのショートパンツ、ダークブルーの襟つきシャツ、ビーチサンダル。

こちらへ近づいてくると、その人物がまちがいなく猪木だということがわかった。わたしは影のなかにとどまっていた——ここなら、パーティー遊びで夜ふかししている参加者のひとりとしか見えないだろう。瓶からビールをひと口飲む。石塀に腰かけたまま体を揺らし、暖かい南国の夜をぞんぶんに楽しむ。石に腰かけたわたしの先で猪木が五十メートルばかり歩いたのを見てとってから、わたしは腰をあげて猪木のあとを追った。わたしと猪木の左側は大海原。右側では南国の植物が波打つようなラインをつくっていた。

鄺《クアン》兄弟の姿はどこにも見あたらなかった。

にぎやかなパーティーの場を離れるにつれ、海岸では人の動きがめっきり減ってきた。歩いているのはカップルたち、犬を散歩させている人たち、それにひとりで浜辺を散歩する人たちだけになっていた。力をなくした波が穏やかなリズムで浜に打ち寄せていた。わたしの右側では石の擁壁が途切れて名前のない砂浜に変わり、しだいにコテージやビーチハウスが増えてきた。さらに先へ進むと、そういった家々がだんだん高級なものに変わってきた。

〈オイスティンズ〉から一キロ弱のところで、猪木は短い階段をあがって、優雅な別荘風の建物の前面につくられたパティオにあがった。いったんは猪木の姿が見えなくなったが、一拍置いて海辺のこの建物全体が暖かな黄色い光に満たされた。

わたしは慎重に近づいていった。階段をあがりきったところにある小さなゲートを、わたしは音もなくあけて通り抜け、両の手のひらで覆って音を殺しながら掛け金をおろしなおした。パティオには緑もみずみずしい植物の鉢植えとラウンジチェアなどの家具がところ狭しと配されていた。海をいちばんよく見わたせる場所には、周囲を面取りしたガラスのテーブルが大理石の台座の上に置いてあった。左の壁に沿って一メートル二十センチほどの長さがある花壇があり、右の壁ぞいには特大サイズのバーベキューコンロがあった。

昼間用の白いレースのカーテンの反対側は四十人規模のカクテルパーティーもなんなく開催できそうなほど広い居間で、猪木があちらこちらと歩きまわっていた。革張りのクッションの椅子や、磨かれた木のサイドテーブルがそこかしこに配置され、部屋の中央には人々が立って交流できるよう、充分なスペースがとられていた。わたしがいるパティオにむかってあけはなつこともできるフランス窓もあったが、いまは天井から床まで届く厚手のカーテンが隙間なく閉ざしていた。

これでもまだ充分ではないというのか、部屋を縁どっているのは天然のコーラルストーンであり、壁には地元の画家の手になる趣味のいい油絵のオリジナルがかかっていた。絵のセレクションも印象的だったが、この部屋の主役をかっさらっているのは――見た目の迫力だけが理由かもしれないが――室内でもいちばん重要な品だった。L字形の革張りソファの上の壁に、二メートル半近い長さの三叉槍《さんさそう》が二本、ぶっちがいに交差する配置で架けてあったのだ。この三つの穂をもつ長い槍もまた、バルバドスという島がイギリスの伝統を受け継いでいることへの目くばせだった。

猪木はバルバドス産のラム酒のボトルをかたむけてクリスタルのタンブラーに注いでソーダ水で割ると、リモコンをつかみあげてソファに腰を落ち着け、九十インチの大型テレビを見はじめた。たしかに、わたしでもおなじことをするだろう。楽園のような地をたずねたら、テレビを見て夜を過ごす。それはそれとしても、猪木はもう八十代の老人だ。

狭い通路をつたってパティオから降り、邸宅の側面にまわりこむと、最新機器でととのえられたキッチンが見えた。いたるところが輝いていた。オリーブ色と灰色が混じっている大理石を天板にしたアイランドテーブルが中央にあった。ステンレススチールの冷蔵庫が二台あり、プロ仕様のオーブンがあった。カウンター上の紫色の花瓶に、庭から採ってきたばかりの草花が活《い》けてあった。

キッチンの先は、全四室あるうちの最初の寝室になっていた——四室のうち二室にはキングサイズのベッド、残り二室はツインベッド。寝室にも天井から床まで届く厚手のカーテンがかかり、壁はコーラルストーンだった。屋内全般にわたってカリブ海産の大きなタイルがつかわれていた。邸内中央を通っている廊下の突きあたりに、外へ通じている裏口があった。ドアノブをまわしてみる。施錠されていた。寝室はどれも暗かったが、そのうちふたつの寝室でスーツケースがあるのが見えたほか、クロゼットに服がかかっていたが、興味を引かれる物品は見あたらなかった。

わたしは邸宅の裏をたどって正面側にもどった。広々とした居間をのぞける小さな窓があった——そこからのぞくと、テレビ画面に顔をむけている猪木の横顔が見えた。

猪木はラム酒をちびちびと飲んでいた。

テレビで見ているのは、海岸が舞台の映画らしい。

異状はなにひとつなかった。猪木はおのれのワンダーランドを見つけた。猪木の前のコーヒーテーブルには、グアヴァとマンゴーとスターフルーツを山と積みあげたボウルがあった。さらに部屋のいちばん奥、いまの位置からしか見えないテーブルの陰になった場所に、古びた木箱が腰の高さにまで積みあげられていた。そのうちひとつの箱がひらかれ、蓋が横へとりのけられていた。箱には、手のひらサイズの中国製の金のインゴットがどっさり詰めてあったほか、翡翠《ひすい》製の小物がちらばっていた。また別の箱には二十点あまりの掛け軸が丸めて紐《ひも》をかけられ、立てて収納してあった。箱の裏側から刀の柄《つか》がのぞいていた。

人でなしめ。

猪木は財宝をも見つけたのだ。

しかも、いま猪木は単身である。

わたしはパティオにもどった。これで邸宅を一周した。わたしはフランス窓の横にある通用口のドアを引きあけた。

室内に足を踏み入れる。背後でドアが動いて閉まった。

猪木が顔をあげた。この老暗殺者の顔に驚きの色はなかった。なんの感情もない。しかも無言で、それまで見ていたテレビの画面に目をもどした。

どうもようすがおかしい。

《すぐに外へ逃げろ》頭のなかで、そう叫ぶ声があった。

わたしは体の向きを変えた——が、もう遅かった。

奥の寝室に通じている暗い廊下から、ひとつの人影が浮かびあがってきた——しかもその人影は、口径九ミリのスミス&ウェッソンでわたしの胸を狙っていた。かまえているのは洒落《しゃれ》た〝ハーフ&ハーフ〟モデルだった。銃の上半分がぎらぎら銀色に光るスチールであり、銃身の下半分とグリップ部分が黒いポリマー製になっている。

「楽園にさよならをいうんだな」銃をかまえた男がいった。

わたしはじわじわとドアを目指した。

「逃げようとしても無駄だ」わたしが知っている男がいった。「外にはわが手下が三人いるんだぞ」

75

わたしのなかで、なにかが壊れた。

群集のなかだったら、わたしはこの男に目をとめもしなかったかもしれない。しかし、一対一なら、まちがえるはずもなかった。男は漆黒の髪の毛を赤茶色に染め、口ひげを生やして、そちらもおなじ色に染めていた。両の頬が赤らんでいるのは贅沢《ぜいたく》な暮らしのせいだろうが、猪木が大事にちびちび飲んでいるのとおなじラムを、ショットで一、二杯きこしめしていたのかもしれない。着ている高級なシルクのシャツが素肌をふんわりと覆っていた。まるで愛撫《あいぶ》しているかのように。

差しむかいで立っている相手の男は、リニューアルしてすっかり健康になった三浦耀司だった。

わたしが耀司を殺した犯人をさがして東京の薄暗い片隅をうろうろしていたあいだに、当の耀司はかつて自分が妻子に約束したような完璧そのものの暮らしを送っていたのだ。

わが全身を洗って流れる感情の奔流を、うまく言葉にできなかった。過去十一夜のあいだ、たったひとつの目標を胸にいだいて夜ごとベッドについていたからだ――すなわち、耀司の殺害犯をつかまえるという目標を。いま、かろうじて一語だけが唇からこぼれ落ちていったものの、それっきりわたしは言語の才を失ってしまった。

「あなたは……」

三浦耀司は、わたしの驚愕《きょうがく》ぶりをよほど喜ばしく思ったのだろう。「元気にぴんぴんしていて、人生を謳歌《おうか》していたのか？　ああ、そのとおり」

「だったら、あれはだれなんだ……？」

「歌舞伎町でなぶり殺しの目にあわされていた哀れな男のことかな？　一族みんながもてあましている厄介者のいとこだよ」

矛盾とわたしはそりがあわない。もっとひどい目にあいながらも、元気に切り抜けたこともある。しかし歌舞伎町で見つかった耀司の死体は、わたしが激しい怒りという旗をかかげた旗竿《はたざお》の役目をしていた。耀司が殺されたことで、わたしは——厳密にいうならわたし自身がいだく感情ではなかったが——恥辱と罪悪感とを胸にいだいていた。

正義を求めるわが情熱に限界はなかった。その情熱のせいで、わたしはブローディ・セキュリティ社のスタッフと角を突きあわせることになった。その情熱がわたしを長くつづく苦難の道に引きまわしたのだ——耀司の両親を慰めながら自分を罪悪感で鞭《むち》打ち、耀司の妻が投げつけてきた嫌悪の情を飲みこみ、剣道道場では仮借ない暴行で痛めつけられ、隅田川では命をかけて戦い、浜田の死を思い、浜田の妻とその双子の未来を思って苦悶《くもん》し、理恵がわが娘の前でわたしの行動を叱責するあいだ屈辱を甘受するしかなかったし、中華街では盛られた毒に耐え、中国人墓地で呉《ウー》配下のガンマンに正面から立ちむかい、スナイパーによるレーザーの標的になっても怯《ひる》まず、妄念にとり憑《つ》かれた危険なスパイと丁々発止やりあい、ブローディ・セキュリティ社においてレスター・チャンとその手下の悪党どもとの対決を丸くおさめ、マイアミでは猪木と鄺《クアン》兄弟が仕掛けた罠《わな》をからくもかわした。

情熱に打ちすえられ、叩きのめされても、わたしは毎回の打撃に立ちむかってきた。

そしていまわたしはわが決意に導かれ、この場所に立っていた。

わたしの顔はさまざまに歪《ゆが》んでいた――もし娘がこんな父親の顔を見たら、恐怖に情けない声をあげながら部屋から走って逃げていったことだろう。

「しょせんはホームレスの人間の屑《くず》さ」耀司はいった。「一族のほかの面々からはとっくの昔に絶縁をいいわたされた。酒とギャンブルがやめられず、職も長つづきしたためしがない。パン屑みたいに金を点々と撒《ま》いてやったら、あっさり歩いてついてきたよ。それから一年ばかりしたころ、わたしの監視の目が届くような安アパートの部屋を世話し、食うに困らずに酒とギャンブルも楽しめるくらいの金を融通してやった。やつが自分にできる唯一の方法で返礼するまでだったが、まあ、それがわたしにできる精いっぱいのことだったね」

このときもまだわたしは言葉を出せなかったが、耀司に話の先をうながす必要はなかった。

「中国ではわたしが代表者をつとめていたので、わたしは姿を消す必要があった。わがチームのほかの面々は、顔を知られていない無名の連中だ。ひとたび財宝を求めて動きはじめるなり、猪木のような連中がわたしを狩り立てようとするのは見えていた。同様の者たちはまだまだたくさんいたが、われわれにとっての要衝《チョークポイント》であるマイアミにまで飛んでくる者はいなかったし、この島に来た者もいなかった。われわれはその手の連中を歌舞伎町で振り切ったんだよ。土居が口を割らなければ、猪木がわれわれを見つけることもなかっただろうね」

まだしゃがれているとはいえ、ようやく声がもどってきた。「つまり歌舞伎町のあの殺人事件は最初から計画に織りこまれていた？」

耀司はうなずいた。「二件の家宅侵入事件が起こって親父が不安になっているのを見て思いついた――私立探偵に仕事を依頼してプロのお墨つきを得られれば、警察があの死体をわたしだと認定するのを早められるんじゃないか、とね。そこでわたしは、きみの名刺をいとこの財布に忍ばせておいた。それが効いたんだよ」

わたしは目を閉じた。怒りはあったが認めざるをえなかった。卓越した計画だったと。耀司は父親の怯《おび》えを利用した。ブローディ・セキュリティ社をつかうことに、いったんは異をとなえてみせた。そして、不本意ながらも親に従う息子を演じた。そのあとに暴行事件が発生した――あまりにも激しい暴行にだれもが蹂躙《じゅうりん》された遺体ばかりに気をとられ、その先へ目をむけようとはしなかった。

さらに現場で見たカフリンクにわたしは胸を痛めた。ショックのあまり、ためらいもなく遺体を三浦耀司だと認めてしまった。妻も耀司だと認めた。父親も認めた。歯科医のカルテによっても身元が確認された。反論の余地のないリストだった。そしてそのプロセスでわたしは期せずして、耀司が必要としていた裏書きの言葉を与えてしまったのである。

「いとこの体をひどい目にあわせたのはきみの仲間たちか。顔は現場にあった。しかし、片腕だのそれ以外の部分だのはどうした?」

耀司は右手をかかげた。「この手までは複製できない。だから、腕は切り落とすしかなかった」

耀司の手のひらには、五セント白銅貨ほどの大きさだが、いびつな形に薄く変色した部分があった。生まれついての痣《あざ》か。よく目を凝らさなければ見えないが、近しい人たちならこの痣のことをよく知っているのだろう。

「きみの父親はこのことを知っていたのか?」

「両親のどちらも、この件についてはずっと蚊帳《かや》の外だよ。だからこそ、腕を切って消す必要があったんだが」

「被害者と合致する内容の歯医者のカルテはどうやって手に入れた?」

「簡単な話さ。食うのにも困っている歯医者を見つけた。ただし歌舞伎町の事件のふつか前、あの馬鹿ないとこは浴びるように酒を飲んで、どこかの階段を転げ落ち、二本の前歯を欠《か》いてしまった。だから、二本は力ずくで抜くしかなかったよ」

　抜けた前歯が現場になかったのは、そういうわけか。

「二件の家宅侵入事件のことを新聞で読むなり、財宝をさがしている連中がいることはわかったが、どんな連中かはわからなかった」耀司の視線がさまよい、部屋の隅でじっとしている猪木にむけられた。「しかし、わたしはこうも思った——だったら、いとこの死を連中に関連づけてしまえばいいではないか。警察がその話を信じれば、たいへんけっこう。信じてもらえなくても損はしない。猪木はわれわれにずいぶん貢献してくれたよ」

　どうやら耀司は、生まれついての策士のようだ。

「きみのいとこにも名前があったのだろう？」

　耀司の笑みが消えた。「なぜそんなことを？」

「そのほうが死者に敬意を表せるように思えてね」

「あいつは酒びたりの単細胞、とっくの昔に脳細胞が残らず酢漬けになったようなやつだ。わたしがさがしあてたときには、神田の橋の下の段ボールハウスに住んでたよ。そしてそのあと一年八カ月だけまっとうな暮らしを送らせ、悲惨なありさまに終止符を打ってやったんだ」

「きみが奥さんにしたように？」

　耀司が拳銃をふりたてた。「ものの言い方に気をつけろよ、ブローディ。あれも前は美人だった。昔はね。しかし健が生まれてからは、やたらに不機嫌な女になった。いつだって不平不満ばかり。おまけにもっと金を寄越《よこ》せといいだした。自分と自分の腹から出てきたあの役立たずの息子のためにだ。

ふたりとも死んでよかったね」

「まだ、いとこの名をきかせてもらっていないぞ」

「あんな男に名前などもう必要ではない」耀司が切り口上でいった。「まあ、おまえもあと数分もすれば、名前が不要になるんだがね」

「ところでミズ斎藤も近くにいるのかな？　ひとこと挨拶をしたいんだが」

愛人の名前が話に出たことで、耀司はあんぐりと口をあけた。わたしはこの男の不意をつけば口を滑らせてくれるのではないか、と思ったのだ。うまく動揺させられれば、耀司に近づいて武器を奪えるかもしれなかった。

耀司は一歩あとずさった。「心理ゲームは忘れるんだな、ブローディ。そんな真似《まね》をしても助からんぞ。ただし、あの女を見つけたのは冴《さ》えた一手だったな。そうはいっても、今回ばかりは策士策に溺れ、おまえが死ぬまでだ。おまえと猪木がね」

わたしは視線をめぐらせ、ちらりと元特務機関の老人を見やった。猪木はいまも部屋の隅で肩を落としていた。目がどんよりと濁っていた。体が萎《しぼ》んだようだった。すでに諦めたのだろう。この変貌ぶりはなにが原因だろうか、とわたしはいぶかった。ここにいるのはマイアミで会ったあの男ではない。

「そうはいくか」わたしはいった。「わたしにも仲間がいるし、鄺《クアン》兄弟がいることも忘れるな」

「あのふたりはそういう名前だったのか。知らなかった」

名前だった。

「兄弟はいまどこにいる？」

「まさしく、そこが興趣つきない話なんだよ。このあたりでたんまり金をばらまけば、どれほどの学びが得られるものか、それはもう驚くほどだ。海岸から八百メートルばかり先にいったところに〈鮫のたまり場《シャークス・コージー》〉というところがある。なぜか、鮫《さめ》たちが寄りあつまるところだ。理由はだれにもわからない。海流の関係かもしれない。あるいは海水の温度が高いせいか。あるいは、いい餌があるのか。血がしたたるような牛肉の塊を海に投げこめば、鮫が数十匹も姿をあらわす。ほんの数秒でね。すばらしい景色だよ。鮫のひれがまっしぐらに突き進んでくるのが見えるんだ。海の水がくっきりと澄んでいるおかげで、大きな三角形の鼻づらも、獲物にがぶりと食らいつく白くて尖《とが》った牙もありありと見えるんだ。人を投げこみでもした日には、およそ耳にしたことがないような悲鳴をきけるという話だったよ。海の水が赤くなって泡立つ。死体がふたりぶんなら、トマトスープのようになりそうだ。ねっとりとして泡が立ったスープ。〝中華料理のテイクアウト《チャイニーズ・テイクアウト》〟という言葉に〝中国人の排除《チャイニーズ・テイクアウト》〟という意味も追加されるんじゃないか」

耀司は含み笑いを洩らし、猪木はさらに血の気をうしなって萎んでいった。それでは、老兵士から戦意をうしなわせたのは、そんな出来事だったのか。高齢の暗殺者と鄺《クアン》兄弟のあいだには、まぎれもない好意の絆《きずな》があった。《このふたりは家族も同然だ》。兄弟の死刑が執行されたことで、猪木はすべてをうしなった——財宝も支援も。そしてみずからの意志さえも。たとえこの別荘から脱出できても、どこへも行けずにバルバドスに足止めされたままになる。この島国から離れる前に、耀司の手下に狩り立てられるに決まっている。

この島が第二の要衝《チョークポイント》だ。

ついでわたしは、罠をつくっていた糸をひとつにまとめあげた。

《バルバドスへようこそ、ミスター・ジム。アメリカのフロリダ州はマイアミビーチから飛行機で到着したくだんの乗客たちは二カ所に逗留している》

海岸ぞいのこの別荘は罠だった。猪木は漫然と砂浜を散歩していただけではなかった。耀司の仲間は、わたしたちの最後のひとりまでもここバルバドスへ誘いだしたのだ。猪木自身は自分と兄弟のために定宿のホテルを予約した。そして猪木のあずかり知らぬところで、耀司のチームはこのビーチハウスを猪木の名前で予約したのち、猪木と中国人兄弟の手下をつかまえて、わたしのために餌つきの罠を仕掛け、月明かりのもとでの散歩を仕組んだのだ。

わたしはすっかり満足しているような雰囲気の猪木を尾行し、そんなわたしを耀司の手下たちが尾行していた――老兵士である猪木は、鄺《クアン》兄弟の命が助かるようにと最後の望みをかけて命令に従っていたのだろう。

わたしをとらえた耀司はわたしが頭脳を全速力で回転させていることを見てとったのだろう、こちらからうながさなくても、話の空白を埋めはじめた。「わがチームの半分は、マイアミできみの足を引っぱろうと動いていた猪木の動向を監視していた。嘘《うそ》いつわりなくいえば、きみが姿をあらわしたのが残念だった。両親を騙《だま》したことではいささか気がとがめはしたが、きみやきみの仲間がわが両親のために粉骨砕身の努力をしているさまは気にいった。きみがああも誠実だとわかって胸が熱くなった。われわれはきみに警告を発して追い払おうとしていたのだよ」

「道場のロッカールームのことか？」

「いかにも。あんなふうに襲われれば、たいていの人間は引き下がる。しかし、きみは引き下がらなかった。だからわれわれは、きみの友人の体の一部を郵便で送りかえしたのだよ」

「浜田を殺したのはおまえの一味だったのか？」

「ついでに、船上のきみにフリーランスの連中を派遣したのもわれわれだ」

たとえ氷水に投げこまれても、これほどのショックを感じはしなかっただろう。浜田はわたしのせいで命を落としたのだ。頭のなかで遠吠《とおぼ》えめいた声がきこえた。

わたしはいった。「それなら、どうして最初からわたしを狙わなかった?」

「きみのバックには会社がひとつ控えているではないか。それに遊覧船での攻撃は流血沙汰を目論《もくろ》んではいても、断じて殺しを目的にしてはいなかったよ」

ブローディ・セキュリティ社は隠れ蓑《みの》につかわれ、呪いとして利用された。野田とわたしが種々の出来事の意味を読み解こうと頭をひねっていたあいだ、それ以外のあれこれがことごとく耀司の思いのままになった。耀司のチームは猪木を罠にかけた。バルバドス警察は、わたしの助けになる増援部隊を急襲した。耀司の妻さえ葬られた――正体不明の恋人の手にかかって。その恋人は……しまった。

どうしてわたしはここまで愚かになれたのか?

《耀司は斎藤雅美をただの遊び相手以上の存在にしようとして、あれこれ世話を焼いていたといえる。三人めの女房にするつもりだったようだ》

三浦夫人の生活に謎めいた男など存在していなかった。プールサイドの夫人のテーブルにあった空《から》のタンブラーはボーイフレンドのものではなかった。あれは耀司本人か、耀司のボディガードのような人物のものだった。斎藤雅美は新しいスポンサーさがしをしていたのではなかった。どちらの女にとっても、相手はずっと変わらず耀司だった。物静かでハンサムな耀司。人たらし。ブローディ・セキュリティ社にやってきた控えめで遠慮がちな男にして人心操作の達人。

耀司はふたりの女性をいっしょに、ここ、すなわち自身の新たな南国の楽園へ連れてくるわけにもいかなかった。それで妻にはマイアミで豪勢な暮らしをさせながら待たせておき、そのあいだ妻を事故死させるべく準備をととのえた。以前から妻がことあるごとにカリブ海諸島への嫌悪を表明していたことも、耀司の計画に好都合だった。バルバドスの〈鮫のたまり場〉の代わりに、エヴァーグレーズ国立公園内の湿地をつかうだけでよくなったからだ。

「つまり、きみは奥さんの死も演出したわけだ？」

「家の大掃除だよ」

わたしの体の奥でなにかが震えた。

全身が凍りついた。

「前にもいったじゃないか、ブローディ。わたしはきみが好きなんだよ」

意を強くしている最中と見ていい。耀司のような男が褒め言葉に褒め言葉を重ねはじめたら、次の行動にむけて決意を強くしている最中と見ていい。勇気を奮い起こすために、自分で自分に仕掛ける〝逆心理作戦〟だ。次の行動が暴行や裏切りであれ、引金を引いての発砲であれ、わたし自身が多くの実例を目にしているので、その徴候を見のがすことはない。

一方、三浦耀司の注意をそらすというわたしの側の計画は、いっこうに進んでいなかった。耀司はあまりにも狡猾《こうかつ》だ。なにかほかの策を考えなくては。

なんでもいい。

早急に。

そのとき正面玄関に通じているドアがひらき、わたしは不利な立場から一気に最悪の窮状へ突き落とされた。

76

耀司がドアに目をむけた。

驚いたことに、部屋にふらりとはいってきたのは木山だった。まさかバルバドスでこの男と会うとは、夢にも思っていなかった。壁の花。道場でわたしがこの男の騒がしい友人である田中と会話をしていたときも、黙って話をきいていた静かな剣道修行者。

そう、木山はずっと物静かで控えめだった。無尽蔵の礼儀正しさをそなえた人物だった。まかりまちがっても冒険心旺盛とはいえない人物に思えた。居心地のいい東京の自宅を出て、一万五千キロも離れたカリブ海の辺境にまで旅をするような人物とはまったく思えなかった。むしろあの元気すぎるほど元気な刀剣コレクターであり、アメリカで刀剣の出物をさがしてくれと——最初は道場で、二度めは電話で——わたしに依頼してきた田中のほうが、まだしもこういった旅をしそうな男に思えた。

木山は鞘におさめてある二本の長い刀をたずさえていた。またスラックスのポケットは、ひと目で小型の拳銃だとわかる形に膨らんでいた。

「では、おわったのだね？」耀司がたずねた。

木山はうなずいた。

《あいかわらず口数の少ない男だ》わたしは思った。

耀司がわたしに顔をむけた。「さっき話した歯医者が欲をかきやがってね。もっと報酬をよこせといいだした。だからわれわれは、金を支払うついでに休暇旅行でもどうだといって歯科医をこっちに誘いだした。で、金を払う代わりに木山と田中が歯医者を泳ぎに連れていった。あの鮫どもときたら、どれだけの量のお代わりを食べられるのか、首をかしげるほどだよ」

この発言に答える言葉はなかった。

耀司がくすくす笑った。「ブローディ、きみは美術商なのだから、われらが戦利品の値打ちもわかるだろうね。さあ、見たまえ！　翡翠の彫刻、絵巻物、名匠といわれる刀鍛冶《かたなかじ》の手になる古刀が三振り、磁器、銀の皿にブロンズ。こちらの取り分は、おおざっぱにいって二千百万アメリカドル。残っている仲間は六人だから、ひとりあたり三百五十万ドルだ。紐つきでもなんでもない無税の金だぞ」

話せば話すほど、耀司はどんどん上機嫌になってきた。この男の夢がいま、文字どおり目の前に現物となって積みあがっているのだ。わたしは木山に目をむけた。木山の顔には喜びも勝利も陶酔もなかった。壁の花の口からはうれしさを感じさせる音節ひとつ、こぼれ出てこなかった。木山のことがいぶかしく思えてきた。

耀司もこれに気づいていた。「木山、おまえはうれしくないのか?」

木山はうなずいた。

耀司は笑い声をあげ、叱責するふりで頭を左右にふりながらいった。「自分を見てみろ。財宝を手に入れた。自由も手に入れた。おまえと田中は、権利消滅状態になっている日本の刀剣のうち最上級の品の共同所有者だ。それなのに、なにをそう渋い顔をしている?」

木山のあごのラインに力がこもった。小さく会釈をする。いつものことだが、木山の反応は素直なものだった。ただし、緊張もあらわな表情は別だった。それを見て、わたしは説明のつかない冷たいものが全身を洗っていくのを感じた。

耀司のほうは気づいたようすはなかった。

「だれもが田中のほうが上手《うわて》だと思っている——田中のほうが段位が上だし、師範の称号も得ているからね。あの男は東京ドームよりも大きなエゴのもちぬしだ。だからわれわれもご機嫌をとってやっている。木山は心やさしき男だ。これまでずっと先輩を立てていた。低い段位を受け入れ、なんの称号も欲しがらなかった。せっかくすばらしい剣の腕前があるのにね。それが日本式のやりかた……そうだろう、木山?」耀司はにやりと笑って、年上の兄貴分としてのプライドをにじませた。

〝先輩〟とは、日本において重要な人間関係である〝先輩・後輩〟のなかでも身分の高い側だ。字義どおりなら〝年長者・年少者〟といった意味しかないが、もっと広い意味においては、生涯つづく〝師匠・弟子〟の関係性をもふくんだ表現になる。そしてこの関係性は、両者いずれもが自身の立場を悪用しないかぎり良好に働くのだ。

わたしはあとからやってきた木山にむきなおった。「きみがここにいるのを見て驚いたよ。ここに来るのなら田中だとばかり思っていたからね」

ようやく木山が言葉を発した。「田中はわれわれの仲間だった」

木山の声を耳にしたのは、このときが初めてだった。低くて力のある声、イントネーションは平板で、すばらしく自信に満ちていた。いまその声には恭順な〝弟〟らしい響きはかけらもなかった。

「仲間だった？」耀司はいった――陽気さがほんの少しだけ翳《かげ》った。

木山は肩をすくめた。「天皇の銘がはいった刀はひと振りしかなくてね」

「しかし、それ以外の二本は正宗の刀だぞ。このうえなき名声を博している匠《たくみ》ではないか」

「そうはいっても、天皇の刀はその二本にまさる。そして田中は自分の地位を笠《かさ》に着て、その刀をわがものにしようとした」

「その結果、きみは残りのふた振りの刀を手に入れたわけだ」

木山の顔を渋面が這《は》うようにして横切っていった。「そんなことをして、そのあと死ぬまで最上の刀を所有しているという田中の自慢話をえんえんときかされろというのか？　ごめんこうむる。それでなくてもあの不愉快きわまる男にずっと我慢してきたのに」

《仮面が剝がれ落ちかけているんだ》わたしは思った。

「しかし、正宗の古刀がふた振りだ」耀司がいった。「値打ちはほとんど変わらないぞ」

「田中にとっては、〝ほとんど〟ではまったく意味がないんだよ。あんたも知っているだろう。そこでわたしと田中はあの刀を懸けて戦った」

耀司は困惑顔だった。「しかしどうやって？　このバルバドス島のどこで竹刀《しない》を見つけた？」

「わたしと田中は手もとにあるもので試合をしたんだよ」木山は右手にもった武器を揺らして、かたかたと音をたてた。

耀司は神経質な笑い声をあげて、ドアのほうに目をむけた――いまにも田中がドアを抜けて姿をあらわしてもおかしくないと思っているかのように。「冗談はそのへんでやめておけ。田中がおまえのようなちびの仲間相手に戦うことに同意したはずはないぞ」

「わたしが強く主張したのでね」

「しかし、おまえは……」耀司は困惑して言葉を切った。「あの男がそんなことを知っているものか……あの男は……わたしたちはみんな友人だぞ」

「正しくは〝友人だった〟だ」木山は口調も表情もまったく変えず、あっさり過去形でいいはなった。

わたしは木山の垂らした手が握っている二本の刀に目をむけた。決闘の結果がどうなったは質問するまでもなかった。

77

耀司はあいかわらず期待のまなざしをドアにむけていた。

「田中、こっちへ来い」と、声をかける。「そこにいることはわかっているぞ」

わたしは部屋の隅に整頓されて積まれている財宝へ目をむけた。荷物から突きだしている日本刀の柄はひとつだけだ。盗まれた刀のうちのふた振りは、〝後輩〟が手にしていた。

木山がいった。「田中はもどらないよ」

耀司はかたくなに頭を左右にふりつづけた。「ほかの連中がそんなことを許すわけがない」

「連中がブローディを尾行してここまで来たところで、もう街へもどって任務成功の打ちあげをしていこいと、わたしがいっておいた。田中とわたしは、歯医者の始末をおえて引き返してきたところだった。連中が去ったあと、わたしと田中は決闘した。そんなわけで、残っているのはおまえとわたしだけだ。いや、あとはブローディとあの老いぼれがいるが」

「つまらないジョークだぞ、木山」

「いえてる。すまなかった。さあ、あんたも仕事をおわらせろよ。ブローディを片づける仕事があるぞ。ほかの連中はみな、手を血で汚しているんだ」

わたしはドアのほうににじり寄った。「もう人殺しを重ねることもないだろう。きみは勝ったんだ。あとは財宝をもって立ち去ればいい」

耀司は木山にむきなおった。「その男のいうとおりだ。そいつになにができる?」

木山は鼻で笑った。「まさかブローディの話を耳に入れているのか?」

「縛るなりなんなりしておけば、それでいいじゃないか」

「この男のもとでは、おおぜいの調査員たちが働いている。そんな男はさっさと殺して鮫どもの餌にしてやれば、われわれは大金持ちになって立ち去れる」

「ブローディはわが父のために尽力してくれたんだ」

「わたしたち全員がそれぞれ手を汚してきた。残りはあんただけだよ。わたしが老いぼれを始末するあいだ、そのあたりのことをじっくり考えるんだな」

わたしは静かにしていた。力のバランスが耀司から木山へと移り変わっていた。木山がいまそなえているのは、静かでありながら力強い存在感だった。冷徹で計算高い力。まだまだ雄弁家とはいえないが、いまは全世界でも屈指の危険な鋼鉄で武装していた。

木山がつかつかと猪木に近づいて、足もとに片方の日本刀を落とした。「さあ、昔とった杵柄《きねづか》がいまも通用するのか試してみようじゃないか」

「なんだと？」猪木がいった。

「立ちあがって戦うか。さもなければ座して死ぬまでだ」

猪木は木山を見つめた。いまこの老兵士は対戦相手の力量を見さだめていた。猪木のことだから、これまでにも百回はこの手口を実践しているにちがいない。しかしその百回は、どれも自分が優位に立ち、相手よりも優秀な武器と優秀な増援スタッフがいた場合だった。

猪木は気のないそぶりで立ちあがり、木山と同時に由緒ある刀の鞘を払った。ふたりはどちらも、日本史上でも最高の腕前をきわめた刀鍛冶が鍛造した刀をかまえてむかいあった。

露骨に脅迫されたことで、猪木は息を吹きかえしていた。最初に木山の剣をかわしたあと、猪木の剣術では若き木山の積極的な剣と互角に戦えそうもないことが明らかになった。木山は猪木をからかう戦法を採用した――しかし、これは危険ぶくみの作戦だった。呉《ウー》からきかされた話で、猪木が策に通じた剣士であることはわかっていた。いまふたりの試合を見ているうちに、わたしは古狐《ふるぎつね》の目がすうっと細くなる瞬間に気づいた――猪木は対戦相手の守りの隙をさがしていたのだ。

しかし、木山の剣術は段ちがいだった。踏みこんだかと思うと、猪木の前進をなんなくかわして、可能な場合にはこの老齢の剣士を部屋の隅へむけて追いつめていたが、必殺の一撃を繰りだすことはなかった。木山は猪木を消耗戦に引きこんでいた。おりおりに猪木を攻撃しては、すばやく後退する。木山はしだいに自信を得てきたと見え、何度打ちこまれても、刀の峰でやすやすと払いのけていた。

剣道家の木山はひたすら一心に集中していた。両目がめらめらと燃えている。木山もまた息を吹きかえしていた。わたしは大陸中国で過ごした日々を語った猪木の言葉を思い起こした。《戦時中の満州は、わたしにはまたとない遊び場だったよ。欲しいものはなんでも手に入れられた。生命、女、そして黄金》

しかし、それは往時の話だ。国も異なれば、時代も新たな世紀になっているいま、ここでは主役は木山だった。

若き決闘者が一気に躍りかかった。

日本刀は叩き延ばした鋼からつくられる——何回となく折り返しては叩き延ばすことで鍛錬を重ねるのだ。それにより、稠密《ちゅうみつ》で重い鋼がつくられる。対戦が四分を超えるころから、八十代の猪木はかまえた刀の切っ先を木山の顔の高さに維持することがしだいにむずかしくなってきた。息づかいも荒く苦しげなものに変わった。守備のレベルが低下し、守りのかまえに大きな隙ができはじめた。

次に起こったのは、とびきりの悪夢そのままの出来事だった。

真正面からの全速力の攻撃で、木山は刀を握っていた敵の片手を一気に斬り落とした。手首から先の部分が柄を握りしめたまま床に落ち、どさりと鈍い音をたてた。猪木の手首の切り口から鮮血が奔流となって噴きだした。反対の手がとっさに手首の切断面を押さえる。ぐらりとよろけはしたものの、猪木はまだ両の足で立っていた。

木山はうしろに引いた足を軸にして体を反らせ、おのれの技《わざ》の結果を通人の目で品定めし、握った刀を一閃《いっせん》させた——狙い定めたその一回だけのよどみない一撃で、木山は猪木の首を斬った。切断された頭部はわずかに浮いて、横薙《よこな》ぎに移動していく刀を通過させたのちに落ちて切断面にもどったが、そのときには本来の位置よりも一センチほど横にずれていた。

猪木がまばたきをした。その視線がわたしの目をとらえた。口がひらいては閉じた――呉《ウー》の語った亡霊たちのように。次の瞬間、すべての生命が雲散霧消し、残りものの肉体がくずおれた。

胸の奥の心臓が刻むリズムが乱れた。はたして浜田も生涯最後の瞬間をこのように迎えたのか？ そして刀をふるっているこの剣道家は、わたしにもおなじことをしようと考えているのだろうか？

78

運がよかったのは、木山が殺戮《さつりく》行為をはじめるよりも先にわたしが動いていたことだ。勝利をおさめた剣士として木山がわたしにむきなおったときには――ちなみに服にたっぷり降りかかった返り血は、誇り高き戦士が正装のおりに掛ける飾り帯《サッシュ》にも見えた――ひとつの驚きが木山を待っていた。

木山はこの新しい展開に、先ほどとおなじ賞賛のまなざしをむけてきた。その目が警戒するようにすっと細くなったかと思うと、うろたえるどころか値踏みしているような目つきになりはじめた。それを見て、わたしはわが脱出プランが失敗するだろうと悟った。

剣士の木山の声には、運命を受け入れた後悔の響きがあった。「あんたにそんな真似ができないのは、最初からわかっていたよ」

耀司がいった。「いや、ちがう」

「ちがわない。本当にできるのなら、その男が襲いかかるなり引金を引いているはずだ」

平時だったら、木山の見解にも意味があったといえただろう。しかし対戦者の片方が死ぬまでつづく真剣勝負が眼前でいままさに進行中となったら、目がそちらに釘《くぎ》づけになって当然だ――そしていまは、平時からもっとも遠く離れている状態だった。

「わたしが財宝のありかを探りあてて、ここへ運んできた――それだけでは不足なのか?」

「あんたも手を血で汚す必要があるんだよ」

剣戟《けんげき》がはじまるとすぐ、わたしはじりじりと耀司に近づいていった。木山が三度めに攻撃をかわすようすに耀司が注意を奪われた隙に、わたしは耀司の守りの内側にはいりこみ、なにをしているかを気づかれるよりも早く、拳銃をもっているほうの腕を上へねじりあげ、指をひらいた手から銃をもぎとっていたのだ。

プレイボーイのビジネスマンである耀司は顔を歪めていた。わたしは銃身を耀司の頭のあたりにあげて背後にまわりこみ、自由なほうの腕を耀司の腕の下に這いこませて胸を押さえこむ体勢をとると、同時に体を引き寄せて〝人間の楯《たて》〟にした――そして両者ともにその体勢で、猪木が首を刎《は》ねられる瞬間を見ていたのだ。わたしの俊敏な手足が役に立つのは、まさしくこの種の瞬間である。

木山がわたしを見つめた。「浜田がどんなふうに死んだか、耀司から教えてもらったのか?」

「いいや」

「ちょうどあんな感じだ」木山はいいながら傲岸に頭を動かし、ぴくりとも動かない猪木の体を示した。「ただし浜田は武器をもたない丸腰だった。くわえて、われわれは総勢五人で浜田を追いつめた」

「嘘をつけ」わたしはいった。「斬り方が雑だったぞ」

木山はけだものじみた笑みをのぞかせた。「いや、最初のひと太刀《たち》ですっぱり切り落としたよ。そのあと肉切り包丁を手にして死体まで引き返し、いかにも三合会の仕業に見えるよう切り口を細工した。浜田は、わたしにとってひとりめの〝試し斬り〟だった。今回は三人めだな」

つまり、これまで仲間だった田中がふたりめだったという意味だ。

わたしに体を押さえこまれている耀司が身をよじって、体をもぎ離そうとした。耀司は道場で体を鍛えていたが、それでも格闘技で鍛錬を積んだわたしは耀司を押さえこみつづけることができた。

「どうしてその男を離してやらないんだ、ブローディ？」木山がたずねた。

「馬鹿をいうな」わたしは答えた。

「いずれその男を離すことになるぞ。もうどこへも逃げられないんだから」

わたしは無言だった——木山が手にした武器に目を集中させておきたかった。

「きょう、わたしがなにを発見したと思う？」木山が楽しげな口調でいった。最上級の古刀について語られていたことが真実だとわかったよ。浜田のときには現代刀をつかった。現代刀でもそれなりの仕事はこなせる。しかし古刀で斬るときは、手を水のなかに滑らせるような感覚だね」

そういって木山はぐいっと刀をまわして刀身が光を受けるようにした。

「しかも、これほど優美な形をしているとはね」

わたしは話を耳に入れてはいたが、言葉は控えた。木山が襲いかかってくるのに先んじて、あの男を倒せるだろうか。日本刀は刀身が長くて危険、おまけに剃刀《かみそり》なみに鋭利だ。こちらの弾丸が逸《そ》れたり、最初の一発で戦闘力を奪えなかったりしたら、木山は襲いかかってくる。あの研ぎすまされた鋼が一度でも体に触れれば、それだけで木山はわたしの手足を斬り落とすことも、さらには殺すこともできる。問題は、全速力で突き進んでくる成人男性に九ミリ弾をひと握り撃ちこんでも、相手の勢いを即座にとめられないことだ。たとえ銃撃で致命傷を負っても、刀を三、四回振るくらいなんでもないはずだ——一撃必殺とまではいかずとも、木山は刀をわずか一回振るだけで、わたしに深刻なダメージを与えられる。

つまり両者互角の膠着《こうちゃく》状態であり、木山もそれを見抜いているのだ。

「あきらめるんだな、ブローディ。猪木は一瞬も苦しまなかったぞ。意識がショックに飲みこまれた。少しも痛みを感じなかった。自分が死ぬとわかり、次の瞬間にはもう死んでいたんだ」

わたしはわずかにあとずさった。部屋の反対側へまわりこめれば、寝室に通じている廊下に出ていける。そうなればあとは耀司を楯としながら別荘前面のパティオから離れて、建物の裏手へむかえる。

問題は耀司がドアを閉めていたこと、わたしの両手がふさがっていることだ。ドアをあけようと手を伸ばせば、その瞬間にわたしは耀司を押さえておけなくなり、同時に木山が猛然と攻撃してくるはずで、わたしはドアを通り抜けもしないうちから斬り殺されているだろう。

木山はわたしの視線の意味を読みとり、せせら笑うようにいった。「そっちから逃げるだけの時間はないぞ。逃げるなら、わたしを突破するしかないね」

ついで、その顔から嘲弄の笑みが消えた。木山は静かになった。そして——戦いのかまえをとる格闘家の例に洩れず——全身が引き締まった。ついで、刀をふりかざす。

それを見て——ひとりの戦士が対戦相手を値踏みするのとおなじ流儀で——瞬時にわかった。木山はこれを膠着状態とは見ていない。木山にとって、これは挑戦課題だ。挑んで、勝利を勝ち取るべき好機だ。木山のすばやい視線が戦法を明かした。

《あの男はわたしの腕を斬り落とすつもりだ》

数十年も剣道で研鑽《けんさん》を積んできたのだから、木山の刀さばきは絶妙の域にあるだろう。とりわけ木山のレベルなら。そう、木山ならわたしの腕をすっぱり断ち落としても、その刃はわずか数ミリの差で友人である耀司の胸には触れないだろう。

そのときだった――新たな計算の光が木山の顔をよぎった。いまこの男は計画を修正していた。しかもその結果の改訂版は、わたしが予想もしなかったほど邪悪なものだった。

どんなジャンルの格闘技であれ、数年にわたる修錬の目的は、頭が考えるよりも先にすばやく動くすべを筋肉に教えこむことに尽きる。わたしが受けた訓練の目的もおなじだった。木山の動きを予測できたのは、なによりもそのおかげだった。

最初に見えたのは、剝《む》きだしの野心だった。いま木山の足もとには世界じゅうのありったけの金がある。となると、この卓越した自信家の戦士になにが残されているだろう？　いま木山は窮極の戦法のために窮極の角度を計算していた。

歴史書に載るような戦法。

二重の試し斬り。

木山は耀司の胴をすっぱりと横ざまに斬り分ける途中で、わたしの片腕をも同時に断ち落とす策を練っているのだ。

剣による戦いを記録した昔の書物には、ふたり以上を対象にした試し斬りの実例が記されている。刀の一撃で、ふたり、あるいは三人を同時に斬る剣術だ。最高記録は七人だといわれているが、この主張を眉唾ものだと考える者もいる。しかし人数の多寡はともかくも、そういった試し斬りは決まってお膳立てがなされていた。動きはあらかじめ決められていた。血に飢えたひと握りの侍たちの娯楽に供するため、社会の屑のような面々が縛られて猿ぐつわをはめられたうえで、定位置の杭《くい》につながれた。そうでもしないかぎり、刀のひと振りで複数の人体を斬るような機会が現実のものになるわけはない。たとえ戦場においても。

しかし、いまここで、耀司の胸にしっかりと腕を巻きつけたまま進退のきわまったわたしを目にして、木山は千載一遇の好機の到来を見てとっていた——千年物の日本刀を手にした状態で。

わたしはそのすべてを、木山が熱っぽい目の一瞥で角度と距離をおしはかると同時に、ほんのまばたきするほどの時間で見てとっていた。

わたしは銃を木山にむけて、引金をしぼった。

撃鉄がかちりと音をたてて……空《から》の薬室を打った。

79

木山のせせら笑いが冷たいものに変わった。「耀司は女遊びが大好きだが、すばらしい戦略家でもある。だからこそ、あの財宝を首尾よく中国から運びだせた。しかし、人を殺す胆力がなくてね。寝室にある弾薬の箱は中身がいっぱいに詰まったままだ」

わたしは耀司を引きずりながら、また一歩あとずさった。

木山が手首をひねった。刀がわずかに上へあがる。姿勢が変化し、かまえが堅固になる。わたしの腕の動きを横目で追いかけながら、頭のなかで最後の計算にはげんでいるようだ。

わたしはフェイントで右へ動くように見せかけた。

刀が動きだしていた——しかも近づきつつあった。そのままだったら、わたしがどちらへ動こうとも、薙ぐように動く刃《やいば》がわたしをとらえたはずだった。

片腕をうしなうのはまちがいのないところだった。

そこで、わたしの訓練の成果が稼働しはじめた。わたしは反対の手の拳を耀司の背中のくぼみにあてがい、渾身《こんしん》の力でその体を一気に前へ突き飛ばした。耀司がふらつきながら、ふりおろされつつある刀の真下へと足を踏み入れた。そして世界でも最高に鋭利な刃は、真下まで降りきってわたしから腕を奪うことはせず、それより先に耀司の脳天を直撃した。鋼の刀が楔《くさび》になって頭部をあごのラインまで切り裂き、そこでようやく勢いをうしなった。

木山は日本刀を耀司の頭部から引き抜こうとした。しかし、刀はびくともしなかった。わたしは実弾が装塡されていない拳銃を木山に投げつけた。銃があごに命中して、木山は痛みのうめき声をあげた。刀が一気に跳ねて自由になった。

木山はにたりと笑った。それから一拍の間をとって、刀身に残る鮮血をシャツの前フラップで拭いとった。

わたしはソファに飛び乗り、壁に架かっていた三叉槍《さんさそう》の一本をつかみとり、三本にわかれた槍《やり》の穂先めいた先端を木山にむけた。

「冴えてるな」木山はいった。「しかし、なんの役にも立たないぞ」

「それはどうかな」わたしはいった。

三叉槍の長さは二メートル半ほどだ。

わたしは耀司を見おろした。「その男を殺すとは、むごいことをするんだね」

「なにを甘いことを。どちらにせよ殺すつもりだったしね。こちらは、おまえを始末するような性根が耀司にあるかどうかを確かめたかっただけだ。三十年も剣道をつづけていながら引金も引けないとは。役立たずが」

そういうこと。木山はこれといった目あても目的もないまま、数十年も慎み深い仲間を演じつづけてきた。外に出かけない、いわばクロゼットに閉じこもった精神異常者《ソシオパス》だ。やがて財宝の存在が明らかになると、木山に目標ができた。抑圧されていた人格が隠れ家から姿をあらわし、蜘蛛《くも》の巣を紡ぎはじめたのだ。

　わたしは三叉槍の柄を握った手に力をこめると、木山のほうへ突きだした。木山は両手で刀の柄を握ったまま、ひらりとかわした。いい面をあげるなら、木山が攻撃してこなかったことだ。一方よくない面をあげるなら、木山がプロの視点から問題を分析していたことだ。問題を脅威とは見なさず、むしろ克服するべき魅力的な障害物とのみ見ていたのだ。

《しかし、なんの役にも立たないぞ》

　わたしも心の奥底では、木山の言葉が正しいとわかっていた。しかし、わたしにはなにかが必要であり、三叉槍は満足できる選択肢だった。いや、唯一の選択肢でもある。問題は、日本刀のほうがはるかに威力のある武器だったことだ。木山の刀にこの身を晒《さら》すわけにはいかなかった。つまり、この場の戦いの主導権を木山にとらせてはならない。

　わたしに必要なのは一に防戦、二に反撃。それがなければ、血祭りにあげられるのは必定だ。

　血祭りといっても、剣道場のロッカールームで経験したようなものにはならない。あのときはたてつづけに殴られ、やがて耐えられなくなって倒れただけだ。そんなことにはならない。今回はたった一度でも敵の攻撃を体に受けたがさいご、わたしは即座にあの世に行くか、そうでなければ考えたくないほどの陰惨なダメージを体に食らってしまう。

　わたしは三叉槍で打ちかかっていった。わたしが前に突きだした武器を、木山はすかさず日本刀で受けとめた——三本の穂と穂のあいだに刀を滑りこませたのだ。金属同士が激しくぶつかりあった。木山の側には鋭い高音が響き、わたしの手には鈍い震動が伝わってきた。

その音の響きに、木山が耳をそばだてた。

つづけてさっとあとずさり、体を回転させる。

わたしは反対側に体をまわしてから突き進んだ。木山が体をまわして横へ移動したかと思うと、日本刀を高々とふりかざしてから三叉槍の穂の部分の真下に刃をふりおろすことで、先端部分をすっぱり斬り落とした。

それだけで三叉槍の穂がやかましい音とともにタイルの床に落ちて、すぐ静かになった。

わたしは茫然《ぼうぜん》としてあとずさった。

木山はひとりうなずいた。

この男がふるった日本刀は、柔らかい鉄でできている三叉槍の竿部分を滑るように斬り落としていた。刃のスピードが落ちることすらなかったのではないか。これくらい予見しておくべきだった。完璧なまでに鋭利に研ぎあげられた日本刀は、高温で鍛錬された鋼からつくられる——折り返されては鎚《つち》で叩き延ばされ、ふたたび折り返される。二層が四層になり四層が八層に、八層が十六層になり、この折り返しては叩き延ばすという鍛錬がくりかえされるうちに、きわめて薄い鋼が何十層も積み重ねられる。これにより鋼は強度を増す。剛性が高まり、どのようなものでも斬れる無敵の刃ができあがる。

わたしはビデオの映像に記録されている、ある実験を思い出した。まず日本刀が万力によって垂直に立てられる。約十メートル離れた場所に二二口径の拳銃を固定する。垂直に立てた日本刀へむかって、拳銃から弾丸が放たれる。弾丸は日本刀の刃に当たって、真っぷたつに斬り分けられていた。

しかもこの実験は、鋼鉄と鋼鉄の場合だ。

そしてわたしが構えていた武器は、品質のわるい鉄を原料に鋳造された装飾目的の武具だ。もしかしたら、堕天使顔負けに不純なものが含まれていたかもしれない。先ほど古刀と三叉槍がぶつかりあったとき、木山は音からそのことをききとっていた。だからこそ、あれだけ自信たっぷりに反撃してきたのだ。

これは困ったことになった。

《しかし、なんの役にも立たないぞ》

わたしが優位に立ったと思えたのは、ただの幻想だった。いまわたしは、ぐんぐんと減っていく残り時間に直面していた。あと二、三度の動きだけで木山はわたしの守備の隙をどう突けばいいかを考えつくのだろう。

そのあともわたしたちはにらみあったまま、たがいにぐるぐる回りあっていた。木山は剣を突き入れる空隙をさがしている。わたしは穂を断ち落とされた竿を木山とのあいだの宙に突き立てた。一度、二度、そして三度。四度めで木山が餌に食いついた——前とおなじく頭上から刀をふりおろして、足を斬り落とそうという作戦で。木山の刀の勢いで竿が下へ叩き落とされた。わたしは竿が勝手に動くにまかせつつ、手首を自分にむけてひねった。三叉槍の切り落とされた先端がタイルの床に滑って跳ねあがって——わたしがなにをしているかを木山が気づかないまま——横倒しのUの字を空中に刻みこんで木山のあばらのあたりを直撃した。

木山がうめき声を洩らして、後方へ下がった。

床に跳ね返った竿による反撃は、それなりの痛みを木山に与えていた。しかし真剣勝負慣れした戦士である木山は、わずかに顔を引きつらせただけで苦痛を受けとめていた。

つづいて木山は三叉槍に攻撃の的を絞りこんだ。わたしはうしろへ下がった。はじめは二メートル半あったこの武器が、いまは一メートル半になっていた。木山が前進する。わたしは先端を断ち切られた竿で宙をつつくことで木山の新たな攻撃に歯止めをかけようとして、またしても竿を短くされてしまった。短くなった竿がぐるりと回りこむように迫ると、木山はすばやく後退して下腹部への打撃をからくも数センチの差でかわした。わたしはすかさず突進して、竿の先端を木山の腹部に押しつけた。木山は体をふたつ折りにして衝撃を吸収し、同時に刀を下から上へとふりあげ、残っているわたしの武器をさらに半分の長さにした。

いま手に残っているのは、長さ六十センチ程度のやわなパイプ同然の品だけだった。

木山がぎこちなく背すじを伸ばした。「もうおわりだな」

異論はなかった。

80

わたしはあらためて、長い廊下を全力で走って逃げる案を考えた。しかしわたしが廊下に通じているドアのノブに手を伸ばせば、木山はその瞬間を狙って襲いかかってくるはずだ。

となれば、正面から立ちむかう以外の道はない――あるいは、そのさなかに殺されるかだ。

さっきまで威容を誇っていた三叉槍《さんさそう》が、いまはわずか六十センチの頼りない金属のポールになりはてていた。残り物のこの竿でもふりまわせるが、それが相手にとって脅威になるのは、木山の近くまで踏みこんで体のどこかを竿で強く打つ場合だけだし、それも木山が一メートル二十センチの日本刀のひと振りでわたしを斬るよりも先に動ける場合にかぎられる。

そこでわたしは考えられない策を実行に移した。木山が今回も刀を大きな弧を描いて頭上にふりかざしはじめると同時に、刀をあやつっている腕に視線を集中させたまま木山に突進していったのだ。三叉槍がふたりの足もとに落ちて音をたてた。

すべての肝はタイミングにあった。

古刀が頂点に近づいたその刹那、わたしは猛然と前に進みでて木山の前腕を片手でつかみ、反対の手で手首をつかんで押さえた。ふりおろされようとしていた刀の動きがいきなり止まった。わたしはすかさず片膝をもちあげ、木山の太腿《ふともも》の柔らかな肉を踵《かかと》で思いきり蹴りつけた。

木山はうしろむきによろけかけたが、わたしが腕を二カ所でつかんでいるために立った姿勢を保っていた。ここはわたしの側の計算ミスだった。わたしが木山を解放し、ふりおろされる刀のコースからあっさり身をかわしたときには、木山は体のバランスをとりもどし、ひょこひょこ跳ねて傷ついた片足をかばいながら離れていくところだった。顔つきが暗くなっていた。

木山は新たな戦略を採用しはじめていた。

わたしはいまや武器をもたぬ丸腰、そして木山のほうは痛い思いとともに、刀を高くふりあげすぎてはいけないと学んだはずだ。

わたしは、ひとつ覚えの芸しかできない子馬か？

木山はそう思っている。そして、またしても突進してきた。わたしはからくも刀の切っ先をかわして、すばやく危険域から逃れた。

木山はそれとわかるほど足を引きずっていた。動きものろくなっている。動きが遅くなったからこそ、わたしは最後の刀の一閃から逃れることができた。しかし、次の段階ではもうそれほどの運には恵まれなかった。木山の攻撃の核心からは逃げられたが、すかさず返されてきた刀の先端が体の右側をかすったのだ。たちまち真紅の血が筋となってシャツを濡《ぬ》らした。

つづいて木山は前ぶれもうかがわせず、ふたたび刀を返してきた。古刀が太腿の上のほうをかすめていった。わたしは思わず顔をしかめた。脈打つ激痛が神経システムを駆け抜けていった。

木山はわたしを少しずつ、着実に追いつめていた。攻撃しては退却する。刀でここをつんとひと突き、あちらをかすめる。戦いの能力こそ平時よりも劣っているが、木山は猪木相手にしたのとおなじように、わたしの体力を消耗させていくだけでいい。わたしもしばらくは木山の刀をかわしていられるが、時間がこの新しい木山の作戦の味方だ。わたしには武器がない。廊下へのドアは閉まったままだし、正面玄関もおなじく閉まっている。どちらの出口も、通り抜ける前に木山に仕留められるのがおちだ。となると、わたしにできるのはぐるぐると回ることだけ。体力が尽きるまで。そして木山は、わたしの備蓄エネルギーを浪費させるだけでいい。わたしの反射運動を遅らせるだけでいい。

わたしが体勢を立て直せずにいるあいだに、木山は第四波の攻撃を繰りだしてきた。わたしはあわてて離れようとして──猪木がつくった血だまりに足をとられた。両足が体の下から滑って浮きあがり、わたしの体はうつぶせのまま床を滑って猪木の死体にぶつかった。

すぐ目の前に、老兵士の刀が落ちていた。なぜもっと早く気づかなかったのだろう？　わたしは右手で柄をつかみ、寝返りを打った。

木山はコースを修正し、とどめを刺す勢いで突進してきた。

いざ仰向《あおむ》けになると同時に、わたしは腕をまっすぐ伸ばした。勝手に弾かれたような動きで刀が上へむかう。その拍子に、刀で切断された猪木の手が柄を握りしめたままであることに気づいて背すじが寒くなった。木山の目が反射的に、血糊《ちのり》まみれの切り落とされた手に一瞬むけられた──注意が逸れたその一瞬、木山はわたしの武器の必殺部分から目を離してしまい、わたしが突きだした刀の切っ先にまともに飛びこんできた。

刀は腹を貫通した。木山は絶叫しながら刀のほうに倒れこんできた。皇帝の財宝だった古刀が木山の手からふっ飛び、なにかを傷つけることもなくフランス窓にぶつかって床にどさりと落ちた。木山の体がくずおれて、わたしに覆いかぶさる。わたしが刀の柄を放すと同時に、木山の体がずるりと横へ滑った。

剣道家の木山の目がわたしの目をとらえた。その口からわたしの名が洩れた。さらに言葉をつづけたがっているのは見てとれたが、そのチャンスは永遠に訪れなかった。

81

わたしの目を覚まさせたのは人の声だった。

気絶していたにちがいなかった。

激しい頭痛に襲われていた。倒れるときに頭を床に強く打ちつけたが、その痛みをいまになってやっと感じているようだった。木山の片腕が胸を横切るようにかかっていた。わたしは腕を払いのけ、よろよろと立ちあがった。体に力がはいらず、体力がとことん消耗していた。傷がひどく痛んだ。血をずいぶん失っていた。部屋がぐるぐる回って見えた。

それから、わたしの死刑を執行するはずだった男に急いで目をむけた。木山はぴくりともしていなかった。死んでいた。

わたしは周囲をひととおり眺めまわした。猪木と木山は、わたしの足もとで広がりつつある新しい血だまりに横たわっていた。耀司はキッチン近くに手足を広げて倒れていた。

耀司と木山のふたりを斃《たお》したことで、わたしは浜田の死の復讐《ふくしゅう》を遂げたといえる。こんなことをしても浜田が生き返るべくもない。残された妻や双子の心の慰めにもなるまい。しかしわたしの内面の口やかましくも原始的な部分や、ブローディ・セキュリティ社の全従業員の心情にかかわる部分をなだめる効果はあった。調査の現場では闘士が往々にして斃されるが、生き延びた者たちはそれぞれ自力で進むしかない。そこへ海岸のほうから大声がきこえて、わたしはふたたび驚かされた。複数の足音が階段を駆けあがって、ぐんぐん近づいてきた。
《ほかの連中はみな、手を血で汚しているんだ》
わたしは急いで身を隠した。

それからすばやく頭のなかで計算した。

チームは最初七人からはじまった。土居が死んで六人に減った。木山が長年の剣道仲間だった田中を殺して五人。さらに三浦耀司と木山が死んで残りは三人。

三人はいずれも胴間声で話をしていて、酒に酔っているようだった。笑い声をあげていた。内輪の話題。千鳥足の足音がぱたぱたとパティオを横切る。ドアが一気にあいた。複数の人間がドアの敷居をまたぐ音がしたかと思うと——ショックによる静寂。

「なにがあった？」ひとりがいった。

「全員死んでるぞ」

「どこもかしこも血まみれだ」

「やったのは警察か？」

「まさか。だいたい警察だったら——」

「——ここで待ちかまえてるはずだ」

わたしは木山の動かぬ死体の裏から立ちあがった。着ている服はすっかり血に染まっていた。彼らの目に浮かんでいたのは、ただの驚きとは比べものにならないほどの原初的な恐怖の念だった。血まみれの服を着ていたわたしが、彼らには立ちあがってきた亡霊に見えたにちがいなかった。ただし、亡霊でもなんでもない確固とした事実がひとつあった。わたしが死せる剣士のポケットを漁《あさ》って拳銃を抜きだしていた、ということだ。

わたしの拳銃を最初に目にとめた男が、自分の銃に手を伸ばした。

「やめておけ」わたしはいった。

しかし、男は拳銃を抜こうとした。わたしは男を撃った。

残りのふたりはくるりと向きを変え、夜の闇にむかって逃げだそうとして——ちょうど階段をあがってきた野田と加藤と理恵の三人と鉢あわせした。ブローディ・セキュリティ社の主任調査員である野田は最初にドアから外に出た男を殴って、あっさりと気絶させた。そして理恵は、ふたりめの男の特に名を秘す部分にまずまずの蹴りを入れて前進を阻んだ。

「ちょうどいいタイミングだ」わたしはいった。

「野田がマイアミのダーガンに電話をかけて、バルバドスでのあなたの連絡相手の電話番号をきぎだしてくれたの」理恵はいった。「おかげで、ここにたどりつけたわけ」

「例の見張りの犬野郎はどこに？」わたしは矢野のことをたずねた。

「ちょっと体を傷めてね」加藤警部補がいった。「警察の正面階段を降りているときに、ここにいるきみの仲間がうっかりあの男に体当たりしてしまったんだよ」

野田はこの発言を無視していたが、ちらりとわたしの服と血の汚れに目を走らせてから顔をしかめた。「残念だが、楽しい祭を見逃しちまったようだ」
理恵に倒された男がうめき声をあげた。
「全部見逃したわけじゃないわ」理恵はいった。

エピローグ

わたしは剣道道場での事件の解決のため、東京にもどるべき身だった。しかしバルバドスであのような事件があったいま、捜査はあくまでも形ばかりのものになる、と加藤警部補は請けあってくれた。

そちら方面のプレッシャーがとり払われたので、わたしは日本の首都に帰るフライトを数日ばかり先へ延ばして娘と過ごすことに決めた。サンフランシスコのわがアパートメントのドアをくぐったときには、マイアミで買ったココナツの詰まったチョコレートのバスケットを片腕から下げ、さらに控えの土産物としてイグアナのぬいぐるみも抱えていた。ジェニーはまずわたしに飛びつき、次に土産物に飛びついた。そのあとわたしは、サッカーでの自分の成長ぶりを心底から楽しげに物語るジェニーに耳をかたむけた。最後に出てきたのは、ジェニーが隠し玉にしていた話だった。

「うまくいったんだよ」ジェニーは子供らしく落ち着きないしぐさで、ぴょんぴょん飛び跳ねながらいった——お下げにした髪もいっしょに跳ねている。「ディーコン先生のいったとおりだったの」

「なにがうまくいったんだ？」

「先生はね、スイミングは楽しみのためだし、非常の場合のためだっていってた。楽しみっていうのは友だちと水にはいって遊ぶとかそういうこと。非常の場合っていうのは安全のため。先生は、いつびっくりするような目にあわないともかぎらない、だったらびっくりしたときに自分たちがなにをすればいいか、その心がまえが大切だって話してくれた。ライフガードの人たちのお仕事はそれだし、だからあの人たちは世界でいちばん泳ぎがうまいんだって。わたしがびっくりさせられたのは遊覧船に乗ってたとき。なにか変なことがあったんでしょ、あのとき？」

ジェニーは、わたしを襲った男たちの姿を見ていなかった。

「そうだね。でももうおわったことだ。心配いらないよ」

「ううん、心配してない。だって世界は回りつづけてるから。そのこと、父さんは忘れたの？」

「ええと……忘れてないよ」

「父さんの仕事って、とっても胸がわくわくする。サッカーの試合みたい。世界が回っていると、世の中にはいいこととわるいことのほかに、わくわくすることが起こる。最初のふたつだけじゃなくて、三種類のことが。前にこれを父さんに話したかったんだけど、ちゃんと頭のなかで整理しないうちは話せなかった」

　この唐突な百八十度の意見変更はなにを意味しているのか？　ブローディ・セキュリティ社でのわたしの仕事につきまとう危険をあれほど嫌悪していた娘が、いまは危険を歓迎しているようだ。これは正常なことか？　健全なことなのか？

　ジェニーはあいかわらず元気いっぱいに飛び跳ねていた。お下げの髪が跳ねあがっては落ちる。「あの遊覧船と川のときは、すごくわくわくした。ああいうことがあるから、お祖父《じい》さんは父さんに会社を譲ったのかも」

「あの場でなにか見えてきたことがあるみたいだね」わたしは慎重にいった。

　娘はわたしを笑顔で見あげた――発見の喜びに満ちたその笑顔には、昔からわたしに警戒心を起こさせるあの不安の表情はかけらもなかった。いまも残っている母親を亡くしたことによるトラウマを思うなら、これは歓迎すべき前進の一歩だろう。

「父さんと理恵さんがやっていたこと、わたしもできるかな？」

　この娘の言葉にわたしははっとした。「それはどういう意味かな？」

「ほら、あれよ……戦うときの技《わざ》」

「おまえの年齢なら合気道を習いはじめるのに不足はないな」

合気道の核心は、護身と敵の攻撃をかわすすべにある。

「でも父さんはほかに柔道と空手と、テコなんとかまでやってる。それなら子供にだって、おなじことができるはず」

「跆拳道《テコンドー》だ。理恵さんとおなじ柔道はどうだ？」

「やった！」ジェニーはそういって、わたしに両腕をまわして抱きついた。

娘の考え方の変化にはとまどうばかりだった。それがいいことなのか、あるいはわるいことなのかは皆目わからなかったが、少なくともいまばかりは、バランスが回復したといえた。


東京に帰りついた翌日、わたしのもとに思いがけない方面から電話がかかってきた。

「わたしがだれかはわかるかな？」電話に出ると、きこえてきたのは周《チョウ》の声だった。

この中国のスパイや屋上にいた狙撃手のことは、忘れようとしても忘れられなかった。

「わかるよ」

「きみはわたしが与えたものを利用したのだね」

「いかにも」

「きみには才能がある。もしかすると危険な存在かも」

「あなたにとっては危険ではないね」

「きみ自身の口からそういってもらえて安心したよ。きみは自身が望んだことを達成した。さて、例の老人の居所をわたしがたずねても、きみは答えてくれないのだろうね？」

「心苦しいが」

「先日の申し出だが、一年間は有効だ。検討してくれ」

「その気はない」

「考えてくれるとは思っていないが、それで引き下がるわけにもいかなくてね」

「それはみんなおなじじゃないか」わたしはいった。


それから星野理恵と、理恵の行きつけの喫茶店〈茶亭羽當《ちゃていはとう》〉で顔をあわせた。コーヒー・マエストロは以前と変わらない匠《たくみ》のわざでコーヒーを注いだ。わたしたちは前回とおなじ、店内奥のテーブルについた。声の届く範囲にはだれもいなかった。

理恵は鮮やかに逃げきっていた。警視庁勤務の女性職員であるからには、常人の倍は仕事に打ちこまなくてはならず、そのうえ常人の倍は慎重さを心がける必要もある。わたしはこの前半部分には気づいていたが、後半は考えたこともなかった。奇跡的というほかなかったのは、遊覧船の事件での余波がまったくなかったことだ。あの事件に理恵が関与していたことは、だれにも知られていなかった。いや、知っていた連中はいたが、その件を胸にしまっておくとしたのではないか。

理恵はベネチアンコーヒーをひと口飲んで、満足の吐息を洩《も》らした。「わたしたち、こんなふうに会うのをもうやめなくては」

「だったらわたしは、きみが本当はそんな言葉を口にしていなかったふりをするよ」

「ふりをする話のついでだけど、わたしたち、そろそろ言い争いをやめるわけにはいかない？」

「バルバドスでさんざん殴られたんだ、いまさら殴られたくはないね」

「いまのあなたには傷ひとつないみたいだけど。話をはじめる前に、とりあえずあなたには仙厓作品のオークション会場に行くスタッフとして、わたしを推薦してくれたことのお礼をいわせて」

「そしてきみは失望することはなかった」

「加藤警部補は親切にも、逮捕にあたって尽力した者として、わたしの名前も言及してくれたわ」

「つまり、ごく軽い処分を受けただけですんだ、と」

「いちいち、わたしにいってくれなくてもいいのに」

「それは失礼」わたしはいった。

理恵は咳払《せきばら》いをした。「あの遊覧船上で、あなたはあの場で正しいと思えた行為を実行しただけだという点は認めてもいい——その行為がわたしのキャリアを損ねかねないものだったという点を、あなたが認めてくれたらね」

「お安いご用だ」

深い皺《しわ》が一本、理恵のひたいを曇らせていた。「でも、もちろんそれだけじゃないんだけど」

「そのとおり」わたしはいった。

これはまた対等の立場にまつわる話でもあった。理恵はどれほど遠くまで歩んできたことか。仕事への誇り。体面。わたしはそういったことのすべてを、そしてそれ以上のことを話した。

深い皺が消えていた。「だったら、この話はもうおしまいね」

「できれば永遠の安らかな眠りから二度と目覚めないでほしいな」

「ところでこれは偶然なんだけど、わたしはちょうど、これまでで最大の事件の捜査をおわらせたところよ」顔に淡い笑みがのぞいていた。

《それにわたしの好みからすると、仕事以外の娯楽は一度にひとつずつにしたいの》

「鎌倉にとてもいいフレンチのレストランがある」わたしはいった。「ただし、行くのなら早めがいい。

わたしは明後日《あさって》には飛行機で旅立つのでね」

「了解」

「それは〝イエス〟の意味かい？」

「あなたはどう思う？」理恵はテーブルに身を乗りだして、わたしの頬にキスをした。「わたしから告白しておきたいことがひとつあるの。柔道の心得があることを話さずにいたのは、女としての魅力を少しも損ないたくなかったから」

「きみの魅力を疑問に思ったことは一度もないぞ」

「あいかわらず紳士なのね、あなたは。でもデートで剣道と柔道の両方を話題にしたら、どんな影響が出たかについては実例を見てる。おまけに仕事は警察官だと打ち明けたりすれば、男たちはみんな逃げていったし」

「わたしはきみがオークション会場で一本決めた現場を見ていたぞ。それでも、ほら、いまきみとここにいる」

　理恵がまた身を乗りだしてきて、わたしたちはキスをかわした。今回は頬へのキスではなかった。軽いタッチのキス――すぐに離れたわけではないが、長くつづくこともないキス。なんといっても、ここは日本だ。人前での愛情表現が眉をひそめられる土地柄である。

　ふたりが離れてから、わたしはいった。「でも、のっぴきならない場面に追いつめられた場合にかぎって、きみを水のなかに投げこむ権利だけは保留しておきたいね」

　理恵がわたしを拳で打った。冗談っぽくはあったが手加減はしていなかった。これが柔道のたまものでなくてなんだというのか。

事件について最後に電話をかけた相手は、トミーガンこと新聞記者の富田だった。

「きょうはなんの用事で電話をかけてきた、ブローディ？　家宅侵入事件の情報だったら、もうおまえさんからもらったよ」

「いっただろう、あれはただのオードブルだと。コースのメイン料理を出してもかまわないか？」

東京で発生した複数の殺人事件が解決すれば、もっとスケールの大きなニュースが公表されるのではないかとわたしは考えていた。

「いつでもござれの心境だぞ。ラスト・エンペラーの財宝にまつわる新情報があるのなら、喜んで記事を載せたいね」

物品の引渡しをめぐって当局同士が争っていた。バルバドス政府は自国で〝捜査がすっかり完了するまで〟、財宝を押収しつづけるとしているが、捜査完了の期限はいまなお明示されていなかった。日本政府は財宝すべてが〝歴史的文化遺物〟だと主張していた。富田の記事が公開されると、中国政府が参戦し、自国の〝国家的財宝〟は中国に返還されるべしと主張してきた——彼らの定義によると、〝国家的財宝〟には日本由来の品もふくまれるらしい。遅れをとってはならじと、常に目を光らせているブローディ・セキュリティ社内の関係部署が財宝発見者としての手数料を要求したが、関係三国は——財宝の存在を広く社会に知らしめたわが社の役割を無視して——異口同音に請求を却下した。

「そっちの話は忘れろ」わたしはいった。「いま手もとにあるのはもっといい話だ。戦争のさなかの真夜中に殺された人々にまつわる話。世界から忘れられた人たちの話だ」

「昔の戦争話は、十年前の魚の干物みたいなものだ。まだそこにあっても、食べられたしろものじゃない」

「こちらの話は、日本人と中国人合同の派遣部隊によって殺害された罪もない男女や子供たちの話だ。

その目撃証人も、いまではひとりしか生き残っていない」

「名前は？」

「その目撃者は人目を避けて暮らしている。絶えず脅威にさらされているからだ。わたしにできるのは、きみを紹介するところまで。そのあと目撃者の仲間がつくる警戒網を突破する必要がある。厳しいセキュリティという輪をジャンプでくぐり抜けるようなこともあるだろうね」

「それだけの価値がある話か？」

「きみが筋金入りのジャーナリストであるかぎり」

「くわしい話をきかせろ」

そこでわたしは残りの詳細な事実と連絡先の情報を富田に伝えた。そして最後に、この件をできるだけ大々的に報じてほしいと話した。

「こいつは魚の干物ではないかもしれないな。収穫があったら、世界じゅうの通信社にも情報を流そう。あちこち大騒ぎになるぞ。ありがとう」

「いや、礼にはおよばない。わたしは約束を果たしているだけだから」

いいながら、理恵とふたりで中華街へおもむいたときのことが思い出された。あのときの警戒策のすべてを思い出した。毒入りの中国茶。とらえどころのない謀略。墓地での対面。呉《ウー》の語った胸を抉《えぐ》られるような物語。呉《ウー》の罪。そして、世を去った者との約束を守りつつ、将来の世代のために世界をよりよくしようとする呉《ウー》の献身ぶり。

「ブローディ？　まだそこにいるか？」

「ああ」

「ほかに話したいことは？」

「これだけだ――あの男は待っている」

「だれが？」

「明かせるのはここまでだ」

着想

本書の着想の原点は、ふたりの元日本軍兵士との偶然の出会いだった。ふたりとも――それぞれ流儀は異なっていたが――本書で描いた三浦晃に通じるものがあった。

わたしが日本に住むために帰ってきた数十年前は、まだ多くの元日本兵たちが存命であり、みな希望をいだいていた。当時は、日本語が身につくほど長くこの国で暮らしていれば、どこかしらで軍隊経験者と出会う機会に恵まれることもないではなかった――それぞれが胸に秘めた秘密に苛《さいな》まれている生存者たちと。第二次世界大戦後、敗戦国である日本は自国の軍人たちから目をそむけ、軍人たちは魂が窒息するような沈黙を強いられることになった。

それから長年のあいだ、彼らの物語に耳をかたむけようとする者はいなかった。長年のあいだ、思い出したいと思う者もいなかった。声をあげようと試みた数少ない元兵士たちは、体面がわるくなるのを心配した親戚や友人たちに沈黙させられるか、雇用主や政府の役人から――ときには厳しく――叱責されるのが常だった。

数十年後、中国が最初に門戸を世界にむけてひらきはしたものの、大都市に富裕層があらわれるのがまだずっと先だったころ、多くの元日本軍兵士たちがかつて自分たちの所属部隊が占領していた村々を訪れて、少しでも損害の埋めあわせをしようと努めた。かつての征服者たちは、贈り物や食べ物や現金をたずさえていた。

それが、彼らに思いつく精いっぱいのおこないだった。本書は彼らのための作品だ。彼らと、どこにいようとも、海を越えて手を伸ばすだけの気概をもった人々すべてのための作品である。

真実性について

こういった種類の長篇小説を書く楽しみのひとつは、日本文化にまつわる珠玉の事実をプロットに組みこむところにある。そして本書には、さらに中国由来の背景的情報も滲《し》みこんでいる。

以下に歴史的事実を記しておこう。禅僧の仙厓義梵《せんがいぎぼん》（一七五〇〜一八三七）とその芸術についての記述はどれも事実に即している。仙厓が刺戟《しげき》的で、かつ得るところの多い生涯を送ったことは確実だ。四十歳のときに〝扶桑最初禅窟〟、つまり日本で最初にできた禅寺である博多の聖福寺《しょうふくじ》の第百二十三世住職——いや、この数字にまちがいはない——になり、一八一一年に六十一歳で引退した。この天衣無縫な禅僧は寺を訪れる客を快く受け入れ、絵を所望する者があればすぐに筆をとって墨絵を描くことで名前が広く知られるようになった。その作品は人に霊感を与えて啓発するものであり、またそうでなくても、その方向をさし示している。傑作〈○△□《まるさんかくしかく》〉（〈大宇宙〉と呼ばれることもある）が、おそらく仙厓のいちばん有名な作品だろう。この作品は東京の出光《いでみつ》美術館に収蔵されている。同美術館は仙厓作品の最大のコレクションを誇っている。本書において中心をなしている仙厓作品は架空のものだが、禅僧でもあったこの画家の全作品をつらぬく本質に沿うようにつくりあげた。

日本刀の歴史とその伝承についての記述も事実に即したものだ。最上級の日本刀となれば世界じゅうの賞賛をほしいままにしている。本書で描写されている日本刀の試用にまつわる習慣については、歴史的文書を土台にした。もちろん大多数の試用は、本書で描かれたような性質のものではなかった。銃器をもちいての検査はじっさいにおこなわれた。古刀が溥儀に本当に譲渡されたかどうかは確認がとれなかったが、多種多様な品々が譲渡されていたことでもあり、日本史に造詣の深い人々からは充分にありうる範囲の話だ、とのお墨つきをたまわった。

本書で言及した茶碗《ちゃわん》はいずれも実在する。わたし自身がそのひとつを目にしたことがあり、ほかにも存在していると教えられた。それ以外にも本書で言及される中国美術品についてだが、まず清王朝（一六四四～一九一二）が収集した厖大《ぼうだい》な中国美術品については、研究者たちが書面で記録している。また日本の侵略に先立って、数千ものトランクにおさめられた美術品やそれ以外の財宝が組織的に運びだされた件についても文書の記録がある。くわえて清王朝の衰退にともない大量の美術品が行方不明になった、という報告も残されている。その大半は紫禁城内でさらなる権力をふるっていた宦官《かんがん》たちの、なにひとつ見逃さぬ厳しい監視のもとでの盗難であり、おそらくはさらに数十年前からはじまっていたとされている。

戦時中は、中国や東南アジア一帯で掠奪《りゃくだつ》行為がさかんにおこなわれていた。日本軍関係者だけではなく、数多くの地方権力者たちも掠奪をおこなっていた——それこそ各地の軍閥や反目しあっていた軍事勢力から、山賊たち、地方の政治屋たちにいたるまでだ。奪われた大量の財宝がどこかに隠されているという話は際限のない臆測を生み、散発的に報道されもしたが、全体を見わたせるような文書の記録はほとんど発見されていない。

剣道の歴史とその逸話についても事実に即している。範士十段の段位をもっていた伝説的な剣道家の持田盛二《もちだもりじ》（一八八五～一九七四）はこの分野でもっとも崇敬される人物である。中村道場は架空の存在だが、日本全国にある多数の道場の代表となるように心がけた。剣道は武道のひとつとしていまなおさかんであり、年齢を問わず、その道に進む者たちの心身両面の鍛錬において重要な役割を果たしている。

横浜の興趣つきない風変わりな歴史をたどるのは楽しかった。東京駅から電車で三十分程度で簡単に行けるこの日本の港町についての描写はどれも事実にもとづいている。横浜そのものは活気ある都会であり、市内で繁栄を誇っている中華街は、台湾と大陸中国双方にルーツをもつ住民たちや各組織の世話役をつとめている。かつての中国人墓地は——本書で描いてあるように——定期的に補修がなされていたとはいえ、閑静だが、次第に寂《さび》れて荒れかけたところだった。わたしが最初に墓地を訪れたのはしばらく前のことだが、そのときもまだ故郷へ帰る日を待ちわびる死者たちが仮埋葬されていた。

若き日の呉《ウー》が中国で経験した冒険の数々は創作である。より困難をきわめた呉《ウー》の脱出劇は、当時の数多くおこなわれた残虐行為のシンボルである。呉《ウー》の出身地である村も架空のものだが、おなじ時代の似たような村々の記録を丹念に参照しながら描かれた。また中国史への言及は——地の文で言及されているものも、登場人物同士の会話内で言及されているものも——いずれも事実に立脚している。

中国人がつくる氏族会は、世界のいたるところで有用な組織となっている。きいた話によれば、その組織の仕組みはその国に在住している中国人の人数によっても異なるという。横浜中華街の裏通りや、『トーキョー・キル』で描いたような商店も存在しているが、おりおりにおこなわれる繁栄を求めての再開発により、多くの〝特色あふれる〟商店や路地が減少傾向にもある。

本書に出てくるスパイ技術は、冷戦時代の末期に東京において作者がたまたま知りあったソ連のスパイから仕入れたものだ。その話からわたしが学んだのは、いまではスパイの武器庫はインターネットとデジタル機器を格納するまでに拡大したが、それでも個人が顔をあわせての会話が重要であることや基礎となるテクニックなどは変わらない、ということだった。

本書において京都在住の架空の美術商である高橋和雄は、わたしが長年のあいだに言葉をかわした多くの日本人が口にした真情からの遺憾の意を代弁している——わたしにはそういった人々の言葉が記録する価値があると思えたのだ。

もっと明るい面について。スパイが登場するシーンで言及される日本酒の〈玉龍《ぎょくりゅう》〉は、百七十年以上もの歴史をもつ玉川《たまがわ》ブランドの日本酒のひとつである。この魅惑の酒は、京都府京丹後市に本社をおく木下酒造有限会社で製造されている。喫茶店〈茶亭羽當《ちゃていはとう》〉はコーヒー愛好家が足しげく通う隠れ家的な喫茶店だ。店は渋谷の横道の奥にひっそりたたずみ、渋谷警察署からもそれほど遠くない。

アルコールがらみの話をつづける。東京における深夜のはしご酒ルートにおいて、長年その地位を保持しつづけているゴールデン街は実在の場所だ。かつては、ある種の強く結ばれた一群の人々がつどう、かなり閉鎖的な地域だったが、そののち客層が次第に変化することになった。高値が期待できる新宿の不動産市場では、最後に残った〝飼いならされていない〟地区のひとつであるため、人々から愛されているこの飲み屋街は、数十年にわたって土地開発業者にとっては垂涎《すいぜん》の的でありつづけた。いまこれを書いている時点では、街の核の部分はもちこたえている。皮肉なことだが、ゴールデン街は観光客のあいだで新たな地位を得ており――これもまた客層の変化をもたらした一因だが――いくばくかの幸運に恵まれれば、それがゴールデン街を救う要因になるかもしれない。

ブリッジタウンはバルバドスの首都であり、ビルトモア・ホテルやアクラビーチ・ホテル、〈オイスティンズ・ベイ・ガーデンズ〉やタートル・ビーチの位置はすべて事実に即している。

マイアミの長年の居住者ならたいていわかるはずだが、ビルトモア・ホテルやメイフェア・ホテル、カフェ〈グリーンストリート〉、タパス・レストラン〈ロス・ガレゴス〉はどれも実在する。〈グリーンストリート〉はココナツグローブの名物カフェだ。かつては地元住民むけの落ち着いたコーヒーハウスだったが、改装の結果この店はまぎれもない観光スポットに生まれ変わった。うれしいことに、一日のなかでも静かな時間には、いまも往年のコーヒーハウスの面影が復活する。

本書『トーキョー・キル』は、フィクションです。広く知られた歴史上の人物を除いて、登場人物はすべて架空のものであり、著者の想像力の産物です。一部の企業、組織名が実名で登場しますが、作品で描かれている諸団体の動きや関係する事件は、すべて物語上の創作であることをお断わりしておきます。

――バリー・ランセット

［訳者付記］

本文に登場する中国語の漢字表記につきましては、北京在住の中国語翻訳者の阿井幸作氏にご教示いただきました。また多くの点で、原作者のバリー・ランセット氏にご示唆をたまわりました。そのほかお世話になった方々にも心から感謝していきます。ありがとうございました。

解説

杉江松恋

ジム・ブローディのように考え、行動し、闘える主人公は他にいない。

バリー・ランセット『トーキョー・キル』は二〇一三年に『ジャパンタウン』（ホーム社）でデビューした作者の長篇第二作だ。『ジャパンタウン』は同年のバリー賞最優秀新人賞に輝き、続篇にあたる本書もアメリカ私立探偵作家クラブ賞（シェイマス賞）最優秀長篇賞の最終候補作に残った。シリーズは既に第三作 *Pacific Burn*（二〇一六年）、第四作 *The Spy Across the Table*（二〇一七年）が刊行されている。ランセットの著作にはこの他に *Down & Out: The Magazine Volume 1 Issue 3*（二〇一八年）収録の短篇 Three-Star Sushi がある。

ジム・ブローディは太平洋の両岸で育った人物だ。両親共にアメリカ国籍だが、十七歳まで東京で、しかも日本の公立学校に通って育った。父親は法執行機関勤務の後に独立、東京では初の調査とセキュリティ全般を専門とするアメリカ流の探偵社を起業した。無骨な父とは対照的に母は芸術分野に関心があり、息子に強い影響を与えた。ブローディは長じてサンフランシスコで古美術商を開業するが、父からは会社の経営権も遺贈された。こうして日本を専門分野とする美術商と、東京に本部を置く私立探偵という二つの稼業を持つことになったのだ。ブローディは黒田美恵子という日本人女性と結婚するが、彼女は何者かに殺されてしまう。残された娘のジェニーにとっては、父親こそが唯一の家族ということになる。まったく種類の異なる二つの会社を切り盛りする経営者として、一人の娘の親として、多忙極まりない日々をブローディは送っている。

いくつかの顔を持ったことで、ブローディの人物像は複雑なものになった。ある方向から物事を見たかと思えば、別の角度から事態に光を当てて考える。『ジャパンタウン』はサンフランシスコで発生した日本人家族の惨殺事件に端を発する物語だった。事件現場には、妻・美恵子が殺されたときに発見されたのと同じ、謎の漢字を記した紙片が残されていたのである。『ジャパンタウン』はブローディ自身の事件と言うべき物語で、太平洋を股にかけて事件の謎を追う中で、自分の過去とも向き合わなければならなくなる。そこにある陰謀が絡んで、ブローディは日本の歴史そのものというべき巨大な敵と対峙《たいじ》していくのだ。

『ジャパンタウン』がそこまで風呂敷を拡《ひろ》げた作品だったので、次もきっと柄の大きな物語になるのだろうと思っていた。『トーキョー・キル』はその期待を裏切らない大作である。今回は、ブローディに美術商としての顔があることが効果的に用いられたプロットになっている。ブローディ・セキュリティ社は第二次世界大戦中に日本軍の士官として満州に赴任した過去がある三浦晃から依頼を受ける。彼は安立峒《アンリドン》という辺境地域で事実上の行政長官のような職務に就いた。そのときの所業が元で復讐《ふくしゅう》を受けようとしているのだという。最近都内で起きた二つの家宅侵入殺人事件の犠牲者は、いずれも三浦の元部下であるという。ブローディ社は彼の身辺警護を始めるが、意外な人物が殺人の犠牲者になってしまう。

復讐殺人と思われる事件は、中国の伝統的な犯罪組織である三合会の手口に酷似していた。その線からブローディが調査を進めていく中で、さまざまな美術品が事件の陰にあるという事実に気づいていく。たとえば犠牲者の家には禅僧・仙厓《せんがい》の、幻の名画が飾られていた。犠牲者の経済状況からすると不釣り合いな代物で、ブローディはそうした手がかりから事件を探っていくことになるのである。この視点を導入したことで事件の構造が立体的に見えてくる仕掛けで、深層にある歴史的な背景も立ち上がってくる。

本書には、日本の近隣諸国に対する所業が批判的に語られる箇所がある。日本と西洋社会の両方で基礎的な教育を受けたブローディだからこその視点なのだ。そうした歴史評価や、随所に挿入される文明に関する随想が楽しいのである。

西欧精神はいついかなるときでも答えを求める。論理的なバランスを必要とするのだ。日本人の精神は、必要とあれば信念をひととき棚上げにできる。また日本人の精神は、判断を停止したまま、たがいに矛盾しあう真実をともに受け入れておける——いずれ物事の説明がつくときまでは。

こうした一面は静の要素だが、もちろん動の要素なしに本書は語れない。推理だけに集中することはブローディには許されず、絶えず敵が襲い掛かってくる。時には父親として幼い娘との時間を持たなければならない主人公にとっては、実にありがたくない展開だ。本書ではいくつもの活劇場面が描かれるが、どれも斬新で、記憶に残るものばかりだ。すべてが創意に満ちているからである。具体的に書いてしまうとこれから読む方の興趣を削《そ》いでしまいかねないが、たとえば最初にブローディが投げ込まれる修羅場は、剣の達人たちが竹刀《しない》で襲い掛かってくるのに素手で対抗しなければならなくなる、という状況だ。竹刀で打たれた痛みをご存じの方は多いと思うが、あれが連続で打たれるままになる恐怖を想像していただきたい。それ以外にも、こんなところで敵に襲われたら嫌だな、絶対に逃げられないな、という場面がいくつも出てくる。ディテールが豊かなので臨場感も抜群である。この、絶体絶命の危機を描く能力こそが、バリー・ランセット第一の美点だ。

そしてもちろん、海外の作家が東京を舞台にして描いた作品という特徴がある。過去を振り返ったとき、同種の例の嚆矢《こうし》として挙げるべきは、ジョン・P・マーカンド『ミカドのミスター・モト』（一九三五年。光文社刊『EQ』六十五・六十六号所収）だろう。日本人の特務機関員が主役を務めるシリーズの第一作で、マーカンドが執筆に当たって念入りな取材を行ったことが窺《うかが》える。これに対してウィリアム・アイリッシュが一九三八年に発表した「ヨシワラ殺人事件」（創元推理文庫『晩餐後の物語』所収）のように、旅行者向けのガイドブックだけを読んで書いたのでは、と思われる内容の作品もある。異国情緒を物語に取り入れた点は同じだが、取材の有無が両者を分けているのだ。

イアン・フレミング『007は二度死ぬ』（一九六四年。ハヤカワ・ミステリ文庫）は、ルイス・ギルバート監督の映画化作品が随所に荒唐無稽な描写を行っていたために〈ヨシワラ〉組と思われがちだが、実は鋭い文明批判を含む〈ミスター・モト〉型の長篇である。もちろん、日本といえばゲイシャ、サケといったステロタイプも描かれてはいるのだが。日本に対する憧憬を煽《あお》る小説・映像作品は定期的に英語圏で発表されていき、一九八〇年のドラマ『将軍　SHOGUN』でブームを巻き起こす。

ジェームズ・クラベルが一九七五年に発表した小説（TBSブリタニカから邦訳あり）が原作で、三浦按《あん》針《じん》を主人公のモデルに用いた作品だ。ブームのなせる業で、クラベル以降には日本文化をあえて歪《わい》曲《きょく》して理解しているとしか思えないエリック・ヴァン・ラストベーダー作品の如《ご》き珍作も数多く出現した。だがその中には、日本独自の精神風土を作品に織り込んだトレヴェニアン『シブミ』（一九七九年。ハヤカワ文庫NV）のような良作も書かれているのである。

犯罪の起きる舞台として都市を克明に描くことを選択する作家の出現によって、東京のミステリーは新局面を迎える。二〇〇二年に『雨の牙』（ソニー・マガジンズ他）でデビューしたバリー・アイスラーがその人で、弁護士資格を持って長く日本で仕事をしていた滞在型の作家である。彼は青山や表参道など、エキゾチシズムの対象となるばかりではない普通の都市風景を用いて犯罪小説を書いたのである。日本生まれ、日本育ちでありながら〈半分ガイジン〉として好奇の視線に晒《さら》され続けたジョン・レインという主人公を設定することで、アイスラーは日本の閉鎖的な文明意識を浮かび上がらせることに成功した。

バリー・ランセットがジム・ブローディ・シリーズを書き始めたとき、アイスラーの成功は意識しただろうと思う。ランセットの日本滞在は二十五年余に及ぶ。その間在籍していたのが講談社インターナショナルで、多くの書籍編集に携わった。扱った分野は多岐に及んでおり、小説内で開陳される蘊蓄《うんちく》の何割かは、その頃に仕込んだものと思われる。

長い滞在ですっかり親日家となったランセットは、帰米後にこの国のことを本に書いて伝えようと思い立った。ただし、単なる文化の紹介では興味を持って読んでくれる人は少ないだろう。どうすれば多くの読者を獲得できるか、と考えた末にたどり着いたのが、『ジャパンタウン』の物語様式だったのである。小説を構成する部品、つまり歴史理解や文化を象徴する事物などはすべて実在するものだけを用いる。しかし、それで組み上げる物語は現実を遥《はる》かに超越し、虚構の世界でしかありえないものにする。『ジャパンタウン』はまさしくそういう作品であり、ジム・ブローディという行動しながら観察する人物を語り手として採用することで、常に動き回っているが、時に立ち止まって批評も行うという物語運びが実現できた。『トーキョー・キル』では先の戦争という歴史的過去を背景に置くことで、作中の事件が現実と接続しているような感覚を読者に味わわせている。そうした時間軸の計算、読者に作中世界を現実に近いものとして味わわせる技こそがランセットの奥義なのである。

描かれているものは紛れもない現実なのに、どこか異世界を見せられているような浮世離れした感じがある。それがランセットの不思議な犯罪小説、またとない物語だ。唯一無二の主人公ジム・ブローディの背中に隠れて、恐々と世界を覗《のぞ》き込む。

（すぎえ・まつこい　書評家）

バリー・ランセット Barry Lancet

アメリカ合衆国オハイオ州シンシナティ生まれ。4歳の時、カリフォルニア州ロサンゼルスへ。UCLA（カリフォルニア大学ロサンゼルス校）で2年間心理学を学んだ後、UCB（カリフォルニア大学バークレー校）に転校し英文学の学位を取得。アメリカでさまざまな仕事をした後、講談社インターナショナルに入社。25年間にわたって、美術、工芸、歴史、料理、社会学、小説、詩、東洋哲学など、多くのテーマに関する本を編集。帰国後、東京で生まれ育った私立探偵ジム・ブローディを主人公とするミステリ・シリーズを執筆。第一作の『ジャパンタウン』(2013)は、バリー賞優秀新人賞などを受賞したほか、「サスペンスマガジン」誌の最優秀デビュー作品の一つに選ばれた。続く二作目『トーキョー・キル』(2014)は、アメリカ私立探偵作家クラブのシェイマス賞の最優秀長篇賞にノミネートされ、「フォーブス」誌のアジア諸国首脳の必読書として選ばれる。同シリーズは、第三作『Pacific Burn』(2016)、第四作『The Spy Across the Table』(2017)のほか、短篇「Three-Star Sushi」(2018)がある。

白石 朗 しらいし・ろう

1959年生まれ。英米小説翻訳家。早稲田大学第一文学部卒。主な訳書に、バリー・ランセット『ジャパンタウン』、スティーヴン・キング『ドクター・スリープ』『アウトサイダー』、ジョー・ヒル『ファイアマン』、ジョン・グリシャム『法律事務所』、ネルソン・デミル『王者のゲーム』、パトリシア・ハイスミス『見知らぬ乗客』、ジェイムズ・ヒルトン『チップス先生、さようなら』、イアン・フレミング『007／カジノ・ロワイヤル』、ジーン・アウル『エイラ地上の旅人5　マンモス・ハンター』『エイラ地上の旅人6　故郷の岩屋』など多数。

Published by arrangement with the original publisher, Simon & Schuster, Inc.
through Japan UNI Agency, Inc., Tokyo

装丁　松田行正＋杉本聖士
カバー写真　©Masahisa Matsunuma/SEBUN PHOTO

トーキョー・キル

2022年11月30日　第1刷発行

著　者　バリー・ランセット
訳　者　白石《しらいし》　朗《ろう》

発行人　遅塚久美子
発行所　株式会社ホーム社
〒101-0051　東京都千代田区神田神保町3-29　共同ビル
電話　編集部　03-5211-2966
発売元　株式会社集英社
〒101-8050　東京都千代田区一ツ橋2-5-10
電話　販売部　03-3230-6393（書店専用）
　　　読者係　03-3230-6080

印刷所　大日本印刷株式会社
製本所　加藤製本株式会社
本文組版　有限会社一企画

ISBN978-4-8342-5366-5　C0097